MOGELIJKHEDEN

Van Kaui Hart Hemmings verscheen eerder:

The Descendants (De afstammelingen)

www.boekerij.nl

KAUI
HART
HEMMINGS

Mogelijkheden

Uit het Engels vertaald door Daniëlle Stensen

VAN HOLKEMA & WARENDORF

ISBN 978 90 00 33457 5
ISBN 978 90 00 33458 2 (e-boek)
NUR 302

Oorspronkelijke titel: *The Possibilities*
Vertaling: Daniëlle Stensen
Omslagontwerp: Davy van der Elsken | DPS Design
Omslagfoto: Mark Fearon | Arcangel Images
Zetwerk: ZetSpiegel, Best
Auteursfoto: Kara Mullane

Voor mijn moeder, Suzy Hemmings,
en mijn oma, Eleanor Pence

Deel 1

1

Ik doe net alsof ik hier niet vandaan kom. Ik ben een vrouw uit Idaho, op vakantie met vrienden. Ik kom uit Indiana en zit in mijn wittebroodsweken. Ik ben een onopvallende gast van het Village Hotel, die Breckenridge, Colorado, verkent en staat te wachten tot iemand van de parkeerdienst haar huurauto brengt. Een druppel water valt op mijn hoofd. Ik kijk omhoog naar de groene luifel en loop naar een andere plek, zodat ik er volledig onder sta. Een zwarte Escalade waaruit muziek schalt, rijdt de rotonde op. De auto is gigantisch en ik verwacht dat er een gigantisch iemand bijhoort, maar er komen drie jonge jongens uit – de bestuurder, kort, passagiers, lang – en de parkeerhulp, ook een jonge jongen, pakt zonder iets te zeggen de sleutels van de bestuurder aan, geeft hem een kaartje en knikt even.

Mijn zoon Cully, die hier pas drie maanden geleden nog als parkeerhulp werkte, zei tegen me dat hij het vreselijk vond om auto's te parkeren voor mensen van zijn leeftijd en ik snap waarom. In mijn jeugd had ik hetzelfde gevoel, ik vond het gênant om voor vrienden en leeftijdgenoten te werken. Het ergste baantje dat ik had was skischoenen aanpassen bij meisjes die in de voorjaarsvakantie hierheen kwamen vanuit plaatsen als Florida en Texas. Ze zeiden altijd: 'Dat doet pijn', en dan zei ik dat dat zo hoorde en snoerde de schoenen nog iets steviger aan.

Ik was ook serveerster bij Briar Rose, waar kinderen van school kwamen met hun ouders; zij bestelden iets en ik nam hun bestelling op alsof we elkaar niet kenden. Ik weet nog dat Lesley Day de voelsprieten van haar kreeft leegzoog en dacht: *Alleen rijke mensen kunnen zoiets flikken en weten überhaupt dat dat kan.* We waren absoluut niet arm, maar vergeleken met een heleboel nieuwkomers wier vader op zijn veertigste naar de stad kwam om te gaan rentenieren, leek het soms wel zo.

Het uniform van de jongens van de parkeerdienst bestaat uit een zwarte lange broek en een zwarte fleecetrui, wat Cully gênant vond om te dragen. Sommigen hadden een zwarte portemonnee met kleingeld om hun middel. Cully zou het geld nog liever kwijtraken. Ik zie hem voor me: hij rent naar auto's en doet het portier open, neemt een fooi aan en kijkt pas naar het bedrag als de mensen weg zijn. Je doet net alsof het je niets uitmaakt.

Ik kijk naar deze jongens, allemaal ongeveer even oud als mijn zoon, deze jongens met moeders en vaders, hoopvolle verwachtingen en problemen, en ik krijg de beschamende aandrang om hen vast te houden. Om hen op te tillen, wat Cully als kind vaak van me vroeg en wat me dan irriteerde. *Je bent een grote jongen. Je kunt zelf lopen.* Soms was hij zo'n grote last, vooral vlak na zijn geboorte, toen ik pas eenentwintig was. Hij voelde als een schoolproject, het ei dat ik bij me moest houden en nooit alleen mocht laten of mocht laten vallen.

Ik moet gaan. Over tien minuten moet ik naar mijn werk. Ik heb deze week voorgesprekken gedaan, maar vandaag is de eerste dag dat ik weer voor de camera sta na een afwezigheid van drie maanden. Ik verroer me niet. Ik kijk naar een parkeerhulp – die lange met zwart haar, glad als een helm; ik kijk naar hem alsof hij een soort god is. *Alstublieft, geef me kracht. De kracht om terug te keren, om weer tot leven te komen.* Ik ben van plan om naadloos weer in te voegen en de aandacht zo min mogelijk op mezelf te vestigen. Ik zal weer opduiken met een figuurlijke pet op, zo eentje die mijn zoon van tweeëntwintig droeg, die zulke jongens dragen – een pet om hun ogen en gezicht te verbergen; een pet die uitstraalt: *Ik ben er, maar ik ben er niet.*

Cully is dood. Hij is er niet meer. Daarom heb ik een tijdje niet gewerkt. Een goede reden, hoewel ik niet echt een goede reden heb om terug te komen, om uit mijn winterslaap te ontwaken. Ik vind geloof ik dat ik die onuitgesproken, maatschappelijke deadline heb bereikt die aangeeft dat je je aan je haren omhoog moet trekken. Ik heb het gevoel dat het hoog tijd is om te proberen ergens anders te komen, een andere periferie of een ander gezichtspunt op te zoeken. Ik hoef niet per se omhoog, maar misschien een eindje opzij.

De parkeerhulp ziet dat ik naar hem kijk en ik werp een blik op mijn horloge. Ik draag er echt een en kijk niet meer op mijn telefoon. Cully heeft me hem voor Kerstmis gegeven, toen hij nog op de middelbare school zat, en toen ik hem onlangs in mijn sieradenla tegenkwam, greep ik het prullerige gouden ding vast alsof ik er eeuwen naar had gezocht. Cully heeft er waarschijnlijk de tijd voor genomen om het uit te kiezen; hij dacht waarschijnlijk dat het chique was. Ik draag het idee van hem terwijl hij aan het winkelen was, zijn jongere idee van mij. Ik draag de blik op zijn gezicht toen ik het pakje openmaakte, alsof ik hém iets had gegeven.

Nog zes minuten. Ik kijk weer naar de parkeerhulp. Hij was knapper van een afstandje. Van dichtbij heeft hij een huid met grove poriën en een loopneus. Hij lijkt roos in zijn wenkbrauwen te hebben. Dat is het dus. Eén leven kan gewoon verdwijnen en één kan er doorgaan, één neus kan blijven lopen. Ik schaam me ervoor hoe vaak ik boos op hem ben geweest. De ruzies toen hij nog in zijn kinderstoel zat: *Met je lepel, niet met je vingers. Cully! Met je lepel.* Wat maakte het uit als hij zijn vingers gebruikte! Wat maakte het uit! De fouten brengen wel een glimlach op mijn gezicht. Het maakte míj uit.

Er komt nog een auto aan en een andere jongen rent naar de

11

bestuurderskant. Deze jongen is mager en van gemiddelde lengte, hoewel hij er sterk uitziet. Hij opent het portier voor een man van mijn leeftijd met een strakke witte coltrui die fonkelt in het licht. Mensen stappen anders uit hun auto als het portier voor hen wordt geopend. De man stapt uit en beschermt zijn ogen tegen de zon alsof die een paparazzo is, ook al draagt hij een zonnebril met glazen als van kwik. Hij vraagt de jongen of hij weet hoe hij zo'n auto moet besturen, een rode Porsche.

De jongen werpt een blik in de auto. 'Ja, meneer,' zegt hij. 'Er zit een gaspedaal in, dat lukt wel.'

Ik gniffel even. De man kijkt bedenkelijk; hij twijfelt of hij weg zal gaan. Als hij uiteindelijk naar de lobby loopt en op zijn zak klopt op zoek naar de sleutels die hij in het contactslot heeft laten zitten, doet de parkeerhulp net of hij hem tegen zijn achterste schopt. Dan ziet hij me. Ik glimlach, snap het grapje. Cully zou hetzelfde hebben gedaan, wil ik wedden. Hij zou net als deze knul zijn. Dit is de betere parkeerhulp.

Hij kijkt me aan, glimlacht. Ik glimlach terug, probeer over te brengen dat ik begreep wat hij tegen die man zei. *Ik snap het. Ik ken jou. Ik ben een ander soort volwassene. Ik had een zoon zoals jij.*

'Hebt u uw kaartje?' vraagt hij op dezelfde kille, minachtende toon die hij tegen die man gebruikte. Ik klop op mijn zakken. 'Ik… ik ga denk ik lopen.'

Ik haast me weg, alsof ik ben betrapt op iets pervers. Terwijl ik wegloop, werp ik een blik achterom, bang dat hij naar mijn achterste schopt, maar hij opent de deur voor een vrouw, een echte gast. Ze is perfect, die vrouw: beeldschoon, evenwichtig, goed verzorgd. Soms krijg je vanwege de nagels van een andere vrouw al het gevoel dat je een mislukkeling bent. Soms is het gebrek aan herkenning – de parkeerhulp had me moeten zien, me moeten begrijpen – voldoende om je hart te breken.

De vrouw kijkt niet naar hem terwijl ze uit de witte auto stapt en haar lange, lichtgroene jas rechttrekt. *Ik zou naar je hebben gekeken,* wil ik tegen hem zeggen.

2

Ik ga verzitten op de ongemakkelijke en wiebelige stoel die op een schuine helling tussen de kaartverkoop en de lift naar Peak 9 staat. Sombere wolken komen van beide kanten aandrijven. Ik kijk hoe ze langzaam dichterbij komen, de lucht knoopt een oude grijze jas om zich heen. Alles heeft een andere tint aangenomen, zoals het hoort. Wat heeft verandering voor zin als er niets is veranderd?

'Wat moeten we nu doen?' vraagt Katie. Ze is mijn mede-presentatrice, of ik ben die van haar. Katie Starkweather, vroeger het weermeisje van het zesuurjournaal op KRON 5. Ze kan uitbundig en luidruchtig zijn, sociaal agressief zoals een kapper, maar ook georganiseerd en ijverig. Onze cameraman, Mike, gelooft niet dat haar achternaam echt Starkweather is. Hij denkt dat ze dat op de meteorologenschool heeft verzonnen. We presenteren *Fresh Tracks*, een programma dat in hotelkamers wordt uitgezonden. We vertellen waar je moet eten, wat je moet kopen, wat je moet dragen, welke avonturen je moet boeken en welke ervaringen je in Breckenridge moet opdoen.

'Hoe bedoel je?' Ik kijk haar aan en verzacht mijn gezichtsuitdrukking dan. Het lijkt net alsof ik nog steeds verbaasd ben als mensen iets tegen me zeggen. Ik verwacht blijkbaar niet dat men-

13

sen me rechtstreeks aanspreken, alsof ik een zonderling ben of de koningin.

'Hoe moeten we de tijd vullen?' vraagt Katie.

'Zoals altijd, lijkt me. Of niet?' *Het is een prachtige ochtend. Koop iets.* Katie ziet er ontevreden uit. Ik herinner me dat ze altijd de kriebels krijgt voordat we beginnen, ook al zijn we niet live. Dat zal ik ook wel gehad hebben. Ik had dat gevoel van gewichtigheid, alsof het van belang is wat je doet.

'We hebben bijna niets,' zegt Katie. 'Ik vraag me af hoe we het wat kunnen opkloppen…'

Ik ga netjes staan en zet de kraag van mijn jack op, door de warme koude zonneschijn moet ik me voortdurend aanpassen. 'De grootste goudklomp die ooit in Noord-Amerika is gevonden, werd hier ontdekt,' zeg ik. 'Op drie juli 1887, door een man die Tom Groves heette. Hij woog 4 kilo en 280 gram. Ze noemden hem "Toms baby" omdat Tom hem net als een pasgeboren baby overal met zich meenam. Hij was ongeveer zo groot als een baby van een half jaar oud.' Ik kijk naar Katie. 'Dat zouden we kunnen zeggen.'

'Je bent dol op weetjes over de stad,' merkt ze op.

'Inderdaad! Ik weet niet waarom.'

Ze ontspant zich, iets.

'Maar even serieus,' ga ik verder. 'Als we niet meer weten wat we moeten zeggen, vertel ik dat verhaal wel. Toeristen vinden dat leuk.' Ik vertel graag mythes en feiten over de stad. Dingen die gisteren gebeurd zijn, waardoor vandaag vandaag is. Dat doet mij, en degenen die de stad bezoeken, denken aan de levens die hier voor ons werden geleid, het herinnert ons aan de levens van de permanente inwoners. Ik woon hier al mijn hele leven, minus de 3,6 jaar die ik tijdens mijn studie in Denver heb gewoond. Mijn vader woont hier al bijna zijn hele leven. We kunnen onze stamboom herleiden tot 1860, toen zijn overgrootvader in een hydraulische mijn kwam te werken die de hellingen en watervoorraden heeft verwoest. In hetzelfde jaar vernoemde de stad zich vermoedelijk naar de vicepresident van het land in de hoop een postkantoor toegewezen te krijgen. Breckinridge. De i werd veranderd in een e toen de stad zijn postkantoor kreeg en men tot de conclusie kwam dat de vicepresident een eikel was.

Ik kijk rond naar het heden: de talloze flatgebouwen, de geluiden van het Spring Fling-concert. Ondanks de ontwikkeling van de stad en de toevoegingen – One Ski Hill, Shock Mountain, modieuzere restaurants met een naam die uit één woord bestaat – is het nog steeds mijn zelfde geboorteplaats. En toch voel ik me als een toerist die door een plaats klost die aan iedereen en aan niemand toebehoort, een leeg doek waarop ik geen indruk zal achterlaten. Ik heb het gevoel dat ik op doorreis ben.

'Voordelen,' mompelt Katie, haar rechterbeen schommelt heen en weer. Ik wil hem met mijn hand tegenhouden. Ze heeft ingespannen de opsommingen zitten bestuderen die Holly voor ons heeft opgeschreven. 'Veiligheid. Zullen we de lijst dan maar afwerken? Wat krijg je allemaal voor je geld?'

Katie draagt een strakke, gele trui. Ze is beheerst en ook al had ik het idee dat ik dat ook was toen ik het huis uitging, toch voel ik me wild naast haar. Ik heb springerig, donkerblond haar. Katie heeft goed tv-haar; het is lichtblond en omlijst haar gezicht als een bontje. Haar lippen zijn normaal gesproken dun, maar dat is veranderd toen ik weg was. Nu zijn ze kunstmatig opgepompt, alsof ze een dikke milkshake opslurpt door een rietje. Ze is ongeveer vijf jaar jonger dan ik, maar ze lijkt nog jonger doordat ze geen kinderen heeft. Ze is nu bezig met haar vierde vriendje in één jaar, een accountant die vreemde feitjes over zichzelf rondbazuint, zoals: 'Ik vloek nooit', en: 'Van zachte kaas krijg ik netelroos.'

'Wil je het doornemen?' vraagt ze terwijl ze de aantekeningen omhooghoudt.

'Dat hoeft niet,' zeg ik.

Ze weerhoudt zich ervan om een reactie te geven via haar gezicht of met woorden. De dood betekent schaakmat. De dood is gênant. Ik wil tegen haar zeggen dat ze me niet op deze manier moet laten winnen. Mike test hoe wij eruitzien, iets waar hij altijd een ongemakkelijk gevoel van lijkt te krijgen. Hij moet naar ons kijken, maar doet dat het liefst door de lens heen.

'Je gaat zeker allerlei overzichtsbeelden maken?' vraagt Katie aan hem. 'We hebben niet veel om mee te werken.'

'Ik los het wel op.' Hij zucht alsof het lot van de wereld afhangt van de vraag of hij plaatsvervangende beelden kan maken. Ik vond Mike leuk, maar het duurde ongeveer twaalf jaar voordat hij mij ook leuk vond, dus ik heb mijn gevoelens onderdrukt. Hij bezit de persoonlijkheid van een kleine man: heel boos en jaloers en met een eenvoudig, platvloers gevoel voor humor.

Katie heeft nog steeds die zenuwachtige schittering in haar ogen, alsof we op het punt staan een terrorist te interviewen.

'Het komt wel goed,' zeg ik.

'O, dat weet ik, ik eh…' Ze laat de woorden wegsterven en bestudeert haar aantekeningen, schommelt met haar been. Het linker deze keer.

Vroeger zou ik vreselijk gestrest raken als degene die we zouden interviewen niet kwam opdagen. Ik begrijp haar nervositeit wel, en misschien krijg ik er ook last van zodra we beginnen, maar als het misgaat, als het niet werkt, dan gooien we het gewoon weg en is er niets aan de hand. We kunnen het allemaal opnieuw doen, we hebben nog een kans. Die gedachte maakt me weemoedig. Ik weet dat het belangrijk is om in je werk een gevoel van importantie te hebben, maar de overtuiging van het belang van mijn werk, de zoektocht naar betekenis – die zijn gewoon ongrijpbaar.

Gisteren mishandelde een man, Gary Duran, zijn zwangere vrouw in hun huis in Dillon. Zij en haar ongeboren kind werden met de traumaheli naar Denver gevlogen. Iedereen vraagt zich af of zij en haar baby het gaan halen, maar dat soort dingen verslaan we niet. Als we dat deden, zou ik me misschien beter voelen. Als we verslag deden van het gebrek aan goedkope huizen voor mensen die hier werken, maar gedwongen ergens anders wonen, dan zou ik misschien wat motivatie kunnen opbrengen, of als we ons richtten op tragedies die me bewuster maakten van de wereld buiten deze. Maar we praten over skipassen en geven tips door van *Keepin' It Real Estate* en *Savvy Skiing with Steve-O*.

Mike hijst de camera op zijn schouder alsof hij een soldaat is die het slagveld betreedt. Hij filmt de kiosk waar de skipassen worden verkocht, het belangrijkste aanzicht van de berg, de witte geprepareerde pistes als plooien in een bolstaande rok. Ik kijk naar skileraren met hun rode hesjes, met kinderen achter hen aan als een staart; de stoeltjesliften kronkelen over de heuvels als aderen, de groepjes skiërs die naar boven en beneden gaan – alles werkt zo betrouwbaar als een hart. Hier komt alles goed.

Onze producente, Holly Bell, loopt vanaf de kaartverkoop naar ons toe met een brochure.

'Dit is mooi beeldmateriaal,' zegt ze omzichtig. Het viel me al op dat iedereen tegen me praat alsof ik dood ben, of lichtelijk dom. 'De nieuwe prijzen in druk.'

Ik pak de brochure aan. 'Dank je wel.'

'Je kunt hem op een bepaald moment omhooghouden,' zegt ze. 'En sta maar op, loop rond. Blijf positief. Je krijgt hier zoveel…' Ze loopt weg; ze is altijd in beweging. Mike denkt dat ook zij haar naam heeft verzonnen en in dit geval deel ik zijn vermoedens. Als kind deed ze aan schoonheidswedstrijden mee en daarna presenteerde ze eenzelfde programma als dit in Sacramento. Ze kleedt zich nog steeds alsof ze het programma presenteert, als een soort invalster die wacht tot Katie of ik instort. Toen ik weg was, ging Katie alleen door. Daar word ik een beetje zenuwachtig van, jaloers zelfs. Ze deed het prima in haar eentje, dus ik voel me overbodig.

Ik tik met mijn handen tegen mijn benen. Het duurt heel lang voordat we heel weinig hebben gedaan. Ik wil naar huis, naar Suzanne, die me heeft beloofd te helpen Cully's kamer op te ruimen. Ik denk aan de kleren en dozen, de spullen van het leven die ik moet regelen. Het overviel me ineens, die behoefte om alles te reinigen. Ik wil denk ik dat mijn vader de benedenverdieping voor zichzelf heeft; ons uitstapje dit weekend lijkt als een soort deadline te fungeren. Mijn vader, Suzanne en ik gaan naar Cully's alma mater, waar ze in het Broadmoor Hotel een soort eerbetoon aan hem geven. Suzannes dochter, Morgan, heeft het georganiseerd en ik weet niet eens precies wat het is. Zij studeert nu aan Colorado College, oftewel CC, (ze is hem daar praktisch naartoe gevolgd) en probeert zijn nalatenschap in beheer te nemen. Morgan en Cully zijn samen opgegroeid en Morgan heeft hun vriendschap altijd een beetje gemythologiseerd, nog bedrieglijker nu hij is overleden. Het klopt dat ze een hechte band hadden, vooral voordat ze naar de middelbare school gingen, maar zij koesterde hem meer dan hij haar. Het idee van een eerbetoon aan hem is leuk, maar Morgan kennende kan ik de gedachte niet uit mijn hoofd zetten dat het vooral draait om haar behoefte hem te claimen.

Ik zou niet cynisch moeten zijn en eerlijk gezegd kijk ik er zelfs naar uit. Niet naar de gebeurtenis zelf, maar de manier waarop de tijd erdoor wordt gemarkeerd. Het is de eerste keer sinds zijn dood dat ik de stad uitga. Misschien zal het me helpen weer terug te komen als ik wegga. Ik weet het niet. Ik bedenk ook maar wat.

Nu trommelt Katie met haar vingers tegen haar borst. Ik doe haar na om te zien wat dat voor effect heeft en of het werkt.

'Gaat het wel?' vraag ik. Ik weet op welke manier emoties zich fysiek kunnen uiten. Heel even leg ik mijn hand op haar been. 'Je bent hier echt goed in,' zeg ik. 'Je slaat je er altijd doorheen.'

'Het zou gemakkelijker zijn als hij gewoon wat vragen beantwoordde,' zegt ze. 'Dit is zo op het laatste nippertje. Je kent hem toch?'

'Ja, ik ken hem,' zeg ik, teleurgesteld dat ze mijn waardering niet waardeerde. 'Ik weet dat hij het niet doet als hij zegt dat hij het niet doet.'

Degene die we zouden interviewen, Dickie Fowler, is niet alleen de directeur van Breckenridge Resorts, maar ook een vriend van mij. Hij is getrouwd met Suzanne. Ze zijn aan het scheiden. Dat was zijn idee. Ik merk dat als bij een echtscheiding de vrienden worden verdeeld, de vrouwen aan de vrouwen worden gekoppeld. Zo gaat het ook nu, hoewel ik echt heel goed met Dickie kan opschieten. We lachen en maken veel grapjes – en we kunnen samen zwijgen. Hij had hier moeten zijn om uitleg te geven over de prijsverhoging van de skipassen, maar besloot dat onze reportage een beter stuk zou worden zonder hem. Hij is slim. Hij weet dat hij door de manier waarop hij overkomt en de manier waarop hij kijkt – zijn gezichtsuitdrukking is bedeesd en zelfingenomen, als een van die herstelde mannen in advertenties voor erectiemiddelen – onsympathiek kan lijken. Hoe minder mensen zeggen, hoe meer respect ze krijgen, heb ik gemerkt, en hij zegt niet veel in het openbaar.

'Wil je niet proberen of je hem kunt bereiken?' vraagt Katie.

Wat is haar jack toch wit en dat zijn haar tanden ook. De zon weerkaatst tegen de felle sneeuw, waardoor haar kleren en facings nog witter worden. Ik denk: *Het doet me pijn om naar jou te kijken.*

'We improviseren gewoon,' zeg ik. 'Volgens mij kijken mensen niet naar ons programma voor een diepgravende analyse.' Ik lach even om de scherpe kantjes eraf te halen, maar de lach was een beetje schril.

Lisa, Mikes assistente (met een passie voor make-up), loopt naar Katie met een poederkwast in haar hand en haar zwarte tasje vol schoonheidsspullen.

'Zeven dollar,' zegt Katie met haar ogen dicht, om te oefenen. Lisa beweegt de kwast in opwaartse cirkels over Katies gezicht. 'Van 98 naar 105…'

'Jezus, dat is veel,' zeg ik. 'En er is geen sneeuw.'

'Joh,' zegt Lisa.

'Zo'n groot verschil is het nou ook weer niet, als je ziet wat je ervoor krijgt,' vervolgt Katie haar opsomming. 'Bijvoorbeeld…'

We zijn half verkoper, half animeermeisje. We moeten een 'lachje persen' uit de ontgoochelde mensen, 'de dingen hotter maken' als ze uit zichzelf niet worden verkocht. We moeten het idee van vrijheid verkopen – exclusief, outdoor, extreme vrijheid. Ga naar buiten! Wees extreem vrij! Hierdoor lijken mijn baan en de oude baan van mijn vader toch wel heel veel op elkaar.

Mijn vader, Lyle, was onderdirecteur Exploitatie. Nadat Breckenridge in '97 door Vail werd gekocht heeft hij geholpen de tentakels van het resort verder uit te breiden, naar benzinestations, vastgoed, restaurants, hotels, winkels, dit programma, zodat de winst naar boven stroomde, via de armen terug naar het lijf. Ik denk aan mijn drieënzeventigjarige vader, die nu bij mij thuis is en zich waarschijnlijk bemoeit met dingen die hem niet meer aangaan. Het paard dat geen belangstelling heeft voor gras maar toch lekker in de wei wordt gezet.

'Wat je ervoor krijgt,' zegt Katie weer, nu tegen mij en niet tegen zichzelf. 'We laten hun zien dat hoe meer je uitgeeft, hoe fijner de ervaring is, en hoe mooier je leven wordt.'

'Dat is nogal een vergelijking,' zeg ik.

Ik zie dat ze niet goed weet of dit sarcastisch is of oprecht, wat moeilijk voor haar moet zijn. Op het werk was ik altijd een blije kabouter, maar deze week tijdens de voorgesprekken word ik overweldigd door een sarcastische kant, die doordringt tot in mijn professionele leven. Ik ben opvliegend en lastig geworden, gemeen en verdrietig. Als ik geconfronteerd zou worden met iemand als mezelf, zou ik medelijden met haar hebben. Daarna zou ze me vervelen en dan zou ik een hekel aan haar krijgen, vanwege dat intens verdrietige verhaal. Elke dag begin ik met de wil om het beter te doen, om aardiger te zijn. Elke dag faal ik.

Lisa, die klaar is met Katie, benadert me alsof ik een paard ben: ze laat me haar poederkwast zien, als waarschuwing dat ze me gaat aanraken. Ik vind het heerlijk als ze mijn make-up doet. Ik ben er dol op aangeraakt te worden zonder echt aangeraakt te worden.

'Je ziet er anders uit,' zegt Lisa. Ze beweegt de koele kwast over mijn jukbeenderen.

'Dat is niet de bedoeling,' zeg ik. 'Dat hadden we afgesproken.'

'Wat doe je precies? Wat minder eyeliner, lijkt het wel.'

'Ik vereenvoudig de zaken.' Ik lach, maar ze heeft me volgens mij niet gehoord. Ze is net zoals echte haar- en make-upmensen, in die zin dat ze de antwoorden op hun vragen nooit lijken te horen, of misschien reageren ze niet op onoprechte antwoorden. Maar het is een eerlijk antwoord. Mijn schoonheidsregime van de afgelopen maanden:

Ik gebruik geen foundation of wimperkruller en ik draag geen lippenstift.

Geen highlighter, blusher, reiniging en scrub, of een serum van honderd dollar om me te laten glanzen en stralen. Pas nu besef ik dat ik dik heb betaald voor verpakkingen en reclame. Het zijn allemaal dezelfde producten, maar de ene maand heet een blusher Beach Babe Bronzer en de maand erna Angel in the Sun.

Ik breng de zelfbruinende crème waarvan mijn benen gaan jeuken niet meer op.

Ik douche en scheer me niet meer zo vaak.

Mijn schaamhaar heeft iets weg van een gremlin, en dat wil ik zo houden.

Ik maak lijstjes in mijn hoofd zodat ik dingen kan

af

af

afvinken.

'Ik gebruik bijna niets meer,' zeg ik. De kwast strijkt over mijn voorhoofd en gaat dan naar mijn kaaklijn. *Maak mijn wenkbrauwen glad.* Ik vind het heerlijk als ze dat doet. Dat heb ik gemist toen ik weg was.

'Je ziet er goed uit,' zegt Lisa. Haar gezicht is dicht bij dat van mij. Ik ruik haar watermeloenkauwgum. Ze zet haar vingers op mijn slapen en controleert mijn oogmake-up. Ik kijk naar rechts. Ik kan haar nooit recht in de ogen kijken. Ze drukt haar duimen op mijn wenkbrauwen en laat ze over de boog glijden. Ik ontspan mijn schouders. Dit is het fijnste gedeelte van de dag.

'Oké, aan de slag,' zegt Holly en ze klapt in haar handen. Ik glimlach. Alles komt me zo idioot voor.

Mike zet de camera op zijn schouder.

Katie ademt uit en recht dan haar rug.

Ik ben klaar. Ik ben er klaar voor, voor deze klus. Ik zal harder mijn best doen, want ik zit hier niet in mijn eentje.

'Oké, klap eens,' zegt Mike.

Katie en ik klappen in onze handen.

'En we beginnen,' zegt Mike.

'Wat een prachtige ochtend,' zeg ik in de camera. 'Echt geweldig.' Het is zo. Echt waar. Dat zie ik heus wel. Ik kan nog steeds genieten van het gevoel zo dicht bij de zon en alle bergtoppen te zijn, nog steeds genieten van het leven op deze hoogte – het geeft me het gevoel dat elke ademhaling telt.

'Zeker,' zegt Katie. 'Zeker fantastisch, en alle liften zijn al in bedrijf. Ik kan niet wachten op al die sneeuw die vanavond gaat vallen!'

Ik probeer te glimlachen en geef het uiteindelijk op. Op en neer. En één en twee en glimlach. Het oefenen van de spieren.

'Het maakt alles de moeite waard,' zegt Katie. 'Ook al ski je niet, sneeuw geeft zo'n warm, gezellig gevoel. Ik krijg de neiging op pad te gaan en een flat te kopen! Sarah, jij bent een fervent skiër, toch?'

'Ik ga graag de helling op,' zeg ik, 'maar dat heb ik al een tijdje niet meer gedaan.'

'Ik heb net gehoord van de directeur Exploitatie van Breckenridge Resorts, Richard Fowler, dat de prijs van de skipassen met zeven dollar is gestegen.' Katie krijgt een gepijnigde uitdrukking op haar gezicht. Dan haalt ze haar schouders op. Op camera ziet ze er altijd uit alsof ze Hints speelt.

'Maar dat is niet eens zo veel, denk ik,' vervolgt ze. 'De nieuwe gondelbaan gaat helemaal naar het skigebied. Er kunnen acht mensen in en ik heb geruchten gehoord over verwarming en wifi in de toekomst. En het uitzicht over Cucumber Gulch is prachtig.'

Ze kijkt me aan.

'Prachtig,' zeg ik.

'En zodra je boven bent, zijn de liften ook geweldig: de stoeltjes zijn zo zacht dat ik in slaap zou kunnen vallen. Gewatteerde zittingen, schermen van glasvezel, heel veel ruimte en ze zijn veilig – ik weet dat er een responsief remsysteem is en apparatuur om te meten hoe zwaar hij beladen is. Ik zou er de hele dag wel mee op en neer kunnen! Het fijnste aan die liften is dat ze bijvoorbeeld naar het Vista Haus gaan, waar je een biertje of wijntje kunt drinken, lekkere uiensoep kunt eten, of zo'n beroemde mammoetburrito. Je krijgt dus waar voor je geld! Goede waar!'

Ik val stil. Hoe zou ik in vredesnaam iets uit mijn mond kunnen krijgen? Dit was geweldig. Ze was voorbereid.

'Wat krijg je nog meer?' vraagt Katie. Ze trekt een gezicht alsof ze nadenkt. 'Knappe jongens van de skipatrouille.' Ze lacht en kijkt mij dan aan om verder te gaan.

Ja, knappe jongens van de skipatrouille.

Het traumacentrum waar je bijkomt uit je bewusteloosheid na een hersenschudding die veroorzaakt is door een dennenboom met de opmerking: '*Dude*, waar is mijn milt?'

Apparatuur om lawines in de gaten te houden.

Het reddingsteam dat je zoon bevroren in het ijs vindt, de vingers klauwend in zijn jas, zijn lichaam net een oeroud artefact dat al in zijn glazen kist ligt, volgestopt met conserveermiddelen. Je vraagt je nog steeds af hoe het mogelijk is dat je zoon, je baby, je vriend, hier in december nog was en nu niet meer.

'Buckels,' zeg ik, worstelend met een emotie die aanvoelt als een injectie van angst. 'Het kost geld om ze te maken, maar het is de moeite waard, want met een biertje op vind je algauw dat je er cool uitziet als je de buckelpiste neemt.' Ik adem uit.

Katie lacht en schudt haar hoofd. 'Wat grappig.'

'En dat doen we nog een keer,' zegt Holly. 'Sarah, misschien kun je wat opmerkingen maken over de ontwikkeling, de groei van deze plaats. De skipassen zijn inderdaad duur, maar er zijn meer liften, meer pistes, je krijgt meer waar voor je geld.'

'Ik weet het. Sorry. Ik moet er weer even inkomen.'

Ik zeg iets over de groei, maar het komt er verkeerd uit. Ik zeg dat het hier vroeger uit grazige weiden en landbouwgrond bestond, met veel schapen. Ik moet Katie verbeteren als ze zegt: 'Glazig?'

'Nee. Niet glazig, grazig. Om te eten.' Ik maak een kauwbeweging. 'Sorry.'

We doen het nog een keer, maar het is zo eenvoudig. We mogen opnieuw beginnen, geen probleem.

Ik zeg iets over verandering en aanpassing. Te vaag.

Ik zeg: 'Meer waar voor je geld.'

Ik zeg iets over burrito's. Het slaat niet aan.

'O, mijn hemel,' roept Katie uit. Aan haar gezichtsuitdrukking zie ik dat we van grappig overgaan naar serieus. 'Oké. We gaan naar de Twisted Pine, onze belangrijkste bontwinkel – diervriendelijke bontwinkel, moet ik daaraan toevoegen.'

Wat een belachelijke uitspraak. Ik kijk om me heen. Nee toch? Laten we dit gewoon gaan? Ik kan me niet inhouden. 'Ja, Twisted verkoopt alleen scharrelnerts. Niets van wat daar hangt, heeft zijn eigen poot afgebeten!'

Ik glimlach naar de camera en vang een glimp op van Holly, die me aanstaart, vol afschuw, alsof ik een legbatterijnerts ben die aan haar eigen pootje zit te knagen. Ja, dit is de ruil. In ruil voor een loeiharde knal, in ruil voor het feit dat ik word meegesleurd op een gestoorde rit in een achtbaan krijg ik wat speelruimte. Maar die ruil wil ik niet. Ook al veroorloof ik me vrijheden, ook al ik heb ik het gevoel dat ik er recht op heb deze klus te verknallen, ik beleef er geen plezier aan. Ik houd niet van de manier waarop ik mensen straf. Het is weerzinwekkend.

Holly kijkt naar ons, ze wacht. 'Sorry,' zeg ik. 'Dat was…' Ik voel een gloed in mijn borst, geen paniek, maar een soort uitputting en verwarring. Hoewel ik niet blij ben met mijn gevoelens kan ik moeilijk ontkennen dat ze bestaan.

Holly gebaart naar me. Ik maak mijn microfoontje los en loop naar haar toe, achter alle apparatuur. Ze draagt een kastanjebruine trui die op een kaftan lijkt en een zwarte leren broek. In haar gouden creolen zitten blauwe edelsteentjes, net oogjes. Ze wil er per se niet uitzien als een producent. Haar haren zitten in een perfecte staart. Mijn hoofd jeukt van de zon.

'Schat,' zegt ze, 'als je wilt, doet Katie dit wel. Het is een makkelijk dagje. We hebben maar één van jullie nodig. En ik kan ook altijd nog invallen, als het moet.'

'Niets aan de hand,' zeg ik. 'En ik ben er nu toch al.'

Haar heup steekt uit. Ik staar naar haar heup. Het is net een persoonlijk assistent. Ik barst bijna in lachen uit als ik me voorstel dat hij iets zegt.

'Het lijkt wel of je je aandacht er niet helemaal bij hebt,' zegt ze. 'Ik bedoel, je doet het fantastisch, helemaal fantastisch. Echt fantastisch! Maar niemand zou het raar vinden als je even wilt pauzeren. Of als je er wat langer over wilt doen om terug te komen. Wat meer achter de schermen wilt werken? Voorgesprekken, redactie... Dit is allemaal natuurlijk heel moeilijk. Ik weet niet wat ik zou doen... hoe ik me zou voelen als...'

Ik wacht terwijl ze zich voorstelt dat haar kinderen dood zijn. Sabina, Gunner en Lola: *kaputt*. De tranen springen haar in de ogen en ze schudt de ongetwijfeld vreselijke scenario's die ze heeft bedacht van zich af. Ze houdt haar handen onhandig voor zich alsof er een onzichtbare knuppel in ligt. Ik hoest in de holte van mijn elleboog.

'Je wordt toch niet ziek?' vraagt ze.

'Nee. Ik moest alleen hoesten. Een haarbal,' antwoord ik bij wijze van grap, maar aan haar gezichtsuitdrukking te zien kwam het niet over. 'Niets aan de hand. Ik wil hier graag zijn.'

Ik wil me verbonden voelen. Ik wil ergens de beheersing over hebben. Ik wil nieuw terrein.

'Oké,' zegt ze.

Ik ga terug en Mike geeft me mijn microfoon. Hij kijkt toe om te controleren of ik hem goed opdoe. Daar wordt hij altijd gespannen van, dat we borsten hebben.

'Zullen we een paar andere soundbites proberen?' stelt Holly voor.

'Komen jouw laarzen niet van Twisted Pine?' vraagt Katie. 'Misschien kunnen we dat zeggen?'

Ik kijk naar mijn enkellaarzen met rubberen zolen en een voering van bont. 'Ze komen van Nordstrom Rack,' zeg ik. 'Ze zijn nep.'

'Anders noemen we gewoon wat producten van ze,' stelt Holly voor. De blik die ze op me werpt is angstig.

'En we draaien,' zegt Mike.

Katie steekt van wal: 'Vandaag gaan we met Fresh Visit naar de Twisted Pine, onze belangrijkste bontwinkel – diervriendelijke bontwinkel, moet ik zeggen – waar je voor een heel redelijke prijs alles kunt vinden wat je nodig hebt aan bontartikelen.'

Ik had er niet aan gedacht dat er mensen bestaan die bontartikelen nodig hebben.

'Ze hebben nertsmantels, marter, vossenbontjes…'

'Lynx, harige mutsen,' vul ik aan, en ik lach een beetje, en dan nog een keer.

'Ja, ja,' zegt Katie. 'En nertsmantels.' Ze lacht ook en dan moet ze heel hard lachen, zo'n fijne, nauwelijks hoorbare lach, en we lachen allebei en heel even heb ik het gevoel dat ik iets echts kan inbrengen, dat ik op de een of andere manier zal mogen meedoen. De tranen staan ons in de ogen.

'Dat moet zeker nog een keer?' zeg ik, nog steeds lachend.

Ze kan niet antwoorden, doordat ze nog steeds lacht. 'Oké,' zegt ze en ze zucht. 'Oké. Je moet geen "muts" zeggen.' We komen tot rust terwijl Mike staat te wachten. Hij ziet eruit alsof hij ons wil neerschieten of ons misschien iets wil aandoen waar hij vuile handen van krijgt.

Katie en ik maken oogcontact en nemen een besluit. Ze haalt diep adem, repeteert haar tekst. Ik voeg er deze keer niets aan toe, wat we zwijgend overeengekomen zijn. Echt, ik ben hier helemaal niet nodig. Ik zou samen met mijn vader in de wei moeten worden gezet. Dan kan ik in mijn laarzen met nepbont lol trappen, een balletje trappen, en op tenen trappen. Jemig, wat is er met me aan de hand? Ik bedoel, ik weet wel wat er aan de hand is, maar waarom kan ik dat niet op een andere, leukere manier tot uiting brengen?

'… en na onze shoporgie,' zegt Katie, terwijl ze langzamer en lager gaat praten en ze een bezorgd gezicht opzet, 'komen Justin Calhoun en Liza Norfleet erbij om over *Loud Deaf World* te praten en over hun werk in internationale dovengemeenschappen. We laten een fragment zien uit hun documentaire, een inspirerend verhaal over een arm dood meisje, of liever gezegd doof meisje, in Guatemala. Dat laatste stukje doe ik even over.'

'Klap,' zegt Mike. Katie klapt.

'Een arm doof meisje uit Guatemala,' zegt ze.

'Perfect.' Holly fluistert iets tegen Mike en kijkt dan op naar Katie. 'Ik denk dat we genoeg hebben, als je het even wilt afmaken.'

Katie rondt het af. *Ga je gang, Katie.* Mijn gedachten dwalen af. Uiteindelijk ben ik er weer bij met mijn aandacht, net op tijd om haar vraag te horen, de vraag die ze me al jaren stelt voor de camera: 'Wat is de op twee na populairste activiteit hier in Breckenridge, Colorado?'

Aan de Universiteit van Denver besloot ik dat ik journalist wilde worden. Ik kreeg de smaak te pakken door de Broadcast Club en wilde belangrijk nieuws brengen. Ik was vooral dol op slecht nieuws – dat was spannend, en het was nog spannender dat jij diegene was die het doorgaf. Jij hebt de macht van informatie en de macht van vertrouwd worden. Ik keek en luisterde graag naar buitenlandse journalisten, want door hun accent vond ik hen nog betoverender, en dat was ik natuurlijk per slot van rekening ook: stijl en een stem. Dit is Neige Lampur voor World. Op een dag wilde ik ook zo afsluiten: 'Dit is Sarah St. John voor World.'

Dat was lang geleden. Ik ben nu drieënveertig, mijn zoon is dood. Ik verlang er niet meer naar de wereld toe te spreken en ik kan het ook niet meer, maar ik kan wel de op twee na populairste activiteit van ons resort opnoemen. Ik sluit af met: 'Tubing.'

3

Ik rijd alle zeven zijstraten van Main Street voorbij en dwing mezelf geduld te hebben. Dit is een klein stadje, maar er zijn 686 hotels en logementen. Het inwonertal is ongeveer vierduizend, maar in de vakantieperiode zijn er ongeveer 35.000 mensen. Elk jaar beginnen we opnieuw, er komt een nieuwe lading toeristen binnen, die later weer vertrekt. Soms heb ik het gevoel dat ik de enige ben die zich niet blij en dankbaar voelt dat ze hier woont. Driehonderd dagen per jaar zonneschijn, adembenemende uitzichten, wonen in de vakantiebestemming van andere mensen. Je hebt niets te klagen. Totdat je dat wel hebt.

De meeste inwoners van Breckenridge hebben heel hard hun best gedaan om te blijven of om terug te komen en succesvol te worden. Ik heb heel hard mijn best gedaan om weg te komen en liep vast, hoewel ik Cully misschien gebruikte om te vergoelijken dat ik terugkwam en mezelf voorhield dat ik zonder hem wel iemand had kunnen zijn, maar dat ik moest terugkeren om een zo goed mogelijk leven voor ons op te bouwen. Ik geloof dat dat op mijn eenentwintigste het verhaal was dat ik wilde uitstralen. Het was laf. Ik geloof dat ik na de schok opgelucht was dat ik zwanger was. Het was een reden om mijn leven in te perken.

Ik kwam er aan het eind van het semester achter, toen ik druk bezig was met de laatste tentamens en aanmeldingen voor stages bij allerlei nieuwszenders. Ik moest een essay inleveren over islamitische kunst nota bene, en ik was zo overvraagd, zo moe, en ik dacht: *dat hoef ik nu allemaal niet te doen. Ik kan het uitstellen.* Het was net alsof ik op een resetknop drukte en al mijn keuzes, al die kansen en worstelingen, alles verdween.

'Ik ben zwanger,' zei ik tegen mijn kamergenote. 'Ik krijg een kind.'

'Meen je dat nou? Waarom? Van wie?' Trini Sengupta, een zeer promiscue meisje dat een hekel aan haar vader had. Ze keek me aan alsof ik een bacterie was.

'Dat heb ik besloten. Ik ben echt blij. Ik ga weer een tijdje thuis wonen, ik ga hem in mijn eentje opvoeden.' Ik verkocht haar mijn verhaal goed, ik schetste een prachtig beeld van iets heel nieuws.

Ik sla van Main Street af en kom terecht in een vredige afzondering van de menigte. Op het stukje naar mijn perceel zijn geen voetgangers; het is warm. Te warm. Het is bijna niet te geloven dat het vanavond gaat sneeuwen. De aarde heeft een hekel aan ons. Gisteren zag ik een vlinder.

Ik draai Carter op en zie verbaasd een zwarte pick-uptruck achteruit de oprit afrijden. Mijn interne idioot reageert: *een vriend van Cully!* Op de middelbare school kwamen zijn vrienden altijd bij ons thuis, waarschijnlijk vanwege de skatebaan. Het was net de douane: iedereen kwam er op een bepaald ogenblik langs, liet zien wie hij was en liet spullen achter. Voornamelijk jongens, de meesten absurd knap met uitzondering van Kevin (met zijn bleke huid met sproetjes, die zo strak om zijn botten zat als bij een hagedis) en Markus (met een lichaam als een volle vuilniszak: hij begon klein, werd breder en dan weer smaller). Een paar meisjes: Shay, de schoonheid, en haar hulpjes Clara en Lydia (die door de jongens soms Chla en Mydia werden genoemd). Ze keken snowboardfilmpjes met de jongens en deden alsof ze dat leuk vonden. Ze glimlachten beleefd als ik de kamer binnenkwam en deden alsof ze me leuk vonden.

Na zijn studie, toen hij terugkwam, nodigde hij niemand meer uit, waarschijnlijk schaamde hij zich dat hij nog thuis woonde. Of het was gewoon praktisch. Waarom zou je hierheen komen als iedereen die je kent al een huurhuis heeft?

De auto maakt een draai en ik stop ernaast. De bestuurster lijkt klein in de stoel. Ze is ongeveer even oud als Cully, schat ik. Donker haar, een rond, blozend gezicht, een beverige glimlach. Mooie groene ogen, net edelstenen. Ze ziet er geschrokken uit.

'Hallo,' zeg ik. 'Kan ik je helpen?'

Een stem op de radio buldert. 'Ik wil maar zeggen...' De dj lacht. '... mensen weten niet hoe ze in de sneeuw moeten rijden.' We luisteren naar dezelfde zender, beseffen het tegelijkertijd en zetten hem allebei zachter.

'Ben je verdwaald?' vraag ik.

Het lijkt of ze iets wil zeggen, maar ze doet het niet.

'Moet je maar eens zien,' zegt de dj. 'Na deze storm zwabberen de toeristen weer over de weg.'

'We zouden vanavond heel veel sneeuw krijgen,' zegt ze. 'Vijfentwintig centimeter.'

Ik glimlach hartelijk.

'Ik ga door de buurt om te vragen of mensen willen dat ik morgen langskom. Om sneeuw te schuiven. Ik was net... Ik ga nu.'

'Geweldig,' zeg ik, want ik heb medelijden met haar en wil misschien iets te graag een jong iemand om me heen hebben. Ik mis hen, de jongeren – ze verdwenen toen Cully stierf, ze lieten me zitten. Zo'n beetje alle sociale dingen die ik in mijn leven deed kwamen door hem, doordat ik een kind had. Hij was net een toegangskaartje. Toen hij ging studeren, zag ik ook nog wel mensen, maar vooral mensen die kinderen van zijn leeftijd hadden, of gewoon Suzanne. Wat nu? vraag ik me af. Niemand zal me meer vragen om iets te gaan doen. Iedereen zal zich rot en opgelaten voelen. Jongeren die ik kende zullen hier terugkeren en medelijden met me hebben, zullen zich inhouden over hun succes, hun baan, hun huwelijk, hun kinderen. Ik ben net een gezin met drie of meer kinderen. Je nodigt ze niet uit, want dat is zo lastig met het eten.

'Ik zou wel iemand kunnen gebruiken,' zeg ik. Ik wil mijn portemonnee pakken, al kan dit allemaal wel een oplichterstruc zijn en neemt ze het geld aan en komt ze niet meer terug.

'Dat hoeft niet,' zegt ze, als ik mijn tas op mijn schoot zet. 'Ik ben niet echt serieus…'

'Geloof me maar, het is hier één grote chaos.' Ik doorzoek mijn onhandige tas, die me altijd in hoge mate frustreert. Energiereep, portemonnee met muntjes, bonnetjes, kruimels. 'Als ik je niet nu betaal, dan… O, lekker dan, ik heb geen contant geld. Maar binnen ligt nog wel wat.'

We kijken naar elkaar en dat is niet eens heel erg ongemakkelijk.

Ze ziet eruit alsof ze honger heeft. Ik zou haar de energiereep kunnen geven. Ik zou hem door haar raam kunnen gooien, maar stel dat hij tegen haar gezicht knalt? Ze heeft een leuk gezicht: volle lippen, hoge, uitstekende jukbeenderen, iets etnisch misschien. Of niet. Mooie meisjes zijn tegenwoordig anders. Ze hebben diepte. Ik zie mijn eigen type, de blondine, als vrij rechttoe rechtaan.

'Dus,' zeg ik, 'kom je morgen terug? Dan kan ik je betalen.'

Ze aarzelt. Is ze van gedachten veranderd en wil ze dat ik vooruitbetaal?

'Oké,' zegt ze.

Grappig, Cully deed dat ook, er tijdens een sneeuwstorm opuitgaan met zijn sneeuwschuiver om iets extra's te verdienen. Ik open de garagedeur met de afstandsbediening, opgebeurd door het feit dat mijn vader zich daarbinnen niet aan het vergassen is. Niet dat hij dat zou doen, maar tegenwoordig weet ik niets meer zeker. Het meisje heeft haar auto nog steeds niet gekeerd.

'Oké, ik zie je dan!' zeg ik.

Het lijkt alsof ze er nog iets aan wil toevoegen. Ik geef haar wat tijd. 'Kom maar langs wanneer je wilt. Als ik niet thuis ben, laat ik het geld achter op het terras. O, en ik weet niet of je al bij dat huis bent geweest?' Ik wijs naar een huis links. Ze schudt haar hoofd. 'Goed. Daar zou ik ook niet heengaan. Duitse kerel. Intens. Schreeuwt tegen zijn kinderen. Hij vloekt, de hele mikmak. Hij hamert overal spijkers in, bij wijze van meditatie denk ik.'

Ze glimlacht, een beetje. Ze lijkt niet op de andere jongeren die hiernaartoe verhuizen. Je hebt de arrogante, luie types die geen oogcontact maken en de levendige types die net zo goed als entertainers op een Disney-cruise zouden kunnen werken. Zij lijkt geen van beide te zijn. Ze is iemand met iets bedachtzaams en doelbewusts in haar blik.

'Sarah?' zegt ze. 'Ik bedoel, mevrouw St. John?'

Ik zet de radio nog zachter. 'Hoe wist je hoe ik heet?'

'Van de tv.'

'O ja.' Het verbaast me dat ze mijn programma heeft gezien.

'Ik zou nu kunnen beginnen als u wilt.' Ze kijkt naar beneden en ik kijk uit mijn raampje naar de grond.

'Er is nu niet echt veel te doen,' zeg ik, en ik vind het jammer dat ik dat moet zeggen.

'Juist,' antwoordt ze.

Ik aarzel, ik weet niet hoe ik haar moet wegsturen, en kijk op naar het huis.

'Eerlijk gezegd is het houten terras spekglad,' zeg ik, blij dat ik een reden heb gevonden om haar te houden. 'Misschien kun je daar beginnen.'

4

Als ik binnenkom, zit mijn vader op zijn plek op de bank. Soms lijkt het wel alsof hij eraan is vastgenaaid. Hij is bijna een jaar geleden bij me komen wonen nadat hij zijn huis had verkocht en ik wilde dat hij de tijd nam om een perfect huis te vinden. Eerst stortten we ons helemaal in het onroerend goed. We vonden het leuk om naar verkoopklare appartementen te kijken, brochures te verzamelen. Toen werd het minder dringend. Hij vond een vaste routine bij ons. Hij en Cully deden samen boodschappen. Ze gingen snowboarden op doordeweekse dagen en speelden elke avond dat Cully thuis was pool. Ze keken films en hun vaste tv-programma's: sport, Discovery Channel en *Rad van Fortuin*. Geen van hen had ooit eerder met een andere man in huis gewoond en het gezelschap dat ze elkaar boden leek beiden vervulling te geven.

Voordat mijn vader bij ons introk, ging Cully vaak naar mijn vader toe aan Ridge Street, maar het was anders nu hij daadwerkelijk bij ons in huis woonde. Vanuit mijn bed hoorde ik hen beneden poolen of lachen om een sketch uit *Saturday Night Live*. Het geklik van de poolballen zorgde voor een gevoel van veiligheid, dat geluid mis ik heel erg. Ik weet pas nu hoe dol ik daarop was.

Na Cully's dood hebben we geen poging meer gedaan om een eigen huis voor hem te vinden en nu weet ik niet of dat er ooit nog van zal komen.

Ik kijk naar de televisie, en ja hoor, hij staat op Kanaal Twee. Hij lijkt niet genoeg te kunnen krijgen van het thuiswinkelkanaal. Op televisie praten twee vrouwen over een televisie.

'Hij komt de kamer in,' zegt een van hen. Ze heeft strakke krullen en een hoog voorhoofd. 'Hij wordt een deel van je.'

Het is net alsof je naar een revival kijkt; de andere vrouw heft haar armen hoog in de lucht. Ik herinner me haar nog van gisteren, toen ze haar hoofd schudde om te laten zien hoe krachtig een wetenschappelijk ontwikkeld haarproduct was.

Ik hang mijn jas op, maar houd mijn laarzen aan. Ik kijk naar buiten, naar het meisje op het terras. Ik heb haar een sneeuw-schep gegeven en ze kijkt alsof ze er nog nooit eerder een heeft gezien. Ze is niet gemaakt voor dit soort klusjes.

'Wat zijn ze toch verdomd hartstochtelijk,' zegt mijn vader.

Ik kijk weer naar de televisie. 'En bezield,' zeg ik. 'Het is eigen-lijk verbazingwekkend.'

'Dat bedoel ik,' zegt hij. 'En ze blijven maar doorgaan. Ze gaan maar door, met hetzelfde product, en hun vreugde kent geen grenzen!'

Hun passie inspireert hem zozeer dat hij van alles heeft ge-kocht, waaronder facelifttape. Nadat hij zeven verhalen van ge-bruikers had gehoord, was mijn vader ervan overtuigd dat hij er niet alleen beter zou gaan uitzien, hij zou zich ook beter gaan voelen. Het zou, zoals Cynthia de levenscoach verklaarde: 'Je wakker schudden, je nieuw leven inblazen, en je zou weer degene worden die je echt bent.'

Nadat hij zijn bestelling had geplaatst, besefte hij dat hij zojuist een rol plakband had gekocht tegen drie termijnbetalingen van 29 dollar 50. Toen het arriveerde, probeerde hij het natuurlijk uit. Hij plakte het ene eind van het plakband aan zijn voorhoofd, het andere op zijn haarlijn. Toen ik binnenkwam was hij net klaar met een kant, en dat had een Jekyll en Hyde-effect. De ene kant: mistroostig. De andere, tja, een beetje nichterig. De ene kant: verstandig. De andere: vol verbazing. Voor zijn pensioen had hij dit nooit gedaan en na Cully's dood verdubbelde de hoeveelheid aankopen.

'Hoe ging het vandaag?' vraagt hij.

'Ging wel,' zeg ik, terwijl ik naar de vrouwen kijk. O, wat doen ze me toch aan mezelf denken, aan wat ik doe. 'Eerlijk gezegd ging het helemaal niet.' Ik denk aan mijn houding jegens iedereen, mijn lichtgeraaktheid. Ik voelde me net een personage uit een kinderboek. Een draak die aardig is vanbinnen maar lelijk vanbuiten zodat niemand met haar wil spelen.

'We moesten het hebben over de nieuwe prijs van de skipas. Dickie kwam niet opdagen, maar wij, nou ja, Katie heeft het afgehandeld.'

'Hoeveel kost hij nu?'

'105 dollar.'

'Poeh, dat is nogal wat. Heftig.'

'Ik weet het.'

Ik loop de keuken in. Hij heeft borden in de gootsteen laten staan en ik zet ze in de vaatwasser.

'Maar helaas,' zegt hij, 'niemand mag of kan klagen. "Klote," zei de koningin, "als ik die had was ik koning".'

En nu gaat hij een preek afsteken die me zal verbijsteren, maar die ik ook interessant zal vinden.

'Klagen waarover, pap?' vraag ik, om een voorzetje te geven.

'De prijsverhoging van de skipassen,' zegt hij. 'Als ze willen dat ze nog evenveel kosten als vroeger, zeg dan maar dat ze een stuk touw moeten pakken, dan worden ze omhooggesleept als een kalf aan een koord. Ze mogen mijn houten ski's hebben met de berenvallenbindingen en mijn schoenen van zeehondenhuid. Ha! Moet je je voorstellen: al die klojo's in hun, eh, zwarte maillots en geavanceerde schoenen – zie je voor je dat ze mijn zeehondendingen dragen?'

'Nee, dat kan ik me niet voorstellen. Zeg, er is een meisje buiten…'

'Vertel je kijkers…' Hij kijkt om vanaf zijn plekje op de bank om zeker te weten dat ik luister. 'Vertel ze dat de skipassen duurder worden omdat mensen het willen.' Hij schreeuwt, maar zijn ogen glimmen van plezier. Hij is hier dol op. 'Yuppieficatie: het creëren van een hogere stand; het aantrekken van hogere klassen door praalzucht en overvoering.'

Ik leun tegen het aanrecht. 'Overvoering?'

'De skipassen zijn duur omdat de mensen willen dat het leven hier onbetaalbaar is,' betoogt hij. 'Het beste is alleen het beste als anderen het niet kunnen kopen. En jij wel,' zegt hij tegen het onzichtbare publiek, 'omdat jij de gelukkige bent. Omdat je hard hebt gewerkt. Je wilt je vrienden aftroeven die naar het Comomeer op vakantie zijn geweest. Je wilt een huis op Shock Hill kopen. Een week vakantie in dat huisje aanbieden op de veiling op de school van je kind. En dat is je goed recht. Het recht op leven, vrijheid en het najagen van een tweede huis. Vertel ze dat maar.'

'Goh, pap, oké. Wat een goede punten.' Ik glimlach, ga weer verder met waar ik mee bezig was en doe de koelkast open. 'Ben je nog naar de winkel geweest? Ik niet.'

'En vergeet niet de motivatie van Breckenridge te benadrukken,' zegt hij, 'die zijn oorsprong altijd vindt in bezorgdheid om het milieu of om sociale of culturele kwesties. Een Philip Morristactiek, vind je niet? Sigaretten maken en tegelijkertijd een stichting oprichten – voor kinderen! – om mensen te helpen te stoppen met roken.'

'Ze zijn voor de rechter gesleept,' vertel ik, 'en je maakt je nu te druk. Je lolletje is voorbij.'

'Breckenridge kan hetzelfde: mensen ervan overtuigen dat het kappen van bos en prijsverhogingen op de een of andere manier ten goede komen aan ons ecosysteem, zieke kinderen en de kunst. Nou ja, zoiets zou je moeten zeggen.'

'Bekijk het volgende programma maar,' stel ik voor. 'Ik praat over mensen die bontartikelen nodig hebben.'

'Bedenk een formule,' gaat hij verder.

'Neem je hartslag even op,' zeg ik.

'Mensen voelen zich veiliger als dingen meer kosten. Ze zullen een hogere prijs verkiezen omdat dat appelleert aan hun hoge normen. Er zijn zoveel manieren om te suggereren wat iemand moet verlangen.'

'Oké,' zeg ik. 'Ik suggereer hierbij dat je ernaar moet verlangen om naar buiten te gaan.' Ik loop de keuken uit, werp een blik door het raam en loop dan naar hem toe omdat ik vermoed dat hij misschien zijn facelifttape draagt, maar ik zie niets. Hij ziet er gewoon uitgerust uit. Ik ga naast hem zitten. Hoewel ik klaag, weet ik niet wat ik had gedaan zonder mijn vader, die me na Cully's dood elke dag op mijn lip zat. Misschien heeft hij hetzelfde gevoel en ik denk dat onze behoefte ons een beetje degradeert. We doen net alsof die behoefte niet bestaat door ons te ergeren aan elkaars gewoonten, maar we hebben elkaar zonder woorden gedwongen om te eten, ons aan te kleden, de vloer te vegen. Ons leven heeft decorum, enig fatsoen. We eten maaltijden in plaats van cornflakes met een fles wijn en popcorn. We peuteren niet de restjes tussen onze tanden uit om ze op te eten. We lopen niet de hele dag in ons ondergoed. We zetten het vuilnis aan de weg. Als ik samen met hem ben, krijg ik niet het gevoel dat ik een loser ben als ik *The Biggest Loser* kijk. Zonder hem zou ik Betty Ford kunnen zijn. Ik ben dol op een wijntje. Voorlopig brengt het me een beetje tevredenheid, of in elk geval iets wat daarop zou kunnen gaan lijken. Soms denk ik dat de geheelonthouders meer hulp nodig hebben dan de bourgondisch ingestelden.

'Hé, vind je die mooi?' vraagt hij.

Ik kijk naar de televisie, waar een vrouw met haar arm vol zilveren armbanden volhoudt dat ze het verschil niet ziet tussen sieraden van David Yurman en de goedkopere imitatie van Yavid Durman.

'Nee,' zeg ik. 'Je gaat me niet vertellen dat je dat hebt besteld.'

'Dat ga ik je niet vertellen,' zegt hij.

'En je hebt de laatste tijd ook niets anders besteld, toch?'

Hij antwoordt niet, wat betekent dat hij dat wel heeft gedaan. Ik sta op en de wereld om me heen fonkelt van de zwarte sterretjes. Mijn ingewanden voelen zo zompig en brijig als chutney in een potje en ik ben bijna jaloers op mijn vader. Hij is altijd netjes gekleed in een spijkerbroek en zijn favoriete capuchontrui, of soms een overhemd met kraag. Hij is gladgeschoren, ruikt schoon, is best knap, op de een of andere manier welgemoed, maar voor een man is dat allemaal waarschijnlijk goed te doen. Als je naar hem kijkt zou je niet raden dat hij een beetje maf was, een beetje down, tenzij je wist dat hij zich op de meeste dagen netjes verzorgde en dan in zijn eentje thuis bleef zitten.

'Ik heb iemand ingehuurd om sneeuw te schuiven,' zeg ik.

'Waarom zou je iemand betalen om te doen wat ik zelf kan?' vraagt mijn vader.

'Ik dacht dat je haar een handje kon helpen.' Ik loop naar het raam.

'Haar?'

'Ja. Ik had medelijden met haar. Laat het haar maar een paar keer doen. Er komt vanavond een flinke bult sneeuw. Ze is hier nu toch al zo'n beetje.'

'Wat?'

'Kom maar kijken.' Ik zie hoe ze met de sneeuwschep de trap aanvalt. Ik zou haar moeten tegenhouden, tegen haar moeten zeggen dat ze even moest rusten. 'Ze maakt de trap ijsvrij. Dat probeert ze althans.'

Hij komt achter me staan. 'Jezus, Sarah. Zeg tegen haar dat ze naar huis moet gaan. Die dikke vriendin van je is er. Suzanne.'

'Dat mag je niet zeggen.'

'Grapje,' zegt hij.

'Is ze er al? Ik heb haar auto niet gezien.'

'Nou, ze is beneden. Kijk haar trui daar.' Hij knikt naar de keuken. 'Die trui die die barkruk verstikt.'

Ik kijk naar haar zalmkleurige trui. 'Wat is daarmee?'

'Het is maat GG. Weet je waar dat voor staat? Dat staat cursief op het label: *Gul Geschapen.*'

'Waarom zou je naar de maat van haar trui kijken? Jemig, pap, dat is net zoiets als onder op iemands servies kijken.'

'Ik wilde even weten waar ik mee te maken had.'

Ik weet dat hij probeert me gelijktijdig aan het lachen te maken en te irriteren. 'Ik ga naar beneden om schoon te maken, ruimte voor je te creëren. Waarom ga je dat meisje niet helpen?'

Ik kijk naar de trap, maar ze is al boven op het terras. 'O.' Ik lach gegeneerd, maar dan besef ik dat ze me niet kan zien.

Mijn vader loopt naar de deur. 'Ik ga tegen haar zeggen dat we haar niet nodig hebben.'

'Niet doen!' zeg ik en om de een of andere reden duik ik weg, waarna ik weer naar buiten kijk. Ze ziet er zo ernstig uit, alsof ze slecht nieuws komt brengen.

'Stel dat ze OxyContin gebruikt?' vraagt mijn vader. 'Dat doen jongeren tegenwoordig. En ze snijden zich. En ze sturen sexsms'jes. Ze lokken perverselingen aan. Stel dat ze een moordenares is? Een sneeuwschuifmoordenares? Ze is klein, maar dat zijn fretten ook; snel en scherp. Weet je nog, die dakwerker bij mijn oude huis? Die stal mijn slee en bijl, maar ja, ik sleede en hakte er toch al nooit op los. Hm, dat klonk gek,' zei hij. 'Waar maak ik me trouwens druk om? Steel mijn leven maar.'

'Doe normaal tegen haar,' zeg ik.

Mijn vader doet de deur open, schermt zijn ogen af en stapt dan het terras op. 'Hallo,' zegt hij.

Ik loop achter hem aan.

'Hoi,' zegt het meisje.

'Ik ben Lyle,' zegt hij, terwijl hij zijn hand uitsteekt. Ze schudden elkaar de hand.

'Ik ben Kit,' zegt ze.

Ik ga naast mijn vader staan. 'Kit gaat ons helpen onze trap en ons terras ijsvrij te maken en…' Ik probeer met de punt van mijn laars wat ijs los te maken, alsof ik help.

'Ik zie grind,' zegt mijn vader. 'Volgens mij hoeft er vandaag niet geschoven te worden. En trouwens, zou je niet beter wat anders kunnen doen? Je bent veel te knap voor handenarbeid. Ga lekker belasting betalen zodat andere mensen dit voor jou kunnen doen.'

Ik por hem in zijn buik. Kit glimlacht en doet een stap terug. Ze heeft een zwart boek vast.

'Eigenlijk zit hier juist veel ijs,' zeg ik. 'Dat wilde je al een tijdje wegbikken. Kit kan je mooi helpen.'

Kit. Interessante naam, die ik volgens mij nog nooit heb gehoord, behalve in boeken misschien, of bij die pop: Kit, het Amerikaanse Meisje. Of Kit Carson. Maar dat was een man.

Ze kijken elkaar aan en staren dan naar de trap. Het is net alsof ik iets heb geopperd waar ze allebei geen zin in hebben. Ik voel dat ik hen nog niet alleen kan laten.

'Zal ik een glas water voor je halen?' vraag ik.

'Nee, bedankt,' zegt ze.

'Een biertje dan?' vraagt mijn vader.

Ik kijk naar hem, maar hij spert alleen zijn ogen open en kijkt dan weg.

'Nee, bedankt,' zegt ze.

'Dat bied ik altijd aan,' legt hij uit. 'Het is een testje voor dagloners. Als ze ja zeggen, een paar slokken nemen en het tijdens hun werk verder opdrinken, zijn ze goed opgevoed en hebben ze een goed arbeidsethos. Als ze op hun reet gaan zitten en alles opdrinken, zijn ze lui en buiten ze je uit.'

'Wat betekent het als iemand nee zegt?' vraagt ze.

'Dat betekent dat het een vrouw is,' vertelt mijn vader.

Ik ben bang dat dit zijn tweede seksistische opmerking binnen een minuut is.

'Sorry,' zeg ik. 'Hij is een beetje… gek.' Maar zo te zien is ze

41

daar helemaal niet van ondersteboven. Ze heft haar hand en laat ons haar handpalm zien.

'Eelt,' zegt ze. 'Door het afdraaien van al die dopjes van bierflesjes.'

Goed zo.

'Heb je ooit van een flessenopener gehoord?' vraagt mijn vader.

Ze laat haar hand weer vallen. 'Ik heb nu het punt bereikt dat ik hem graag wil behouden.'

Mijn vader lacht en ik dus ook. We kijken haar allebei behoedzaam aan alsof ze een nieuw iemand is.

'De test gaat verder,' zegt mijn vader, en ik ontspan me. 'Ik kijk of ze het blikje zal achterlaten, vragen waar de prullenbak of de recyclebak is. Als ik ergens niet tegen kan, zijn het wel jongeren die niet recyclen. We zijn een virus, deze aarde is ziek en we doden onze planeet. Dat staat buiten kijf. Mensen moeten ophouden met fokken.'

Plotseling hoest ze, hard.

'Werk je liever in je eentje?' vraag ik.

'Nee hoor, geen probleem. Ik kan wel wat aanwijzingen gebruiken.' Ze glimlacht naar mijn vader, het lijkt oprecht en ik zie dat ze hem voor zich gewonnen heeft. 'En spierkracht natuurlijk.'

Verkocht.

En dus laat ik hen daarmee aan de gang gaan en ik ga weer naar binnen met het gevoel alsof ik mijn kind achterlaat bij een nieuwe oppas. Als ik weer binnen ben, kijk ik door het raam naar hen tweeën. Ik ben gerustgesteld en misschien een beetje perplex.

5

Ik loop naar beneden en ga Cully's kamer in. Het is een vloeiende, geoefende beweging – ik denk er niet over na. Ik stort niet in als ik binnenkom. Ik vertrek geen spier. Het is een kamer die moet worden schoongemaakt, meer niet.

'Hoi,' zeg ik tegen Suzanne. Ze ziet er geweldig uit, zoals altijd, met een iets wijd uitlopende pantalon aan en een crèmekleurige blouse met leren stukjes op de ellebogen. Haar korte bruine haar ziet eruit alsof het net geknipt is, haar schuine pony hangt vakkundig langs de zijkant van haar gezicht. 'Hoi, schat,' zegt ze. 'Je ziet er fantastisch uit.'

Ze heeft een cd van hem aangezet. De rapper zegt: *'Life's a bitch and then you die.'* Ik loop naar de stereo en zet hem zachter, verander dan van gedachten en zet hem weer harder. *Life is a bitch and then you die.* Dat is de meest ware uitspraak die ik vandaag heb gehoord.

'Ik hoop dat je het niet erg vindt dat ik alvast begonnen ben,' zegt ze.

'Nee hoor,' zeg ik. 'Dank je wel. Tjonge, wat zie je er toch geweldig uit.' Ik raak haar haar aan. 'Mooi.'

'Dank je wel. Highlights. Onderhoud.' Ze pakt een shirt van het bed en houdt het voor haar romp. 'Deze vind ik mooi,' zegt ze. *'Hog's Breath Saloon.'* Ze kijkt neer op het harige, bolle varken op haar borst. Ik kijk rond om te zien wat ze heeft gedaan, maar merk niets anders op dan de kleren op het bed. Ik ga naar de ladekast om meer shirts te pakken. Toen Cully klein was, dacht hij dat het een chocoladekast heette. Ik pak een handvol shirts die zo te zien niet schoon zijn. Cully propte zijn kleren altijd terug. Ze zijn verschoten en zacht en ik druk er een tegen mijn gezicht.

'Het kostte me al heel wat tijd om alleen zijn portemonnee te doorzoeken,' zeg ik. 'Hier ben ik echt mee geholpen.'

'Zo lang is het nog niet geleden,' zegt Suzanne. 'Je hoeft dit niet per se nu te doen.'

'Ik wil het doen,' antwoord ik. 'Ik heb er een goed gevoel over. Cully hield niet van spullen, weet je.' Ik kijk rond terwijl we de shirts opnieuw opvouwen. Het is een ontruimde kinderkamer, waarnaar hij teruggekeerd is alsof het een verzorgingsplaats was. Een bed, twee bijzettafels, zijn bureau en computer, een stapel studieboeken, voornamelijk over geologie. In zijn inloopkast liggen de dingen die ik voor hem heb bewaard; oude rapporten en tekeningen, beschilderde handafdrukken, foto's van ons, zijn leven beheerd door mij.

'Zag je dat ik een stukje verderop geparkeerd sta?' zegt Suzanne. 'Zo beweeg ik wat extra.'

Suzanne is zeven jaar ouder dan ik en hoewel we elkaar niet echt kenden toen we nog thuis woonden, hebben we door onze gezamenlijke ervaringen het gevoel dat we toch samen zijn opgegroeid. We zijn naar dezelfde school geweest, we woonden allebei dicht bij het postkantoor, onze vaders hadden ongeveer dezelfde baan. En toch hebben we verschillende resultaten geboekt. Zij was populair op de middelbare school, is in New York gaan studeren, is naar Vail verhuisd toen haar nieuwe man daar een baan kreeg en kwam hierheen toen ze zwanger was van Morgan. We zijn bevriend geraakt door onze kinderen, maar zo lijkt je sociale leven nou eenmaal te worden vormgegeven als je kinderen hebt. Je kunt je niet voorstellen dat dat meisje met de rode Land Cruiser dat rookt en haar T-shirts onder haar borsten vastknoopt op een dag je beste vriendin zal zijn.

Ik ga naar de ladekast om zijn shorts en broeken te pakken en werp een blik op haar GG-lichaam. Mijn vader heeft gelijk. Suzanne is altijd 'welgevormd' geweest, maar het afgelopen halfjaar of zo is ze wel heel veel aangekomen. Ik weet niet wat ik met haar aanmoet, met mijn hartsvriendin. Soms is ze degene met wie ik in mijn gedachten samen oud word. Ze kan een tragedie luchtig opvatten, verjaagt de wanhoop met een monoloog, een grapje, een paar ferme woorden – ze slingert de tragedie de ruimte in als een dode vis. Ze is leuk om mee te praten, films mee te kijken, wijn mee te drinken; maar de laatste tijd merk ik dat ik geïrriteerd raak als ze haar mond opendoet of er iets instopt.

Ik ben gaan focussen op details: de manier waarop ze haar magere vanilleyoghurt eet, aan het foliedekseltje likt, haar handcrème die ruikt naar maandverband met een geurtje, de manier waarop ze te dichtbij staat. Ze is iemand die in je persoonlijke ruimte komt. Soms schampt een van haar borsten mijn arm, wat me het gevoel geeft alsof ik geraakt ben door een zak met warme pap. De lijst irritaties, die ooit minuscuul was, is opvallend geworden, en nu is haar dochter er ook nog bij gekomen. Ik denk dat ze hetzelfde idee heeft over mij, dat ze mijn gekke trekjes bijhoudt en haar best doet ze te negeren. Wat doen vrienden soms toch onaardig tegen elkaar.

Ik stop de boxers meteen in de vuilniszak bij de deur, waardoor ik me schuldig voel, maar ook voldaan.

'Dit shirt ruikt naar… een meisje,' zegt Suzanne, die een shirt tegen haar neus drukt. 'Parfum. Ruik eens.' Ze houdt het shirt bij mijn gezicht. Ik ruik een vleug aardbeien, of de interpretatie van aardbeien van een make-upfabrikant. Het is de geur van jeugd en verveling en die voert me terug naar de onderbouw van de middelbare school, naar het bankje bij het behandelingshuis voor alcoholisten waar de populaire meisjes zaten – waar zij dus zat.

Misschien was het een meisje, met haar hoofd tegen Cully's

borst, dat haar geur achterliet als was het een visitekaartje. Haar parfum ging langer mee dan mijn zoon. Het kon langer meegaan dan wij allemaal. Ik zie Shay voor me, een en al decolleté en lippenstift. Ze hing rond in huis, met haar lippen uiteen. Het was net alsof ik naar een bierreclame keek en ik weet zeker dat ze zich bezighield met alle dingen die bierreclames subliminaal beloven. Misschien is zij het wel. Maar niet Chlamydia, want die waren zijn type niet. Cecilia: ik hoop van niet. Ze droeg T-shirts van negentig dollar en noemde sigaretten 'peuken'. Ze zei ooit tegen me dat ze vond dat kleren van Marc Jacobs eruitzagen alsof ze uit de kinderafdeling van een goedkope kledingwinkel gerukt waren. Cully en zij keken naar films die zogezegd zeer hooggewaardeerd werden. Ze gingen vaak over mensen die zaten te zitten en snedige opmerkingen maakten of over dieven die snedige opmerkingen maakten. Ze waren niet te harden en ik ben ervan overtuigd dat zij vond dat ze heel diepzinnig was omdat ze ernaar keek, en dat ik een idioot was omdat ik ze niet snapte, de symboliek niet begreep.

'Hij had geen vriendin,' zegt Suzanne. 'Dat zou Morgan wel geweten hebben.'

Morgan zou die rol zelf hebben willen vervullen, denk ik. 'Ze wist natuurlijk niet alles.' Dat probeer ik luchtig te zeggen. 'En ik zou het weten als hij een vriendin had. Die had hij niet, hoewel er natuurlijk wel meisjes waren.' De telefoon ging steeds, om hem heen was altijd iets gaande, met Cully kalm in het midden, in het oog van de storm. Ik ga naar de kast om mijn vaders boeken eruit te halen.

'Weet je zeker dat je jezelf niet ruikt?' vraag ik, en we glimlachen allebei. Suzanne wordt altijd omringd door een zware wolk parfum. Voor elk lichaamsdeel heeft ze een anders ruikende bodylotion. Maar ze zijn wel lekker, de geuren van haar lotions en make-up. Ze is de gulste persoon die ik ken en als ik eraan terugdenk is die gulheid naar mij en anderen toe altijd zonder voorwaarden en verwachtingen.

46

Ik had het eerder niet echt opgemerkt, maar haar geuren brengen me altijd onmiddellijk troost. Ze hebben iets bekends, troostends en moederlijks, en ik vraag me af of zij in onze vriendschap de moederrol vervult waarvan ik niet dacht dat ik die ooit had gemist of nodig had gehad. Ik kijk naar haar handen, die door de boeken gaan, boeken en films over dode jongens, en ik schaam me een beetje voor die bekentenis, het idee dat het zo zou kunnen zijn. We ruziën zelfs als moeder en dochter, en misschien is dat de reden waarom het ondanks mijn geïrriteerdheid voorbestemd is om op deze manier te gaan.

'Wat is dat allemaal?' vraagt ze.

'Gewoon, boeken. Ik weet van de helft niet waar ze vandaan komen.'

Mijn vader is al die deprimerende literatuur gaan verzamelen. Hij heeft de boeken verstopt, als nootjes voor een strenge winter. Ik wil ze weg hebben, wat hij prima vindt. Hij zegt dat ze niets hielpen. Ik vind het naar voor hem, dat hij dacht dat dat had gekund.

Ik zet de doos op bed en mompel: 'Ongelooflijk, wat zijn het er veel, en allemaal over hetzelfde onderwerp.' Ik pak er een uit: *Boy, Interrupted*. Nog een: *The Son Rises*. Goeie hemel. 'En ze gaan allemaal over jongens,' zeg ik.

Zijn die interessanter dan dode meisjes? Van die gedachte krijg ik het koud, net als van de gedachte aan mensen in heel Amerika die die boeken in een winkel of op internet kopen, gedreven door hun behoefte. Ik zou erom willen huilen, om die behoefte en om zijn moed om hulp te zoeken.

De boeken geven Suzanne zo te zien een ongemakkelijk gevoel. Ze stort zich weer op de kleren.

'In boeken worden meisjes blijkbaar vermoord,' zeg ik. 'Jongens gaan dood als ze avonturen beleven. Als ze de woeste baren bevaren of een Arabier vermoorden of een leeuw doodschieten.' *Of een lawine ontvluchten.* Maar dat zeg ik niet.

Volgens mij klopt mijn theorie als een bus. De jongens veroveren de natuur: een golf, een berg, een vulkaan, een dier, een of andere storm, allemaal een vervanging voor een vaag ideaal. Wat is hun ideaal? Wat proberen ze te bereiken? Wat betekent die leeuw? Kunnen jongens die leeuw niet gewoon van een afstandje observeren? Of een potje gaan schaken? Het doet me niet zoveel pijn als ik op die manier aan hen denk: als vage doorsneejongens, personages.

'We kunnen maar beter wat avontuurlijker worden, zodat we niet vermoord worden,' zegt Suzanne.

'Dat slaat nergens op.'

'Dat weet ik, ik…' Ze pakt een boek op met de titel *Understanding Your Grieving Soul after an Adult Child's Death*. De lange, exclusieve titel doet me denken aan die op waarheid gebaseerde films die mijn vader vaak kijkt: *She Met Him in November. Claire's Too Young to Be a Mother*. Zo specifiek.

'Die kunnen echt heel nuttig zijn,' zegt Suzanne. 'Ze hebben me veel geholpen bij Dickie. De woede, het verdriet, het loslaten. We doorlopen al deze stadia. Echtscheiding is een soort overlijden en…'

Oké, schiet mij maar lek.

'… er zijn stadia van rouw. Het troost me dat we niet alleen zijn. Grote tragedies, kleine…'

We zijn dus allemaal voorspelbaar. Ons DNA is bijna identiek aan dat van een orang-oetan. Maar dat is helemaal geen troost, net zomin als de gedachte dat Suzanne en ik vergelijkbare stadia doorlopen. Echtscheiding en de dood van een kind? Ik zou in elk geval andere stappen moeten krijgen. Maar ik weet dat Suzanne alleen maar probeert te helpen.

Ze legt een paar witte sokken met grijze tenen bij elkaar. Dan vouwt ze zijn skibroek op, de zwarte met ducttape erop. Ik weet nog welk geluid die maakte als hij liep. Het was waarschijnlijk het bekendste geluid ter wereld, het sissende geluid van zijn skikleren, of in de zomer het rollende geluid van zijn skateboard op de skatebaan voor mijn slaapkamerraam, de baan die ik heb laten weghalen. Suzanne pakt iets uit de broekzak, kijk ernaar en stopt het dan in de vuilniszak naast haar.

'Wat was dat?'

'Een reçu,' zegt ze. 'Van een filmkaartje.'

'Voor welke film?' Ik loop om de dozen heen en vis het uit het afval, weerhoud mezelf ervan om alles wat erin ligt na te kijken, zoals mijn vader altijd deed bij ons keukenafval. *Dit inpakpapier kunnen we bewaren voor kerstcadeautjes! Deze botten kunnen in de soep!* Ik kwam erachter dat zijn zuinigheid zijn oorsprong vond in zijn liefde voor winkelen. We bewaarden de botten en kochten een pizzaoven.

'Ik had gevraagd of je alles op het bed wilde leggen.'

'Ik wist niet dat je dat soort dingen ook bedoelde,' zegt Suzanne.

'Dat zijn precies de dingen die ik bedoelde.' Ik houd het kaartje vast. *The Other One.* Cully heeft een film gezien die *The Other One* heet. Hij heeft in de Storyteller Cinema een film gezien. Hij heeft het kaartje in zijn zak gestopt. Hij had zijn skibroek aan naar de bioscoop. Wat grappig. Wat vreemd. Wat prachtig. 'Dit is belangrijk,' zeg ik. 'Dit is interessant voor mij.'

'Sorry,' zegt Suzanne. Ze vouwt snel kleren op alsof ze aan de lopende band staat. Als het Morgans kleren waren zou ze de tijd nemen om naar elk kledingstuk te kijken, om het achtergrondverhaal te vertellen.

'Ik zou beter moeten weten,' zegt ze. 'Ik heb hetzelfde gedaan met al Dickies spullen.'

'Niet hetzelfde,' mompel ik.

'Maar ik besef nu dat een reçu gewoon een reçu is. Een das is een das, het is geen belichaming van Dickie, toch? Als we niet in scheiding lagen, hadden zijn spullen me geen drol kunnen schelen.'

Daar gaan we.

'Je zou toch denken dat een man in zijn positie zijn boxershorts zou weggooien als er gaten in zaten, maar nee hoor, hij laat alles er gewoon uithangen. Hij zou net zo goed een rok kunnen dragen.'

Ik ben een slechte vriendin, ik houd op met luisteren. In plaats daarvan luister ik naar de muziek, die vreemd genoeg troost biedt, alsof de rapper en ik een geheimpje delen. *That's why we puff lye 'cause you never know when you're going to go.* Wat is 'lye'? Straattaal voor crack? Voor ice? Is dat hetzelfde? Of zegt hij: *That's why we puff live?* Waarom articuleren die jongeren toch zo beroerd?

Ik schuif de doos vol boeken met mijn voet naar de deur, waar een gevulde tas staat, en voel me net een uitsmijter.

Suzanne zwaait met een bonnetje. 'Mi Casa,' zegt ze.

Ik knik en ze gooit het weg. Ik overweeg het weer op te zoeken als ze niet kijkt, maar dat doe ik niet, want dat zou stom zijn. Stom, stom, stom. Ik zou me denk ik niet zo druk maken om die kleine dingetjes als er meer kleine dingetjes waren. Maar in zijn kamer zijn zo weinig aanwijzingen. Een poster aan de muur – *Never Summer Snowboards* – vrij weinig kleren in de kast, cd's, een motorcrosstijdschrift, rommel op zijn bureau. Toen hij hier was, viel het me niet op dat het zo kaal was, maar nu zie ik alleen nog maar hoe weinig er over is.

De geur van schoonmaakmiddel en Cully's deodorant valt me op. Ik strijk met mijn hand langs zijn opgehangen kleren. Ik vind het marineblauwe jack en kan me er niet toe zetten het weg te gooien.

'Die bewaar ik voor mijn vader,' zeg ik.

'Dat is mooi.' Suzanne vouwt het Hog's Breath-shirt open. 'Mag ik dit aan Morgan geven? Ze zou het geweldig vinden. Tenzij jij...'

'Ga je gang.' Ik kijk naar het shirt, heb er spijt van. Ik kan er met mijn hoofd niet bij hoe snel dit gaat.

'Ze belde laatst,' zegt Suzanne. 'Het was heel laat. Ze liep naar huis van een of ander feest. Ze was zo van slag.'

'Over Cully of over de echtscheiding?' vraag ik, en ik voel me kil omdat ik moeite moet doen hier iets bij te voelen.

'Allebei. Maar het is vreemd, ik genoot ervan. Ik was blij dat ze verdrietig was.'

50

'Dat is normaal. Je voelde je nodig en je was blij dat je er voor haar kon zijn.'

'Maar het komt zo zelden voor,' zegt Suzanne. 'Je kent Morgan: zo volwassen, altijd capabel. Voor het grootste deel gaat ze er goed mee om. Het gaat goed met haar, zoals altijd.'

Of zelfs nog beter, denk ik. Soms denk ik dat ze zich door Cully's dood belangrijker voelt, maar ik begrijp wat Suzannes probleem is, want ik heb het ook. Ze wil gezelschap hebben in de put. Haar dochter heeft die eerste stadia van rouw overgeslagen of heeft er een snelcursus in gedaan en zweeft in haar stadium van acceptatie. Ze is nu de dochter van een echtscheiding. Ze is een meisje dat zich haar dode vriend zal herinneren. Ze is Morgan!

Ik was vijf toen mijn moeder stierf aan longkanker. Ik weet hoe het is om jong te zijn en je leven weer op te pakken. Voor het eerst vraag ik me af hoe mijn vader zich voelde: hij zag zijn kind rouwen om het verlies van haar moeder en de volgende dag weer met haar vriendjes spelen.

Ik vraag me af hoe het daarboven met hem gaat. Ongetwijfeld geniet hij veel te veel van Kits gezelschap. Hij heeft haar natuurlijk al gevraagd waar ze vandaan komt, wat haar ouders doen, hoe oud ze is, waarom ze in Breckenridge is, waar ze heeft gestudeerd of waar ze nu studeert, wat ze met haar leven wil doen en of ze tien procent van haar inkomsten op een spaarrekening zet. Hopelijk heeft hij niet gevraagd of ze aan de oxy zit, of ze zichzelf snijdt.

Ik stop de opgevouwen kleren in plastic zakken voor het Leger des Heils. Het zijn maar kleren, voorwerpen.

'Wat is het precies?' vraag ik. 'Dat feestje op Broadmoor.'

'Precies dat. Een feestje.'

'Dus, geen toespraken of...'

'Ik weet alleen maar dat Morgan heel hard gewerkt heeft,' zegt ze.

'Oké,' zeg ik, want ik bespeur een afwerende reactie. 'Ik wilde gewoon een beetje voorbereid zijn, mijn vader vertellen wat hij kan verwachten.'

'Het wordt een soort cocktailreceptie,' zegt ze, plotseling gerustgesteld. 'Een feestje. Iets waarmee de universiteit eer bewijst aan een voormalige student. Ik denk zelfs dat Morgan een precedent schept. Het is nog nooit eerder gedaan.'

Voor andere dode kinderen. Het schiet ongewild door mijn hoofd. *Voor dode alumni.* Het is vreemd waarvan ik tegenwoordig een goed gevoel moet krijgen of waardoor ik me geëerd moet voelen.

'Ik had dit laatst voor je gekocht.' Suzanne loopt naar haar tas, die op de ladekast ligt. Ik zie dat ze mijn gedachten heeft gelezen, ze misschien wel wil bevestigen, maar daarvoor haar dochter tekort moet doen. Ze geeft me een rode fles. 'Ik ben hier dol op,' zegt ze. 'Het is een wondercrème, gemaakt door monniken in rijstvelden.'

'Dank je wel. Is het duur?'

'Natuurlijk.'

'En werkt het?' vraag ik.

'Ik weet het niet, kijk eens?' Ze draait haar gezicht naar me toe.

Ik kijk naar haar ogen, haar voorhoofd en gladde wangen. Ze ziet er hetzelfde uit als vorige week, vorige maand, vorig jaar. 'Wat heb je toch een mooie huid,' zeg ik.

Ik denk aan de hasj die ik heb gevonden, loop naar zijn nachtkastje en open de la. 'Hier. Ik heb ook iets voor jou. Gemaakt door boeren in marihuanavelden.' Ik geef haar de drie zakjes.

'O, jemig,' zegt ze.

Ik heb nog nooit iemand zoveel hasj zien roken, afgezien van Billy, Cully's vader, maar die was toen nog jong. Suzanne is bijna vijftig en hasj is iets nieuws waarmee ze is begonnen sinds de problemen met Dickie – dat en het eten, en in beide is ze erg goed.

'Ik heb geen idee wat dit is,' zeg ik, en ik geef haar iets met een koord en een stop.

'Dat is een verdamper,' zegt ze.

'Wat is dat?' Vroeger rookte ik uit een waterpijp, een appel, een glazen pijp, een colablikje en een marihuanapijp die 'de eerwaarde' heette, maar ik had nog nooit van een verdamper gehoord.

'Het is om damp in te ademen en niet om te roken,' zegt ze. 'Zodat het schoon is. Puur.' En ze voegt eraan toe: 'En ouders het niet kunnen ruiken.'

We trekken onze wenkbrauwen tegelijkertijd op en ik glimlach, ook al is er iets wat me dwarszit; irritatie en schaamte dat hij een geheim voor me had, maar natuurlijk deed hij dat soort dingen. De schaamte komt doordat Suzanne er getuige van is. Ik blijf in beweging, stop van alles in zakken en zet ze dan in de hal.

'Nou, ga je gang en neem het allemaal maar mee,' zeg ik. 'Rook het, verdamp het, wat je wilt.'

'Ik weet het niet,' hoor ik haar achter me zeggen. 'Ik heb het gevoel dat ik dat niet moet doen. Het is van hem en...'

'Jezus, het zijn drugs. Als het Xanax was, zou ik het nemen. Ik ga het niet inlijsten. Hij had huisarrest gekregen als ik dit eerder had gevonden...'

'Sorry, ik wilde alleen maar respectvol zijn.'

'Nou ja, ik zou iemand van tweeëntwintig natuurlijk geen huisarrest geven,' zeg ik. 'Ik zou tegen hem geschreeuwd hebben. Ik zat hem altijd op zijn huid, was altijd op hem aan het vitten.' De tranen springen me in de ogen. Maar ik blijf bewegen, duw de emotie weg.

'Hij zou binnenkort uit huis zijn gegaan,' zegt ze. 'Hij zou zijn zaakjes voor elkaar hebben gehad.'

Ik loop weer naar binnen, naar de stereo, en zet een andere cd op, een ouwetje van iemand die Common Sense heet. Mooi. Het is rap, maar nu niet zo boos. Het heeft een vrolijke beat. Hij slist charmant. *They say become a doctor but I don't have the patience.* Dat is mooi. Slim. Ik haal diep adem, de emotie zakt af.

Suzanne loopt de kast in. Ik breng nog een doos boeken naar de deur, lees de titels op de ruggen: *Death of a Grown Grandson: A Survival Guide, Lullabies for Bereaved Grandparents,* en *Chicken Soup for the Bereaved Soul.*

Ik heb er niet een gelezen. Het enige wat ik heb gelezen is een artikel dat ik op internet tegenkwam op de dag dat hij overleed.

Het artikel heette: 'Het gouden uur' en ging over de zestig minuten die een slachtoffer na een ongeluk heeft om hulp te krijgen. Het is een uur vol hoop en belofte, betere uitkomsten en statistieken. Ik was zo wanhopig, zo stom en ik kan er niet bij dat ik op dat moment dat soort onderzoek deed. Op de dag van zijn dood. Wat moet ik verloren zijn geweest.

We waren het gouden uur allang voorbij. Ook had ik hem in de bergpas al gezien en moesten mijn vader en ik naar het ziekenhuis om van dr. Braun, wier krulletjes net een heg vormden, te horen dat hij dood was. Ze droeg een cargobroek, een coltrui onder haar witte jas en Crocs met hakken, waardoor ze onbetrouwbaar overkwam. Ik wilde een oude dokter, een blanke mannelijke alcoholist, het soort waarmee ik ben opgegroeid. Zo'n arts kon hem op de een of andere manier ontdooien.

Dr. Braun had gezegd: 'De ouders van de andere jongens zijn op de derde verdieping als jullie hen willen zien.'

Mijn onmiddellijke gedachte was: *Welke andere jongens?* Er bestond niemand anders voor mij.

Ik besef dat dat nog steeds mijn probleem is. Ik ben er niet blij mee. Zo wil ik niet zijn. Het is niet zo dat ik mezelf meer waard vind dan anderen. Misschien wil ik anderen juist beschermen tegen zo iemand als ik, wil ik hen ervoor behoeden om een keuze te maken uit aangeleerde uitdrukkingen en emoties.

'Goed gedaan,' zegt Suzanne.

'Ja,' zeg ik. 'We doen het goed.'

We zijn efficiënt tewerk gegaan en ik vraag me af of dat te maken heeft met de spanning in de kamer. Is haar die überhaupt wel opgevallen? Ik kijk rond, naar de zakken met opgevouwen grote T-shirts, de spijkerbroeken maat 34, de enige snowboard-poster, een restant van zijn puberzelf. Dit is een kamer van iemand die niet van plan was hier langer te wonen.

'Wil je een glas wijn?' vraag ik.

'Natuurlijk,' zegt Suzanne.

Ik ga naar boven en schenk twee glazen chardonnay in, de enige wijn die ze lekker vindt. Ik vind het meer een drankje voor oude dames. Ik wil weer naar beneden gaan, maar als ik mijn vader en dat meisje samen buiten zie, blijf ik staan kijken. Ze schrapen eensgezind ijs van het terras in wat een vriendelijke stilte lijkt. Het lijkt erop alsof ze probeert een boom om te halen met een botermes, maar blijkbaar vindt ze het leuk. Dat zou ik ook vinden: het repeterende karakter, de namiddagzon op mijn rug, het optillen van grote brokken ijs. Het zou bevredigend zijn, zoals verf afkrabben of velletjes van je verbrande huid trekken, of boete doen.

Ik zet de wijn neer, pak contant geld uit de keukenla, loop naar de deur van het terras en schuif hem open. 'Gaat het daar een beetje?'

'Het gaat prima, toch, juffrouw Kit?'

Mijn vader hangt met zijn lichaam op zijn schep en kreunt alsof hij aan het bankdrukken is. Hij doet meer in één schep dan zij in vijf.

'Ik moet bijna weg,' zegt ze.

'Ja, je moet nog biertjes opendraaien,' zegt mijn vader.

'Nee,' zegt ze. 'Ik moet nog wat dingen doen.'

Ik zoek naar teleurstelling op het gezicht van mijn vader. Zo actief heb ik hem al een tijdje niet gezien. 'Ga jij je wilde haren maar losgooien,' zegt hij. 'Maak er een foto van voor me.'

'Mijn wilde haren zijn al uitgevallen,' zegt ze, en ze werpt me een snelle blik toe. 'Ik denk dat ik gewoon ga liggen.'

'Hoeveel zijn we je schuldig?' vraag ik.

'Laat mij maar,' zegt mijn vader.

Hij pakt zijn portemonnee uit zijn achterzak en haalt er meer uit dan nodig is.

'Laat maar zitten,' zegt ze.

'Hoe bedoel je, "laat maar zitten"?' vraagt mijn vader. 'Doe je vrijwilligerswerk of ben je biergeld aan het verdienen?'

Hij geeft haar het geld en ze neemt het aan.

'Bedankt,' zegt ze.

Ze kijken elkaar in de ogen. Ik voel met hem mee. Hij mist waarschijnlijk het gezelschap van jonge mensen. Hij en Cully snowboardden vaak samen. Cully had hem jaren geleden al van zijn ski's gekregen en op een snowboard gezet. Soms namen ze de shuttlebus en als ze uitstapten, met hun board onder de arm en muts tot over hun oren, zagen ze er van een afstandje ongeveer even oud uit. Dan zagen ze eruit als vrienden. Ik wilde dat ik dat nog een keer kon zien.

'Kom morgen maar terug,' zegt mijn vader. 'Dan zal ik je echt aan het werk zetten. En breng betere handschoenen mee. Of hé, ik heb nog wel een paar voor je.' Hij kijkt me opgewonden aan.

'We hebben allerlei spullen, als je ze wilt,' zegt mijn vader. 'Houd je van rap? Of punkrock? New en old school. We hebben heel veel platen, ik bedoel cd's, die je mag hebben. We hebben handschoenen, hoeden…'

'Die zijn misschien een beetje groot…' reageer ik bezitterig.

'Boeken,' gaat hij verder. 'Je mag alles hebben.' Die laatste zin spreekt hij uit als een verkoper, en dan fladdert hij met zijn hand voor zijn gezicht en wuift zo zijn eigen grapje weg.

Ze kijkt me aan en lijkt iets te zien aan mijn gezichtsuitdrukking, hoewel ik mijn best doe die nietszeggend te houden.

'Ik moet weg,' zegt ze. Ze zet de schep tegen de reling, iemand die voor het sneeuwschuiven onze sneeuwschep moest lenen. Het is zo stil bij ons in de straat dat ik het gevoel krijg dat we op een podium staan. Er valt stuifsneeuw.

'Echt waar.' Hij klinkt al minder enthousiast. 'We hebben allerlei dingen die je best zou kunnen gebruiken. Kom maar even binnen, dan kun je kijken of er wat tussen zit.'

Ik maak geen bezwaar. Iets aan haar stelt me gerust, ik bespeur intelligentie en fijngevoeligheid. Mijn eerste neiging was om te zeggen: *Dat is van mij*, gevolgd door het verlangen me te verstoppen, haar niet te laten zien wie we zijn, wat er met ons is gebeurd. Maar ik ben aan het opruimen. Dus waarom zou ze niet binnenkomen en in zijn leven gaan shoppen? Het zou leuk zijn als zijn dingen nog gebruikt zouden worden. Ik stel me haar voor met een boek van hem of een shirt, iets van hem dat met haar op avontuur gaat.

'Dat zou je moeten doen,' zeg ik. 'Kom binnen. We zijn de boel aan het opruimen.' Ik wil niet zeggen dat de dingen van mijn zoon waren, die dood is, nog niet. Ze zou het gevoel krijgen dat ze in een horrorfilm zat. 'Mijn zoon is ze ontgroeid.' Ik wissel een blik met mijn vader.

'Ik moet weg,' zegt ze.

'Snowboards, films,' somt mijn vader op. Hij is teleurgesteld. 'Zoveel. Een skipas. Ik wil wedden dat je die kunt verkopen. Dat zou wel illegaal zijn, denk ik. Kleren, maar het zijn jongenskleren. Je wilt natuurlijk geen jongenskleren.'

'Pap.' Ik raak zijn schouder aan. 'De volgende keer.' We moeten haar nu laten gaan.

'O.' Kit ziet er beduusd uit, alert. 'Ik dacht dat jullie man en vrouw waren.'

We moeten allebei lachen en ze kijkt ons bezorgd aan. Mijn vader geniet van haar fout, maar ik kijk haar aandachtig aan. Er is iets veranderd. Ze vindt die onschuldige fout helemaal niet grappig. Ik weet niet wat ik zou moeten zeggen en of ik überhaupt wel iets moet zeggen. Ik kan volgens mij niet omgaan met iemand die nog vreemder is dan ikzelf.

'Nee, hoor,' zeg ik. 'Dit is mijn vader.'

'Maar wel bedankt,' zegt hij. 'Je hebt mijn dag helemaal goed gemaakt.'

Ze ziet eruit alsof ze nog meer te vragen heeft, maar ze inslikt.

'Aangenaam, jullie allebei.' Ze loopt nu snel naar het trapje. 'Dank je wel dat ik... dit mocht doen.'

'Dank je wel voor je hulp,' zeg ik. 'Doe voorzichtig.' Ik kijk naar de bovenste trede van het met ijs bedekte trapje, waar ze niet aan toegekomen zijn. Er zitten putjes in het ijs, zoals bij een golfbal.

'Je boek,' zegt mijn vader.

Ze draait zich om en kijkt naar het zwarte boek op de reling. 'Dat is voor jou. Het is een agenda.'

'Oké,' zegt mijn vader, en we zien haar vertrekken. Ze loopt snel, alsof we haar beledigd hebben.

'Dat was apart,' zeg ik. 'Zou ze misschien een mormoon zijn?'

'Hoezo?'

'Ik weet het niet. Laten die geen bijbels bij je achter of zo?'

'Het is geen bijbel,' zegt hij.

Ze stapt in haar pick-up en we zien haar de straat uitrijden. Mijn vader zwaait, maar ze zwaait niet terug.

'Heel vreemd,' zeg ik. 'Hebben jullie veel gepraat?'

'Min of meer.'

'Waarover?'

Hij staart uit over straat, zijn armen over elkaar geslagen, hij overdenkt iets. Uiteindelijk dringt mijn vraag tot hem door.

'Eh, eens even zien… Ze is dol op de bergen. Net afgestudeerd, ergens aan de oostkust. Ze komt uit Bronxville, New York. Ze is er niet klaar voor om medicijnen te gaan studeren. Haar vader wil dat ze dat gaat doen. Op haar middelbare school kreeg ze les in het ontleden en bestuderen van lijken. Wat nog meer? Haar naam is een afkorting van Katherine. Ze is naar haar opa vernoemd, Christopher Lux. Sinds juli woont ze in Breckenridge, maar ze was eraan toe terug naar huis te gaan. Iemand hier had haar over-gehaald om te blijven.'

'Wie?'

'Dat weet ik niet.'

'Wat nog meer?'

'Lieverd, ik heb geen aantekeningen gemaakt.'

'Nou, het lijkt er eerlijk gezegd wel op. Je weet zoveel over haar.'

'Ik ben dol op praten,' zegt hij. 'Die kinderen die alles maar uit-stellen. Zich afvragen wat ze willen worden. Het is leuk om over hun plannen te horen, of het gebrek daaraan.'

Net als Cully. Ik zie dat meisje voor me dat hierheen verhuist en denk terug aan mijn verlangen om weg te gaan en elders het geluk te zoeken. Ik snakte naar verandering, ontsnapping, vernieuwing. Toen ik nog studeerde aan de Universiteit van Denver sleepte ik een enorme videocamera met statief met me mee. Die uitrusting werd op een bepaalde manier een schild, een manier om mijn verlegenheid te overstijgen, om mijn nieuwsgierigheid legitiem te maken.

'O, en we hebben over soepen gepraat,' vertelt hij bedaard. 'Maaltijdsoepen. Misschien heb ik ook nog een paar dingen over de skibusiness gezegd; het omgaan met verliezen, nieuwe initiatieven…'

'Je hebt haar waarschijnlijk dood verveeld.'

'Nee, ik… Ze leek wel geïnteresseerd. Ze stelde een hoop vragen.' Hij zet zijn handen op zijn heupen. 'We hebben hier een gat gemaakt. Dat was mooi.'

'Goed zo.' Ik probeer meer werk te bedenken, meer taken, dingen om hem het gevoel te geven dat hij nuttig en sterk is.

Mijn vader pakt haar agenda van de reling en slaat hem open op de datum van vandaag. Leeg.

Ik loop weer naar beneden en blijf in de deuropening staan. Ik vraag me af of mijn vader naar deze kamer zal verhuizen, aangezien die groter is dan de kamer waar hij nu zit, of dat dat te vreemd zou zijn. Maar ja, hij woonde ook in de kamer die hij met mijn moeder deelde. Misschien geeft het ergens wel troost om hem opnieuw te gebruiken. Ik loop naar binnen en zet Suzannes wijn op het bureau.

'Veel beter.' Mijn stem klinkt anders in de legere kamer. 'Waar ben je?' Ik houd mijn elleboog met een hand vast, mijn glas wijn met de andere.

Ze loopt de kast uit en houdt zijn nieuwste ski-jack vast. 'Moet je dit eens zien.' Haar stem is aarzelend, bijna angstig.

Ik voel een stoot adrenaline. 'Wat?'

'Iets van Cully,' zegt ze.

Ik wacht gespannen af, alsof dat wat Suzanne gevonden heeft hem terug zou kunnen brengen.

Ik kijk naar de jas die over haar arm hangt. Er ligt iets in haar hand, iets kleins en zwarts, samen met een stapeltje papiergeld. Geld in een jaszak. Ik vind het geweldig om geld te vinden in een zak; het is net een cadeau van jezelf.

'Bingo,' zeg ik, en daar voel ik me onmiddellijk schuldig om. Schuldig, schuldig, schuldig. Ik kan geen dag zonder. Nadat Cully was overleden, voelde ik me schuldig als ik zong in de auto. Dat was toen ik nog telde. De dagen telde sinds zijn overlijden. Ik weet niet wat erger is: dat doen, of de tel kwijt zijn, niet meer tellen, wat ik doe. Ik rond af naar maanden. Drie. Ik voelde me schuldig als ik honger had, omdat ik dat gevoel had. Als ik gaapte, me opmaakte, me mooi aankleedde. Als ik seksueel verlangen voelde. Ik weet de eerste keer nog dat dat gebeurde: door een of andere scène uit een film raakte ik opgewonden en ik moest bijna huilen, ik vond het zo afschuwelijk dat ik een reactie vertoonde, dat ik überhaupt nog iets voelde. Het lichaam gaat gewoon door. Het maakt het niet uit wat je doet. Ik weet nog hoe schuldig ik me voelde omdat ik niet de duurste urn voor hem had gekocht.

'Dit is veel geld,' zegt Suzanne. Ze spreidt het uit als een waaier.

'Hij werkte bij de parkeerdienst. Hij had altijd overal biljetten.' Ik houd me op de vlakte en werp er snel een blik op.

'Dit zijn honderdjes.' Ze maakt oogcontact met me, maar dat houd ik niet vol.

'Oké.' Ik neem nog een slok en wijs dan naar het bureau. 'Daar staat je wijn.'

'Dit zijn honderdjes,' zegt ze weer. 'Dit is zo'n beetje drieduizend dollar.'

'Tja, hij werkte al vanaf – wanneer was het – juni? bij het hotel. Van juni tot december, dus…'

'Dus heeft hij een flink aantal auto's geparkeerd?' vraagt ze. 'Hij was extra lief en beleefd en kreeg briefjes van honderd als fooi? We zijn hier niet in Vail.'

'Wat bedoel je precies?' Ik kijk naar het geld in haar hand en wend mijn blik weer af alsof het niet iets is wat ik zou moeten zien.

'Ik bedoel helemaal niets.' Ze wappert met het geld, als een waaier. De biljetten zien er vochtig en oud uit. 'Maar vind je het niet gek dat het briefjes van honderd zijn? Wij geven fooien van één en vijf dollar – nou ja, dat doe jij. Ik geef altijd een twintigje, maar…'

'Hij heeft de briefjes van één waarschijnlijk gewisseld.'

'Waarom zou hij het dan niet op de bank zetten?' Ze werpt me een neerbuigende blik toe, waar ik niet tegen kan. Ik haat het als haar vragen niet echt vragen zijn, maar haar superieure alternatieven.

'Ik weet het niet!' zeg ik. 'Wat maakt het uit? Misschien wilde hij iets voor zichzelf kopen. Een auto of een computer.'

'Oké, dit is een weegschaal,' zegt ze, alsof ze die had bewaard voor het geval ze de eerste keer niet tot me zou doordringen.

Ze steekt me de zwarte weegschaal toe, zodat ik ernaartoe moet lopen. Hij ziet eruit als een rekenmachine. Ik pak hem aan, zet hem aan en kom in de verleiding iets te wegen. 'Je bent net een advocaat, die me overvalt met bewijs.' Ik kijk naar het voorwerp in mijn handen en geef het aan haar terug.

'Dat is helemaal niet mijn bedoeling,' zegt ze.

'Doe het dan ook niet!' Ik draai me om, omdat mijn hart zo snel slaat dat ik het gevoel heb dat ik eruitzie alsof ik in paniek ben. Ik loop naar de stereo en rommel door de cd's. Mijn handen trillen. Obie Trice, the Roots, NOFX, The Rolling Stones. Ik loop ze allemaal langs.

'Doe niet zo defensief, Sarah. Ik probeer alleen maar te helpen. Er is niets aan de hand. Ik bedoel, je kunt de puzzelstukjes wel in elkaar passen, neem ik aan. De zakjes marihuana, nu dit. Hij had duidelijk… een tweede baan.'

'Het kan heel druk worden bij de Village,' zeg ik zonder haar aan te kijken. 'En mensen lieten hun auto ook parkeren als ze daar niet logeerden. Hij deed het goed. Hij werkte hard. Hij werkte voortdurend.'

Ik draai me om, houd mijn handen tot vuisten gebald langs mijn zij.

'Lieverd, dat weet ik. Moet je horen, het was waarschijnlijk alleen maar marihuana, in elk geval geen harddrugs.'

'Dat weet je niet! Je weet helemaal niets!' De kamer is te klein. Ik kan nergens naartoe. Ik loop naar de deur. Ik moet weg uit deze kamer, van deze vriendin, van dit leven. Ik breng mijn hand naar mijn keel.

'Ik weet niet hoe het precies zat,' zegt Suzanne. 'Maar ik bedoel,' ze lacht, 'je moet toch eens denken aan de...'

'Jij moet er eens aan denken om een pieper op je achterste te bevestigen voor het geval je achteruitloopt!'

De cd slaat over, een geluid waar ik niet tegen kan. Ik loop terug naar de stereo, geef een klap op de stopknop en kijk dan naar Suzanne. Haar wenkbrauwen zijn opgetrokken op een manier die zegt dat ze beter is dan ik en zich ver boven me verheven voelt. Ze legt het geld op bed, heft haar handen om aan te geven dat ze het heeft geprobeerd en dat ze nu klaar is. In de kamer hangt een boze stilte, alsof er net een ruzie tussen geliefden is geweest.

'Oeps,' zeg ik.

'Ja, oeps,' zegt ze. 'Ik weet niet eens hoe ik daarop moet antwoorden. O ja, dat kan ik niet! Omdat je in de rouw bent!'

Mijn kaakspieren verstrakken. Ik bijt op de binnenkant van mijn onderlip en probeer me te beheersen, iets welsprekends te zeggen. 'Je kunt zeggen wat je wilt,' begin ik. 'Wat maakt het uit dat hij zijn geld niet op de bank heeft gezet. Hij deed de dingen op zijn manier. Ik weet dat je dat niet goedkeurt, je hebt hem nooit goedgekeurd...'

'Stop,' zegt Suzanne. 'Ik hield van hem. Ik hield heel veel van hem. Dat weet je. Dat deden we allemaal.'

Mijn zelfbeheersing is een farce; ik laat me gaan. 'Ik weet het.' Ik ga op het bed zitten, mijn handen trillen. Er spuit zoveel adrenaline door me heen dat ik niet kan huilen.

'Moet je horen,' zegt ze, 'ik weet dat dit heel klote moet zijn.'

Ik lach even om aan te geven dat ik het daarmee eens ben. Ze heeft de spijker op zijn kop geslagen. Ze loopt naar me toe en legt haar hand op mijn schouder. Geeft er een kneepje in. Ik voel me als een kind dat vergeving krijgt.

'Sorry,' zegt ze.

Ik kan er niet bij dat ik zojuist tegen haar heb gezegd dat ze een pieper op haar achterste moet bevestigen alsof ze een vuilnisauto is en dat zij nu degene is die sorry zegt. Ik kijk naar haar op, het woord 'mama' komt in me op. Ze zou er de spot mee drijven als ik dat tegen haar zei. Of misschien ook niet. Misschien is dit wel iets wat zijzelf voelt. Ze is een vriendin die alle vriendschapstrends heeft doorstaan. Ik houd van haar, ik heb haar nodig en ik hoef haar dat niet te vertellen. We voeren geen intieme gesprekken. Ik heb in mijn hele leven nog nooit zo'n gemakkelijke en onverwachte relatie gehad met een andere vrouw, waarin ik niet hoef toe te geven, me niet hoef aan te passen. Het kan een zegen zijn om zo lelijk te zijn.

Ik ontmoette Suzanne toen Cully bijna twee was. Ik wist wie ze was, maar ik dacht niet dat zij wist wie ik was. We gingen naar dezelfde speeltuin bij het recreatiegebouw, onze kinderen scheelden acht maanden. Ze kende daar alle andere moeders en leek de aanvoerster van het hele stel. Ik weet nog dat ik altijd bij iedereen naar een trouwring zocht. Net als bij de andere sekse voelde ik me onmiddellijk tot haar aangetrokken. Dat gebeurt soms: een herkenning, of iets in iemands gezicht of aan diens manieren waardoor je het idee hebt dat jullie wel met elkaar zullen kunnen opschieten. Ik merkte dat ik haar ook opviel tijdens die dagen in de speeltuin.

'Wat is hij groot,' zei ze op een dag over Cully, en toen: 'Dat weet ik eigenlijk helemaal niet. Dat zeg ik altijd tegen iedereen.'

Ik lachte. 'Om het ijs te breken.'

'Ik weet het! Vreselijk vind ik dat. Wat zijn de andere zinnen om mama's op te pikken, eens even kijken. "Is dat een fijne wandelwagen?" Of: "Eet hij al vast voedsel?"'

'"Wat een geweldig slabbetje,"' verzon ik, op mijn gemak bij deze soort humor.

63

We maakten plannen voor de middag erna en ik ging naar huis alsof iemand me mee uit had gevraagd. Ik zei onmiddellijk tegen haar dat ik een alleenstaande moeder was, wat ik de andere moeders nooit vertelde. Het was altijd zo gênant en ik wilde hun antwoorden ook niet horen, omdat ze daardoor vaak in mijn achting daalden. Ik wilde niet dat dat gebeurde. Ik wilde vriendinnen. Maar door mijn status als single deinsden andere moeders achteruit, en trokken zich terug. Het was net als toen ik nog uitging en jongens met een bandplooibroek of tie-and-dyekleding geen tweede blik waardig keurde. Voor hen was het ontbreken van een echtgenoot een afknapper.

'Single?' zei Suzanne toen ik het tegen haar zei. 'Mazzel.'

Ik sta op, leg mijn arm om haar schouders en draai ons zo dat we naar het raam kijken. 'Godver.' Ik zucht.

'Dat kun je drie keer zeggen,' zegt ze. 'Het is in elk geval mooi buiten.'

Sneeuwvlokken drijven voorbij en dwarrelen tollend op de grond, wat een kwade indruk maakt. Ik vouwde de was altijd op in deze kamer en keek dan naar Cully, die aan het buitenspelen was. Wie had toen gedacht dat dit met dat kind zou gebeuren? Dat grote kind. Het ziet er hier zo ongastvrij uit. Ik zie een dun laagje ijs dat is uitgehard over het langzaam bewegende stroompje heen.

'Wat nu?' vraag ik. We laten elkaar los.

'Nou, ik wilde je mee uit eten nemen,' antwoordt ze. 'Nu kan hij ons misschien uit eten nemen.'

Ze haalt haar wijn van het bureau. 'Je moet er denk ik de humor van inzien.'

'Die zie ik nog niet,' zeg ik. 'En ik ben een imbeciel. Ik verdien geen etentje.'

'Je bent geen imbeciel. De aanwijzingen lagen niet voor het oprapen. Het is niet zo dat hij… ik weet het niet, dat hij erdoor veranderd is.'

Ik denk terug om te zien of ze gelijk heeft, of er iets was wat me had moeten opvallen. Maar het enige waar ik aan kan denken is dat ik het slecht heb gedaan, dat ik een slechte ouder ben geweest. Toen hij was afgestudeerd, heb ik hem niet op de huid gezeten om iets te gaan doen. Eerst was ik een lastpak, ik probeerde hem het gevoel te geven dat hij lui en ondankbaar was; ik had het altijd over dingen die andere jongeren deden: irrigatiesystemen bouwen in Patagonië, Engelse les geven in China, rechten/medicijnen/bedrijfskunde studeren. Daarna deed ik het rustiger aan, ik dacht aan alle mensen die hun leven even stillegden. Billy, bijvoorbeeld. Zijn langzame ontwikkeling, zijn twee jaren als vaatwasser waarin hij gebruik mocht maken van de skifaciliteiten. Uiteindelijk raakte ik wel enthousiast over Cully's werk, omdat ik begreep dat je alles moest aannemen wat je kon krijgen. Hij deed het werk om te kunnen blijven en ik moest zijn tempo verdragen. Hij had de tijd, anders dan ik op zijn leeftijd. Tijd om dingen te willen, te ontdekken, tijd om nieuwsgierig te zijn en helemaal niets te doen. Ik zag het nooit zo dat Cully me had afgesneden van wat ik wilde doen, hij had me alleen in een andere richting gestuurd. Verslag doen van wereldzaken, verslag doen van wellnessresorts: ik deed alsof dat bijna hetzelfde was.

Nu besef ik hoe stom ik was geweest. Ik had de verkeerde benadering gekozen. Natuurlijk had ik hem niet met rust moeten laten. Welke moeder is er tevreden mee dat haar zoon auto's parkeert nadat hij is afgestudeerd in geologie met milieukunde als bijvak? Wat had auto's parkeren daarmee te maken?

Suzanne tikt haar glas tegen het mijne. 'Het maakt niet uit,' zegt ze. Ik schaam me ervoor dat ze alles weet van zijn en mijn falen. Morgan heeft altijd alles goed gedaan. 'Hij was jong en vrij.'

'Dat was hij helemaal niet,' zeg ik, maar ik houd mijn gedachten voor me, omdat ik weet dat ze alleen maar meer medelijden met me zal hebben. Ik dacht dat Cully op de rand van actie stond. Elke ochtend lazen we samen de krant, op de bank, naast elkaar, en we wisselden katernen uit. Hij was zo serieus als hij de krant las, alsof hij hem doorspitte op zoek naar ideeën over wat hij kon doen, wie hij kon zijn. Zijn donkere wenkbrauwen waren gefronst, zijn kaak gespannen; ik besef nu dat ik glimpen had opgevangen van hem als man.

'Ik wil voor het resort werken,' zei hij op een ochtend terwijl hij het bedrijvenkatern las. 'Ik ben eraan toe.'

'Ja?' Ik legde het kunstkatern neer. 'Wat wil je daar doen?'

Hij aarzelde en ik kon die aarzeling invoelen, ik herinnerde me de angst om een volwassene te vertellen wat ik wilde doen en ik voelde hun lichte neerbuigendheid.

'Alles om te beginnen,' zei hij. 'Om maar binnen te komen. Net als opa.'

'Dat klinkt goed,' zei ik, en ik probeerde mijn volgende reacties af te wegen. 'Hij begon met leidinggeven aan de skischool.'

Cully lachte. 'Dat zou een klassieker zijn. Als ik de baas van een skischool zou zijn.' Hij richtte zich weer op de krant, maar ik merkte dat hij zich er niet op concentreerde. 'Mijn diploma is nuttig, in die zin dat ik denk dat het iets is wat ze zouden willen. Ik bedoel, ik kan mijn kennis toepassen op hun bedrijf. En opa is natuurlijk een goede referentie.'

Hij had erover nagedacht. Ik wilde hem knuffelen, maar ik deed alsof ik onaangedaan was. Hij keek me aan over zijn krant en deed ook alsof hij onaangedaan was.

Die avond praatte hij tijdens het eten met mijn vader. En weer leunde ik achterover, probeerde niet te veel te vragen, aan te moedigen of zijn enthousiasme te temperen. Ik luisterde naar hem terwijl hij de volwassen wereld in sloop. Deze nieuwe passie, die ik nog niet eerder had gezien, was zo leuk.

'Het resort moet groener worden,' zei hij. 'Ik heb het idee dat ze de ontwikkelingen maar net bijhouden. In Aspen gebruiken ze biodieselbrandstof in snowcats, ze…'

'Wij ook,' zei mijn vader. 'Al een tijdje…'

'Ze hebben efficiënte apparatuur om sneeuw te maken, energie-zuinige sneeuwkanonnen.'

'Verhuis dan maar naar Aspen,' adviseerde mijn vader. 'Zoek Hunter Thompson en leef je uit.'

'Die is dood,' merkte Cully op.

'Nou, is dat even mazzel hebben.'

Ik zag dat Cully een of andere checklist afliep in zijn hoofd en wilde tegen mijn vader zeggen dat hij zich er niet mee moest bemoeien, maar misschien was dit wel goed, was dit een soort initiatie.

'Nee, je hebt gelijk,' gaf mijn vader tóe, 'ook al gebruikt die apparatuur maar een paar miljoen liter water minder. Zeg 18 van de 720 miljoen liter, dat is dus alleen voor de pr. Het is wel goed, maar erg nuttig is het niet.'

'Dat bedoel ik dus.' Cully zat met zijn ellebogen op tafel, zijn handen bewegend. 'Het is alleen maar een stempel dat je op dingen drukt. Het is gemakkelijk. Maar als je meer doet, telt het allemaal door en zal het resort op de lange termijn geld besparen.'

Mijn vader knikte. 'Dat ben ik met je eens. Helemaal. Ik laat het aan jou over.'

'Het klinkt alsof je eraan toe bent om te werken,' zei ik.

'En, wat doe je de hele dag nog meer?' vroeg Cully. 'Of wat deed je?'

'We schoven met papier en andere dingen.' Mijn vader glimlachte. Cully begon ongeduldig te worden. Hij wilde details. Hij wilde serieus genomen worden.

'Wat voor andere dingen dan? Shit, ik moet het er echt uit trekken.' Zijn vork kletterde tegen het bord en ik dacht dat hij boos was, maar hij zei 'oeps' en lachte.

'Ik heb veel aan schadebeperking gedaan,' vertelde mijn vader. 'Ik las het nieuws. Ik hield goed in de gaten hoe het publiek over ons dacht en reageerde daarop. Ik schreef ook voorstellen; ideeën voor ontwikkeling. Dan probeerde ik de ideeën, die dromen zo'n beetje aan het publiek te verkopen zonder dat de mensen dachten dat hun iets werd aangesmeerd. Het is een eer om hier te zijn… We doen jullie een gunst door jullie hier geld te laten uitgeven… Dat is de boodschap. Wat nog meer, wat nog meer…'

'Pap, toe nou,' zei ik, ook al hadden we plezier.

'Was je trots op je werk?' vroeg Cully.

Mijn vader dacht na over de vraag en in plaats van een grappig antwoord te geven, klonk hij ernstig toen hij zei: 'Vaak. Ja. Ik was trots.'

Ik moest naar mijn laptop kijken om niets te laten merken. Mijn hele leven schommelde hij tussen dol zijn op zijn baan en er een hekel aan hebben. Tijdens alle aankopen en uitbreidingen van het resort klaagde hij erover dat het bedrijf meer stukken bos kapte, ontzet dat bosbeheer ermee instemde dat er behoefte aan was, en dan kwam hij na een dag skiën op datzelfde terrein thuis en zei dat het prachtig was, hij praatte over het land alsof hij een pionier was die probeerde percelen te verkopen. En natuurlijk had hij uiteindelijk voor alles wat er gebeurde toestemming gegeven. Alleen thuis kon hij de plaatselijke bewoner zijn.

'Fantastisch.' Cully klapte in zijn handen. 'Dan ben ik er klaar voor. Ik ben eraan toe om manieren te gaan bedenken om mensen voor de gek te houden.'

'Ik heb mensen niet voor de gek gehouden.' Mijn vader kantelde zijn hoofd achterover en krabde aan zijn wang. Hij vond het heerlijk als iemand hem wat vroeg. 'Ik bedacht dromen opnieuw, maakte het belachelijke volslagen redelijk.'

'Dromen,' herhaalde Cully. 'Belachelijk!'

'Ik zit je te dollen, knul,' zei mijn vader tegen hem. 'Ik verdiende geld voor het resort. Dat is wat ik deed. En het was een geweldige baan. Je hebt het gevoel dat je er deel van uitmaakt. Je bouwt je thuis, je zorgt ervoor.' Ik had hem nog nooit op deze manier over zijn werk horen spreken en het bracht ook iets voor mij onder woorden, iets wat overeenkwam met mijn eigen werk. 'En ze hebben mensen zoals jij nodig die dat weten, die het zullen koesteren. Die zullen proberen goed en eerlijk te zijn.'

Cully keek naar beneden, trots, alsof hij een respectabele taak had gekregen.

'Ik zal eens met Dickie praten,' zei mijn vader. 'Zien waar je zou passen. En dan, zoals ik al zei, laat ik het aan jou over. Jullie jongeren, die nu aan de beurt zijn, zullen het geweldig doen.'

Op dat moment genoot ik van het gesprek, maar niet zoals ik dat nu doe. Ik dacht niet dat het iets was waar ik nog aan zou terugdenken. Je weet pas welke momenten belangrijk zijn als ze vervlogen zijn. Ik keer naar dit moment terug omdat Cully hier aan de rand van iets stond. Hij was nieuwsgierig naar zijn grootvader als man en hij was opgewonden over zijn eigen vermogens, zijn eigen toekomst. Ik vraag me af of mijn vader ook aan dit moment denkt.

Ik kijk naar het geld op het bed en het is net alsof alles ontkracht is. Hij stond niet aan de rand van iets. Hij verkocht drugs.

'Wat deed hij?' vraag ik. 'Wat dacht hij in vredesnaam?'

'Ik weet het niet,' zegt Suzanne. 'Hij was nog maar een jongen.'

Dat zou ze niet denken als het Morgan was geweest.

'Dank je wel dat je met alles hebt geholpen,' zeg ik. 'Denk ik.'

Ze haalt haar schouders op. 'Nadat mijn moeder was overleden vond ik vier tassen met gecremeerde huisdieren achter in haar kast. Je weet nooit wat je aantreft. Ik stuit liever op hasj dan op dode keeshondjes.'

En ik houd weer van haar.

'Ik wil gewoon alles weten,' zeg ik. We lopen naar de deur.

Er valt echt niets anders te doen dan de dingen te weten die we willen weten.

Ik kijk door het woonkamerraam naar mijn rustige straat, de lege tweede huizen. Als ik bij Main Street vandaan ben, heb ik soms het gevoel alsof ik in een spookstadje woon, vooral met de warmte dit jaar en het gebrek aan sneeuw. We leven van sneeuw. Onze economie zou simpelweg kunnen wegsmelten, de bergen zouden worden blootgelegd. Ik kijk op de oprit, naar het dunne laagje sneeuw dat is blijven liggen. Wat deed je toch, zoon van me? Was het alleen maar een fase? Had ik je niet genoeg verzorgd, je niet genoeg gekoesterd? Wat was het belang van school en studie, het belang van al die extra buitenschoolse activiteiten, het belang van speeltuinen? Heb ik je te veel gegeven?

'Hebben de meisjes honger?' vraagt mijn vader.

'We gaan uit,' zeg ik. 'Even snel.'

'Niet snel,' corrigeert Suzanne. 'We gaan de stad in. Ik breng haar voor zonsopgang terug.'

Suzanne pakt haar trui van de kruk en mijn vader kijkt me aan en spert zijn ogen open.

'Ik ben over een paar uur weer thuis,' beloof ik.

'Vind je het goed om eerst nog langs Mirabelle te gaan?' vraagt Suzanne. 'Ze gaat misschien naar Relish, dat restaurant.'

Mirabelle is een vrouw die een dirigent inhuurde om haar zoon van vier les te geven toen hij een stokje pakte en daarmee begon rond te zwaaien. Zij en haar man boden me altijd hun verschillende huizen aan: in Maui, Park City, L.A., waardoor ik me voelde als een Make-a-Wish-stichting-kind. Ik heb hun aanbod nooit aangenomen, omdat ik weet dat deze mensen mensen verzamelen. Ik zou binnen de kortste keren moeten komen opdraven bij etentjes als hun 'televisievriendin' en dan zou me gevraagd worden of ik mijn gezicht wilde lenen voor de nieuwe sieradenlijn van een vriendin. Ik heb mijn lesje geleerd. Zeg gewoon nee tegen dat soort mensen. Niet dat ik niet kan opschieten met veel van hen en lol kan hebben als Suzanne vraagt om met hen mee te gaan om iets te drinken, maar er is een groot verschil tussen mij en haar andere vrienden. Ik ben de enige met een baan, iets wat zij respectabel vinden.

We hebben net ontdekt dat mijn zoon een drugshandelaar was. We hebben net zijn kamer leeggehaald. Ik wil Maribelle niet ontmoeten en haar laserblik van top tot teen niet doorstaan.

'Toe nou.' Suzanne ziet me aarzelen. 'Het zal je goeddoen om mensen te zien.'

'Ik ben de hele dag al buitenshuis geweest en heb allerlei mensen gezien. Misschien kunnen we snel even wat gaan drinken.'

Ze kijkt op haar telefoon. 'De plannen zijn gewijzigd,' zegt ze. 'Ze heeft net ge-sms't. Ze zegt dat we bij de schaatsbaan moeten stoppen. Er is iets wat ik moet zien.' Ze kijkt op. Ik heb mijn jas niet aangedaan.

'Weet je?' zeg ik. 'Ik ben kapot.'

'Alsjeblieft. Het is alleen maar de schoolwedstrijd bij de schaatsbaan. Laurie presenteert en,' ze kijkt in de spiegel naast de bar en doet make-up op, 'we kunnen gewoon langskomen.'

Dit is zo typerend voor haar, om de plannen te veranderen en dan aan te nemen dat ik wel zal volgen. Ik houd voet bij stuk. Ook al hebben mijn problemen die van haar voor een tijdje overtroffen, ik ga niet naar een sportevenement.

'Veel plezier, meisjes!' roept mijn vader.

'Ik ben er op dit moment gewoon niet toe in staat,' zeg ik. Ik probeer oogcontact te maken zodat hij me kan helpen, maar hij kijkt geconcentreerd naar Suzanne.

'Hé, Suze.' Hij richt zich tot Suzanne. 'Wat die toekomstplannen betreft, de advocaten van je man zouden beter niet meer kunnen zeggen dat er geen verband is tussen de uitbreiding op de top en in het dal. Het milieuagentschap weet wel beter. Mensen zullen er toch wel warm voor lopen. Degenen die klagen zijn dezelfden die net hun flat op One Ski Hill hebben gekocht.'

'Ik praat niet met Dickie.' Suzanne neemt de laatste slok uit haar glas. 'Hij is bij me weg.'

Mijn vader zegt: 'Toch niet omdat je dikker bent geworden, hoop ik? Dat getuigt wel van heel weinig stijl.'

Dit geloof je toch niet? 'Oké,' zeg ik. 'We gaan.' Ik trek mijn jas aan.

6

We lopen naar haar auto, die twintig calorieën verderop geparkeerd staat.

'Sorry, maar wil jij rijden?' Ze gaat op de bijrijdersstoel zitten voordat ik antwoord kan geven. Ik sla mijn ogen ten hemel, mijn passieve antwoord, en ga achter het stuur zitten. Het maakt me niet uit. Als er iets is wat ik goed kan, is het autorijden. Ik ben dol op fileparkeren, en invoegen en van rijbaan veranderen doe ik snel. Als ik slip, weet ik hoe ik zachtjes pompend moet remmen en in de richting moet sturen waarin we glijden. Suzanne stampt dan op de rem, zodat we gaan spinnen als een kunstrijdster. Bij het invoegen kijkt ze in de achteruitkijkspiegel, leunt naar de buitenspiegel en werpt dan een blik achterom, zodat in de tijd waarin ze had kunnen invoegen een grote truck met oplegger of Miata het gat dichtrijdt, zij naar adem snakt, te sterk corrigeert en weer helemaal opnieuw begint.

Ze klapt het spiegeltje naar beneden en doet meer lippenstift op. Ze is zwaar opgemaakt, haar wangen zien eruit alsof ze geslagen is en haar wimpers zijn puntig als uitroeptekens. Ze heeft haar bontjas aan en draagt stilettolaarzen waarmee ze het dier waarvan de jas is gemaakt zou kunnen doden.

Ik krijg opdracht om naar de schaatsbaan bij de Village te rijden. Ik doe wat me is opgedragen en wacht tot Suzanne me vertelt wat er aan de hand is, maar ze is tijdens de hele rit stil en gespannen, wat naar ik aanneem komt door de twee opeenvolgende aanvallen op haar BMI.

Ik rijd de parkeerplaats op. 'Wat is dit ook alweer?' vraag ik.

'After-School All-Stars,' zegt ze. 'Er wordt geld opgehaald voor hun buitenschoolse activiteiten. Zo blijven ze van de drugs af. Ik weet niet hoe. Ik heb mijn buik vol van kinderen. We doen altijd van alles voor ze, maar het gaat prima met ze. Ze zijn helemaal tevreden met een lepel en een pan. Net als MacGyver. Geef ze een stokje, geef ze een knikker en zij zijn helemaal klaar. Zo was Morgan ook.'

Zo herinner ik me Morgan helemaal niet. Ze had een speelkamer vol met prachtig houten speelgoed, barbie-auto's, keukensets en poppenhuizen, en later een speelhuisje, een speeltoestel, een kunstkamer, een trampoline. Als je haar een stokje en een knikker gaf dan kreeg ze een driftbui.

Ik zoek een parkeerplek. 'En je wilt deze wedstrijd zien omdat...'

'... ik het goede doel wil steunen,' zegt ze.

'Heb je dan geen kaartje nodig?'

Ik rijd langs kinderen die naar het ijs lopen en weet nog dat ik Cully meenam naar een paar ijshockeywedstrijden, waar ik een enorme schuimvinger en talloze kopjes chocolademelk voor hem kocht.

'Zou Dickie er zijn?' vraagt Suzanne.

En nu wordt het duidelijk. 'Kom op, Suzanne. Natuurlijk is hij hier. En daarom zijn wij hier.' Waarom was dat niet eerder tot me doorgedrongen? Ik vind een parkeerplaats op flinke afstand van alle actie, maar ik kan de schaatsbaan zien en goed geklede mensen die doen alsof ze van de wedstrijd genieten. 'Wat is er gebeurd?'

'Niets,' zegt ze. 'Ik kreeg toch dat sms'je van Mirabelle? Ze zei dat hij hier was en dat hij er anders uitzag. Ze gebruikte een knipogende emoticon.'

'Vandaar.'

Ik heb het gevoel dat het wel een tijdje kan duren voordat we uit de auto stappen. Ze klapt de zonneklep naar beneden om nog een keer in de spiegel te kijken, ze draait haar hoofd opzij en klapt hem weer omhoog.

'Kunnen we er dichter naartoe rijden zodat we het kunnen zien?' vraagt ze. Ze beweegt in haar stoel alsof ze de auto voor-uitbeweegt.

Ik rijd achteruit van de plek af.

'Ik betwijfel of we daar kunnen parkeren.'

'We hoeven niet te parkeren. Ik wil gewoon zien of hij er is. Ik wil niet uitstappen.'

Ik rijd naar de voorkant en weet dat ik niets kan zeggen. Ik moest komen. Ik moest rijden en nu moet ik bewegen. Ik ben het haar verschuldigd, niet alleen vanwege haar hulp met Cully's kamer, maar ook voor deze periode in mijn leven. Ik sta al te lang in de spotlight. Andere mensen overkomen ook nare dingen; nu is het haar moment om te stralen.

Ik stop, zet de motor en koplampen uit en hoor een stem via het geluidssysteem die zegt: 'Hij heeft hem! Holzman heeft het hem weer geflikt!' Door de buitenspeakers komt een melodie die ik herken, maar waarvan ik de naam niet weet. Ik zie een jongen midden over de schaatsbaan schieten met zijn stick in de lucht.

'Leuk, zeg,' zeg ik. 'Dus de kinderen die schaatsen zijn degenen die profiteren van het programma?'

'Ja,' zegt Suzanne, die de mensenmenigte bestudeert. Ze is dui-delijk niet geïnteresseerd. 'Het is geen volledige wedstrijd. Gewoon een voorbeeld van waar het geld naartoe gaat. Hierna gaan ze met de shuttlebus naar One Ski Hill om te eten.'

Een groep pubers komt de binnenschaatsbaan uitlopen en pro-beert te zien wat er gaande is. 'Wat voel ik me oud,' zeg ik. 'Kijk eens naar die kinderen. Niemand draagt een jack. Dat is tegen-woordig niet cool,' zeg ik, alsof ik dat weet. 'Warmte is niet cool.'

Ik denk aan Cully met zijn flodderige broeken en eigenzinnige petten. Ik was dol op zijn broeken. Hoe losjes ze waren. Om de een of andere reden stelden ze me op mijn gemak. Morgan voelde zich nooit als een kind uit Breckenridge. Ze had een hekel aan skiën, vond het vreselijk hoe ze eruitzag met een skibril. Ze had een hekel aan de sneeuw, aan de laagjes die je daardoor moest dragen. Als we allemaal samen uitgingen moesten we langzaam naar de restaurants lopen terwijl zij op haar hoge hakken liep te wankelen.

Suzanne sms't iemand. De kinderen doen hetzelfde. Jongens en meisjes, sommigen met hun armen over elkaars schouder heen, de meesten ervan praten in, sms'en met of staren gewoon naar hun telefoon. Praten ze ooit face à face, of alleen als ze van elkaar gescheiden zijn? Ik zou tegen Suzanne moeten zeggen: 'Ga weg, dan kan ik met je praten.'

Een meisje met kort bruin haar, asymmetrisch geknipt met punten als bliksemflitsen, loopt in de andere richting, ze trekt een tas op allterrainwieltjes met zich mee. Suzanne steekt een joint op.

'O mijn god,' zeg ik. 'Niet nu.' Ik kijk door het achterraam en duik iets ineen in mijn stoel. 'Stel dat we gepakt worden?' Ik stel me voor dat Katie het op het nieuws vertelt. Of het incident wordt vermeld in de kolom met politieberichten in de *Summit Daily*, naast alle fietsendiefstallen.

Suzanne biedt hem me aan. Automatisch schud ik mijn hoofd, maar dan denk ik: Waarom niet? Nuffig neem ik een stevige trek.

'Goed zo.'

'Wacht,' zeg ik. 'Is dit wat ik je gegeven heb?'

'Nee, dit is van mij. Dit is goed spul.'

'Waar haal je dat eigenlijk?' Ik geef het terug en kijk om me heen om me ervan te vergewissen dat niemand ons ziet. Dit is zo bizar.

'Van mijn tuinjongen,' antwoordt ze.

'Pablo?'

'Nee, dat is de tuintuinjongen. Die blaast de bladeren weg enzo.

Ik krijg het van Brian. Hij doet meer het tuinontwerp. Hij is echt van de planten en de aarde. Hij praat met de planten en meer van dat.'

Ze drukt de joint uit op de zool van haar laars. 'Zo, klaar. Even een opkikkertje. Hoezo, wil je wat kopen?'

'Nee, ik wil niets kopen, ik vroeg me alleen af waar je zoiets zou kunnen krijgen op onze leeftijd en – tja, met onze levensstijl.'

'Het is bijna ongelooflijk hoe makkelijk dat is,' zegt ze. 'Heel binnenkort is het hier legaal. Let op mijn woorden.'

Ik klap mijn spiegel naar beneden om te checken of ik er nog hetzelfde uitzie. Mijn ogen lijken kleiner.

'En wat bedoel je met "dit is goed spul"?' vraag ik. 'Wat had Cully voor spul?'

'Dat weet ik niet. Het zag er een beetje mottig uit. Niet iets wat ik zou kopen.'

'Waarom niet?' vraag ik, belachelijk defensief. Ik open het raam op een kiertje.

'Het is groen,' zegt ze. We kijken elkaar aan, met een glimlachje. Ik voel me net een jong meisje.

'Goh, het is groen.'

'Normaal gesproken koop ik paars,' verklaart ze. 'De laatste tijd in elk geval. Dat is de soort die nu hot is. Met die dingen zijn er ook trends. Net als met alles. Mode, eten, zelfs landen om kinderen uit te adopteren… Weet je nog de hoogtijdagen van Roemenië? Stel je je eens voor dat je een kind uit Roemenië adopteert? Dan krijg je een woedende turner met het foetaal alcoholsyndroom.'

'Waar heb je het over?' Ik lach. 'Moeten we uitstappen of wat?'

'Nee, dat denk ik niet. Ik wilde alleen… Ik weet niet wat ik wilde. Hem zien.' Ze kijkt de menigte in. 'Hem zien, misschien met hem praten, ik – o god. O mijn god. Daar is hij. Zie je hem? Daar! O. Mijn. God.'

'Waar?' Ik doorzoek de menigte.

'Helemaal rechts. Bij die warmtelamp.' Ze wijst en gebaart, wat niets helpt.

'Er zijn ziljoenen warmtelampen,' zeg ik.

'Pal eronder. Daar. Naast die oranje kerel.'

Ik kijk of ik iets oranjes zie in de menigte, ik zie mensen die er veel te netjes uitzien om zo buiten te staan – en dan valt mijn oog op hem. Hij is vrij moeilijk over het hoofd te zien. Dickie is een onberispelijk knappe man, die rijkdom en grondige douchebeurten uitstraalt. Zilverzwart haar, een krachtige, vierkante kaak, de rimpeltjes op zijn voorhoofd zo stevig als scheuren in het ijs. Hij ziet er altijd fris gesteven, precies en chemisch gereinigd uit, en zijn gezichtsuitdrukking is er een van onafgebroken guitigheid. Hij heeft zo zijn imperfecties: zijn tanden zijn overmatig gebleekt, hij heeft een korte aandachtsspanne, om hem heen hangt licht de geur van een stokerij, maar alles wat hij doet lijkt te kloppen. Hij doet een beetje denken aan mijn vader, maar dan prestatiegericht.

'Hij ziet er knap uit,' zeg ik. Ik mis hem. We waren onwaarschijnlijke vrienden, misschien omdat ik de enige was die niets van hem wilde.

Toen we elkaar ontmoetten, werkte ik bij de *Summit Daily*, waar ik stukken voor de bezoekersgids schreef. Op een avond tijdens een etentje vertelde Suzanne hem over mijn oude verlangen om verslaggever te zijn. Dickie zei dat ik auditie moest doen voor *Fresh Tracks*, een nieuw programma dat het resort in de grootste hotels ging uitzenden.

'Je zou perfect zijn,' zei hij. 'Een meisje hier uit de stad dat bezoekers de lokale primeurs geeft. Ik regel het wel. Probeer het eens.' Ik was aangeschoten van de goede wijn en de nieuwe vriendschap en connecties. Suzanne keek me over tafel heen aan alsof alles al in kannen en kruiken was. Ik weet dat hij me heeft geholpen om die baan te krijgen, maar zowel hij als Suzanne heeft me nooit dat gevoel gegeven.

'Waar heb je het over?' Suzanne kijkt me met waterige, ongelovige ogen aan. God, ik moet ook geen wiet roken. Dat heb

77

ik nooit goed gekund. Sommige mensen zijn professionals. Aan het eind van mijn wimpers lijken piepkleine gewichtjes te hangen en het woord 'duimelot' blijft door mijn hoofd gaan.

'Sorry. Ik bedoel dat ik vind dat hij er niet anders uitziet, net als Maribelle zei.'

'Wat?' zegt ze weer, en ik besef dat er iets gebeurd is. De opmerking is niet eens tot haar doorgedrongen. Of ik heb 'duimelot' hardop gezegd.

'Hij ziet er vreselijk uit,' zeg ik. 'Net een aardappel.'

'Hoe bedoel je? Moet je zien. Moet je hem zien.' Ze beweegt haar hand met de handpalm omhoog in de richting van de menigte.

Ik zoek Dickie weer en zie dan waar ze me op wijst. Shit. Ik zie het. Ze is jong en heeft het lichaam van een pornoster.

'Ze... ze... ze is zwart!' stelt Suzanne vast.

Ik leg mijn hand op mijn mond zodat ik zeker weet dat mijn gedachte niet ontsnapt.

'Wat?' zegt Suzanne.

'Ik zei niets.' Ik trek mijn been op.

'Ik ben geen racist.'

'Oké.'

'Ik houd niet van arme mensen, dat geef ik toe. Maar ik ben geen racist.'

Ik knik om aan te geven dat ik die uitleg accepteer.

'Waar heeft hij haar in vredesnaam opgeduikeld?' Ze leunt naar de voorruit. Het is alsof we een film kijken in een drive-inbioscoop. 'Niet te geloven, onder ieders neus. De Scovilles zijn er, Cindy Giacometti, Mirabelle... O, mijn god, die geniet hiervan. Ze kletsen er allemaal over, dat weet ik zeker, de sletten. Dit is onverdraaglijk.'

Voor mensen met wie ik zelf niet omga, ken ik elk van haar vrienden toch grondig door de soaps die ze creëren, die later naar mij worden uitgezonden.

'Wat maakt het uit,' zeg ik. 'Cindy Giacometti voelt zich belabberd. Je vertelde me dat haar man elke ochtend 'eikel' tegen zijn spiegelbeeld zegt. Ceri Scoville ziet eruit als die blonde muppet uit *The Muppet Show*. Ze is net een cartoonapp van zichzelf. Of zoiets. Waarom krijgen ze trouwens allemaal zo'n vissenmond? En Mirabelle? Dat is de grootste sociale klimmer die ik ooit heb ontmoet. Er hoeft maar een rijk iemand naar de stad te komen en ze gaat in de aanval!'

'Kijk haar eens.' Suzanne knikt. 'Kijk dat... dat meisje eens. Wat is ze, een masseuse of zoiets?'

Ik kijk. De vrouw, het meisje, steekt haar hand in haar tas. Dickie schreeuwt iets en ze lacht, maar niet te hard, wat waarschijnlijk betekent dat ze hem al een tijdje kent. Ik schaam me zo voor Suzanne, ik vind het echt naar.

'Hij is degene die er slecht opstaat,' zeg ik. 'Niemand lacht om...'

'Ze ziet eruit als een televisiepresentatrice,' antwoordt Suzanne.

Ik open mijn mond, staar recht vooruit. *Laat maar*, houd ik mezelf voor. *Laat het van je rug afglijden.* Wat betekent dat eigenlijk? Ik zie dat de vrouw lipgloss opdoet. Ze draagt kniehoge laarzen met een sjofele bontrand. Haar borsten zien er krachtig uit, net generaaltjes. Ze ziet er ordinair uit. Ik haal mijn hand door mijn haar.

'Ik kan haar lippen vanaf hier zien,' zegt Suzanne.

'Ze heeft net gloss opgedaan,' zeg ik verdedigend.

'Ik heb mijn lippen laten doen,' zegt Suzanne. Haar stem is rustig en angstaanjagend geworden. 'Ik heb mijn ogen laten doen, mijn borsten. Ik heb tabletten genomen om mijn eetlust te remmen. Ik heb duizenden dollars uitgegeven aan pilates. Ik heb verdomme stripaerobics gedaan. Ik zou zelfs crackhoertraining hebben gedaan.' Haar stem breekt even. 'Waar heb ik dat allemaal voor gedaan? Wat was het doel van al dat onderhoud als ik word ingeruild als een... geleaste Honda verdomme?'

Ik weet nog dat ik met haar meeging naar Denver voor haar ingreep, elke vrouw die dat kantoor uitkwam zag er hetzelfde uit en deed me denken aan iemand die ik vaag kende. Houden alle rijke mannen van die karper-met-borsten-look? Of komen die vrouwen bijeen en zeggen ze zo vaak tegen elkaar dat ze er goed uitzien dat ze het zelf gaan geloven?

'Veel cliënten vragen om hetzelfde,' zei haar dokter toen ik dat opmerkte. 'Geprononceerde, strakke jukbeenderen, volle lippen, vierkante kaaklijn, ogen die er wakker uitzien.' Ik was blij dat Suzanne alleen maar haar ogen een beetje liet liften. Het gezicht van haar dokter was geen goede reclame voor zijn diensten. Hij zag eruit alsof hij van een eeuwigdurende rodelbaan afracete.

Dickies vriendin is slank maar rond, iets wat volgens mij op mijn leeftijd nooit meer kan worden bereikt, die slanke, gespierde gevuldheid. 'Je bent te goed voor hem,' zeg ik.

'Nee, hoor,' zegt Suzanne. 'Dat is het hem nou juist. Dat is het probleem. Het is zo oneerlijk. Wat ons overkomt.'

Betrek mij er niet bij, wil ik zeggen. 'We moeten gaan.' Ik draai de sleutel om, dus gaat de radio aan. 'Oké? Kom, we gaan. We gaan naar huis.'

'Goed. Laat hem maar zitten, oké? Laat hem maar lang en gelukkig leven en haar na een jaar inruilen. Of na nog een kortere tijd, wil ik wedden! We gaan. We gaan ergens wat drinken. We gaan naar Cecilia. Een feestje bouwen.' Ze stompt in de lucht met haar vuisten. 'Ik wil nog niet naar huis. Mijn eenzame huis. Het is zo enorm. Ik wil in een kleine ruimte zitten en drinken.'

Het is een bekende opeenvolging: verdriet, woede, sarcasme, behoefte aan totale dronkenschap.

'Ik heb wijn,' bied ik aan, terwijl ik aan mijn vader thuis denk.

'Nee, ik moet uit,' zegt ze. 'Ik heb actie nodig. En muziek. Mensen! Arme Morgan. Wat moet ik tegen haar zeggen? Ik wil haar bellen, maar dan weet ze dat er iets aan de hand is.'

'Mijn vader. Ik moet naar huis. De kamer, weer aan het werk, het was een belangrijke dag.'

'Natuurlijk,' zegt Suzanne, en haar stemming slaat om. 'Het is een belangrijke dag voor Sarah.'

'Wat bedoel je daar nou weer mee?'

Ze geeft geen antwoord.

'Suzanne,' zeg ik. 'Wil je iets tegen me zeggen? Eerst noem je me ordinair...'

'Wat? Ik heb je niet...'

'Je zei dat dat meisje eruitzag als een televisiepresentatrice en...'

'Ik dacht helemaal niet aan jou! Ik dacht aan die opgepompte tutjes. Mijn god, klop jezelf toch niet zo op de borst.'

Er wordt één keer hard op mijn raam geklopt en we schrikken allebei.

'Jezus!' zegt Suzanne.

Het meisje met het bleke gezicht en de tas op wieltjes staat er. Ik zet het contact aan om het raam open te doen. Er wordt een nummer gedraaid – *Don't cha wish your girlfriend was hot like me* – en het meisje geeft me een papiertje. Haar arm is tot aan haar elleboog behangen met koordjesarmbanden. Ik lees de flyer. Suzannes SUV is verantwoordelijk voor het broeikaseffect, oorlogen en het afslachten van duizenden mensen. Ik geef de tekst aan Suzanne.

'Deze auto werkt het afslachten van duizenden mensen in de hand?' vraagt ze.

'Zo niet miljoenen,' beweert het meisje.

Er schiet me een voorval te binnen: Cully op zijn negende, of ergens rond die leeftijd. We zaten te eten en Cully vertelt me over de slangen die in de keel van ganzen worden geramd, waardoorheen eten in hun maag wordt gepompt. Hij had toentertijd een lerares, mevrouw Lamb, die haar politieke opvattingen aan de leerlingen opdrong. We konden niet meer naar restaurants die 'die lever' serveerden. Toen volgden dolfijnen en tonijn. We konden absoluut geen tonijn meer in huis hebben, hoewel ik die heel graag rechtstreeks uit het blikje at. Nu vraag ik me af: Waarom beschermen we bepaalde wezens? Waarom eten we de dolfijnen niet op?

Het jonge meisje staart me aan en ik vraag me af of ze me iets heeft gevraagd. Ik neem haar haakneus en iets uitpuilende ogen in me op en vraag me af of ze die flyers ook zou uitdelen als ze wat knapper was. Dat is wat er met Cully is gebeurd, denk ik. Hij werd cool en hield op met vechten voor van alles. Of hij is gewoon het volgende stadium ingegleden.

'Gewoon, iets om over na te denken,' zegt het meisje. 'De aarde die je kinderen zullen erven.'

'Meen je dat nou?' zegt Suzanne. 'Geweldig hoor. Moet je horen, hippie: jaloezie komt altijd naar het bal verkleed als zelf-ingenomenheid en hoge morele normen.'

'Heb je dat net bedacht?' fluister ik.

'Nee,' zegt ze, en net als een buikspreker beweegt ze haar mond niet, en dan zegt ze harder tegen het meisje: 'Weet je hoeveel geld ik heb ingezameld voor goede doelen? Voor mensen met kanker, zwervers, kinderen en olifanten? Ik kan in een dag meer voor deze wereld doen dan jij in een heel leven, dus je hoeft me niet de les te lezen. Ga eens iets met je leven doen in plaats van slogans plakken op je sneue voertuig, een busje waarschijnlijk, dat niet eens voldoet aan de uitstootnormen. God, wat heb ik er toch een hekel aan als mensen me zeggen wat ik moet doen. Vraag ik jou om je haar te borstelen?'

'Earth Trust vraagt jou alleen om na te denken over het voertuig waarin je rijdt,' zegt het meisje.

'Dat doe ik niet,' zegt Suzanne. 'Ik doe al genoeg. Ik geef, geef, geef. Ik zou een bedreigde diersoort kunnen neersteken als ik dat zou willen. Op jouw leeftijd wil iedereen de wereld redden. Kom over vier jaar maar terug. Dan wil je een Escalade. Daarna bloed-diamanten. En dan een jas van konijnen en arenden of zoiets.'

Ik barst in lachen uit, maar verstijf als Suzanne zegt: 'En haar zoon is dood. Ze heeft belangrijker dingen aan haar hoofd en zit niet te wachten op een of ander meidje in een poepkleurige rib-broek dat praat over wat onze kinderen zullen erven. Mijn dochter erft verdomme een barbiepop!'

Het meisje, een beetje bang, slaat haar ogen neer, loopt dan naar een MPV en stopt een flyer onder de ruitenwisser.

'MPV's ook al?'roept Suzanne uit. 'Niemand is meer veilig!'

'Dat had je niet moeten zeggen.' Ik grijp het stuur beet.

'Ze krijgt er niets van, hoor.'

'Ik bedoel, je had niets over hem moeten zeggen. Je mag hem niet gebruiken om hippies af te troeven.'

Ik kijk haar nijdig aan, ik hoop dat mijn woede overkomt, want er lijkt niets tot haar door te dringen.

'Ik bedoelde er niets mee,' zegt ze. 'Ik ben natuurlijk opgefokt en kwaad om andere dingen.' Ze gebaart naar de schaatsbaan. Dickie staat met zijn armen over elkaar geslagen, en hij heeft niet alleen een voldane blik op zijn gezicht, maar de zelfvoldaanheid golft ook door zijn lichaam.

'Kunnen we hier alsjeblieft weg?' vraagt Suzanne.

Ik maak zo'n kinderachtig schimpgeluid.

'Wat?' zegt ze. 'Mag ik even een ogenblik, ja? Eén ogenblik. Daarna kunnen we ons weer op jou richten.'

'Kom op, zeg,' mompel ik, maar ik weet niet hoe ik moet verdergaan. Ik start de auto.

'Dit is moeilijk voor me,' zegt Suzanne. 'Ik voel me rot, voor het geval je het niet wist, en ik heb ook hulp nodig. Sorry, maar het is gewoon zo. Ik maak dit helemaal in mijn eentje door. Ik kan niet met jou praten. Ik kan niet met mijn andere vriendinnen praten zonder dat ze het doorkletsen aan iedereen die ik ken. Ik kan niet met Morgan praten en haar te kennen geven hoe erg ik haar nodig heb. Ik kan haar leven niet onderbreken met mijn behoeftes.'

Ze begint te huilen en daar neem ik aanstoot aan. Ze heeft benijdenswaardige problemen, hoe oneerlijk het ook is om dat te denken. Ik weet zeker dat er mensen zijn die jaloers zouden zijn op mijn problemen, die dat 'eerstewereldproblemen' zouden noemen. Het is bijna niet te geloven, maar ik weet dat het zo is.

Ik rijd van de parkeerplaats af, langs het meisje, dat nog steeds flyers bij mensen op de voorruit legt om hen te herinneren aan weer iets wat ze verkeerd doen. Stel dat ik haar aanreed? Stel dat er wat neuronen op hol sloegen in mijn hoofd, waardoor ik die behoefte kreeg? Dingen gebeuren in een oogwenk. Binnen vijf seconden kan het leven dat je kent voorbij zijn. Vijf seconden, tien. Even lang als het duurt om sperziebonen te laten schrikken.

'Misschien moeten we die wijn maar vergeten,' zeg ik. 'Misschien is de combinatie van marihuana en drank niet handig.'

'Oordeel toch niet zo snel,' zegt ze.

Ik zet het knipperlicht aan en dwing mezelf kalm te reageren, zodat ik hoop dat ze zich gaat schamen. 'Oké dat was grof. Ik bedoel dat het niet zo handig is voor ons allebei. Het was niet tegen jou gericht.'

'Je zoon verkocht marihuana, Sarah. En daar had jij geen idee van. Oordeel niet over mij. Laat mij ook rouwen. Ik weet dat het maar een huwelijk was, maar laat me.'

De woorden klinken gerepeteerd.

Ik rijd. Ik grijp het stuur stevig vast en ik rijd. Mijn zoon verkocht marihuana. Dat kan niet het laatste woord zijn. Er is nog meer dan dat. Er zou veel, veel meer moeten zijn. Als hij dertig is, ben ik eenenvijftig. Als hij vijftig is, ben ik eenenzeventig. Ik heb alles uitgerekend, ineenkrimpend doordat mijn leeftijd steeds hoger werd. Nu krimp ik ineen omdat ik ineenkromp. Wat zou het geweldig zijn om die leeftijd te bereiken, om hem samen met mij te zien ouder worden, achter mij aan en toch parallel.

Ik rijd door de stad alsof ik in trance ben, Suzanne huilt stilletjes naast me en dat vreselijk stomme nummer klinkt: *Don't cha wish your girlfriend was raw like me. Don't cha.*

7

Nadat ik mezelf heb afgezet en Suzanne zonder iets te zeggen wegscheurt, maak ik een maaltijd met ingrediënten die bijna bedorven zijn. Sjalotjes, zure room, een halve limoen, rundvlees. Ik maak taco's zonder een taco. Mijn vader zit op de bank televisie te kijken naar een jonge ster die volhoudt dat ze een heel gewoon iemand is. Waarom zou iemand dat met alle geweld willen zijn?

Ik schenk een glas wijn in voor mezelf en loop dan met ons eten naar de bank. Ik ga zitten en trek mijn benen onder me op, neem een slok wijn en schaam me voor de opluchting die dat teweegbrengt. Ik ben een goede drinker. Ik word niet gemeen of emotioneel. Als ik wel huilerig word, komt dat doordat ik ongevraagd word overspoeld door een golf warmte en genegenheid voor de mensheid. Maar nu betreed ik volgens mij onbetrouwbaar gebied. Ik voel me stom en naïef over Cully en ik vind het afschuwelijk als ik ruzie heb met Suzanne.

'Ik heb hier geen trek meer in,' zeg ik. 'Ik wil Cocoa Puffs.'

'Gebruik je drugs?' vraagt mijn vader.

'Wat?' zeg ik. 'Nee.'

'Ik ruik het.'

Ik zet mijn bord neer en houd de wijn vast. 'Ik heb een trekje van een joint genomen. Dat was ik vergeten.' Ik rol mijn hoofd naar achteren en voren. 'Toen kreeg ik ruzie met Suzanne. Ik heb een zware avond gehad.'

'Waar hadden jullie ruzie om?' vraagt mijn vader.

'Niets, eigenlijk. Ik neem te veel ruimte in.'

'Volgens mij is het andersom. Jij weegt waarschijnlijk evenveel als één van haar knieschijven.'

'Pap, zo zwaar is ze nou ook weer niet. We moeten ermee ophouden.' Nu ik dit zeg weet ik weer waar ik in de auto aan dacht:

Met haar veel te zware foundation lijkt het wel alsof ze gebalsemd is.

Door haar saffieren en diamanten ringen krijgt ze worstenvingers.

In haar bontjas ziet ze eruit alsof ze wordt aangevallen door een beer.

'Ik maak maar een geintje,' zegt hij. 'Grapjes over dikkerds vindt iedereen leuk. Net als over scheten. Succes verzekerd. Ik vind eigenlijk dat ze er heel goed uitziet.'

'Ik weet het,' zeg ik. 'Dat is ook zo. Dat zou ik tegen haar moeten zeggen. Ik word kwaad omdat ze zo met zichzelf bezig is, maar tegelijkertijd geeft me dat ook een beter gevoel; dat ik een vriendin heb die niet op haar tenen om mee heen sluipt.'

'Lekker,' zegt hij, knikkend en kauwend. 'Je weet altijd wanneer je het vlees van het vuur moet halen. En je weet dat je het moet laten rusten. Dat is goed om te weten.'

'Dat heb je me goed geleerd.' Ik leun naar voren om mijn vork te pakken. Ik prik er een stuk vlees aan. 'Mooi,' zeg ik.

Hij kijkt naar het terras, mijmert wat in de verte en eet dan verder.

'Ik hoop dat ik dat voor jou heb gedaan,' zegt hij. 'Dat ik het je goed heb geleerd. Dat ik er voor je was. Het moet moeilijk zijn geweest zonder moeder. Ik heb geprobeerd…'

Er zijn momenten waarop zijn schouders een beetje gaan afhangen, en ik voel me schuldig dat ik ooit mijn stem tegen hem heb verheven, dat ik mijn geduld verloor, schuldig vanwege het schuldgevoel dat voorkomt uit het weten dat hij op een dag zal sterven (als Cully 58 is, ben ik 79 en is mijn vader dood). Schuldgevoel en het feit dat je jezelf eraan moet herinneren dat je het vol gratie moet afwachten, dat je het moet koesteren dat ze er nog zijn, niet iedereen heeft zijn ouders nog, enzovoorts. O leven. O dood. Waarom hebben we nog niet allemaal geleerd hoe we ermee om moeten gaan? Het meest wezenlijke ter wereld. We moeten training in het leven krijgen. Gecertificeerd zijn voor de dood.

'Je hebt het prima gedaan,' zeg ik. Ik weet nog dat hij altijd bij me kwam kijken, tot het punt waarop het ergerlijk werd. Alles ging goed met me en door zijn aandacht voelde ik me daar rot over.

Mijn vader kijkt naar mijn glas wijn. 'Er zit kurk in.'

Ik drink het op.

Op televisie is een in het donkerblauw uitgelichte zanger te zien op het podium, zijn ogen zijn omhooggedraaid, er gaan stuiptrekkingen door zijn lijf.

Ik sta op om nog wat wijn in te schenken. 'O jee,' zeg ik.

'Wat is er, meid?'

'Niets. Ik verloor even mijn evenwicht.' Ik houd de wijnfles ondersteboven boven mijn glas en schud ermee.

'Misschien moet je even rustig aan doen,' zegt hij.

Ik denk aan zijn aankopen: zwabbers om moeilijk schoon te maken plekken te bereiken, een robotstofzuiger, een vork/lepel/-mes (alles in één), een ab roller, ab stretcher, ab vibrator, messen die door muren kunnen snijden, al die boeken.

'Doe jij maar rustig aan,' antwoord ik, 'met het kopen van al die rotzooi.'

Ik loop terug en ga agressief zitten, zijn bord springt erdoor op.

'Sommige spullen zijn slim,' zegt hij. 'Het zouden goede cadeaus zijn. Beter dan sommige dingen die jij in je programma laat zien. Dat is doorgestoken kaart, je moet betalen om op televisie te komen. Andere bedrijven kunnen meer hulp gebruiken, aangezien ze tot hun oren in de grondbelasting zitten. Weet je dat een vierkante centimeter op Main Street duurder is dan op Fifth Avenue in New York? Ik zou er eigenlijk heen moeten gaan en…'

'Pap, hou daar eens over op. Je werkt er niet meer! Het kan niemand iets schelen!'

Ik durf hem niet aan te kijken. Waarom doet een kind als het verdrietig is of zich schaamt toch altijd gemeen tegen zijn ouders? We doen het vanaf ons tweede tot hun dood. Mijn traanbuisjes gaan hun werk doen. Dat gebeurt altijd als ik wreed tegen hem ben geweest.

De bank verschuift als hij opstaat. Ik zat perfect en dat is nu verpest. Ik ga iets naar rechts zitten en zucht extra hoorbaar. Ik hoor hem de trap aflopen naar zijn kamer.

Ik sta op en houd mezelf bezig met de post op het aanrecht. Cully blijft allerlei dingen krijgen, aanbiedingen voor een gratis oliebeurt, een catalogus van *Motor Trend*, verzoeken van een club voor gehandicapte kinderen, en ik kom er niet toe ze op te zeggen. Misschien doe ik het ook wel niet. Ik weet nog dat we mama's catalogi nog in de bus kregen, flyers en dingen waarvan het makkelijker is ze te blijven ontvangen dan het is om de verzekering stop te zetten. Ik denk dat we het allebei zo wel prettig vonden. Mijn handen trillen als ik de post oppak, doe alsof ik druk bezig ben, maar alleen maar denk aan mijn vader alleen in zijn kamertje, dat zo op Cully's kamer lijkt, zonder een persoonlijk stempel. Ik geef toe, loop naar beneden.

Op dit soort momenten moet hij aan mijn moeder denken. Hij vertelt nooit over zijn ervaring met de dood om me te helpen en daar ben ik denk ik dankbaar voor. Hij moet die behoefte kennen om je alleen en klein te voelen, alsof je de eerste bent die zich zo voelt. Ik herinner me dat ik niet naar mijn vader rende toen mijn moeder stierf. Ik was thuis van de kleuterschool. Ik hoorde hem in de keuken aan de telefoon praten en wist wat er aan de hand was, wist wat hij te horen kreeg. Hij riep me. Ik zei tegen hem dat ik druk bezig was. Ik keek naar een Japanse tekenfilm. Ik bleef ernaar kijken. Ik weet nog dat ik weigerde op te houden met kijken. De herinnering die ik nu heb aan hoe ik me toen voelde is gekunsteld en misschien is het geen herinnering, maar is het echt zoals ik me toen voelde – de emoties die er vlak en hard uitgehamerd werden alsof er op een trommel geslagen werd:

De film was eng.

Ik moest kijken.

Ik moest dapper zijn.

Alles zou veranderen, ten goede en ten kwade.

Mijn moeder is niet meer ziek. Ze leeft niet.

Ze zal er niet meer zijn om me voor te lezen als ik 's ochtends mijn cornflakes eet.

Ze zal me niet naar ballet brengen en vanaf de bank haar duim naar me opsteken.

Ze zal me geen kus boven op mijn hoofd geven en tegen me zeggen dat ik zo lekker ruik of dat ik in bad moet.

Ik hoef me niet om haar te bekommeren. Ik kan luidruchtig en zorgeloos zijn.

De film is eng; ik moet ervan huilen, van de film.

De kanker is dood, maar hij is met haar gestorven, als een vriend.

Dit was de gedachte waardoor ik uiteindelijk in huilen uitbarstte als het kind dat ik was, en het gehuil werd gejammer toen ik mijn vader zag, die met gebogen hoofd kwam vertellen wat ik al wist.

Ik sta voor de dichte deur van mijn vaders kamer en heb het gevoel dat een excuus op zijn plaats is, maar ik weet niet zeker wie het moet aanbieden. We hebben allemaal zoveel problemen. Soms moet je gewoon voor jezelf zorgen.

'Pap?' zeg ik voordat ik de deur open.

'Kom binnen, kanjer.'

Hij staat met zijn rug naar me toe. Hij hangt een schilderij aan de muur bij zijn bed recht.

'Ik hoorde je de trap af stampen,' zegt hij. 'Je hoeft me niet te waarschuwen. Ik ben niet aan het masturberen of zo.'

Ik werp een blik in zijn kamer en hij doet me aan die van Cully denken. De kamer weerspiegelt meer van mij dan van hem. 'Ben je je schilderijen aan het ophangen?'

'Kan ik net zo goed doen.'

De schilderijen hingen in zijn kantoor, afbeeldingen van het Oude Westen en de oude stad. Ik heb het gevoel dat hij ook een ingelijste sepia foto is, iets uit het oude Breckenridge dat door het bedrijf werd opgehangen omdat het goed in die hoek paste. Een diep in het stadje gewortelde jongen, die opklom van skipatrouille tot onderdirecteur Exploitatie. Ik had het recht niet om hem zo te kleineren. De afbeelding is een olieverfschilderij van een indiaan die gehurkt op zijn galopperende paard zit, met een pijl in de aanslag om een potige bizon af te maken. De titel: *De kringloop van het leven*. Ik lach.

'Wat?' zegt hij.

'Dat schilderij.' Ik wijs naar de ruwharige bizon die het prairie-land besnuffelt, de magere indiaan, met zijn kont in de lucht als een jockey op een renbaan. 'Ik lach me kapot.'

'Jij bent om te lachen,' zegt hij.

'Ik zat te denken.' Ik loop de kamer in en leg mijn hand op de muur. 'We zouden deze kunnen weghalen zodat er een verbinding met de andere kamer ontstaat. Het zou één grote ruimte kunnen worden. Het zou hierbeneden een soort appartement kunnen worden.'

Hij kijkt naar de muur die zijn kamer scheidt van die van Cully en knijpt zijn ogen tot spleetjes. Hij is nooit van de vernieuwing geweest; alles is prima zoals het is, of kan zijn.

'Ja,' zegt hij. 'Dat zou een grote verandering zijn.'

Ik knik, gretig, klaar om een knuppel te pakken en erop los te rammen. Dan voel ik me weer eens schuldig. Wil ik te graag dingen vernietigen en uitroeien? Nee, houd ik mezelf voor. Je past je aan, je overleeft. Zoiets. Je probeert die ongrijpbare andere kant te bereiken.

Hij staat met zijn handen op zijn heupen, misschien stelt hij zich de verandering voor. 'Ik vind het een goed idee. Of ik nu hier blijf of vertrek, het is een goed idee, een goede verandering. Hier. Ik heb iets voor je.'

Hij loopt naar zijn kast om een mes te pakken, dat hij aan mij geeft. Het heeft een zwart rubberen heft dat prettig in de hand ligt. Er zit een schakelaar op.

'Zet hem eens aan,' zegt hij.

Dat doe ik en het lampje wordt rood. 'Ik heb de infomercial hiervan gezien,' zeg ik, en ik herinner me de man die zich helemaal uitleefde op het besmeren van een boterham met pindakaas. Eerst smeerde hij met een gewoon mes, maar dat mes bleef plakken en scheurde het brood kapot. Hij deed een paar pogingen, maar het mislukte elke keer, terwijl een meelevende voice-over vertelde over zijn irritatie. Zijn kinderen, chagrijnig en lelijk, stonden op hem te wachten, terwijl ze brutale blikken uitwisselden.

'Er zit een speciaal verwarmend middel in,' legt mijn vader uit. 'Het maakt de pindakaas zacht en gemakkelijk te smeren. Ik dacht dat je het wel kon gebruiken omdat je zoveel boterhammen voor me klaarmaakt.'

Hij gaat op het bed zitten. In het laatste shot van de infomercial zie je de vader die zijn nieuwe mes in een hard stuk boter steekt. Het gaat zo gemakkelijk en hij besmeert zijn brood zonder het kapot te maken. Zijn kinderen zijn trots, en als hij ze bij school afzet met hun lunch in een zakje kijken moeders hem wellustig aan. 'Dank je wel,' zeg ik.

Hij haalt zijn schouders op.

Naast zijn bed zie ik in de muurvullende kast meer dozen staan, de meeste met een plaatje erop van de inhoud. Er staan een luchtionisator, een rugmassageapparaat met vijf standen dat eruitziet als een dunne darm, een robotstofzuiger met afstandsbediening en muurophangbeugel, kerstversieringen die van kleur veranderen als je ze aanraakt, een borduurmachine. Naast de borduurmachine ligt een oude kussensloop die mijn vader heeft geprobeerd te borduren. Hij heeft bijna een letter af gekregen:

een S, misschien, voordat hij zijn pogingen opgaf. Het ontwerp ziet er bibberig en manisch uit, als een kunstproject van iemand die een of ander afkickprogramma volgt. Al die voorwerpen. De gedachte schiet door mijn hoofd dat ik ze op een dag zal erven. Een van de verdrietigste kanten aan de dood van een ouder moet wel het gevoel zijn dat je wordt belast met allerlei spullen die ze hebben achtergelaten. Als ik daaraan denk, wil ik al mijn oude ondergoed weggooien.

Hij volgt mijn blik, kijkt weer naar de kast. 'Ja, ja,' zegt hij. 'Ik weet het.'

'Nee, het maakt niet uit. We hebben allemaal behoefte aan iets anders.' Ik probeer hem aan te kijken zoals die kinderen deden wier vader uiteindelijk een boterham besmeerde.

'Ik ga dit eens uitproberen,' zeg ik, maar ik vertrek niet. Ik leun tegen de deurpost, voel het gewicht van de vermoeidheid. Ik ben hier om te laten zien dat het me spijt, maar ik heb hem ook nodig. Wat ik over Cully weet zal pas logisch worden als ik het met hem deel. Ik aarzel, maar dan denk ik eraan dat elke keer dat mijn kind me in vertrouwen nam, ik me gevleid en trots voelde, nodig. 'Pap?'

'Ja, kanjer.' Hij begint zijn overhemd open te knopen.

'Cully was drugshandelaar.'

'O?' Zijn handen rusten op een knoop.

'Marihuana. Hij verkocht marihuana.'

Mijn vader knikt en knijpt zijn ogen halfdicht, alsof hij een beslissing wil nemen.

'Ik wist het niet,' zeg ik. 'En misschien is er nog meer wat ik niet weet. Misschien was hij wel helemaal losgeslagen. Ik heb gefaald. Het is me niet gelukt hem te beschermen. Dat is wat de mensen zullen denken. Misschien vond iedereen hem een slecht joch en wist ik dat niet.' Ik knijp in het mes; het rode knopje gaat aan. Ik duw het uit.

'Ik schaam me zo,' zeg ik. 'Ik voel me gewoon stom.' Ik wil op de vloer in elkaar zakken, maar ik houd mezelf overeind. Ik wacht op zijn oordeel.

Mijn vader blijft op zijn bed zitten met zijn overhemd deels open. Zijn borstkas is ingevallen, het haar op zijn borst grijszwart.

'Goh,' zegt hij.

Ik vraag me af of hij zich net zo schaamt als ik en ook teleurgesteld is. Dat moet wel.

'Het is al te laat.' Hij krabt aan zijn kaak. 'Je kunt er niets meer aan doen.'

Ik kijk omhoog naar het schilderij boven hem, en dan weer naar beneden. Hij denkt nog steeds na, probeert het uit te puzzelen. Ik moedig hem aan het op te lossen.

'Martel jezelf maar als je wilt,' zegt hij. 'Maar al was hij nog in leven, en al deed hij iets heel anders, dan nog zou je zulke gedachten hebben. Ik dacht voortdurend dat ik jou aan het verpesten was. Geen moeder, geen broertjes of zusjes; ik had niet al mijn geld in het resort geïnvesteerd zoals een aantal van mijn vrienden. Dan zag ik andere gezinnen, die deden alles goed – en weet je wat? De meeste van die kinderen waren nog steeds sufferds. Cully hield van jou en hij voelde zich geliefd door jou. Hij heeft goede en slechte beslissingen genomen. Hij was een gelukkige jongen. Dat is alles. En trouwens…'

Hij staat op en loopt naar zijn kast om zijn overhemd op te hangen, waarbij hij me zijn rug toedraait. Soms denk ik dat hij huilt als ik niet kijk. Ik heb me altijd voorgesteld dat hij dat deed als hij zijn kleren ophing of dingen wegborg. Hij zou zichzelf te veel gunnen als hij zou huilen zonder iets anders te doen.

'En trouwens?' vraag ik.

'En trouwens, je weet niet wat je hebt gedaan. Hij heeft de kans niet gekregen om zichzelf te worden of om een man te worden. We zijn heel andere mensen dan toen we in de twintig waren. Op die leeftijd was ik heel iemand anders. En jij ook.'

Ik denk aan dat zelf, dat op het punt staat een ander zelf te worden. En dat ik toen Cully kreeg op mijn eenentwintigste, precies op het moment dat ik helemaal niets met het moederschap te maken wilde hebben. Het was een prachtige fout. Zouden zijn fouten op een dag ook prachtig zijn geweest?

'We hebben heel veel levens in dit leven,' zegt hij en ik weet bijna zeker dat hij aan zijn leven met en zonder mijn moeder denkt.

Zijn rug is nog steeds naar me toegekeerd en ik weet dat hij zich prettiger zou voelen als ik wegging. Dat is het nou net met het ouderschap: je moet je kinderen antwoord geven en je kunt hun niet laten weten dat je ze ook nodig hebt. Je kunt hun niet laten weten dat jij ook lijdt en dat je er zo hard je best voor doet om alles in orde te maken voor de tijd zonder jou. Mijn moeder liet me nooit haar angst zien. Ze moet zo bang zijn geweest om ons te laten gaan.

'Weet je je haar nog?' vraagt hij. Hij werpt een blik achterom.

'Wat is daarmee?' vraag ik.

'Je haar.' Hij laat zijn handen boven zijn hoofd zweven. Dan wendt hij zich naar me toe met een gezicht waaruit blijkt dat hij iets ophaalt uit de loopgraven van zijn geheugen. 'Zoals je het had zitten. Toen je studeerde.'

Ik schud mijn hoofd en grijns met één kant van mijn mond, en herinner me dat ik mijn haar per se naar buiten wilde föhnen en dan krullen. Het was een agressieve overvloed aan blonde, stijve krullen en een stijve pony. Ik wilde eruitzien zoals Tina Kilpatrick van het nieuws in Denver, en jammer genoeg lukte dat nog ook.

De week voordat Cully stierf had hij zijn haar laten knippen, en hij zag er zo volwassen en knap uit.

Ik wil mijn vader net goedenacht wensen, maar dan zie ik Kits zwarte boek in de kast. 'Houd je de agenda?'

Hij kijkt naar de kast. 'Ik wilde er helemaal doorheen bladeren. Voordat ik haar morgen zie.'

Hij ziet eruit alsof hij zich iets afvraagt. 'Het is vreemd om dat achter te laten,' zegt hij.

'Vraag haar er maar naar,' stel ik voor.

'Denk je dat ze nog terugkomt?' vraagt hij.

'Waarom niet?'

Hij kijkt naar me op en dan verdwijnt de beduusde uitdrukking van zijn gezicht.

'Wat?' zeg ik.

'Ze zei iets. We waren over dingen aan het praten – haar vader, de natuur, je weet wel.'

Ik doe alsof ik dat weet.

'Ik vroeg haar wat haar vader ervan vond dat ze hier ging wonen na haar studie. Ze zei iets over dat hij zei dat mensen in skidorpen vaak SOA's hadden. Hij hield niet zo van het buiten- leven. Ze zei dat ze dol was op de door Indian Princesses ge- organiseerde vader-dochteractiviteiten, maar terwijl de andere vaders eetbare planten en bessen aanwezen, zei haar vader tegen haar dat mensen zoals Ralph Waldo Emerson belastingtechnisch onbenullen waren en er niets opmerkelijks was aan mannen die het leuk vonden om water uit een hoefafdruk te drinken.'

'Wauw,' zeg ik. 'Dat klinkt alsof jullie veel te bepraten hadden.'

'Het is gewoon grappig omdat Cully ooit hetzelfde beweerde: over Emerson, die hoefafdruk. Is dat niet vreemd?'

'Misschien komt het wel uit een film.' Ik voel opwinding.

'Misschien,' zegt hij. 'Hoe dan ook, ik ga naar bed. Slaap zacht.'

'Slaap lekker,' zeg ik. 'Ik hou van je.'

'Ik nog meer van jou,' zegt hij.

8

Ik had naar Holly moeten luisteren. Het werk was één grote ramp.
Ik moest een 'snowparkspecialist' interviewen die Rex heette en
die, toen hij nog bij Cully op school zat, erom bekendstond dat
hij homopornografische plaatjes op de rug van toeristen plakte.
Daarna bezochten we B Beauty, waar we de slimme namen van
de lippenstiftkleuren moesten testen en becommentariëren: *Shop
Teal You Drop!* Haha! Ik probeerde mijn werk te doen, mensen
ertoe te bewegen spullen te willen die ze niet nodig hebben, kleine
luxeproducten die kapotgaan en afschilferen op zeeniveau. Ze zullen lippenstift willen die ze al hebben. Ze zullen een lippenstift-
houder en andere lippenstiftaccessoires willen, iets waarvan ik niet
eens wist dat ze bestonden.

'Sarah, kan het misschien wat enthousiaster?' Holly mimede enthousiasme, waardoor ze eruitzag als een gestoorde alpineskiër op
volle snelheid. Ik rolde de lippenstiften op en neer en bedacht dat als
dit een film was, ik hier niet zou zijn. Dan zou ik misschien thuis
zijn. Er zou een shot van me zijn waarin ik naar een foto van mijn
zoon kijk, en een langzaam nummer op de achtergrond zou het
werk voor me doen. Misschien zou ik in beweging komen en zijn
as naar een exotische plek brengen die hij altijd nog had willen zien.

Een boek zou vooruitspringen en dan rustig terugwerken naar

een van de vele beginnen. Cully als kind. Ik die lag te bevallen. In druk zouden mijn gedachten prachtig zijn, begrijpelijk en vloeiend. Er zouden thema's zijn. Het zou diepzinnig zijn. Ik zou niet zo cynisch zijn. Ik zou een hartelijk personage zijn; warm en sympathiek, breekbaar. Noch de filmmoeder noch de boekmoeder zou inklokken.

Ik zet de auto neer op de parkeerplaats boven Empire Burgers, omdat ik een eindje wil lopen voordat ik Billy tref. Ik heb hem gebeld zodra ik wakker werd, zonder echt te weten waarom. Misschien vanuit hetzelfde gevoel van dringende noodzaak die ouders hebben als ze erachter komen dat hun kind iets goeds of slechts heeft gedaan. Ze willen overleggen en het delen zodat ze het niet in hun eentje hoeven te ervaren.

Ik loop de trap naar de stoep af, langs de jongens die burgers eten en bier drinken, me ervan bewust dat iedereen het leuk vindt om mensen te kijken – ook naar mij. Ik kijk naar hen terug en richt mijn aandacht op een clubje kinderen in buitenkleding in felle, giftige kleuren. Ik weet nog dat Cully deze neonkinderen met hun skinny jeans 'M&M's' noemde.

Ik heb hier een keer met hem gegeten. Hij kwam na een opname naar me toe. We zagen een heleboel oude mensen en kwamen er toen achter dat het op dinsdag seniorendag was. Dat is alles wat ik nog weet. En dat de burger heel lekker was. Cully had een goede eetlust, misschien was hij wel stoned.

Ik wacht geduldig op de toeristenfamilie voor me en doe geen moeite ervoorbij te komen. Ik kijk naar hun konten, allemaal even groot en niet scherp omlijnd als cumuluswolken. De vader bekijkt de kaart van de stad, hij houdt zijn handen ver uit elkaar en loopt langzaam.

'Ik zei het je toch,' zegt zijn jonge zoon, die op zijn telefoon kijkt. 'We zijn te ver doorgelopen. We zijn er voorbijgelopen. Pap. Pap. Pap.'

'We zijn er voorbijgelopen!' zegt de dochter. Ik zou haar op ongeveer zes schatten. 'Ik wil naar huis!'

Het is de bedoeling dat jullie verdwalen, wil ik tegen hen zeggen. De wandelpaden zijn ontworpen om mensen in verwarring te brengen; er zijn overal toegangen en niveauverschillen zodat je altijd wilt zien wat er boven, beneden, verder of om de hoek is. Er zijn steegjes, waarvan sommige met elkaar verbonden zijn en sommige uitkomen op een parkeerplaats – allemaal zo dat je je net een pionier voelt, alsof je iets hebt ontdekt naast het gebaande pad, iets wat niet op de kaart staat. Zo geven toeristen meer uit. Ik ken de achtergronden, de geschiedenissen, de plattegrond van deze plek. Ik stel me de kolonisten en de hoeren voor, de weide, de mijnwerkers en de baggeraars, de paar echtgenotes en vrouwen, de Ute-indianen, mijn voorouders en Cully, allemaal in perfecte, stilzwijgende geologische lagen.

Het gezin blijft midden op de stoep staan en iedereen verzamelt zich om de telefoon heen. Het meisje ziet me en ze knippert met haar wimpers, heft haar handen boven haar hoofd en gaat in de eerste balletpositie staan. Ik glimlach niet. Ik laat het aan andere mensen over om tegen haar te zeggen hoe schattig ze is. Mijn zoon was een mottige wietdealer en ik ben op weg om het zijn vader te vertellen.

Op het zebrapad loop ik om het gezin heen. Ik loop langs Shirt And Ernie's, ben bijna bij mijn bestemming als ik de eigenaresse van de winkel, Lorraine Bartlett, in het oog krijg, die op me afstevent. Ik doe net alsof ik haar niet heb gezien en probeer mijn telefoon uit mijn tas te pakken, zodat ik kan voorwenden dat ik aan de telefoon ben en haar voorbij kan lopen, maar ze is al bij me voordat ik hem heb.

'Sarah!'

'Lorraine! Hoi.'

Ze komt dichterbij met die gevreesde blik vol ontzag.

'Hoe gaat het met je?' vraagt ze op mierzoete toon. Ze kijkt rond alsof we op een geheime missie zijn.

'Het gaat prima,' antwoord ik. 'En met jou?' Ik zet een stap naar achteren.

'Ik houd het vol,' zegt ze. 'Nou ja, het is iets meer dan dat. Eigenlijk gaat het best goed. Pete is toegelaten tot de rechtenstudie. Danny heeft een nieuw project gevonden – de garage, dus we zullen zien hoe dat…' Enzovoorts. Je gooit er voor een dubbeltje in en er komt voor een kwartje uit.

Ik sla mijn armen over elkaar en grijns. Ik kijk om me heen, alsof ik hulp zoek. Ik voel me als een rat in de val zitten.

Zij had ook een zoon die jaren geleden is gestorven in een lawine. Cully zat in de tweede klas van de middelbare school toen dat gebeurde en haar zoon zat in de eindexamenklas. Zijn lichaam is nooit gevonden. Lorraine kwam een paar dagen na Cully's dood langs en probeerde me over te halen om te rouwen op de manier zoals zij dat had gedaan: door buttons te dragen met het gezicht van haar zoon erop en interviews te geven aan de plaatselijke kranten met reclame voor haar club OTLR, Ouders Tegen Lawine Rampen, alsof je wanneer je daar niet bij ging vóór lawinerampen was. Hoe fijn het ook is als iemand anders hetzelfde meemaakt als ik, ik heb er ook een hekel aan, omdat het mijn eigen gekoesterde pijn verzwakt. Ik kromp ineen toen Lorraine bij mij aan de deur stond en zei: 'We moeten het samen doen.' Ze liep verder, mijn huis in, de keuken in, aangelokt door de glimp van fotolijstjes die op de plank achter de bar staan.

'Ga je gang,' zei ik, voordat ik besefte dat de foto's zoveel aantrekkingskracht uitoefenden en niet de drank. Ik was teleurgesteld, omdat ik heel even dacht dat we ons er met drank doorheen zouden slaan. We zouden borrels kunnen nemen, huilen, lachen, in die volgorde. Aarzelend liep ik naar de bar, keek naar de foto's, naar Cully's prachtige ogen. Ik raakte de foto's aan, drukte mijn vinger tegen hem aan. Ik zei iets – wat weet ik niet meer precies, iets vals en poëtisch als: 'Soms lijkt het net alsof hij in de kamer hiernaast is.' Ik had er onmiddellijk spijt van, ik voelde dat ik werd gestraft door het zwaailicht van de hartzeerpolitie omdat ik hartzeer helemaal verkeerd aanpakte. Ik begon een hekel te krijgen aan Lorraine Bartlett, omdat ze me het gevoel gaf dat ik op de een of andere manier mijn verdriet moest bewijzen.

'Onze jongens,' zei Lorraine, die me met angstaanjagende intensiteit aankeek. Ik dwong me mijn blik niet af te wenden, om mijn voorhoofd te fronsen en naar Lorraines kleine, waterig blauwe ogen te kijken, haar stompe neus. Haar gelaatstrekken pasten niet goed bij elkaar. Het was net alsof te veel mensen zich ermee bezig hadden gehouden.

'Ze hielden van dezelfde dingen.' Ze lachte snel. 'Ze hadden waarschijnlijk op deze manier willen gaan: terwijl ze deden waar ze dol op waren.'

Ik wendde mijn blik niet af, ik staarde in Lorraines ogen alsof ze een aanstormende vrachtwagen waren. *Kom op, mafkees*, dacht ik. *Je moet toch van het padje zijn na zo'n opmerking.* Maar dat gebeurde niet. *Terwijl ze deden waar ze dol op waren?*

Cully was in Arapahoe Basin, offpiste, met vrienden van het werk. Daar ging hij heel vaak heen. Er komen lawines voor, maar hij had lichtsignalen, hij had stokken, hij had ervaring en een ego dat intact was. Hij was een bergenkind. Hij was al eerder lawines voorgebleven. Lorraines zoon wist geen bal over afgelegen gebieden. Hij deed Basisvaardigheden in groep zeven, waar kinderen zoals hij leerden hoe ze een bal moesten gooien. Mijn zoon en hij leken totaal niet op elkaar.

Ik heb mijn zoon dood gezien. De arts zei tegen me dat ik nog niet moest kijken, dat ik moest wachten tot ze hem beneden hadden, maar ik vond dat ik hem dat verschuldigd was. Het was het minste wat ik kon doen – naar hem kijken.

Het was net alsof ik een antiek kunstvoorwerp bekeek. Hij zag er opgezwollen uit, onnatuurlijk, als een soort special effect. Het ergste was dat hij er bang uitzag, en ik kon me niet voorstellen dat zijn gezichtsuitdrukking zich ooit nog kon ontspannen. Dit was het laatste gevoel dat hij op deze wereld had gehad, en tot op de dag van vandaag zie ik hem voor me als eeuwig bang. Hij was niet blij of opgewonden. Hij deed zeer zeker niet waar hij dol op was. Ik had tegen haar moeten zeggen: *Moet je horen, mafkees. Stel je voor dat ik je met een Ski Breck-shirt wurg, iets wat je verkoopt, iets waar je duidelijk dol op bent. 'Tjonge, ze was echt dol op T-shirts. Dit was de ideale dood voor haar!' Het feit dat iemand van kip houdt betekent toch niet dat hij wil stikken in een emmer drumsticks.* Maar dat zou ik toen niet gezegd hebben, want ik was helemaal niet kwaad. En nu zou ik het niet zeggen omdat ik het niet meer echt zo voel – mijn gedachten donderen gewoon voort, zonder enige controle door mijzelf.

Ik herinner me dat Lorraine er die dag had uitgezien alsof ze op de hoogte was van een belangrijk geheim waar ik binnenkort achter zou komen. Ik kon niet ontsnappen aan haar vreselijke blik, omdat ze mijn hand vasthield tussen die van haar alsof ze een wafel opwarmde. Ik kreeg de button in het oog die ze droeg en waarmee de dood van Jackson werd rondgebazuind en ik kon me niet voorstellen dat ik dat deed met een afbeelding van Cully – hem als accessoire dragen alsof zijn tweeëntwintig jaar durende leven niets meer dan een manchetknoop was geworden. Jackson zou zesentwintig jaar zijn, geen schooljongen, en ik stelde me zo voor dat hij zich zou schamen voor die button als hij nog leefde.

Ik dacht toen ik naar Lorraine keek: Je rouwt op een vreselijke manier. Ik rouw chiquer dan jij. En toen: Cully, ik wilde dat je er was zodat je dit kon zien. Die gedachte gaat nog elke dag door mijn hoofd. Ik ben er zo aan gewend om dingen op te slaan om ze hem aan het eind van de dag te vertellen, anekdotes te verzamelen om ze door te geven. Ik was blij als ik iets opvallends had. Hij was mijn klankbord. Hij was mijn geluid.

'Ik wilde je alleen even zeggen hoe trots ik op je ben,' zegt Lorraine nu tegen me. Ze heeft nog steeds die blik op haar gezicht, besef ik, alsof ze iets weet waar ik ook binnenkort van zal genieten – zoals een verrassingsfeestje. Toeristen komen voorbij en ik heb het gevoel dat we een kei zijn in een stroom. Ik wilde dat ik een getuige had. Ik blijf om me heen kijken op zoek naar iemand die partij voor me kiest.

101

'Ik ben ook trots op jou,' zeg ik luchtig.

'Je programma,' houdt ze vol. 'Ik zag jullie vanochtend de opnames doen. Ik vind het geweldig dat je weer aan het werk bent. Ik weet dat het mij veel geholpen heeft. Het vergt veel moed, veel kracht.'

Maakt ze mij nou een complimentje of zichzelf? Ik heb een hekel aan onverdiende loftuitingen. Mensen worden in hun hoofd geschoten en worden dapper genoemd als ze herstellen. Mensen verliezen een zoon in een lawine en zijn dan plotseling bewonderenswaardig. Ik heb niets gedaan. Ik heb geen moed. Moed is alleen mogelijk als je ervoor kiest iets te doen. Ik heb er niet voor gekozen hem te verliezen. En ik werk omdat ik een hypotheek heb, en trots, en een vader die te vaak uit eten gaat en vanaf de bank allerlei spullen koopt. Ik ben hier omdat ik probeer op te krabbelen, de brug over te steken, de trollen te slim af te zijn. God, Cully was dol op dat boek – *De drie geiten*.

'Wil je een kop koffie gaan drinken?' vraagt ze. 'Nu? Of een andere keer. Ik weet dat het een tijd duurt voordat je volledig geheeld bent, niet dat dat ooit gebeurt, maar ik zou je graag meer vertellen over OTLR. Ik ben er nog steeds heel erg bij betrokken en ik denk dat je er heel veel uit kunt halen. En omdat jij connecties hebt bij de televisie zouden we…'

Wat de dood ook met zich meebrengt, vrijheid is daar één van de dingen van. Ik pak haar bij de schouder en zeg: 'O mijn god. Volgens mij krijg ik diarree.'

'O, nee,' zegt ze. 'Dan moet je… De wc in het bezoekerscentrum is het dichtstbij. Ik heb wel een Pepto als je…'

'Het gaat wel,' zeg ik. 'Ik moet weg!'

En ik loop-ren terug naar mijn auto.

'Ja, snel!' roept ze, ze moedigt me aan niet in mijn broek te poepen.

Pas in de auto dringt het tot me door: haar zoon is dood en ik heb zojuist tegen haar gelogen. Ik ben van haar weggerend. En zij gaf toe dat ze een middel tegen diarree bij zich had.

'Waarom?' zeg ik hardop. Ik weet nog steeds niet hoe ik op de juiste manier moet rouwen. Volgens mij zal ik nooit weten hoe je uitdrukking moet geven aan verdriet, of hoe je mensen moet laten zien dat zich onder dit alles een aardige persoon bevindt. Ik verwar de goede mensen met trollen – die zijn niet wie of wat ik moet verslaan. Ik duw de zonneklep naar beneden om in de spiegel naar mezelf te kijken.

'Jij weer,' zeg ik tegen mijn spiegelbeeld. Ik zie eruit als een superieur, inferieur, afgewezen, misleid persoon.

Ik kan mezelf ook nergens mee naartoe nemen.

Ik rijd de parkeerplaats op achter Eric's en zie Billy geparkeerd staan, schrijlings op een chopper, wat ik wel leuk leuk vind. Hij lijkt wel een puber. Ik ga naast hem staan. Hij kijkt naar me, wendt zijn blik dan af, kijkt terug en herkent me. Zijn wangen bewegen naar zijn ogen. Hij zet zijn helm af. Ik wilde dat ik er wat beter uitzag. Ik voel me plotseling verlegen en zo sexy als een pioniersvrouw. Ik bekijk mijn gezicht in de spiegel. Ik trek mijn buik in.

Ik stap de auto uit en loop naar zijn kant.

'Hé, schatje,' zegt hij.

Ik maak geen bezwaar tegen het 'schatje'.

'Interessante manier om aan te komen,' zeg ik. Ik bekijk hem nauwkeurig en zie Cully overal. De lange benen, zacht bruin haar, de oorlellen en de houding. Grote mond, scherpe neus, karige, vriendelijke spieren. Dezelfde oogverblindend blauwe ogen, die ontspannen houding en dat zelfvertrouwen dat zowel aantrekkelijk als intimiderend is. Billy's ogen fonkelen. Het is waar – dat doen ze, dat deden Cully's ogen.

Hij omhelst me en ik weet nog hoe heerlijk ik zijn omhelzingen vond als hij zijn harde leren jack droeg, als de zakken in mijn ribben duwden, zijn riem in mijn maag drukte. Hij draagt iets wat lijkt op diezelfde riem. Ik zat dan op zijn schoot en hij tikte afwezig op mijn been met het lange uiteinde dat hij altijd liet bungelen. Het is net alsof hij zich niet heeft omgekleed sinds ik eenentwintig was.

'Hoe is het in Durango?' vraag ik.

'Hetzelfde, maar dan anders.'

'En met Sophie?' Ik hoop dat mijn stem normaal klinkt. Ik vraag altijd naar zijn dochter van veertien, al wil ik eigenlijk niets over haar horen. Ik zie haar niet eens als Cully's stiefzus. Cully vergat dat het grootste deel van de tijd ook. Hij schreef haar naam nooit op formulieren bij de vraag of hij broertjes of zusjes had.

'Het gaat goed met haar,' zegt hij. 'Maar ze heeft nu zo'n chagrijnige fase...' Ik zie dat hij zich ervan weerhoudt meer te zeggen. Ik vraag niet naar zijn ex-vrouw, Rachel. Ook al is het huwelijk op niets uitgelopen, ik was altijd jaloers dat er voor hem geen consequentie zat aan het feit dat hij een baby met mij had. Hij ging gewoon door, terwijl mijn leven een totaal andere wending nam.

'Ze is met haar moeder in San Diego, op bezoek bij Rachels ouders.'

'Is die van jou?' vraag ik, met een blik op de motor.

'Nee,' zegt hij. 'Ik ga hem afleveren bij een of andere computernerd in Beaver Creek. Het maakt hem niet eens uit dat ik er in de winter op rijd. Idioot, maar het komt goed uit nu je me wilde zien.'

Ik loop naar de chopper. 'Het is geen winter. Morgen is het lente. Mooi, hoor.' Ik strijk over het zadel.

'Dank je wel. Uiteindelijk kreeg ik hem zover zijn ideeën te laten varen, en toen heb ik ervoor gezorgd dat hij geloofde dat mijn ideeën de hele tijd al de zijne waren. Maar ik zie hem niet op dit ding rijden. Hij is eerder een... scootertype.'

We staren naar zijn werk, met gebogen hoofd alsof we aan het bidden zijn.

Zoals zoveel kinderen kwam Billy hier na zijn eindexamen wonen om in het seizoen te kunnen skiën. Hij bleef bijna twee seizoenen, waarin hij als afwasser werkte bij Steak and Rib. Ik ontmoette hem in de zomer na mijn eerste studiejaar in een duikbar die Fajitas heette, waar nu iets anders zit. Hij leek in niets op de kakkers met wie ik uit was geweest. Hij was onopvallend wild en had nooit haast. Hij wilde motorfietsen ontwerpen. Dat vond ik heel apart. Aan het eind van de zomer was ik eraan toe om terug te gaan voor mijn tweede jaar. We gingen uit elkaar, zoals we vanaf begin af aan wisten dat we zouden doen. Pas in januari besefte ik dat ik zwanger was. Vijf maanden heen. Ik weet nog dat ik in mijn studentenhuis was, met mijn hand op de telefoon, niet gelovend dat ik voor eeuwig verbonden zou zijn met die zomerflirt. Tijd en afstand hadden hem gênant gemaakt.

Ik zag voor me dat ik met hem ging samenwonen in een dorpje dat we ons konden veroorloven, dat we dingen zeiden als: 'Breng de boodschapp'n naar binnen', terwijl ons kind smeekte om naar een outletwinkelcentrum te gaan en zijn broek had opgetrokken tot zijn navel. Billy kwam thuis van de motorwinkel, ruikend naar benzine, en ik zou naar salades met mayonaise ruiken. Later kwam ik erachter dat ik hem totaal verkeerd had ingeschat.

Toen ik hem bereikte was hij terug naar Durango verhuisd. Hij zei dat hij met zijn vader samenwerkte, die eigenaar was van een concern dat de franchises voor ongeveer vijftien auto- en motorbedrijven exploiteerde. Autoverkopers, had ik gedacht.

Ik vertelde hem het nieuws.

'Dat is niet zo best,' was zijn eerste reactie.

'Ik verwacht niets van je,' zei ik. 'Ik wilde je het alleen laten weten. Ik houd het.' Ik weet nog dat ik op bed zat in mijn appartement op de campus en zachtjes praatte zodat mijn kamergenoot het niet hoorde. Ze was met wat andere meisjes voor de deur aan het lachen, ze maakten zich klaar om uit te gaan.

'Ik kan het best in mijn eentje,' zei ik tegen Billy.

'Ik zal je helpen,' beloofde hij.

In mijn hoofd wuifde ik hem weg. Ik zei tegen hem dat ik nog contact zou opnemen. Ik vond gewoon dat hij het moest weten.

De volgende dag spoorde hij mijn vader thuis op, ging in de

deuropening staan, keek hem recht aan en zei dat hij de man was die zijn dochter zwanger had gemaakt.

'Ik ben Lyle,' had mijn vader gezegd. 'En ik wist niet dat mijn dochter zwanger was.'

'Godver,' zei Billy. 'Dat is niet zo best.'

Mijn vader nodigde hem binnen. Ze dronken een paar biertjes en mijn vader maakte boterhammen met ham. Ze praten nu nog steeds met elkaar.

'Gaat het?' vraagt Billy me nu.

'Natuurlijk niet,' zeg ik.

'Wil je wat gaan eten?' Hij gebaart met zijn hoofd naar de winkels aan Riverwalk.

'Een hapje,' zeg ik.

In de Crown ga ik aan een tafeltje vooraan zitten, naast een schakend stel. Billy bestelt koffie. Volgens mij flirt hij met de barista. Hij maakt hakkende bewegingen met zijn handen om iets te beschrijven. Ze ziet er zenuwachtig uit, alsof ze een clou verwacht die ze niet zal begrijpen.

Ik besluit dat ik geen koffie wil. Ik heb gemerkt dat depressief zijn net zoiets is als zwanger zijn. Ik heb trek in vreemde dingen en verafschuw andere dingen. Ik loop naar de toonbank en zeg tegen Billy dat ik van gedachten ben veranderd.

'Mag ik een kopje chocola, alsjeblieft?' zeg ik tegen het meisje. Op haar naamplaatje staat: TAMMY, MICHIGAN, en ze kauwt zo vol overgave op een kauwgumpje dat het net lijkt alsof ze op kraakbeen knaagt.

'Een kopje chocola?' zegt ze. 'Bedoel je warme chocolademelk?' Ze heeft een ringetje in haar wenkbrauw. Ik zeg bijna: *Oeps. Je hebt een ringetje in je wenkbrauw.*

'Ja,' zeg ik. 'Ik bedoel warme chocolademelk.' Billy sloeg blijkbaar zijn ogen ten hemel, want Tammy glimlacht en draait zich om om mijn drankje te maken. Met veel misbaar giet ze het kopje koffie leeg.

'Wacht,' zeg ik. Ze stopt met gieten en kijkt achterom.

'Ik neem hem wel als je hem anders weggooit.'

'Je bedoelt: je koopt hem?' Nu kauwt ze met haar voortanden alsof ze aan een maïskolf knabbelt.

'Nee, maar als je hem toch weggooit, wat maakt het dan uit?'

'Ik moet hem weggooien.'

'Dat slaat nergens op.'

Ze gebaart dat ze het begrijpt. Ik zie haar dunne, gespierde benen en haar kont – die is zo rond, een perfecte afdekking voor die benen, de kers op de taart. Cully zou het heerlijk hebben gevonden om met dit meisje naar bed te gaan. Ik weet niet waarom ik me niet ongemakkelijk voel bij die gedachte, maar dat wil ik plotseling: dat hij heel vaak met Tammy uit Michigan naar bed gaat, en met andere meisjes zoals Tammy, en ik voel me zo rot dat hij dat niet kan, dat hij dat verlangen nooit meer kan voelen of de dingen kan doen die andere jongens doen.

Billy legt een twintigje op de toonbank. 'Ik ga vast zitten,' zegt hij.

Tammy begint een gesprek met een andere werknemer, een jongen met oranje haar. Ze lachen ergens om en ik word een beetje kwaad dat ze leven.

'Is het apparaat kapot?' vraag ik.

'Nee.' Ze gaat terug naar de machine, houdt de kop onder het pijpje en drukt op de knop. 'O,' zegt ze. 'Misschien is het wel kapot. O mijn god,' zegt ze, en ze laat het klinken als één woord: *omegot*. 'Dit is toch geen *Fresh Visit*, hè?'

'Nee,' zeg ik, verbaasd dat ze weet wie ik ben, zeker gezien haar houding. Ik vind het afschuwelijk om herkend en lastiggevallen te worden, en ben een tikje beledigd als dat niet gebeurt. Het gebeurt echter maar zelden dat iemand zoals zij me herkent, omdat ons programma voornamelijk door hotelgasten wordt bekeken. Hoewel kinderen zoals zij het waarschijnlijk leuk vinden om naar het programma te kijken om de plekken te zien die ze kennen – of realistischer, om er grappen over te maken.

'Ik ben hier gewoon te gast, hoewel ik jullie wel zou kunnen aanbevelen,' zeg ik.

'Dat zou grappig zijn, als we op *Fresh Tracks* waren,' zegt ze tegen de jongen.

'Heel vet,' antwoordt hij.

Ja, de tweede reden, om grappen over te maken.

'Waar is je naamplaatje?' vraag ik de jongen, in een poging minder streng te doen.

'Wat?' Hij drukt zijn kin tegen zijn borst.

'Zoals dat van Tammy.'

'O,' zegt ze. 'Dit is vintage, zeg maar. Het is ironisch.'

Tammy, of hoe ze ook heet, doet het deksel van de machine open en kijkt naar binnen. Ze leest de aanwijzingen op de zijkant van het apparaat, pakt een pot poeder. 'Ik weet niet zo goed hoe dit werkt,' zegt ze.

'Geef me maar een kop heet water,' antwoord ik. Na een lichte aarzeling vult ze een kop met heet water. 'Doe nu wat van dat poeder in het water. Hier. Ik doe het wel.' Ze geeft me de kop; ik doe een lepel poeder in het water en voel me absurd tevreden.

Ik loop terug naar het ronde tafeltje, doe mijn jas uit en schud me even, als een vogeltje dat haar veren netjes doet.

'Wat is het leven toch ingewikkeld,' zeg ik. Ik zweet.

Billy kijkt naar mijn borsten en ik wacht tot hij me in mijn ogen kijkt.

'Je ziet er anders uit.'

'Kom op, nou, ik weet precies wat je bedoelt. Ik draag een push-upbeha.'

'Je ziet er geweldig uit.'

Ik krab aan mijn nek. Ik weet niet wat ik daarop moet zeggen. 'Ik haat dat woord, "geweldig".'

'Hoe staat het met het programma?' vraagt hij.

'Oké. Prima. Mijn eerste week weer aan het werk.' Voor het eerst begrijp ik dat dit echt een prestatie is. Ik neem een slok heet water met poeder en weet dat Billy probeert uit te vissen waarom hij hier is. Zonder Cully hebben we geen reden om elkaar weer te zien. De gedachte daaraan maakt me verdrietig: weer iemand verloren.

'Gisteren was mijn eerste dag voor de camera,' vertel ik verder. 'Eerder deze week hebben we alleen wat voorgesprekken gevoerd.'

'Wat goed van je,' zegt hij. 'Dat je werkt.'

'Daar is niets goeds aan. Het is mijn programma en ik moet natuurlijk werken.'

'Ja, maar je had het toch nog even kunnen uitstellen?'

'Ik weet het niet,' zeg ik. 'Misschien. Soms denk ik dat ik de verkeerde keus heb gemaakt. Ik vind het vreselijk om al terug te zijn, iedereen zegt: "Wat erg van je zoon!" alsof ze het over een overval hebben of een... Ik weet het niet.'

Hij knikt langzaam, een paar keer, met een glimlachje, iets wat hij altijd doet in een gesprek. 'Ik weet wat je bedoelt,' zegt hij.

'Ik raak voortdurend afgeleid.'

Ik herinner me dat Katie moest lachen om de naam van mijn lippenstift toen ik die voor de camera presenteerde. 'Fantastisch,' zei ze. 'Die ga ik zeker kopen. Hoor je dat? Ik verleen hem lippendienst! En raad eens wat ik...'

Ik zag haar mond open- en dichtgaan, een druppeltje spuug schoot als een vonk opzij. Ik keek naar haar lipliner en de lijn van haar echte lip, de roze ruimte tussen die lijntjes was bijna nog een lip. Ik staarde naar die extra lip, mijn gedachten dwaalden af.

'Sarah, je moet reageren,' zei Holly. Ik kwam terug van waar ik geweest was.

'Dat kan ik niet.'

'Hoe bedoel je dat je dat niet kunt?' vroeg Holly.

'Ik luisterde niet, dus ik weet niet wat ik moet zeggen.'

Mike keek geamuseerd.

'Ik ga je niet vertellen hoe je moet reageren,' zei Holly. 'Dit is wat ik je eerder probeerde te vertellen. Als je niet hier wilt zijn, ga dan. Ik weet dat dit triviaal voor je moet zijn, maar dit is waar je voor getekend hebt.'

'Sorry,' zei ik. 'Echt waar.' Ik herinnerde me niet dat ik ooit hiervoor heb getekend.

'Doe dan in elk geval of je hier bent,' zei ze.

Ik was een beetje opgewonden door en vol ontzag over Holly's openlijke woede. Katie ging zachter praten. 'Je doet het fantastisch. We maken hier in de redactie een meesterwerk van. Spui maar een van je feitjes over de stad. Ik redigeer het later wel. Het zal perfect worden. Of niet. Wat maakt het uit?'

Ik luisterde naar Katie en zei: 'Toen Breckenridge zich ontwikkelde tot een stadje, stichtte een man die eerwaarde Dryer heette een parochie om een eind te maken aan al dat drinken en feesten. Elke ochtend luidde hij zijn kerkklokken en wekte zo alle inwoners met een kater. Hij wilde er niet mee ophouden, ook al klaagde iedereen. Op een dag bliezen een paar inwoners de klokkentoren op met dynamiet.'

Toen ik om me heen keek, leek iedereen in de ruimte – Mike, Katie, Lisa, de lippenstiftdame – echt geïnteresseerd; ze wachtten op de rest.

'Weg was de klok,' zei ik.

Toen zag Holly eruit alsof ze zou ontploffen.

'Ach,' zeg ik tegen Billy. 'Het gaat niet zo goed op mijn werk.'

'Wat is er nog meer gaande?' vraagt Billy.

Ik sla mijn ogen neer, verlegen dat ik hem nodig heb. We zitten te dicht bij elkaar en die tafeltjes zijn zo klein dat ik de poriën op zijn neus kan zien, de haartjes midden in zijn wenkbrauwen die geëpileerd moeten worden, wat nooit zal gebeuren. Hij houdt zijn handen tegen elkaar en tikt met zijn vinger tegen een knokkel. Misschien moest ik hem gewoon even zien, moest ik een versie van mijn zoon zien. Ik moest iemand zien die me kende toen ik niet degene was die ik nu ben.

Ik rek tijd door een hapje van zijn muffin te nemen en op te merken hoe lekker die is. 'Jummie,' zeg ik, mijn plannetje ligt onder mijn tong als een prop kauwgum. 'Wat is het? Bosbessen? Heerlijk. Gehydrateerd. Met een lekker korstje bovenop.'

'Gehydrateerd?' vraagt hij.

'Ik heb een hekel aan het woord "vochtig",' zeg ik.

Hij kijkt op zijn horloge. Ik kijk naar zijn pols, de gebroken pink, het litteken op de middelste knokkel. Hij en Cully hebben zoveel verwondingen. Het is grappig hoeveel ze op elkaar lijken, ook al is Cully niet met hem opgegroeid.

Toen Cully geboren werd, probeerde Billy zo vaak mogelijk naar ons toe te komen, maar de rit van vijf uur en zijn werkrooster maakten dat moeilijk. Wat ik had gezien als een terrein vol auto's was eigenlijk een bloeiend familiebedrijf waarvan Billy mede aan het hoofd stond. Het ontwerpen van motoren was een passie die wel vaker in zijn familie voorkwam en die hem uiteindelijk geen windeieren legde. Zijn opa was ontwerper en ingenieur voor Ducati en in de jaren vijftig van de twintigste eeuw had zijn vader samengewerkt met Fabio Taglioni om de desmodromische klepbediening voor Ducati te ontwerpen, een feit dat ik in mijn geheugen opsloeg omdat jongens daarvan onder de indruk waren. Dickie kreeg bijna een beroerte toen ik dat tegen hem zei. Het duurde een hele tijd voordat ik was gewend aan dit beeld van Billy als zakenman, baas, leidinggevend aan een bloeiend bedrijf. Was dit dezelfde vent die van een lege Häagen-Dazs ijsbeker een marihuanapijp maakte?

Toen Cully ouder was, ging hij soms bij zijn vader logeren, maar na Billy's huwelijk met Rachel namen de bezoekjes af. Toen Sophie kwam, waren er bijna geen bezoekjes meer. Maar het werkte. We konden allemaal met elkaar overweg, we hielden contact met elkaar. Als de woede toeslaat, laat ik me daar vaak helemaal door meeslepen, maar in deze situatie sloeg hij nooit toe. Niet bij mij, niet bij Cully. We wisten dat Billy altijd beschikbaar was. Het was alleen zo dat hij uiteindelijk niet beschikbaar hoefde te zijn. Maar misschien had ik het mis.

'Ik heb zijn mobiele telefoon,' zeg ik, en ik kijk naar de uitdrukking op Billy's gezicht, maar die verandert niet. Hij ziet er ontspannen uit, alsof hij een voetmassage krijgt.

Hij kijkt naar het stel bij ons in de buurt. 'Ik schaakte vroeger graag,' zegt hij.

'Hij belde je vaak,' zeg ik.

Hij knikt en denkt erover na. 'Nou, ja. Hij belde af en toe. Liet wat van zich horen.'

'Wat leuk,' zeg ik. 'Dat wist ik niet toen hij nog leefde.' Ik wist van die telefoontjes sinds ik zijn telefoon had gevonden, maar had er eigenlijk nooit bij stilgestaan tot gisteren, nadat we de marihuana hadden gevonden. Nu voel ik me om een of andere reden bedrogen.

'Ging het goed met hem? Ik bedoel, had hij hulp nodig of…'

'Het ging prima met hem. We praatten. Mag dat?' Zijn glimlach trekt.

'Natuurlijk. Dat is prima. Dat is geweldig.'

'Ging deze afspraak hierom?' wil hij weten.

'Nee.' Ik zucht. 'Het is alles. Ik was gewoon verbaasd, meer niet. Ik ben zijn kamer aan het opruimen, daarom wilde ik met je praten. Als er iets is wat je wilt… Je kunt zijn spullen bekijken. Ik heb marihuana in zijn la gevonden,' flap ik eruit.

'En toen dacht je dat ik die wel zou willen hebben?' Hij lacht.

'Nee, ik zeg alleen maar dat ik marihuana heb gevonden, de zaadjes waren eruitgehaald. Hij had ze op een asbak gelegd. Ik had boos moeten zijn, maar in plaats daarvan was ik ervan onder de indruk dat hij de zaadjes eruit had gepikt. Want daardoor gaat de kwaliteit van je sperma achteruit, toch?'

'Ja,' zegt Billy. 'Maar hij heeft ze er waarschijnlijk uitgehaald omdat ze goor zijn, niet omdat hij zich zorgen maakte over zijn vruchtbaarheid.'

'O,' zeg ik.

'Hij verkocht marihuana,' zeg ik. 'Dat deed hij ook. Hij verkocht het.'

Hij kijkt op en knikt terwijl hij zijn blik afwendt.

'Wist je dat?'

'Natuurlijk wist ik dat niet,' zegt hij.

'Wat vind je daarvan?' Ik voel me net een psychiater.

Hij neemt een slok koffie en ik zie irritatie in zijn ogen. 'Ik denk dat ik teleurgesteld ben. Maar ja, wat doe je eraan? Het zal wel een fase zijn geweest. Ik weet het niet. Wat moet ik zeggen?'

'Ik weet het niet. Ik wilde je er niet zo mee overvallen. Ik wilde… je het gewoon vertellen. Ik wilde het hardop zeggen.'

'Dat snap ik,' zegt hij. 'Het is gek. Het is naar.' Hij leunt achterover in zijn stoel, ook al ziet hij er niet ontspannen uit. 'Hoe ben je erachter gekomen?'

'Vanwege een weegschaal. Die stond in zijn kast, met zakjes marihuana en geld. Heel veel geld.'

Er flitst een glimlach over Billy's gezicht, wat me herinnert aan het gevoel dat ik had toen Cully klein was en hij iets deed waarvoor ik hem op zijn kop moest geven, ook al vond ik het grappig.

'Je vindt waarschijnlijk allerlei dingen.' Zijn blik gaat naar de achterkant van de winkel, dan weer naar mij.

'Niet zo veel, eigenlijk,' zeg ik. 'Jongens. Ik bedoel als het iemand zoals Morgan was overkomen, dan zou ik…'

Ongelooflijk dat ik dat net heb gezegd. Ik heb Suzannes dochter ingeruild. Ik heb haar hypothetisch laten sterven.

'Hoe gaat het met die Morgan?' vraagt hij.

Ik neem een slok chocolademelk om niet te hoeven antwoorden.

'Is ze helemaal klaar voor dit weekend? Is het een herdenkingsdienst? Of…'

Ik stik bijna in mijn slok. Ik slik en mijn tong voelt rauw aan. 'Hoe weet je daarvan?'

'Ik ben zijn vader,' zegt Billy. 'Dacht je niet dat ik erbij zou zijn?'

'Ja, ja, natuurlijk. Maar het is Morgans ding, dus ik snap niet hoe je ervan gehoord kunt hebben. Het is geen echte dienst, meer een feestje of – ik weet niet wat het is. Als ik het aan Suzanne vraag, raakt ze geïrriteerd omdat ze het volgens mij ook niet weet. Het klinkt een beetje mal.'

'Komt het doordat zij het heeft georganiseerd in plaats van jij?'

'Nee!'

'Het was aardig van haar dat ze mij erbij heeft betrokken,' zegt hij.

Ik heb het gevoel dat hij suggereert dat ik hem niet heb betrokken bij mijn dienst – bij de organisatie ervan – en ik kijk naar beneden.

Ik had Cully bij Billy vandaan gehouden, om allerlei redenen die in de loop der jaren veranderden. Ongemak: de rit van vijf uur, langer in de winter. Trots: ik kon het best in mijn eentje; hij verstoorde onze routines. Bescherming: ik zag een vrijgezellenhok voor me met meiden en bier. En later angst: ik was bang dat Cully bij hem zou willen wonen, zijn coole pa met zijn auto's en motoren, grotere huis, stabiele relatie met de huisvrouw.

'Wanneer heeft ze je eigenlijk uitgenodigd?' vraag ik.

'Bij de dienst,' zegt hij.

'Bij de dienst? De dienst voor hem die ik vier dagen na zijn dood heb gegeven?'

Het stel naast ons kijkt ons aan en glimlacht, alsof we allemaal betrokken zijn bij iets leuks.

'Ik wist eerlijk waar niet wat ik moest zeggen,' zegt Billy 'Ze zei dat ze haar eigen dienst organiseerde op CC, iets feestelijkers, en dat ze vereerd zou zijn als ik kwam.'

'Wat irritant.' Mijn been schommelt, net als dat van Katie.

'Waarom?' Hij glimlacht, hij weet waarom.

'Waarom?' vraag ik. 'Omdat ze hier toen al over nadacht. Omdat…'

Billy heft zijn handen. 'Nee, ik weet het. Ik heb hetzelfde gevoel. Ze is een beetje overweldigend.'

'En je bent van plan te gaan?' Ik leun achterover, om te laten zien dat het me niets doet, maar dat duurt niet lang. Ik ga rechtop zitten en sla mijn armen over elkaar, mijn vingers graven in mijn huid.

'Het zou onbeschoft zijn om niet te komen,' vindt hij. 'Misschien kunnen we samen gaan.'

Ik schud mijn hoofd. 'Wat een meid.'

'Maar ze is wel lief. Haar toespraak was mooi. Verdrietig.'

Tijdens de kleine dienst in onze achtertuin had ze gesproken, heel weloverwogen en mooi, dwars door haar tranen heen. Niemand kon ertegen om dit meisje te zien, die jeugdvriendin, die een toespraak hield, met een prop in haar keel van verdriet, en die bleef praten zonder op te geven.

'Cully was als een broer. Hij was alles voor me,' zei ze tegen iedereen om haar heen – mijn vader, mij, Dickie en Suzanne, Billy, een paar van Cully's vrienden van school, Billy's ouders en Billy's dochter, die ik zag sms'en, dat zweer ik. Op dat ogenblik was ik zo opgelucht dat Sophie in niets op Billy of op Cully leek.

'Je bent alles voor me,' zei Morgan, omhoogkijkend. Haar stem klonk luid, trillend, maar waardig. 'Jij moet aan mijn zij staan en ik zal de rest van mijn leven leiden met het beeld van jou naast me. Je zult er zijn.'

Ik liep naar haar toe, omhelsde haar en liet haar niet meer los.

Het was ontroerend; ik verloor mezelf erdoor, ik trilde van verdriet en opluchting. Ik stelde haar toespraak op prijs, tot ze die avond bij Suzanne thuis ongeveer hetzelfde zei tegen vrienden die haar kwamen troosten. Ik durf niet op zijn Facebook-pagina te kijken, die zij beheert.

'Goed,' zeg ik. 'Dan gaan we samen.'

Ik wil Suzanne bellen, vragen waarom ze het me niet had verteld. Ik wil haar vertellen hoe ik me voel, maar wat zou ik dan zeggen? *Je dochter eigent zich te veel toe? Je dochter wentelt zich in de gloed van een tragedie? Je dochter moet op een andere manier rouwen? Je dochter doet alsof?* Omdat ik weet dat dat allemaal niet waar is.

115

'Daar wilde ik het eigenlijk alleen maar met je over hebben,' zeg ik. 'Ik ben blij dat jullie elkaar zo vaak spraken. Echt waar.' Ik had het alleen graag geweten.

Onze handen op tafel raken elkaar bijna in het midden.

'Ik ben er ook blij om.' Billy heeft vochtige ogen. Hij snuft en schraapt zijn keel.

'Als je iets van zijn uitrusting of kleding wilt hebben, dan hoor ik het wel,' zeg ik. 'Of een aandenken.'

'Het zou fijn zijn om iets van hem te hebben,' zegt Billy. 'Dat zou ik prettig vinden. Misschien een snowboardmedaille of... Ik weet het niet. Het horloge dat hij van mij heeft gekregen. Een boek dat hij leuk vond. Misschien dat boek over dieren in de ruimte.'

'Weet je van dat boek?'

'Ik heb het hem gegeven,' zegt hij. 'Toen hij tien was of zo, weet je nog?'

'Echt waar? God, hij was echt een tijdje geobsedeerd door dat boek.' Ik zie hem voor me hoe hij op zijn bed zat te lezen, het werd stil in huis en ik ging hem zoeken, omdat ik dacht dat hij rottigheid uithaalde, en daar zat hij dan, verdiept in het boek.

'Al die Russische testapen,' zeg ik.

'Die hond, Laika.'

'Die hond, ja. Volgens mij raakte Cully er soms wel door van slag.'

'Waarschijnlijk, maar een paar dieren kwamen ongedeerd weer thuis.'

Ik pak mijn tas van de stoel en trek mijn jas weer aan, maar Billy maakt geen aanstalten om te vertrekken.

'Misschien werd hij er daarom zo door gegrepen,' bedenkt hij. 'Hij wilde zien wie er weer thuis zou komen. Ik zou dat boek graag hebben.'

'Oké,' zeg ik.

Billy spoelt zijn mond met een slok koffie. Ik hoor 'Daniel' van Elton John door de speakers. Het is de beurt aan de vrouw naast me en de man lacht en schommelt met zijn been.

'En een jack misschien,' zegt Billy.

'Een jack?'

'Ja, iets van hem wat ik kan gebruiken. Zoiets wil ik wel.'

'Ik leg wel een paar jacks opzij,' zeg ik. Het blauwe zou perfect zijn. 'Nogmaals bedankt dat je me wilde ontmoeten. Het is moeilijk om met mensen te praten. Het is moeilijk om samen te zijn met mensen. Ze ergeren me nu echt. Mensen op het werk, vrienden, juffrouw Ironie daar.'

'Ik houd ook niet van mensen,' zegt hij.

'Jij bent mensen,' zeg ik op een manier die naar ik hoop mijn waardering daarvoor overbrengt. Hij haalt zijn schouders op en we zitten een tijdje in stilte bij elkaar, we drinken ons warme drankje op. 's Ochtends wil ik altijd iets warms: eieren, koffie, havermout. Cully hield van koud voedsel. Hij at enorme kommen cornflakes.

'Ik moet ervandoor,' zeg ik. 'Er is van alles te doen. We hebben nog wel contact over morgen.'

'Wil je nog een stukje van mijn vochtige muffin?' vraagt hij.

'Gatver, alsjeblieft niet,' zeg ik.

Hij drinkt de laatste slok koffie op alsof het pure whisky is en verzamelt de kruimels van zijn muffin in een servet. 'Kom maar gewoon bij me langs morgenochtend.'

'Oké,' zeg ik. 'Dat is goed.'

Hij staat op en helpt me overeind. Cully was even lang, maar het kwam niet alleen door zijn lengte dat hij immens leek. Net als bij Billy was alles groot aan hem: zijn benen en borst, zijn armen. Op de bank keek ik naar onze benen naast elkaar en het verbaasde me dat hij ooit mijn baby was geweest.

'Moet je jou zien!' Ik geef hem een stomp op zijn hamstring. 'Hoe is dat nou zo gekomen?'

Billy en ik lopen naar de deur en ik ben er vreemd trots op dat ik samen met een man loop. Ik heb al jaren geen afspraakje meer gehad. De stad is te klein, een kleine vijver om uit te vissen, en niemand blijft lang genoeg. Mijn laatste afspraakje was twee jaar geleden met Case Delaporte, een schuchtere, nerderige man die instappers droeg en kaki bandplooibroeken, die afknapper die ik over het hoofd had gezien. Hij was net een bananenplant in een bos met groenblijvende bomen, maar ik gaf hem een kans omdat hij een baan had, intelligent was en niet onophoudelijk over sneeuwcondities praatte.

Zijn moeder was net op haar 99e overleden en ik probeerde uit alle macht niet ineen te krimpen bij zijn overdadige gebruik van het woord 'rouw'. Het was net zoiets als 'tepel' of 'vagina'. *Rouw. Ik ben in de rouw.* Ik kreeg er de kriebels van. Na een paar afspraakjes overwoog ik mijn hand in zijn broek te stoppen, om te testen of hij echt rouwde of het woord gewoon gebruikte zoals sommige jongens roofies gebruikten. Maar mijn geest voorspelde: hij kon waarschijnlijk heel slecht kussen. Hij had hoogstwaarschijnlijk een kleine penis en dan zou ik moeten doen of ik enthousiast was, ik zou hem moeten aanmoedigen alsof hij een klein softballertje was. Hij zou glibberen, kwijtraken en gezocht moeten worden, en hoe zou je een worteltje moeten aftrekken? Voorbij.

Jeff was degene voor hem. We waren een tijdje bij elkaar. Hij was een verwaande, sportieve kerel die alleen maar *Men's Health*-tijdschriften in zijn boekenkast had liggen. Hij was een hoge pief van het resort, die altijd aan de telefoon was en zei: 'We hebben het er nog over. We zullen zien', terwijl hij een gezicht naar me trok waaruit bleek dat ze het er niet over zouden hebben en dat ze het niet zouden zien. *Doe nog beter je best*, zei ik tegen mezelf. *Geef toe.* Ik ging nadenken over wondjeswonderkracht. Als Cully zich toen hij klein was pijn deed, smeerde ik wondjeswonderkracht op de pijnlijke plek. Het was gewoon zonnebrandcrème, maar hij werd erdoor gekalmeerd. Misschien zou een relatie met de Golden Boy op die manier ook kunnen werken. Het zou wondjeswonderkracht op de kwetsuur zijn. Het zou niet echt werken, maar het zou toch werken. Maar ik kon me niet over onze verschillen heenzetten. Hij had een grote pick-up waar ik heel moeilijk in kon komen. Hij zei 'T-dag' in plaats van 'Thanks-giving'. Hij praatte nooit over trouwen. Dat heb ik trouwens maar opgegeven.

Ik weet niet eens hoe ik ooit weer afspraakjes moet maken. Of met iemand naar bed moet gaan. Ik kan me niet voorstellen dat ik iemand mijn lichaam laat zien. Ik kan me niet eens voorstellen dat iemand dat zou willen na zo'n verlies. De dood en daten gaan niet samen, en ik kan me niet voorstellen dat ik het aan een onbekend iemand uitleg, toekijk terwijl ze zeggen hoe erg het is en me condoleren en ik die opmerkingen wegwuif als een bord met onsmakelijke hors d'oeuvres. Rauwkost bijvoorbeeld.

Ik kijk achterom naar het meisje dat bekendstaat als Tammy, stel me voor dat ze haar benen stijf om Cully heen geslagen heeft, haar lange haar tegen zijn blote borst, zijn gezicht gespannen van verwachting.

'Heb jij iemand?' vraag ik.

Billy opent de deur voor me. 'Nee. Jij?'

Ik lach ten antwoord. We lopen het trapje af, Main Street op en wandelen naar de parkeerplaats. Ik houd mijn hand boven mijn ogen tegen de zon, voel me er dan schuldig over, alsof ik dankbaar zou moeten zijn voor de zon, voor zijn schoonheid, voor het feit dat ik leef.

We lopen achter een paar mensen die zich langzaam voortbewegen.

'Het is druk,' zegt Billy. 'Dat is goed, denk ik.'

Hij kijkt naar de winkels waar we langslopen, misschien heeft hij hetzelfde gevoel als ik eerder – als een bezoeker in een plaats die je ooit goed kende. En die plaats slaagt erin om te veranderen zonder dat het je opvalt, net zoals je pas ziet dat je kind ouder wordt als je foto's bekijkt.

'Al die winkels lopen in elkaar over,' zegt hij. 'Het lijkt steeds weer dezelfde winkel.'

'Ik weet het.' We komen langs een T-shirtwinkel, een souvenirshop, een galerie, en weer opnieuw.

We passeren een groep jonge jongens die uit Motherloaded komen. Een jongen klopt op zijn buik.

'Dat was heerlijk,' zegt hij. 'Wat was dat gestoord gisteravond.'

Billy en ik kijken elkaar aan en glimlachen stilletjes, misschien ook wel tegen de jongens, alsof we tegen hen willen zeggen: *Wij waren net als jullie.* We herhalen onszelf allemaal. Dat weten ze pas over tien jaar.

'Dat was gek,' zegt Billy, die de lijzige manier van praten van dat joch nadoet. 'Dat was gestoord.'

De jongens slenteren voor ons over straat, een van hen schreeuwt 'Hoestie?' tegen vrienden aan de overkant. Met al die tijdelijke bewoners zijn mensen er trots op dat het 'hun' stad is, dat ze erbij horen, en toch ben ik dol op die passanten. Ik stel hun gevoel voor avontuur op prijs, hun bereidheid om achter te lopen en een beetje belachelijk te zijn. Ik vraag me af of Kit al naar ons huis is gekomen.

We snijden de weg af via een steegje om bij de parkeerplaats te komen, we gaan langzamer lopen. 'Ik vind het altijd leuk om je te zien,' zegt Billy.

'Ik ook,' zeg ik, in een poging luchtig en energiek te zijn.

Hij toont een brede glimlach. Hij heeft mooie tanden. Hij is zo'n Brad Pitt-type, knap en toch mannelijk, zo'n man met wie getrouwde vrouwen een verhouding hebben omdat hun man romantiek nog niet kan onderscheiden van een zak kippenvoer. Ik kijk naar zijn benen in zijn spijkerbroek.

'Oké, dan.' Hij opent zijn armen. Ik loop zijn omhelzing in. De tranen wellen op, maar ze vallen niet. Ze komen nu altijd als iemand me omhelst, de dankbare reactie van mijn lichaam.

Hij verplaatst zijn hand naar mijn onderrug.

'Wat doe je nou?' Ik duw hem weg. 'Waar sloeg dat nou op?' Mijn borst gaat op en neer. 'Jezus, Billy.'

'Wat?' Hij glimlacht. 'Ik heb je toch niet in je kont geknepen? Jíj deed knuffelig.'

'Ik deed helemaal niet knuffelig,' zeg ik. 'Ik deed gewoon... Ik weet niet. Ik omhelsde je gewoon ten afscheid. Godver.' Het was een prettig gevoel. Ik ben boos dat het zo'n prettig gevoel was.

Hij woelt door mijn haar en ik krimp ineen. 'Ik zie je snel. Tenzij... Zal ik niet gaan? Ik hoef niet te gaan.'

Mijn ademhaling vertraagt. 'Ik ben een beetje in de war,' zeg ik. 'Het maakt me niet uit je gaat of niet.'

Hij legt zijn hand op mijn schouder. 'Ik weet het. Ik ben niet... in je leven of zo, maar ik ben er altijd voor je, oké? Dat kan ik zijn.'

Om de een of andere reden kan ik nu niets anders denken dan: Wat is mijn doel? Wat is mijn verbinding met de wereld nu Cully dood is?

'Is dat dezelfde riem die je altijd al had?' vraag ik.

Hij kijkt naar beneden. 'Nee.' Hij lacht. 'Nou ja, ik weet het eigenlijk niet. Misschien wel.'

Hij slaat met zijn helm tegen zijn been en ik stel hem uiteindelijk de vraag die al door mijn achterhoofd spookt sinds ik gisteravond met mijn vader heb gepraat:

'Heeft Cully het ooit over een vriendinnetje gehad?'

Hij lijkt te aarzelen, zo te zien onzeker of hij me zal kwetsen.

'Heeft hij het met jou over iemand gehad?' vraagt hij.

'Nee.'

'Hij vertelde me wel over een meisje. Niet van hier. Ik weet niet hoe serieus dat was.'

'Het moet wel een beetje serieus zijn geweest als hij met jou over haar praatte.' Ik probeer er niet ontdaan uit te zien of zo te klinken. 'Hoe heette ze?'

Hij rimpelt zijn neus.

'Het was toch niet Kit of zo?' Ik houd mijn adem in.

'Nee,' zegt hij onzeker. 'Nee, maar wel iets korts. Volgens mij begon het met een L.'

Ik voel me zowel opgelucht als teleurgesteld. Ik weet niet eens waarom het door mijn hoofd ging. Misschien door de manier waarop ze ons leek te kennen, de manier waarop ik haar leek te kennen. Ik vond haar aardig en misschien is dat het wel; net als met Tammy probeer ik Cully te koppelen.

'Tot morgen.'

'Ik kijk ernaar uit,' zegt hij.

Hij zet zijn helm op, maakt de bandjes vast. Hij stapt op de motorfiets en start hem; de motor van de chopper brult. Ik stap in de auto, zie dat hij op het punt staat te vertrekken en ik voel een onverklaarbaar verlangen dat hij blijft en met me mee naar huis gaat, aan tafel gaat eten, een kapot apparaat repareert, ik weet het niet. Dan roep ik: 'Billy!' Hij hoort het niet. Hij rijdt weg. *Je kunt net zo goed blijven slapen*, wilde ik roepen. *We hebben nu een logeerkamer.*

9

Als ik thuiskom, voel ik me wankel na alles wat er is gebeurd vandaag. Ik loop naar de keuken, dan twee stappen ervandaan en besluit om te gaan rusten. Ik leg mijn tas op tafel, duw zonder mijn jas en schoenen uit te trekken mijn rug tegen de muur en zink neer op de vloer.

Zo treft mijn vader me aan, met mijn benen voor me, mijn schouders afhangend. Ik lijk wel een mediterende holbewoonster.

'Meidje,' zegt hij en hij wil naast me gaan zitten, maar ik zeg: 'Het gaat prima, niets aan de hand', want ik wil niet meer voelen dan ik al doe. Ik denk aan de laatste keer dat hij me op de vloer aantrof; ik zat te snikken als een afgewezen meisje op het bal. Lelijke, wanhopige, pijnlijke tranen. Dat was na het bezoek van Lorraine.

Hij ging naast me zitten, hield me vast, trok me bij hem op schoot en wiegde me als een baby. Ik kan me niet herinneren dat hij me ooit eerder zo heeft vastgehouden en ik had nog nooit eerder behoefte gehad aan genegenheid van hem, maar op dat moment liet ik me vermurwen. Ik stond toe dat hij me vasthield. Ik liet mezelf trillen. Toen ik gekalmeerd was, ging ik van zijn schoot af en ik wist dat dit soort troost en ontlading nooit meer herhaald zou worden, tenzij een van ons werd neergeschoten en lag dood te gaan. En dan nog.

123

'Als je je pijn deed,' zei mijn vader toen, 'als kind, rende je naar me toe als een stier naar een matador. Ik zette me altijd schrap als ik je zag aankomen. Je stortte je op me en jammerde. Dan ging ik zitten met jou op schoot. Je moest huilen, maar raakte geïntrigeerd door het haar op mijn arm. Je begon eraan te trekken en vergat wat er ook alweer pijn deed. Maar ik denk dat je een punt bereikt waarop je niet meer op de schoot van een ouder kunt zitten.'

Hij staat nu over me heengebogen. Ik wil aan zijn armhaar trekken. 'Zware dag gehad?' vraagt hij.

'Het gaat wel. Ik rust even uit.'

'Hoe gaat het op het werk?' Hij steekt zijn hand uit en ik laat me door hem omhoogtrekken.

'Slecht,' zeg ik. 'Dat is het probleem. Ik ben er niet meer goed in en ik geef mensen een rotgevoel. Ik ben geen aardig mens. En ik vind het hier vreselijk.' Ik kijk om me heen in mijn huis en zie overal gebreken. De ramen moeten gelapt worden. De stof van de eetkamerstoelen is verschoten. De hardhouten vloeren moeten opnieuw gelakt worden. De droger is eeuwen bezig.

'Je komt er wel,' zegt hij, maar het klinkt niet erg overtuigend. Hij helpt me uit mijn jas en hangt hem voor me op.

'Ik kan er niet komen. Ik zei voor de camera dat een van de lippenstiften eruitziet als een hondenpenis. Ik wil er wel komen, echt waar.'

'Doe dan je best. Misschien moet je niet over lullen praten.'

'Dank je, pap. Daar zit wat in.'

Ik ga een drankje maken voor mezelf. Ik wil een ouderwetse cocktail zonder maagbitter en al die andere ingrediënten. Dat is dan gewoon een bourbon, denk ik. Ik doe die andere ingrediënten er alleen maar in omdat het dan chiquer lijkt, iets wat iemand die 'er komt' zou drinken.

'Ik hetzelfde, graag,' zegt mijn vader, en het maakt me woest dat ik al klaar ben en dat we nu tegelijkertijd onze bestemming bereiken. Het is net alsof je handig met je auto van rijbaan wisselt en die langzame sukkel dan bij het stoplicht ineens naast je staat.

'Doe het zelf,' zeg ik, en dan voeg ik eraan toe: 'Sorry, ik doe het wel.'

Ik herhaal het proces, en maak het drankje, en breng het dan aardig en liefallig naar hem toe. Hij staat aan de andere kant van het keukeneiland en bekijkt zo te zien het wervelende patroon in het graniet. Ik zet het drankje voor hem neer en tik met mijn glas tegen het zijne.

'En, heb je Billy vandaag gezien?' vraagt hij.

'Hoe wist jij dat nou?'

'Hij belde me, vertelde dat hij samen met ons naar de Springs gaat. Ik zei tegen hem dat hij hier kon logeren, maar hij heeft blijkbaar een kamer in Beaver Creek voor vannacht.'

'Wat leuk. Hij praat met jou, hij praatte met Cully. Ik wist niet dat jullie allemaal zo'n goede band hadden. Ik weet nergens iets van.'

'Het is geen geheim,' zegt mijn vader. 'Je weet dat we nog steeds met elkaar praten. Zoals jij het zegt klinkt het als iets slechts.'

'Het is niets slechts, dat weet ik ook wel.' Ik neem een slok en ga op de barkruk zitten. 'Het maakt me ook niet uit. Ik heb alleen het gevoel dat ik allerlei dingen ontdek, meer niet.'

'Ik ook,' zegt hij.

'Ik heb vandaag een jurk voor Morgan gekocht,' vertel ik. 'Bij Valleygirl. Hopelijk houdt ze van het merk. Wil je hem zien?'

'Nee, dank je,' zegt hij.

Hij is nauwsluitend, groen en doet me een beetje denken aan de jurk die ze droeg toen ze met Cully naar het bal van de onderbouw ging toen hij in zijn eindexamenjaar zat. Ze stond zo trots aan zijn zij. Cully was heel sportief, hij doorstond de foto's zonder dat het eruitzag alsof hij iets doorstond.

Mijn vader staart ergens naar, met een wazige blik in zijn ogen, hij neemt een slok en krimpt ineen.

'Pap? Wat is er?'

'Niets, meid,' zegt hij op een manier die me doet denken aan de manier waarop ik tegen Cully praatte als ik vrolijk wilde overkomen, hem niet bij volwassen problemen wilde betrekken.

Ik neem een slok van mijn drankje en vraag: 'Hoe was jouw dag?' met een ijsblokje in mijn mond.

'Ingewikkeld.' Hij leunt tegen het aanrecht alsof hij moet herstellen van een ronde hardlopen.

'Wat is er gebeurd?' Ik vermaal het ijs.

'Ik weet het nog niet,' zegt hij en eindelijk kijkt hij me aan.

'Wat is er?' vraag ik. 'Je maakt me bang.'

'Ik weet het nog niet,' zegt hij. 'Ik denk er nog over na.'

'Waarover?'

Hij kijkt door het woonkamerraam naar buiten en ik volg zijn blik.

'Pap?' zeg ik. 'Waar denk je aan?'

'Motieven, het leven, dagen, maanden, mensen. De mensen die in ons leven komen. De kleine onderbrekingen.'

'Waar heb je het over?' Ik vouw mijn hand om het glas. 'Je doet raar.'

Hij pakt iets uit de plastic zak die hij als zijn handtas gebruikt en duwt het naar me toe. Het is de agenda.

Ik leg mijn hand erbovenop. 'Is ze vandaag geweest?'

'Nee.'

'Dat was toch wel de bedoeling?'

'Ze is niet geweest,' zegt hij.

'Misschien is ze het vergeten omdat het in haar agenda stond. Of misschien schuift ze alleen sneeuw als het niet sneeuwt.'

Mijn vader vindt het niet grappig, en dat baart me zorgen.

'Ik heb er gisteravond in gekeken,' zegt hij. 'Er goed in gekeken.'

'Ja?' Ik laat mijn stem kalm klinken. 'En wat heb je gezien?'

'Kijk maar eens.' Hij knikt met zijn hoofd.

Ik sla hem open, ik begrijp niet wat deze agenda duidelijk zal maken. Ik slik, sla de bladzijden om, laat mijn ogen over de datumvakjes gaan die met verschillende gekleurde pennen zijn gemar-

126

keerd. Het is niet eens een nieuwe agenda. Het is net alsof je beschreven Post-its bij iemand achterlaat.

'Moet je kijken,' zegt hij.

'Dat doe ik.' Ik sla om naar juli, maar die is leeg. Ik blader naar eerdere maanden. Ik zie 'Graven' op 21 april en ik lees een paar krabbels: *Ghost Town* draait om tien uur bij Ollie's, 1/8 Ang, 1/8 Cecilia. 12–4, 6–gesloten. 422-1313. Durango op de vijfde. Springs op 23 maart, wat vreemd is, want dat is morgen, de dag dat we naar de Springs gaan. Ik kijk op.

'Gaat ze morgen naar de Springs?'

'Kijk nog even verder,' zegt mijn vader.

Pas als ik bij 18 mei kom, snap ik wat mijn vader wil zeggen. MAMA JARIG, staat er. Op 18 mei ben ik jarig en nu herken ik uiteindelijk Cully's handschrift. Ik trek mijn hand weg van de agenda alsof ik me er net aan heb gebrand.

'Ik begrijp het niet.'

Deze keer pak ik hem op, ik houd hem dichterbij, sla de bladzijden om, zonder echt iets te zien. Mijn gedachten tollen rond, ze kunnen niet landen, focussen, iets vasthouden, iets reconstrueren.

'Ik begrijp het niet,' zeg ik nog een keer. Ik wist helemaal niet dat Cully zoiets had. Ik zoek naar iets, iets waaraan ik me kan vastklampen, als een bergbeklimmer die een steunpunt voor zijn voet zoekt. Wat is 'Graven'? Graven waarnaar? Ik zie Cully niet graven. Ik kan me alleen maar voorstellen dat hij erbij zou staan als iemand anders een schop in de grond stak.

'Wat is er aan de hand?' vraag ik.

'Ze moet hem hebben gekend,' zegt mijn vader.

'Dat snap ik ook wel, maar wat is dit? Waarom heeft ze dit achtergelaten? Waarom heeft ze het zo gedaan? Wie is ze?'

Hoe kan het dat ik dit meisje niet ken? Hoe kan het dat ik niets weet over dit boek waarop hij vertrouwde om zijn dagen te organiseren? Ik herinner me Cully's T-shirt dat naar aardbeien rook. Is Kit het meisje op zijn shirt? Ik wil hem huisarrest geven. Ik wil hem in zijn kamer opsluiten. Nee, ik wil opkijken naar zijn gezicht en mijn hand boven mijn ogen houden tegen de zon.

'Misschien was ze zijn vriendin,' oppert mijn vader.

'Nee,' zeg ik. 'Ik heb haar nog nooit eerder gezien.' Ik besef dat dit niet betekent dat ze daardoor zijn vriendin niet kan zijn. Het is gewoon weer iets wat ik kan toevoegen aan de lijst met dingen die ik niet wist.

'Of "een" vriendin,' zegt hij. 'Natuurlijk iemand die dicht genoeg bij hem stond om iets van hem te hebben.'

'Waarom heeft ze dit niet gewoon aan ons gegeven? Waarom is ze in vredesnaam hiernaartoe gekomen om klusjes te doen?'

'Dat weet ik niet. Misschien was ze bang...'

'Waarvoor?' gil ik.

'Geen idee. Het is mij een raadsel.'

'Ik voel me aangerand!'

'Dat is een tikkeltje overdreven,' zegt mijn vader.

'Helemaal niet,' zeg ik. Ik ga naar de andere kant van het kookeiland, omdat ik iets te doen moet hebben. Ik zet de kraan aan – zonder reden – en zet hem weer uit. 'Ze zat ons te bespioneren. Ze lag op de loer – ik wist wel dat er iets raars was.'

'Ze lag op de loer met een agenda achter haar rug. Waar is de Buurtwacht...'

'Jij bent er ook door van slag. Doe nou maar niet of je erboven staat. Het leven, mensen, de onderbrekingen.' Ik probeer zijn raadselachtige toespraak na te doen.

'Ik doe niet alsof,' zegt hij. 'Maar ik ben niet van slag. Ik ben bedachtzaam. Ik... ben het spoor bijster.'

'Ik ben het spoor bijster.' Ik kijk de woonkamer rond alsof iets zich aan me zal voordoen. 'En ik ben kwaad.'

'Ja, dat is blijkbaar een dingetje bij jou de laatste tijd.'

'Dat is helemaal geen dingetje! Hier. Geef me die eens.' Hij schuift de agenda naar me toe, maar ik sla hem niet open.

'Misschien zouden we moeten doen alsof we niets hebben ontdekt,' zegt hij. 'We zouden haar gewoon dingen kunnen blijven laten doen.'

Ik tik er met mijn vingers tegen. 'Ik wil wedden dat ze niet terugkomt. Ze heeft dit gewoon achtergelaten, heeft voor beroering gezorgd, en weg is ze. Het geteisem.' Ik sla de eerste bladzij open.

'Oké,' zegt mijn vader, 'rustig nou maar.' Hij plukt aan zijn onderlip. 'Nou, ik ga naar bed.'

Ik kijk op. 'Ga je na dit alles gewoon naar bed?'

'Het heeft geen zin erbij stil te blijven staan als er op dit moment toch niets aan gedaan kan worden.'

'Maar je gaat gewoon naar bed? Het is...' Ik kijk op mijn horloge omdat ik geen idee heb hoe laat het is. 'Het is zeven uur.'

Hij drinkt zijn drankje op en duwt dan vakkundig zijn glas naar me toe. Ik houd het tegen.

'Ik ga naar beneden, naar bed om dit alles te overdenken,' zegt hij en hij loopt naar de trap. 'Ik zal waarschijnlijk het gesprek dat ik met haar heb gevoerd ophalen. Dan ga ik lezen, misschien televisiekijken, mijn avondlijke schoonheidsroutine uitvoeren en dan val ik in slaap. Mag dat?'

Ik probeer te bedenken wat ik kan zeggen om hem in de kamer te houden. 'Je hebt nog niet gegeten.'

'Ik ben met een paar van de jongens naar Fattie's geweest. En toen naar Rasta Pasta. Ik had zo'n trek.' Hij blijft boven aan de trap staan.

'Je moet niet voortdurend uit eten gaan. Dat tikt aan.' Ik meen het niet. Ik vind het geweldig als hij uitgaat en mensen ziet.

'Als je zo oud bent als ik, dan begrijp je het wel,' zegt hij. 'Ik ben dichter bij de dood. Ik kan geld uitgeven aan rastafaripenne. Slaap lekker.' Hij gaat de trap af.

'Waarom kun je dat gesprek niet ophalen met mij?' vraag ik.

'Omdat jij geen aardig mens bent!' schreeuwt hij.

'Slaap lekker dan!' schreeuw ik terug.

'Ik hou van je!'

'Ik nog meer van jou,' mompel ik, omdat ik weet waarom hij

verdwijnt. Hij vindt het vervelend als hij geen antwoord heeft. Hij wil niet dat zijn kind ziet dat hij het spoor bijster is.

Ik bereid me voor om het boek te bekijken en stel het uit totdat ik alles heb wat ik nodig heb. Ik trek mijn pyjama aan en mijn warme pantoffels. Ik maak avondeten – pasta met broccoli, Parmezaanse strooikaas en een beetje olijfolie en citroen. Niet erg rasta, maar wel lekker. Onder het koken drink ik wijn, een sauvignon blanc uit Nieuw-Zeeland, en dan breng ik mijn eten en wijn terug naar de eettafel. Ik zet muziek op – Van Morrison – en vraag me dan af of dat te mistroostig is of te zwaar. Ik laat het opstaan en besluit dat de muziek hoopvol klinkt.

Ik ga zitten. Ik neem wat te eten. Ik drink wijn. Dan sla ik de agenda open op de eerste bladzijde. Geen geschreven tekst, alleen kleine blokjes van de komende twaalf maanden. De volgende bladzij is een lijst vakanties. De volgende bladzij: lege regels voor contactpersonen. En dan bewijs van leven.

4 januari, 'Costco.' Cully ging altijd met mijn vader naar de groothandel Costco in Gypsum. Ze waren dol op dat uitje, hoewel ze deden alsof het een vreselijk gedoe was. Ik glimlach in mezelf, zie voor me hoe ze het wagentje duwen, zich een weg tussen onbekenden door banen voor gratis hapjes. Ze pochten graag dat ze een gratis lunch hadden gekregen, maar kwamen helemaal volgeladen terug. Ze waren allebei dol op shoppen.

Ik blijf door de agenda bladeren en nu begrijp ik waarom hij hem nodig had. Zijn werkrooster was heel onregelmatig. De ene week was heel anders dan de volgende, en zo kon hij het allemaal vastleggen. Ik strijk met mijn vinger over zijn handschrift. Bij elke pagina neem ik de tijd, ook al is de materie eigenlijk vrij saai. '6–gesloten,' '12–4.' Daar is niets uit op te maken. Niets wat me beroert of me inzicht geeft in de jongen van wie ik hou. En toch word ik getroost. Ik hou van het gevoel dat ik iets van hem doorneem en dat ik me onopmerkelijk voel. Ik ben onverstoorbaar. Al onze verjaardagen staan in zijn planning, die van mijn vader en van Billy. Het ontroert me.

Ik ga naar zijn laatste maand, december. 30 december.

Hij schreef 'Basin' op de dag dat hij is gestorven. Basin. Zo terloops. Gewoon naar A-Basin en dan naar huis. Als je ergens heengaat om je te vermaken, is het de bedoeling dat je weer thuiskomt. Hij schreef niet 'sterven'. Dat stond niet op het programma.

Er waren twee reddingslabradors, met kleine, sponsachtige neuzen. Die middag kwam ik naar de pas en daar waren ze, de honden, zo blij, hun driehoekige gezichten bewogen langs de poten van de ander; hun hele lijf wiebelde.

Ik werd voor de gek gehouden door hun vreugde. Ik had al gehoord dat Cully dood was, maar toen ik de honden zag, was ik enorm opgelucht, alsof iemand een pistool van mijn slaap had gehaald. Het gevoel hield een seconde aan; ik werd weer op mijn plek gezet doordat ik de gezichtsuitdrukking van degenen in de buurt in me opnam, door mijn kennis op te laten borrelen: die honden werden beloond omdat ze hadden gevonden waarvoor ze getraind waren. Er klonken geen stemmen door de walkietalkies, er klonk geen gezoem van sneeuwmobielen; de reddingshelikopter was niet meer boven ons hoofd aan het zwatelen. Alles was stil, en die stilte moest wel het luidste zijn wat ik ooit had gehoord.

'Waar zijn de anderen?' vroeg ik aan Paul, een van de mannen uit het reddingsteam. We stonden bij de weg in ongeveer dertig centimeter sneeuw. 'In Denver?'

'Nee, in het Summit Medisch Centrum,' zei hij.

'Leven ze nog?' vroeg ik.

'Ja.' Zijn blik leek te vragen: *Is dat erg?* 'Ze hebben lichte verwondingen, dus ze hoeven niet te worden overgebracht naar een gespecialiseerd ziekenhuis.'

'Waarom?' vroeg ik. Ik weet nog dat ik het gevoel had dat ik dit allemaal wel kon oplossen.

Hij boog zijn knieën een beetje om me recht in de ogen te kunnen kijken. 'Waarom?'

'Hoe komt het dat zij nog leven?' vroeg ik. 'Waarom zijn hun verwondingen licht en niet dodelijk?'

Ik bekeek de bergen – de zwarte, onherbergzame littekens op het witte aanzicht. Ze doemden dreigend op.

'De sneeuw waaronder ze lagen was licht, donzig. Uw zoon lag onder ongeveer een meter natte, zware sneeuw. Dat is net beton. Mevrouw,' voegde hij eraan toe.

'Maar waarom?' vroeg ik nogmaals. Ik dacht dat ik duidelijk en sterk was. Hij dacht waarschijnlijk dat ik niet goed bij mijn hoofd was. Ik was krankzinnig praktisch, een beetje strijdlustig, ik probeerde een zinloos mysterie op te lossen. 'Waarom was zijn sneeuw zwaar en die van hen licht?' hield ik vol. Het leek alsof Paul in gedachten een antwoord uittestte. Ik ging verder. 'Wat zijn de verwondingen van de anderen?' vroeg ik.

'Max heeft een gebroken ribbenkast en is onderkoeld,' zei hij. 'Cory, Ryland, Travis en Ethan worden geobserveerd en nagekeken, maar die lijken niets te hebben.'

Misschien heb ik wel een spottende opmerking gemaakt. Ik hoop van niet.

Max, Cory, Ryland, Travis en Ethan. Waar zijn ze nu? vraag ik me af. Waar zijn ze naartoe? Het waren jongens die ik niet kende: twee uit Rochester, een uit Laguna Beach, een uit Denver en uit een plaats die ik me niet kan herinneren of waarvan ik het bestaan nooit heb geweten. Cully's seizoensvrienden.

Wat ging er door zijn hoofd voordat de lichten uitgingen, voordat zijn hart ophield met slaan? Wist hij dat dit het was? Dat zijn leven ten einde liep? Dacht hij aan mij of aan zijn opa, of aan Billy? Heeft hij gehuild? Of dacht hij aan iets leuks, omdat hij zich voornam vredig te gaan? Hoe heeft hij afscheid genomen?

Misschien heeft hij in de sneeuw zijn ogen gesloten en is terug in de tijd gegaan, heeft denkbeeldige bladzijden omgeslagen. Misschien dacht hij helemaal niet, worstelde hij alleen maar om lucht te krijgen, vocht hij voor zijn leven of misschien dacht hij gewoon: Nee. Niet zo.

Misschien was dat alles waar hij tijd voor had of misschien was het nog beknopter.

Misschien dacht hij alleen maar Shi… en was het toen voorbij.

Misschien dacht hij aan haar, aan Kit. Ik sla de bladzijde om.

Na mijn verjaardag in mei staat er niets.

Ik leg het boek neer. Het is een agenda, ik weet het, maar voor mij voelt het als een boek. Ik drink mijn glas wijn leeg en eet mijn bord leeg. Ik voel me bedrogen dat er na al dit ceremonieel niets veranderd is.

Ik sta op en test het mes dat ik van mijn vader heb gekregen, terwijl ik nog meer wijn drink en naar de dichte agenda gluur. Nadat ik de keuken heb schoongemaakt, loop ik de trap naar mijn slaapkamer op, met het gevoel alsof ik net een lange wedstrijd heb gerend. Daar ga ik, de trap op. Morgen verder. Ik zal het nog een keer proberen.

Daar, midden op de trap, stroomt er een enorme hoeveelheid licht door het voorraam. Het jaagt me angst aan – hoe fel het de duisternis maakt, alsof iemand me zoekt. Een zoektocht naar overlevenden. Een traumahelikopter. *Ze komen me halen.* Ik duik ineen, een automatische reactie, en dan hoor ik kabaal.

Deel 2

10

Ik doe de voordeur open; het is bijtend koud. Daarom houd ik zo van de bergen: die eerste stap naar buiten, de frisse lucht, het gekneusde blauw van de avond en alle sterren, de krakende sneeuw en de stilte, alles is stimulerend en hartverscheurend. Er valt een homp sneeuw van een tak van een spar op de motorkap van een grimmige pick-uptruck. Stofjes fonkelen in de lucht. Ik weet niet hoe het komt dat ik de lucht, de avond opmerk als zij daar is, Kit, die last, dat mysterie. Misschien zal het vanaf nu wel zo gaan? Niets kan me meer van mijn stuk brengen. Niets zou zwaarder kunnen zijn.

Het sneeuwt niet meer, maar de oprit ligt vol. Ze doet de koplampen uit. Als ze geen meisje was, zou ik bang zijn. Dat zou ik waarschijnlijk nog steeds moeten zijn, maar ik ben het niet. Ik heb haar een schep zien hanteren.

Ze heeft op een haar na onze brievenbus gemist, maar wel de vuilnisbak omver gereden – het lijkt alsof ze een zwarte beer heeft geraakt. Ik zie voor me hoe mijn privéleven op straat ligt: pepermuntijs met chocolate chips, wijnflessen, aspergestengels. Cully zou zoiets voor de lol hebben kunnen doen. Misschien zou hij een leven vol stunts en littekens hebben geleid. Of misschien zou hij ingenieur zijn geworden. Misschien zou Kit het me kunnen vertellen.

De bewegingssensor boven het trapje naar de deur brengt me bij zinnen en verlicht een paadje over de oprit. Ze opent het portier van haar pick-up, maar dat slaat tegen de brievenbus aan, dus ze gaat naar de andere kant. Zodra ze daar is, aarzelt ze, alsof ze een besluit wil nemen: gaat ze wel of niet door met uitstappen? Maar dan kijkt ze op en ziet me.

Ik loop het trapje af in mijn nachtjapon en kijk naar mijn roze pantoffels. Er blaast wind door de veren die aan de tenen ontspruiten, zodat ze wild wapperen. Ik denk aan een vogel die een paringsdans doet. Ik loop en doe alsof ik nuchter ben totdat het waar wordt: ik ben nuchter en zeer bekwaam en we zullen ter zake komen.

Op de besneeuwde oprit probeer ik niet uit te glijden. 'Wat doe je nou?' roep ik wanneer ik dichter bij haar ben gekomen.

Ze stapt de auto uit en loopt naar me toe, maar glijdt uit en valt op haar achterste. Ze doet geen poging overeind te komen. Het lijkt wel alsof ze daar wil blijven en door de grond wil zakken. Ik ga voor haar staan.

Ze kijkt naar me op, en dan naar mijn pantoffels. 'Flamingo's?'

'Wat? Nee.' Ik word verrast maar voel me meteen op mijn gemak bij het ritme van deze interactie. Het is net alsof ik samen ben met iemand die ik goed genoeg ken om mee te discussiëren. 'Hoe gaat het met je? Wat is er aan de hand?'

'Niets,' zegt ze.

'Er is wel iets.' Ze doet me aan mezelf denken, toen ik eerder vanavond op de grond zat.

'Bedoel je lichamelijk of... iets anders?' Ze probeert op te staan.

'Alles. Je bent zojuist tegen mijn vuilnisbak aan gereden. Je bent niet eens van de wijs.' Ik steek mijn hand uit. We pakken elkaars pols – het voelt als een geheime handdruk – en ik trek haar omhoog tot ze staat. We staan tegenover elkaar, zo dichtbij dat ik haar haar kan ruiken, bier en een geur die me doet denken aan de plakkerige vloer van een duikbar. Ze is niet het meisje op zijn shirt. Of in elk geval niet vanavond. Ik doe een stap achteruit.

'Ik heb een ongelukje gehad,' zegt ze, en het klinkt alsof ze net in haar broek heeft geplast. 'Ik weet niet wat er is gebeurd. De wegen zijn superglad.'

'Kom op, zeg.' Ik doe me bozer voor dan ik ben, maar haar onconventionaliteit en schaamteloosheid oefenen aantrekkingskracht op me uit. Ik heb het gevoel dat we de beleefdheid al voorbij zijn, dat er al veel obstakels uit de weg zijn geruimd. 'Hoeveel flesjes heb je vanavond opengedraaid?'

Ze kijkt naar haar eeltknobbel alsof daar het antwoord te vinden is.

'Het is koud,' zeg ik. 'IJskoud.' Ik doe een paar stappen en kijk omhoog naar de heldere sterren, die altijd levendiger en dichterbij lijken te zijn als het kouder is. 'Nou?' Ik kijk weer naar haar. 'Kom binnen. Waar ben je in vredesnaam mee bezig? Wat wil je nou? Ik heb de agenda gelezen.'

'Ja,' zegt ze, alsof ze dat wel had verwacht. Ze zucht om zich voor te bereiden, komt naar me toe. Ik loop met haar mee naar mijn huis, met mijn hand voor een tel op haar rug, om haar te begeleiden. Aan de manier waarop ze zich voortbeweegt, merk ik dat ze veel meer heeft gedronken dan ik. Ik wil tegen haar zeggen dat ze mazzel heeft dat ik zo in de knoei zit, lichamelijk en anderszins. Een ander zou de politie bellen. We komen boven aan het stenen trapje en ik doe de voordeur open. Ze veegt haar voeten op de mat buiten en overdrijft het, ze rekt tijd, alsof ze nooit meer terug kan als ze eenmaal over de drempel is gestapt, wat ook wel zo is, denk ik.

Ik doe het derde licht bij de deur aan, het zachtste van de drie, dat de zijkant van de woonkamer verlicht.

'Kom binnen,' zeg ik. 'Kit, het Amerikaanse meisje dat liegt en te veel drinkt.'

Ze doet het, kijkt rond. Ik kijk naar haar rug, met haar haar in een zwarte pet geprbopt, een nauwsluitende spijkerbroek, een slank figuur.

'Kwam je sneeuw schuiven?' vraag ik.

Ze geeft geen antwoord. Ze ziet eruit alsof ze een standje krijgt.

'Ik lieg niet,' zegt ze.

Ik glimlach, schud mijn hoofd. 'Ik haal een glaasje water voor je.' Ik loop langs haar heen naar de keuken. 'Of moet je koffie hebben? Iets te eten?'

'Misschien,' zegt ze. 'Dat is waarschijnlijk beter.'

Ik neem de aanblik van haar in mijn huis in me op. Er trekt een rilling over haar gezicht.

'Waarom fris je je niet even op?'

'Dat is waarschijnlijk beter,' zegt ze.

Ik heb het gevoel dat ze twintig push-ups zou doen als ik daar opdracht toe gaf. Ik wijs haar waar de badkamer is en voel tevredenheid omdat ik voor iemand zorg.

Ze komt de kleine badkamer naast de keuken uit. We kijken elkaar aan en wenden dan onze blik af.

Ik denk aan wat ik kan zeggen, wat ik kan vragen, maar mijn gedachten worden een warboel. Ze stommelen rond als idioten.

'Wat een prachtig huis,' zegt ze.

Ze kijkt om zich heen en ik word me er bewust van, ik merk dingen op die ik normaal gesproken niet zie – meubels (zwaar, krachtig), verlichting (vriendelijk en gedempt), geuren (bomen en leer, en de rozenolie die op de boekenplank staat). Ik voel me best een beetje trots op alles. Het is me gelukt hier een thuis van te maken dat kan concurreren met de enorme vakantiehuizen die hier in de straat staan. Ze kijkt naar het bronzen standbeeld van een arend op de plank bij de open haard. 'Die is van de vorige eigenaars,' zeg ik. 'Het lijkt wel alsof elk huis in de bergen er een heeft. Ik vond het wel grappig en heb hem gehouden.'

Ze slentert naar me toe.

'Je bent hier dus nog niet eerder geweest?' vraag ik.

'Nee,' zegt ze en ze schraapt haar keel.

'Waarom ben je hier?' Ik vul een glas met water.

'Ik reed naar huis. Ik had een paar biertjes gedronken, dus ik wilde niet over de hoofdweg rijden. En toen probeerde ik – omdat ik toch in de buurt was – te kijken naar… Ik ben op de een of andere manier uit de bocht gevlogen.'

Ik kijk naar buiten. 'Reed je eerst op Sunbeam en toen ineens op Carter?'

'Ja.'

'Wat probeerde je te bekijken?'

'Gewoon, het… onroerend goed. Ik kan nu wel gaan. Ik weet niet goed waar ik mee bezig ben. Sorry. Ik ben mezelf niet.'

'Ik kan je niet laten gaan,' zeg ik. 'Je bent dronken.'

'Dat klopt.' Ze brengt haar vingers naar haar slaap.

'Ik kan je niet laten rijden,' zeg ik. 'Absoluut niet.'

Ze volgt mijn blik naar de drankkast en ziet daar de fles Absolut-wodka staan.

'Dat was grappig,' zegt ze.

'Het is niet mijn grapje. De vrouw met wie ik samenwerk zegt het voortdurend. Ik ben niet zo slim.'

'Ik ook niet.'

'Eigenlijk,' zeg ik, 'ben ik dat wel. Kan ik het wel zijn.'

'Ik ook,' zegt ze.

'Drink dit water even op.' Ik duw het glas naar de barkrukken.

Ze trekt haar jas uit en houdt hem stijf vast. Het is een leuke, nette jas.

'Slim,' zeg ik. 'Je bent zo slim als iemand die sneeuw schuift zonder een sneeuwschep mee te nemen.'

Ik gebaar naar de barkrukken en voel me net een barkeeper. Ze gaat zitten. Ik leun tegen het aanrecht tegenover haar. Alsof ik een kruisverhoor ga afnemen.

'Waar was je nou mee bezig?' vraag ik. 'Kwam je terug van een feestje?'

'Op een bepaald moment was er een feestje,' vertelt ze. 'Toen ben ik vertrokken en naar een bar gegaan.'

'Welke?' Ik vind haar concentratie amusant. Ze heeft prachtige ogen vol gevoel en een ondeugende mond.

'Eerst Eric's, toen Salt Creek.' Ze trekt de kraag van haar trui los van haar hals.

'Goeie hemel, ik weet nog dat ik daarnaartoe ging,' zeg ik. De Gold Pan, Napper Tandy's, de Brown. Mijn voeten hebben hun vloer al in geen tijden meer met een bezoekje vereerd. Nu ga ik naar plekken als Ember, waar dingen als kalfsrollade en zwarte-rijstpilav met kafferlimoen op de kaart staan. In mijn jeugd zou ik daar minachtend over hebben gedaan – te yuppieachtig, te op-gesmukt – maar die plekken waren er toen niet eens. We hadden alleen restaurants met popcornpannen en hamburgers met gehakt en barbecuesaus, uienringen en gefrituurde dingen.

Ze drinkt het water op en wrijft over haar neus. Ik zou haar de les moeten lezen over rijden onder invloed. Niet alleen had ze zelf gewond kunnen raken, ze had ook iemand anders kunnen verwonden. Een ouder iemand, misschien, of een kind van tien. Ik denk aan een liedje waar Cully altijd naar luisterde, over dat het gevaarlijk is om te drinken onder het rijden omdat je dan kunt morsen. 'Je had niet moeten rijden,' zeg ik. 'Je had een vriend moeten bellen.'

'Mijn vrienden zijn dronken,' zegt ze.

Ik glimlach, mild omdat ze niet mijn kind is.

'Het was dom,' geeft ze toe. 'Ik heb een paar heel stomme din-gen gedaan.'

Ik ga naar de kast en pak een kom. 'Is dat jouw auto?' Ik doe de deur van de voorraadkast open om de doos met Cocoa Puffs te pakken.

'Nee,' zegt ze. 'Die van mijn vriend, Jim Wick. Hij heeft een glazen oog en twee auto's.'

'Je vriendje?' Ik weet niet goed wat ik wil dat ze antwoordt.

'Nee,' zegt ze. 'God, nee.'

Ik giet de Cocoa Puffs in de kom. Dit is wat ze nodig heeft – een kom met ontbijtgranen, het kinderlijke kind dat niet per se vitaminen hoeft te hebben. Geen vezels, geen riboflavine of anti-oxidanten, die dingen waarvan we denken dat we hun werking hebben doorgrond. Ze kijkt naar me alsof ik een goocheltruc doe.

'Wat is er met zijn oog gebeurd?'

'Dat weet ik niet,' zegt Kit. 'Ik zou zijn verklaring toch niet geloven. Hij liegt veel. Ik weet niet waarom.'

'Misschien zodat het bij zijn ontwijkende blik past.'

Ze glimlacht. 'Het kan lastig zijn om hem aan te kijken.'

Ik duw de kom naar haar toe. 'Gaat het zo lukken?'

Ze zet haar zwarte pet af en ik ben verbaasd over de gezonde haarlokken die tot over haar schouders vallen. 'Ja hoor, dank je wel.'

Ik pak de melk uit de koelkast. Als ik me omdraai heeft ze haar hand, vol met ontbijtgranen, tegen haar mond gedrukt.

Ik blijf staan, ga dan verder. 'Cully doet hetzelfde,' zeg ik. 'Hij deed hetzelfde: uit de doos eten. In trance.'

Ik zet de melk voor haar neer, wacht totdat ze hem uitgiet, zet hem dan weg. Ik pak het bord met de boterham met pindakaas erop en zet die voor haar neer.

'Had je toevallig een klaargemaakte boterham?' vraagt ze.

'Ik heb er nog vier. Ik was een mes aan het testen.'

Blijkbaar hebben we het punt bereikt waarop we elkaar aan-vaarden. Daar zit ze dan, zonder te eten.

'O ja,' zeg ik. 'Een lepel.'

Ik ga weer naar de koelkast, geef haar een koude lepel en zeg, er door haar blik toe gedreven: 'Ik houd van koude lepels. Ik bewaar ze koel.'

Ze pakt de lepel. 'Koud,' zegt ze. Ze begint te eten en ik zie dat ze dat zo geluidloos mogelijk probeert te doen. Ze probeert op de ontbijtgranen te sabbelen, misschien om ze wat zachter te maken, en kauwt dan weer, zorgvuldig. Ik wil tegen haar zeggen: *Ga je gang, kraak een eind weg! Echt, doe je best maar!* Maar ze ziet er nu al uit als een in de hoek gedreven duif. Ze is waarschijnlijk aan het ontnuchteren, haar onverschrokkenheid wordt vervangen door manieren.

Ik zucht. 'Kit, Kit, Kit. Is dat een afkorting van Christopher?'

Heel even is ze verbaasd, misschien herinnert ze zich dan weer dat ze dat aan mijn vader heeft verteld. Ik schenk ook een kom ontbijtgranen in voor mezelf en kauw moedig.

'Ik zeg tegen mensen dat het een afkorting van Heather is,' zegt ze, en ze glimlacht met volle mond.

Ik denk onmiddellijk aan mijn interview van vandaag met Rex Taylor. Naderhand vroeg ik hem of hij marihuana rookte. We stonden bij de reling en ik keek naar de mensen in de lift, de verschillende koppels: meisjes en jongens, groepjes jongens, onbekenden van elkaar, vaders en zoons.

'Eh, dat heb ik wel gedaan,' zei hij. 'Ik bedoel... Maakt dat iets uit voor het interview of zo?'

'Nee hoor, dat maakt niets uit. Ik wilde het alleen weten. Heeft mijn zoon ooit iets aan jou verkocht?'

Rex keek naar me, zijn grote ogen vol puppyverdriet. 'Nee. Dat heeft hij niet gedaan. Ik kende hem op school, maar hij was jonger dan ik, dus we gingen niet echt met elkaar om.'

'Als mensen plotseling doodgaan probeer je hun verhaal te reconstrueren.' Ik keek naar Rex' park. 'Ik vroeg het me af. Ik dacht: Ik stel de vraag gewoon. Deze hele situatie geeft je eigenlijk wel een excuus om op deze manier tegen mensen te praten.' Ik keek hem aan om te zien of er enige logica zat in wat ik zei. Dat wilde ik, omdat het voor mij logisch was, dat een tragedie je een excuus geeft, alsof je een vrijbriefje hebt van het echte leven, van goedgemanierdheid. Maar dat is natuurlijk niet zo. Iedereen heeft een tragedie en het is niet zo dat iedereen maar zit te wachten tot het voorbij is, en zichzelf excuseert van de tafel omdat hij verzadigd is.

Ik zag dat hij met zijn hoofd knikte, begrijpend, of in elk geval die indruk wekkend. Ik was ontspannen door hem en met hem. 'Ik moet je anders aanspreken,' zei ik. 'Ik kan je geen Rex noemen. Hoe heet je echt? Volgens mij heb je me dat nooit verteld.'

'Het is Erexie,' zei hij, en we barstten allebei in lachen uit.

'Sorry,' zei hij, met zijn handen opgeheven. 'Dat was ongepast. Maar je doet me aan mijn moeder denken, daar komt het door. Wij maken dat soort grapjes. Het is een beetje ongepast.'

Mijn borst voelde raar aan en ik besefte dat dat kwam door een echte lach, dat en een warm gevoel doordat ik me voorstelde dat hij en zijn moeder samen grapjes maken.

Hij gaf me een por. 'Je bent grappig,' zei hij.

Ik keek naar hem omhoog en moest mijn hand boven mijn ogen houden, net als bij Cully. 'Hoezo?'

'Vanwege je aanpak.' Hij imiteerde mijn vraag: '"Rook je marihuana?" Ik werd er bang van.'

'Daar ben ik goed in,' zei ik en ik zuchtte. 'Ik ken je moeder. Zit ze nog steeds in het onroerend goed?'

'Ja,' zei hij. Ik dacht eraan terug hoe ik zijn moeder heb ontmoet; dat was vanwege een interview met haar man, eigenaar van het Summit Stage busbedrijf. Het had niets met kinderen te maken, met Cully. Door mijn werk kom ik op allerlei plekken, ontmoet ik allerlei mensen. Daar moest ik aan denken.

'Doe haar de groeten,' zei ik.

'Zal ik doen. Haar meisjesnaam is Keith. Dat is mijn echte naam.' Hij lachte. 'Ik zou hem waarschijnlijk moeten gaan gebruiken nu ik oud word.'

'Je hebt nog alle tijd,' vond ik.

Ik kijk naar Kit, die haar ontbijtgranen opeet en ik wilde dat ik Cully zowel over Kit als over Keith kon vertellen. Die verhalen van vandaag kunnen nergens naartoe.

'Ik vind je naam leuk,' zeg ik tegen Kit. 'De laatste tijd hoor ik alleen nog maar Isabelle.'

'Ik paste vroeger op een Isabelle,' vertelt Kit.

'Die moeders van tegenwoordig – ze bewapenen hun kinderen met walgelijke schattige kleding en geven hun pompeuze Britse namen.'

'Die moeders van tegenwoordig,' herhaalt ze.

Ik roer met mijn lepel door mijn melk, zenuwachtig om het echte onderwerp ter sprake te brengen, misschien onwillig om wat dit ook is af te sluiten. 'We moeten eens praten over de reden van je bezoek.'

Ze knikt en fronst haar donkere, volle wenkbrauwen. We beginnen tegelijkertijd te praten. 'Ga je gang,' zeg ik.

'Nee, na u.'

'Vind je dat niet vreselijk? Het is net als wanneer je een auto wilt laten voorgaan, maar de bestuurder daarvan wil jou laten voorgaan, en dan trek je allebei op en moet je stoppen. Uiteindelijk word je boos op degene voor wie je aardig probeerde te zijn.'

'Zo gaat dat,' zegt ze. 'Maar ik ben niet boos of zo.' Geen van ons trekt op.

'Ik wilde net zeggen dat het is gaan sneeuwen,' zegt ze.

Ik kijk naar het terras. Grote dikke vlokken dwarrelen rond alsof ze gevangen zijn in een onderstroom. Daar schrik ik altijd van, van die stille manier waarop de sneeuw naar binnen glipt en het landschap verandert.

'Dat is alles,' zegt ze. 'Niemand hier gebruikt zout. Het verpest de aanblik van de sneeuw. Mensen hier houden van de aanblik van sneeuw.'

Ik staar haar aan. 'Is dat wat je wilde zeggen? Wat zou je ervan vinden om een verklaring te geven voor je gedrag?'

Ze kijkt omhoog naar het plafond en krabt aan haar neus. Het brandhout knettert. Het was niet tot me doorgedrongen dat mijn vader een vuur had aangemaakt; nu zie ik het gloeien.

'Laten we eens beginnen met waarom je Cully's agenda hebt, of waar je Cully van kende. En trouwens, zout tast autolak aan. Daarom gebruiken we het niet.'

'Sorry dat ik het zo heb aangepakt,' zegt ze. 'Cully en ik...'

'Was je zijn vriendin of zo?' Het klinkt sarcastisch, beledigend, alsof de mogelijkheid van hen samen iets om te lachen is, zo niet weerzinwekkend, hoewel ik er als hij nog leefde blij mee zou zijn geweest als zij met hem de deur door kwam. 'O nee, de naam van zijn vriendin begon met een L.'

'Wat?' Ze kan elk moment gaan huilen. 'Heeft hij dat gezegd?'

Ik voel me rot, alsof ik hem heb verraden. 'Nee. Niet tegen mij. Was je zijn partner? Zijn handlanger? Ben je gekomen voor het geld?'

'Geld? Wat?' Ze lijkt oprecht verbijsterd door mijn vragen, wat er heel lief uitziet. Ze kantelt haar hoofd en beweegt haar kaak, en nu ben ik in de war.

'Waar kende je hem van?' vraag ik.

'Ik was serveerster in de Pub,' zegt ze, maar ze ziet eruit alsof ze er met haar gedachten nog niet helemaal bij is. 'We hebben elkaars pad gekruist. Ik zag hem auto's parkeren. Hij kwam vaak binnen. Hij hield van friet van zoete aardappelen.' Ze kijkt naar beneden.

'Was je soms een van zijn klanten?'

'Klanten?'

'Ik weet alles,' zeg ik. 'Over de marihuana. Over zijn bedrijfje.' Ik besef dat ik mijn lepel gebruik als aanwijsstok. 'Je hoeft niet zo geheimzinnig te doen.'

'Ik doe niet geheimzinnig. En nee, ik was niet een van zijn klanten. Ik heb nog nooit marihuana gekocht.'

'Goh, wat ben jij een brave meid.'

'Dat is het niet,' zegt ze. 'Ik heb het gewoon... nooit nodig gehad.'

Ik ga rechterop staan om iets langer te lijken. 'Omdat je een meisje bent,' zeg ik, want ik herinner me dat jongens alles zouden kopen. 'Wacht maar tot je ouder bent, dan moet je het van de hulp kopen.'

Ze ziet er beklagenswaardig beduusd uit, alsof ze geteleporteerd is naar Siberië. Ze eet niet meer. Ik maak haar bang. Ik haal mijn armen, die ik over elkaar geslagen had, van elkaar en leun voorzichtig op het aanrecht.

'Ik had het over mijn vriendin, zij koopt het van haar tuinman… Ach, laat maar zitten.' Ik zucht. 'Wie waren het dan? Wie kochten het? Hoe deed hij het? Ging hij alle restaurants langs, de scholen? Stond hij hierom bekend? Wist iedereen dat hij dit deed? Was hij de dealer van de stad?'

'Dat weet ik niet,' zegt ze, en ze ziet er echt uit alsof dat zo is. 'Volgens mij was hij geen bekende jongen. Sommige mensen…'

'Wat? Ga verder.'

'Sommige mensen slaan gewoon in voor een groot bedrag en verkopen het weer. Het was niet zijn carrière of zo.'

Er wellen tranen op in mijn ogen. 'Echt niet?' vraag ik. 'Dus hij zat nergens mee en… Hij was niet die maffe dealer…'

'Nee,' zegt ze. 'Helemaal niet. Hij… had het soms gewoon. Het stelde niet veel voor. Ik bedoel – sorry, ik weet dat het voor u wel veel voorstelt.'

'Nee,' zeg ik. 'Ik bedoel, dat doet het wel, maar ik voel me al beter.'

Toen ik hier opgroeide, waren Franklin, Sean en Josh S., Sunny en Skip de jongens met de wiet. Nu is de een projectontwikkelaar, een ander advocaat, Skip heeft hier een restaurant en Sunny is ingenieur. Ik heb geen flauw idee wat er met Franklin is gebeurd.

'Vertel me alles wat je weet,' zeg ik, kalmer nu. 'Maak je maar geen zorgen over mij.'

'Hij verkocht soms wat aan mensen op het werk. Vooral in het restaurant, of mensen lieten hier hun auto parkeren en lieten dan geld achter in het handschoenenvakje als ze naar de Pub of cafés in de straat gingen. Cully parkeerde, pakte het geld en legde… het er neer. Of ze stopten bij hem, kregen wat ze nodig hadden en vertrokken weer, een soort drive through.'

'Een soort drive through.'

'Het was slim.' Ze haalt haar schouders op.

'Het zou nog slimmer zijn geweest als hij er hamburgers en friet bij had geserveerd,' zeg ik. Ze ontspant zich een beetje.

'Maar dat was maar een of twee keer,' zegt Kit. 'Echt waar. Volgens mij komt het wel vaker voor.'

148

'Oké.' Ergens ben ik opgelucht, en ik vraag me af of ik dat mag zijn. Kit kijkt naar de boterham en dan naar mij. Ik zie dat ze heel graag een hap wil nemen.

'Dus je kende hem van het werk,' ga ik verder. 'Waarom had je zijn agenda?'

Ik zie haar slikken. 'Hij had hem thuis bij een vriend van ons laten liggen en ik wilde hem op het werk aan hem teruggeven. Hij… Het lukte me niet meer.' Ze kijkt naar beneden, stopt haar haar achter haar oor. 'Na zijn dood heb ik hem bewaard. Ik wist niet wat ik er anders mee moest doen. En toen zag ik eerder deze week uw programma. Ik zag een aankondiging dat u terug zou komen en toen hadden ze het over Cully.'

Ik heb de aankondiging ook op tv gezien, Katies woorden: 'Morgen verwelkomen we Sarah terug in het programma. Haar zoon, Cully, is in onze gedachten en gebeden.' Katie schudde haar hoofd, keek naar beneden, daarna weer in de camera, en kondigde toen plechtig het volgende interview aan met een sieradenmaker die gespecialiseerd was in turkoois.

'Daarvóór wist ik niet dat u zijn moeder was,' zegt Kit. 'Ik stond op het punt naar Denver te vertrekken, voor een… iets wat ik moest doen, maar in plaats daarvan werd ik hiernaartoe gedreven. Ik denk dat ik jullie eerst wilde zien, zijn familie. Om te zien hoe het met jullie ging. Ik vond dat ik zijn spullen moest teruggeven. Ik ben verstrikt geraakt in een slecht plan. Ik heb gewoon heel veel gezegd.'

'Dus je wist niet dat ik zijn moeder was?'

'Nee.' Ze snuft en kijkt op.

'Dan kende je hem niet heel erg goed.'

'Nou…' zegt ze, maar ze aarzelt.

'Nou wat?'

'De mensen die ik hier heb ontmoet…' Ze gaat behoedzaam verder. 'Het is niet zo dat we het echt over onze moeders hebben. We vragen elkaar amper iets. Je doet gewoon dingen samen. Je… begint gewoon.'

149

Ik weet precies wat ze bedoelt. Toen Billy hier belandde, dacht ik er niet aan naar zijn achtergrond te vragen en hij vroeg niet naar die van mij. Dat doet niemand eigenlijk. Je komt hier aan en je bent een onbeschreven blad. Je begint gewoon.

'Kende je hem goed?' vraag ik.

'Ik denk het wel,' zegt ze. 'Misschien. Wie kent ons echt, weet je?'

'Wat betekent dat?' Ik word getroost door de loop van het gesprek.

'Ik bedoel dat we mensen ons allemaal op een andere manier laten kennen,' zegt ze. 'We wisten niet veel over elkaars achtergrond, maar misschien betekent dat meer. Ik weet niet wat ik bedoel. We waren bevriend. Ik vond hem heel aardig.' Ze steunt met haar hoofd in haar handen.

'Dus hij nam zijn agenda mee naar feestjes?'

Ze gaat weer rechtop zitten en zakt dan in elkaar. 'Hij zat in zijn rugzak. Hier is zijn rugzak.' Ze gebaart naar de stoel naast zich. Ik had niet gezien dat ze hem mee naar binnen had genomen.

'En, hoe was het?' Ik wil gaan zitten, maar niet naast haar.

'Hoe was wat?' vraagt ze.

Ze eet weer verder en ze kauwt luider nu, wat me onredelijkerwijs het gevoel geeft dat ik een goede gastvrouw ben.

'Het feestje,' zeg ik. 'Hoe was het feestje?'

'Het was niet echt een feestje, gewoon een... bijeenkomst.'

'Wat is gewoon?' Ik leun tegen het aanrecht. Ik wil lekker staan. Ik wil een verhaal horen. Ouders, ongeacht hoeveel ze denken te weten, kennen hun weekendkinderen, hun nachtkinderen nooit echt. Ik dacht ooit dat ik de uitzondering was, dat ik hem beter kende dan dat de meeste moeders hun zoons kenden.

'Dit is gewoon,' zegt ze. 'Dit doen we. We zitten te eten. We drinken bier in plaats van melk uit een kom. We kijken naar de tv in plaats van naar de sneeuw.' Ze kijkt achter zich. 'Of een open haard.'

'Hoe oud ben je?' vraag ik.

'Tweeëntwintig,' antwoordt ze, alsof dit zojuist tot haar is doorgedrongen.

Het is waarschijnlijk al na middernacht. *Weet je waar jouw kind is? Waar ze is geweest? Waar ze naartoe gaat?* Ze neemt een hapje van de boterham, laat een glimlach van brood achter.

'Als Cully thuiskwam rook hij net als jij,' zeg ik. 'Naar bier.'

'Ik vind het allemaal heel erg,' zegt ze.

'Ik ook,' zeg ik. Mijn neuronen houden een disco in mijn hoofd. Ik vind het ongelooflijk dat we hier zitten en kinderontbijt eten. 'Het spijt me van de ondervraging. Min of meer.'

'Die had ik verdiend,' zegt ze. 'En ik vond het niet erg.'

Ze tikt met haar vuist tegen haar hoofd. Ze drinkt koude melk van de koude lepel.

'Het is al laat,' merk ik op.

Ze zucht. 'Ik weet het. Ik moet weg.'

Ik kijk naar buiten, naar de sneeuw die zich vriendelijk maar overvloedig ontvouwt. Ik zal dit soort sneeuwval nooit moe worden.

'Je hebt nogal een avond gehad.' Ik loop naar haar kant van het kookeiland. Ik kijk naar de rugzak op de barkruk naast haar en leg mijn hand erop.

'Mag ik nu naar huis rijden?'

Ik breng haar kom naar de gootsteen. 'Je kunt in de kamer beneden slapen,' zeg ik. 'Die heb ik vandaag schoongemaakt. Kom. Ik zal hem even laten zien.'

Ik wacht tot ze opstaat.

'Ik kan hier niet slapen,' zegt ze, maar ze staat op, en als ik in beweging kom, loopt ze achter me aan de woonkamer door.

'Waarom niet?' vraag ik. 'Je bent tegen mijn vuilnisbakken aangereden. Kon dat wel?'

'Ik wil me niet opdringen,' verklaart ze.

'Dat heb je al gedaan,' antwoord ik luchtig. 'Opdringerig, inderdaad.' Ze loopt achter me aan de trap af.

'Er is nog meer,' zegt ze.

Ik kijk achterom naar haar op de trap. 'O, jee! Je neus.' Ze veegt haar neus af, kijkt dan naar het bloed op de rug van haar hand. 'Ben je ergens tegenaan geslagen bij die botsing?'

'Nee.' Ze gaat de trap af als iemand die onder invloed is van een slaappil. 'Ik krijg heel vaak een bloedneus, ook al ben ik aan de temperatuur gewend. Ik hoor hier niet.' Ze snuft en drukt dan het shirt dat ze onder haar trui draagt tegen haar neus.

'Doe dat maar niet. Ik pak even een tissue.' Ik loop naar de badkamer tegenover Cully's kamer. 'De badkamer is hier,' zeg ik, en dan kom ik weer naar buiten met een doos tissues. Ze zit onder aan de trap, knijpt in haar neusvleugels en kijkt naar beneden.

'Kijk eens omhoog,' zeg ik.

'Dat moet niet. Als je je hoofd achterover doet, loop je het risico dat het bloed door je slokdarm je maag in loopt.'

'O,' zeg ik. 'Inderdaad, ja. Misschien wil je wel medicijnen studeren?' Ik ga voor haar staan, met een hulpeloos gevoel en ik denk aan al die keren dat ik Cully het verkeerde advies heb gegeven, en er dus verantwoordelijk voor ben dat het bloed zijn slokdarm in liep.

'Misschien wel,' antwoordt ze. 'Mijn vader is chirurg. Hij zit me te pushen.' Ze werpt een blik op me terwijl ze haar hoofd naar beneden houdt. 'Hij vindt dat mijn toekomst er niet zo best uitziet.'

'Je komt vrij verstandig op me over,' zeg ik. 'Nou ja, soms.'

Ik probeer nog een keer van de tissues af te komen. Ze pakt de doos aan en gaat staan, en kijkt dan naar de tissue waarmee ze haar neus dichtkneep. 'Klaar,' zegt ze.

Ik gebaar naar de kamer, lichtelijk in paniek zoals altijd als er iemand langskomt en er overal persoonlijke spullen liggen.

'Dit is hem.' Ik bekijk de kamer met nieuwe ogen. Het is een fantastische kamer. En hij lijkt nu een beetje op een logeerkamer, wat fijn is. Ik doe niets waardoor dit op een B&B gaat lijken, zoals een pepermuntje aanbieden, het bed openslaan, of de kast en laden aanwijzen.

'Ik pak even een ander shirt voor je,' zeg ik.

Ze ziet er opgelaten uit in deze ruimte, als een klant in een pashokje die staat te wachten tot de verkoopster de kleren ophangt en weggaat. Ik ga naar de dozen die netjes naast elkaar bij de deur staan en maak er een open op zoek naar een shirt, maar bedenk dan dat dit niet juist zou zijn.

'Dit was Cully's kamer.' Ik vind dat ze het moet weten. Ze knikt alsof ze dat al had verwacht.

'Het beddengoed is nieuw,' ga ik verder.

Ze knikt weer, glimlacht – ik denk, beleefd – en dan lijkt haar energie te vervliegen. 'Sorry, ik ben zo moe.' Ze loopt naar het bed, trekt haar laarzen uit en gaat onder de dekens liggen voordat ik haar een pyjama kan lenen. Ik houd mezelf voor dat ik haar geen pyjama moet aanbieden en niet moet vragen of ze niet een ander shirt wil hebben. Ik moet gaan.

'Als het goed is, krijg je het hier niet koud,' zeg ik. 'Het is beneden altijd lekker warm.' De sneeuw valt sierlijk schuin voor het raam langs.

'Dank u wel,' zegt ze, en ze lijkt bijna in tranen. 'Ik voel me niet lekker.'

'Ik weet het,' zeg ik.

Ze begint haar trui uit te trekken, maar omdat ze ligt, lukt dat niet goed, dus – ik kan mezelf er niet van weerhouden – help ik haar om hem over haar hoofd te krijgen, en ik houd hem vast, hang hem over mijn arm, maar mijn gevoel om de vriendelijke gastvrouw uit te hangen verandert in iets anders.

'Kit, je had vanavond gewond kunnen raken,' zeg ik. 'Je moet beter nadenken, oké? Denk goed na voor je zo makkelijk omspringt met je leven.'

'Tot dusverre is me niets overkomen.' Het klinkt alsof ze praat in haar slaap.

Het antwoord verrast me, omdat het zo snel en brutaal komt, maar misschien ook omdat het zo intiem is; het is iets wat je alleen zou zeggen tegen iemand die je goed kende. Haar antwoord herinnert me aan toen ik tien was, in mijn eentje skiede, met de stoeltjeslift ging, snel de blauwe piste afdaalde en toen de zwarte, vaak vallend, soms hard; of toen ik dertien was en met vreemden meeliftte naar huis of naar Vail of naar de Loveland-pas om te gaan skiën. De bestuurders waren tieners, bezorgde moeders, mannen, veel mannen. Ik herinner me een man die Eagle heette, in een Camaro, die over oorlog praatte en me een klopje op mijn been gaf nadat hij dingen had gezegd die grappig bedoeld waren.

Op mijn veertiende begon ik te drinken met al mijn vrienden – wijnkoelers bij een vuur in de openlucht – en dan reden we altijd mee in de bak van een pick-uptruck die werd bestuurd door apestonede, ladderzatte jongens. Op mijn zestiende gebeurde er iets waarbij ik gewond raakte en eerst te trots, te beschaamd was om mijn vader om hulp te vragen.

Iedereen die leeft kan zeggen dat hem tot dusverre niets is overkomen.

Ik weet dat ze probeert in slaap te vallen, misschien is ze al onder zeil, maar ik vraag: 'Heb je Cully iets over je vader en Emerson en een hoefafdruk verteld?'

Ze opent haar ogen niet, maar glimlacht. 'Ja,' zegt ze.

'Dat heb je vandaag aan mijn vader verteld. Hij had het al eerder van Cully gehoord. Hij vond het blijkbaar een leuk zinnetje.'

'Wat lief,' zegt ze, en ik heb het gevoel dat als ze zijn vriendin niet was, ze dat wel wilde zijn.

'Nou, slaap lekker,' zeg ik.

Ik kijk heel even naar haar. Ze grijpt de rand van de deken vast die ze tot aan haar kin heeft opgetrokken. Haar mond gaat open. Ze valt in slaap. Ik pak mezelf bij mijn lurven. Heel even voelde ik me bijna vredig.

11

Billy arriveert als mijn vader aan de telefoon is. Hij loopt door de kamer alsof hij in een museum is: hij bekijkt het meubilair, gaat dicht bij de foto's staan, laat zijn hand langs de ruggen van de boeken op de plank bij de open haard glijden. Hij was hier ook voor de dienst, maar heeft toen waarschijnlijk niets in zich opgenomen. Ik kijk naar hem vanaf het fornuis en vertel hem wat er gisteravond is gebeurd.

'Was ze dronken?' vraagt hij.

'Ja,' zeg ik. 'Ze had ontdekt wie ik ben, en was gekomen om zijn agenda aan me terug te geven, maar ze werd zenuwachtig. Hier. Kom eens kijken.' Ik gebaar naar de agenda op het kookeiland. Hij pakt hem op en gaat naast mijn vader zitten.

Het is vreemd om hen naast elkaar te zien. Hij bladert door de agenda terwijl mijn vader aan de telefoon is, een zakelijk telefoontje over dingen die niet zijn zaken zijn.

'Iedereen wringt zich in bochten om de noordelijke pad,' zegt mijn vader aan de telefoon. 'De lynx snap ik nog wel, maar een pad? Kom op, zeg. Die loopt al rond sinds de dinosaurussen. Zijn tijd is voorbij.'

'Hij had niet met pensioen moeten gaan,' zeg ik tegen Billy.

'Heb je ooit bedacht dat hij dat helemaal niet wilde?' vraagt Billy.

'Hij wilde wel,' zeg ik. 'Ze willen het altijd en weten dan niet wat ze met zichzelf aanmoeten.'

Ik loop naar hem toe met zijn zwarte koffie, zet hem neer op een *Colorado Homes*-tijdschrift, waar mijn vader van alles op gekrabbeld heeft. Op de cover van het tijdschrift staat een loft in Keystone in de vorm van een brievenbus. De kop: 'Eersteklas aflevering.' Ik zie de schrijver voor me, die de perfecte postwoordspeling zoekt. Wonen met priority. Eersteklas uitkijkpost. Postmodern. Het is triest dat de schrijver hier genoegen mee genomen heeft.

'Waarom is hij bij je komen wonen?' vraagt Billy zachtjes.

'Hij had zijn huis verkocht en wilde naar een flat. Ik zei dat hij bij ons kon komen wonen totdat hij het goede appartement vond. En nu… zijn we aan elkaar gewend geraakt.'

Billy neemt een slok koffie en kijkt weer naar de kalender. Ik ga naast hem zitten en kijk over zijn schouder.

'Je verjaardag staat erin,' zeg ik.

'Ik zag het. Grappig dat hij deze heeft.'

'Dat vond ik nou ook.'

'Ik bedoel, het is grappig omdat ik hem gegeven heb,' zegt hij. 'Zo'n gratis ding dat ik ergens heb gekregen. Ik dacht niet dat hij hem zou gebruiken.'

'Wanneer heb je hem gegeven?'

'In november,' zegt hij zonder te aarzelen, en hij kijkt me aan. 'Hij kwam op bezoek voor mijn verjaardag.'

'O,' zeg ik.

Ik zie voor me dat hij vijf uur aan één stuk door rijdt, met het raam naar beneden, de verwarming aan en de muziek blèrend.

'Wat hebben jullie gedaan?' vraag ik.

Billy slaat de bladzijden om. 'Eh, gewoon, een beetje rondgereden. We zijn een stukje gaan rijden.'

'Waarmee?'

Hij kijkt op. 'Op de motor. Ik ben met hem naar de Million Dollar Highway gegaan.' Zijn blik daagt me uit, maar ik weet dat ik niet kwaad op hem kan worden. Het slaat nergens op. Hij heeft motorgereden. Dat heeft hij overleefd.

'Daar moet hij van hebben genoten,' zeg ik.

Billy's ogen staan glazig. 'Ik wel.' Hij klapt de agenda dicht. 'Het lijkt me toch niet zo moeilijk om dit te overhandigen.'

'Ze was verlegen, denk ik.'

'Of ze had nog meer te zeggen,' oppert Billy.

Ze vindt het waarschijnlijk eng om de trap op te komen, vooral nu wij hier allemaal zijn. Ik zag altijd erg op tegen dat deel van ergens 's ochtends te gast zijn – het aarzelende invoegen in het normale verkeer van het huis. Ze is geen gast, breng ik mezelf in herinnering.

Ik sta op om ons ontbijt af te maken, een beetje geamuseerd door, een beetje gecharmeerd van deze situatie: een meisje dat een link had met Cully. Er klinkt een aangename herrie in de kamer, het ruikt naar spek en koffie, alsof we allemaal normale mensen zijn, die normale huiselijke dingen doen. Ik glimlach in mezelf als ik aan Cully op die motor denk, dat stuk weg met al die bergpassen. Hij moet hardop hebben gelachen.

'Waar heeft ze geslapen?' vraagt Billy.

'In zijn kamer,' zeg ik.

'Echt waar?' Hij wrijft zijn met zijn duim over zijn kaak.

'Die was leeg. Hoezo?'

Hij ontwijkt mijn harde blik. 'Nee, niets,' zegt hij.

Waarom heb ik haar daar laten slapen? Dat vraagt hij zich af, en ik ook. Waarom niet op de bank? Op dat moment heb ik er geen verdere gedachte aan gewijd of me afgevraagd of dit goed is – of het geworden is wat ik ermee van plan was, een extra kamer. Ik leg reepjes spek in de hete pan. Ik heb gisteravond veel gedronken, maar voel me prettig energiek. Mijn huis is vol.

Kit verschijnt boven aan de trap.

'Hoi,' zeg ik. Ze ziet er opgezwollen en bleek uit.

'Goedemorgen,' zegt ze.

'Hallo.' Billy steekt een hand in de lucht.

Ze doet zijn gebaar na, het lijkt wel alsof ze de eed aflegt. 'Hallo,' antwoordt ze.

'Dat is Billy,' zeg ik. 'Cully's vader. We zijn niet getrouwd. We zijn nooit getrouwd geweest.'

'Wat een introductie,' zegt Billy.

Kit stopt haar haar achter haar oor en krabt aan haar neus. 'Aangenaam.' Ze neemt hem in zich op. Ik vraag me af of ze Cully overal ziet, net als ik.

'Dank je wel voor de agenda,' zegt hij.

Ze wil antwoord geven, maar klapt dan gegeneerd haar mond dicht.

'Kom maar zitten,' zeg ik. Ze gaat op dezelfde barkruk zitten als gisteravond.

'Daar zijn we weer.'

Ze glimlacht en houdt een hand voor haar mond als ze gaapt.

'Moet je horen,' zegt mijn vader in de telefoon. 'Over een halfuur heb ik de oplossing voor je probleempje. Zeg tegen Natuurbescherming, het Centrum voor ecosystemen in Colorado, WILD, tegen wie dan ook de volgende twee woorden: batrachochytrium dendrobatidis... Je hoeft niet te weten wat het is, dat weet ik niet eens precies, maar ik weet wel dat ze daardoor het loodje leggen. De padden sterven uit, of je nou uitbreidt of niet! Of je nou bestaat of niet! Zeg dat maar tegen die mensen, dan zal alle aandacht zich richten op de organisatie Fish and Wildlife, die dan voor de rechter wordt gesleept omdat ze de kikker niet op de lijst met bedreigde diersoorten heeft gezet.'

'Met wie is hij aan het praten?' vraagt Kit geamuseerd.

Ik kijk naar mijn vader op de rand van de bank. 'Met iemand van zijn vroegere werk, denk ik.'

'O, aha,' zegt ze, alsof ze denkt aan iemand over wie ze het hebben gehad.

'Ik hoorde dat je een leuke avond hebt gehad, Kit,' zegt Billy. Hij loopt naar ons toe en gaat aan mijn kant van het kookeiland naast me staan.

'Het was wel iets, ja,' zegt ze. Ze draagt haar vieze shirt, hoewel ik de bloedvlek niet zie.

'Wil je een trui lenen?' vraag ik.

'Ik heb die van mij nog,' zegt ze. 'Ergens.'

'Hier,' zeg ik. 'Ik heb hem opgehangen.'

Ik loop naar de kast bij de voordeur en pak haar trui. Net als haar jas is hij van goede kwaliteit, onopvallend en smaakvol.

'En moet je dit horen,' zegt mijn vader. Hij heeft zijn stem verheven. 'Uit onderzoek is gebleken dat golfbanen de perfecte leefomgeving vormen voor de pad. Daar zullen ze van gaan stuiteren; ze zullen waarschijnlijk zeggen dat je maar lekker moet uitbreiden – alles beter dan een golfbaan. Alle groeperingen zullen zich terugtrekken, met de overweging dat ze net zo goed terug in de tijd kunnen gaan en weer voor de walvissen kunnen gaan strijden. Zeg tegen Dunbar dat hij misschien in plaats van de padden te verbergen en het onderwerp onder de pet te houden, hij bekendmaakt dat ze bestaan en bedreigd worden. Het resort zou hun redder kunnen worden. Doe een belofte aan de EPA om kunstmatige hibernacula voor de getroffen amfibieën te bouwen.'

We kijken elkaar aan. Kit trekt haar trui aan. 'Hibernacula,' zegt mijn vader. 'Weet ik veel, google het maar. Units voor een winterslaap. Paddenflats. De units zouden op de berg kunnen blijven staan, maar dan dicht bij het dal. Eersteklas onroerend goed. Oké… oké… Ik snap het. Mooi. Inderdaad. Fijn dat ik je van dienst kon zijn. Hoi.' Hij laat de telefoon zakken en staart naar de knopjes. 'Niemand zegt meer dag,' zegt hij. 'Hallo, Kit.'

'Hallo, Lyle,' zegt Kit.

Hij staat op en loopt naar haar toe. 'Oké, dan.' Hij knikt, neemt haar op. 'Sarah heeft me alles verteld over je avondlijke vandalisme. Heb je goed geslapen?'

'Heel goed,' zegt ze.

'Wil je iets eten?' vraag ik. 'Eieren? Of nog wat ontbijtgranen?'

Ze lacht niet om wat ik als ons insidergrapje beschouw. 'Nee, dank je,' zegt ze.

Mijn vader komt de keuken in met zijn beker. 'Kinderen, kinderen, kinderen. Gekke, gekke kinderen. Gisteren zei ik tegen Kit – Billy, dat was toen ze onze ingehuurde hulp was – ik vertelde haar over vroeger.'

'Echt waar?' zeg ik.

'Over heel, heel vroeger.' Hij doet zijn vuist voor zijn mond en boert stilletjes. 'Criminelen kwamen zich hier verstoppen, rijke mannen van de Oostkust kwamen hier hun vertier zoeken in achterbuurten, elegante vrouwen die niet meer elegant wilden zijn. Ze kwamen allemaal naar onze stad om hun fortuin te zoeken, opnieuw te beginnen.' Hij glimlacht in zichzelf terwijl hij koffie in zijn beker schenkt. Hij doet er melk en suiker bij en ik schud er wat kaneel bij omdat ik ergens gelezen heb dat dat goed is voor je hart of je immuunsysteem. Ik weet niet meer welke van de twee.

'Je hebt zeker een avontuur gevonden, Kit,' zegt hij. 'Je doet net alsof je iemand bent die sneeuw schuift en levert een aandenken aan de overledene af. Tjonge.'

'Zo had ik het niet bekeken,' zegt ze.

'En dat moet ook niet.' Misschien klonk ik wat nors, maar dit is ook niet echt een of ander westernavontuur. Spullen afgeven bij een diepbedroefde familie. Of eigenlijk klinkt het wel als een plot.

'Waarom zei je niet gewoon dat je het had?' vraagt mijn vader. Hij schudt zijn hoofd, alsof hij geen antwoord hoeft te hebben. Ik probeer me te herinneren wat haar verklaring was toen ik het haar gisteravond vroeg. Ik weet nog dat het een langdradig verhaal was.

'Die padden waar je het over had?' zegt Kit.

'Ja?' antwoordt mijn vader.

'Die hebben rode wratten.'

'Echt waar? Nou, dan hebben ze weer een punt tegen.' Hij staat naast me de kaneel door zijn koffie te roeren en schenkt dan koffie in een andere beker. 'Wil je melk? Suiker?'

'Allebei.'

'Goed zo. Heb je je auto al gezien? Hij is helemaal ingesneeuwd.'

'Ik kan je helpen met uitgraven,' biedt Billy aan.

'Maar zij is toch degene die sneeuw schuift?' vraagt mijn vader.

'Dat zou ik niet zeggen,' antwoordt ze.

Hij loopt om het eiland heen naar haar toe met haar koffie. 'Dat zou ik ook niet zeggen.'

'Ik vertelde Sarah gisteravond dat het me spijt dat ik zoiets stoms heb gedaan. Ik kan helpen schoonmaken of... de lakens. Ik kan de lakens wassen.'

Mijn vader wuift haar woorden weg.

'Op een avond reed mijn kleinzoon, Cully, die je natuurlijk kende, tegen iemands houten hek aan op Harris. Hij was dronken, had net zijn rijbewijs gehaald en moest nu een verklaring bedenken voor dat kapotte hek en de snee in zijn wenkbrauw.' Hij maakt een geluid terwijl hij een snijbeweging maakt over zijn gezicht. 'In plaats van één minuutje naar huis te rijden, reed hij naar Shock Hill, naar het huis van Sarahs gul geschapen vriendin, die toen trouwens nog niet zo gul geschapen was. Hij ging erheen om hulp te halen. Hij vroeg Dickie – dat is haar echtgenoot: "Kun je zeggen dat ik football aan het spelen was, viel, een hersenschudding opliep en dat jij mijn auto naar huis reed en per ongeluk tegen een hek knalde?"' Mijn vader zet een grappig zeurderig stemmetje op.

'En Dickie gaat daarmee akkoord. Hij komt hierheen – en om de een of andere reden ben ik er – en hij begint aan het verhaal, maar krijgt het niet helemaal af. Hij laat steken vallen. En je weet hoe rood Dickie wordt als hij lacht. Het lijkt net alsof hij gaat imploderen. Dus hij geeft de leugen op, slaat Cully op zijn rug en zegt: "Maak jij het maar af, jong. Ga je gang", en zegt dan tegen hem dat het goed is om huisarrest te krijgen. Dan heb je een excuus om thuis te blijven bij je moeder.'

'En wat is de moraal van het verhaal?' vraagt Billy.

'Ik weet het niet,' zegt mijn vader. 'Kinderen halen stomme toeren uit.'

'Het spijt me,' zegt Kit weer. Haar blik glijdt naar de televisie achter haar, waar mijn programma te zien is. Het is een oud item, dat bijna zes maanden geleden is opgenomen.

'Daarnaast staan deze woningen op een kwart vierkante kilometer, en op tweederde daarvan rust een erfdienstbaarheid ten behoeve van natuurbehoud,' zegt Penny, de makelaar. Ze heeft een accent dat ik niet kan plaatsen.

'Wat betekent dat?' vraag ik op tv.

Ik kijk naar mezelf, heb medelijden met dit vroegere zelf, ben bang voor hoe haar leven zal gaan worden. Tegelijkertijd wil ik haar ook niet meer zijn.

'Willen jullie dat alsjeblieft uitzetten?' vraag ik.

'Nou, dat betekent dat hier nooit iets zal veranderen,' zegt Penny. 'Er zal niets gebouwd worden wat je uitzicht verpest en ons bos wordt niet vernietigd.'

'Dat wil niemand,' beweert Katie.

'Nee,' geeft Penny toe.

Billy en mijn vader lachen allebei. Ik ook. Het is alsof we naar een sitcom kijken. Ik zie er zo geïnteresseerd uit, zo oprecht. Ik begrijp nu hoe teleurgesteld Holly en Katie moeten zijn in mij, maar nu ik dit zie krijg ik het gevoel dat ik die belangstelling nooit meer zal kunnen vertonen.

Ik zie eruit als die vrouwen in paps programma, die onevenredig enthousiast steeds dezelfde dingen bespreken, mechanisch knikkend terwijl de mensen die we interviewen steeds maar weer zeggen: 'We vinden dit echt geweldig.'

'... deze is helemaal geweldig, want door het ontwerp heeft hij de tijdloze kwaliteit van schilderachtige en elegante Europese villa's, maar de architecten hebben dat vermengd met het landelijke van de Rocky Mountains waar we zo bekend mee zijn en van houden.'

'Moet je die kroonluchter zien!' zegt Katie. 'Zijn dat geweien? Zijn ze echt?'

'Zijn dat geweien!' roept Billy.

'Zijn ze echt!' roept mijn vader.

'Ik weet eerlijk waar niet hoe ik dat weer zal kunnen doen.' Ik loop naar de bank, zet de tv uit.

'Misschien moet je het gewoon niet doen,' zegt Billy. 'Begin opnieuw. Doe het tegenovergestelde.' Ik probeer te bedenken wat het tegenovergestelde zou zijn: Stockcar-racen? Piano's stemmen?

Ik ga terug naar de keuken, leg het spek op het keukenpapier en gebruik het vet om de eieren mee te klutsen. Ik zal rekening houden met haar kater en zal het haar makkelijk maken om zich er tegoed aan te doen. Ik kijk op om te zien of ze al in verleiding wordt gebracht. Ze zit met opgetrokken knieën op haar stoel, alsof ze zichzelf omhelst. Ze heeft haar ogen dicht.

'Gaat het wel?' vraag ik.

'Wil je een glaasje sinaasappelsap?' Ze knikt ja of nee. Ik weet het niet.

'Zing het maar,' zegt Billy glimlachend.

'Ik moet weg.' Ze staat op, maar komt niet van haar plek.

'Ho-ho, gaat het wel?' vraagt Billy.

'Volgens mij word ik misselijk,' zegt ze. Ze kijkt me aan met een smekende blik, rent naar de keuken en direct naar de gootsteen, waar ze zo heftig overgeeft dat ze wel bezeten lijkt. Er spettert wat op het spek en de eieren. We kijken allemaal met open mond toe. Als ze klaar is, staat ze over de gootsteen gebogen en haalt diep adem, zet dan de kraan aan en bespettert haar gezicht met water. Ze blijft over de gootsteen gebogen staan, laat het water lopen en het water druipt van haar gezicht af.

'Nou, nou!' zegt mijn vader achter me. 'Dat was een fraai staaltje.'

'Hou op,' zeg ik. 'Gaat het een beetje, liever?' Ik pak haar haar bijeen en laat het op haar rug vallen. Ik geef haar de handdoek van het haakje aan de muur. 'Droog je gezicht maar af.'

We staan allemaal dicht op elkaar, op een kluitje.

'Met deze?' vraagt ze. De handdoek is donkerblauw en er staat een poesje op dat aan zijn poot likt.

'We kunnen wel een andere pakken als deze je irriteert,' zegt mijn vader.

'Hou op, pap,' zeg ik.

'Ik wil hem niet vies maken,' zegt ze.

'Daar zijn handdoeken voor,' zegt hij, en dan zachter: 'Gaat het wel, meid?'

'Nee,' zegt ze.

Billy neemt een glas mee naar de badkamer. Ik hoor dat hij de kraan opendraait. Hij komt terug en zet het glas water naast haar neer.

We zorgen allemaal voor haar en ik weet zeker dat ze het vreselijk vindt. Ze drinkt het water op en mijn vader geeft haar klopjes op haar rug terwijl ze drinkt. 'Niets aan de hand.' Zijn aanraking maakt haar aan het huilen; ze heeft eraan toegegeven, ze is opgelucht dat ze kan huilen. Hij geeft klopjes en wrijft rondjes over haar rug.

'Wat gênant,' zegt ze. Ze kijkt elk van ons aan, bijna alsof ze zich moet dwingen dat te doen. Ze heeft blossen op haar gezicht en nek. Ik zal haar een shirt en trui moeten lenen.

'Nee hoor,' zegt Billy.

'Dit had niet zo moeten gaan.' Ik zie dat haar handen een beetje trillen. Billy en ik wisselen een blik. Hoe had het dan wel moeten gaan?

'Grappig dat die emotie, schaamte, je zo ondermijnt dat je als een konijn verstijfd in de koplampen staart,' zegt mijn vader. 'Je kunt iemand pijn doen en dan als een baviaan op je borst trommelen. Maar schaamte, dat is moeilijk. Die laat mensen ondoordachte dingen doen.'

'Pap?' zeg ik.

'Blijven ademen,' zegt Billy.

'Ik probeer alleen maar te helpen,' antwoordt mijn vader.

'Dat weet ik,' zeg ik.

Ze legt haar voorhoofd op de rand van de gootsteen en haalt diep adem.

'Billy,' zegt mijn vader. 'Ga eens op je knieën zitten en steek je kont in de lucht. Ik wil Kit een techniek laten zien die ik van mijn vader heb geleerd, en die had hem weer van zijn vader. Billy, met je borst op de grond. Laat haar die techniek zien om zich te ontspannen en goed te ademen. Ik doe hem heel vaak.'

Billy aarzelt, maar gaat dan op de vloer zitten. Kit, die nog steeds tegen het aanrecht leunt, draait zich om en kijkt.

'Leg nu je voorhoofd op de grond, Billy. En spreid je armen. Spreid ze.'

Billy gaat liggen alsof hij een uitgeput kind is.

'Precies,' zegt mijn vader. 'Zie je dat, Kit?'

Ze knikt, met haar hoofd op het aanrecht.

'Kijk nu eens goed naar Billy. Moet je hem zien. Het zou best kunnen dat je zo nog moeilijker kunt ademhalen, maar niets van wat je vandaag doet is zo gênant als wat hij nu aan het doen is.'

Billy tilt zijn hoofd op, maar blijft op zijn scheenbenen zitten. 'Je bent een beetje getikt,' zegt Kit.

'Ik weet het,' geeft mijn vader toe.

'We weten het allemaal,' zegt Billy, 'maar ergens heeft hij altijd gelijk. Het is irritant. Dit geeft trouwens een geweldig gevoel. Ik ben heel ontspannen.'

Kit draait zich terug naar de gootsteen en gaat rechtop staan. De tranen vloeien nu echt, als een stille sneeuwbui.

'Haal maar even diep adem,' zeg ik zachtjes. 'Negeer die idiotengalerij achter je.' Ik gebaar naar Billy dat hij moet opstaan, en dat doet hij. 'Ik heb iets van mijn vader geleerd,' zeg ik, 'en ik zweer dat ik het niet verzin. Hij zei altijd tegen me dat ik iets moest zeggen, over iets betekenisloos moest praten, iets wat geen emoties oproept. Ga gewoon praten, ademhalen, je…'

'De padden,' zegt ze, en haar kalme stem verbaast me.

Het is net alsof ze echt sneeuwt of regent en niet huilt, alsof de tranen gewoon een natuurlijk fenomeen zijn. 'Lyle. Die noordelijke padden waar je het over had? Als ze paren, springt het mannetje op de rug van het vrouwtje en dan draagt ze hem dagenlang rond. Daardoor wordt ze gestimuleerd om eitjes te leggen. Meer doet hij niet. Hij zit op haar rug. Als ze de eitjes legt, bevrucht hij ze. Ik weet niet waarom mijn vader zoveel weet over de manier waarop dieren paren. Hij was er altijd in geïnteresseerd. Daarin en in het hart. Hij houdt van het hart.'

'Dat is goed,' zegt mijn vader. 'Dat is heel goed. Zie je wel, het gaat prima met je. Je doet het fantastisch.'

Daar staan we dan, om haar heen als coaches.

'O god,' mompelt ze, en dan doet ze het weer: ze geeft over in de gootsteen. We zetten allemaal automatisch een stap terug.

'Ik ben zwanger,' zegt ze, als ze klaar is.

'Kanonnen,' zegt Billy.

12

Billy's reactie, 'Kanonnen', weergalmt in mijn hoofd. Ik vorm het woord met mijn lippen. Ik zeg het hardop. Ik voel het en klem me eraan vast, omdat ik op dit moment nergens anders aan wil denken en niets anders wil voelen.

Ik kijk door het raam van mijn kamer, probeer in te schatten wat voor weer het is – het ziet er kanonnen uit. Ik doe een zwarte spijkerbroek aan en trek mijn grijze extra grote trui over mijn hoofd, alsof het nieuws om een nieuwe outfit vraagt. Het lukt me op de een of andere manier om make-up op te doen zonder de spiegel te gebruiken, alsof ik doordat ik mijn spiegelbeeld niet zie, iets niet hoef toe te geven of te begrijpen. Nu heb ik niets meer te zoeken in mijn kamer. Een douche nemen of mijn bed opmaken zou belachelijk aanvoelen, net alsof je je huis aan het opruimen bent terwijl het afbrandt. Ik moet nu naar beneden gaan. Ik doe de deur van mijn slaapkamer open.

Ze staan met z'n drieën onder aan de trap te wachten en ik loop naar beneden, ik voel me alsof ik naar een bal ga. Zo te zien hebben ze met elkaar gepraat, zijn ze iets overeengekomen. Ik zal worden gepiepeld omdat ik te geschokt ben om helder te denken. Ik zal ronddobberen als wrakhout. Drijven als drijfhout.

'De spullen zitten in de auto,' vertelt mijn vader. 'En ik heb Kit een paar dingen uit de waskamer geleend.'

Eerst weet ik niet waar hij het over heeft, maar dan herinner ik me ons reisje van één nacht. 'Heb je mijn tas?' vraag ik.

'Ja,' zegt hij. 'Alles is geregeld. We kunnen gaan, maar het lijkt me beter als we eerst wat eten, allemaal.'

Kit draagt een van mijn favoriete truien, de donkergrijze met diagonale ribbels.

'We moeten Suzanne ophalen,' zeg ik. 'We zijn te laat. Ik vind het vreselijk om te laat te zijn.' Ik word uiteindelijk toch niet gepiepeld, denk ik.

Niemand neemt de moeite me te antwoorden, waardoor ik begrijp dat het feit dat we te laat zijn nu niet echt heel erg belangrijk is.

'We gaan lunchen bij de Whale's Tale.' Mijn vader kijkt op zijn horloge. 'Brunchen.'

Zo doet hij het altijd. Als we een conflict of probleem moeten afhandelen, neemt hij het mee naar een restaurant, naar neutraal terrein. Hij denkt dat mensen zich daar netter gedragen en helderder nadenken, zorgvuldig hun woorden kiezen. De maaltijd doet dienst als tijdlijn; aan het eind moet er iets besloten zijn. Maar het lijkt nu niet de juiste weg.

'Niet nu,' protesteer ik. 'Niet hiervoor.'

'Hier kunnen we niet praten,' meent hij, en hij loopt naar buiten.

'Dit is stom,' zeg ik. 'We kunnen hier wél praten.' Kit en ik kijken elkaar aan en ik voel me net een kind dat onterecht de schuld krijgt.

'Hou je mond,' zegt mijn vader. 'Het heeft geen zin jezelf steeds te herhalen, te herhalen.'

We lopen allemaal achter hem aan de deur uit. Kit doet haar mooie jas aan. Ik kijk naar haar buik en wend mijn blik af.

'Voorzichtig,' zeg ik tegen haar, als ze de beijzelde trap af loopt.

We gaan het op een saloon lijkende restaurant binnen, waar ik als kind altijd heenging met mijn vader. Dat was ons avondje uit, alleen wij tweeën. Het is grappig dat het bijzonder voor me was omdat we altijd met z'n tweeën waren, maar de uitstapjes gaven me het gevoel dat we ons duo vierden, denk ik. Ik zette de traditie overboord en nam Cully mee naar Steak and Rib voor ons uitje. Alleen wij tweeën. Als volwassene zag ik dat je kind jou net zozeer een gunst verleent als jij hem, zeker als alleenstaande ouder. Hij was mijn gezelschap.

Het restaurant is zacht verlicht en bijna leeg. Het voelt prettiger om hier te zijn dan thuis, minder claustrofobisch. Mijn vader heeft altijd gelijk.

'Vier personen?' vraagt een gastvrouw vrolijk. Ik voel me rot. We gaan haar dag verpesten met een futloos antwoord, maar ze is onwrikbaar en zich er niet van bewust.

'Willen jullie een rondleiding door de keuken?'

'God, nee,' mompel ik terwijl ik aan hun vette voedsel denk.

'Hé, ben jij niet Sarah St. John van *Fresh Tracks*?'

'Nee,' antwoord ik.

Ze lacht ongemakkelijk, ziet er dan bang, gekwetst en uiteindelijk getergd uit. We lopen achter haar aan. Ze smijt vier kaarten op een tafel midden in het restaurant, pal naast een tafel met vijf gasten, van wie er vier toevallig net hun vingers aflikken. De vader aan de tafel drukt zijn vinger op zijn bord en stopt hem dan in zijn mond. Het meisje kijkt vol walging toe, ik neem aan dat ze het vriendinnetje is van de jongen in wiens dij ze knijpt. Hij kijkt haar aan en glimlacht met volle mond. 'Wat?' vraagt hij, maar ze schudt enkel haar hoofd.

Ik ga zitten. Mijn vader neemt naast me plaats en geeft me een klopje op mijn rug, iets wat me eerst irriteert, maar me daarna troost.

Om de een of andere reden heeft Kit Cully's agenda midden op tafel gelegd, tussen de twee ronde kaarsen die voor een vreemd romantisch licht zorgen. Ze verplaatst hem zodat hij rechter ligt.

'Sorry,' zegt ze. 'Ik verleg dingen. Ik ben altijd bezig met feng shui…'

Mijn vader schraapt zijn keel. Hij strijkt langs zijn kaak, van achter zijn oor naar zijn kin. Ik weet dat hij op het punt staat iets redelijk intelligents of iets ongelooflijk beschamends te zeggen.

'Soms,' zegt hij, 'voel ik aan mijn gezicht, om zeker te weten dat het niet langwerpig wordt, als de karikatuur van een verdrietige man.'

Billy knikt, alsof dat niet een heel bizarre uitspraak is.

'Soms,' vervolgt hij, 'denk ik dat Sarah jaren geleden al verwachtte dat ik eraan onderdoor zou gaan…'

'Waar heb je het over?' vraag ik.

'Dat ik er ofwel door de dood van mijn vrouw of mijn baan aan onderdoor zou gaan of dat ik er een idioot door zou worden, maar het is me gelukt een evenwicht te vinden. Sheila is er niet meer, maar ik heb me erdoorheen geslagen en ik ben gelukkig, en hoewel ik mijn hele leven hard heb gewerkt, heb ik ook lol gehad, en voor het afschuwelijke heden voelde ik me altijd best opgewassen tegen de latelifecrisis.' Hij kijkt naar Billy, alsof hij bevestiging zoekt.

'Ik raak niet al te depressief, ik ben niet plotseling begonnen met yoga en heb geen serveerster betast, ben er niet met haar vandoor gegaan…'

'Je hebt geen gele Boxster gekocht,' vult Billy aan.

'Of besloten mijn memoires te schrijven,' zegt mijn vader.

Kit knippert met haar ogen en fronst haar voorhoofd. Ze ziet dat ik naar haar kijk, maar ik wend mijn blik niet af.

'Het leven is mijn Rubik's kubus,' zegt mijn vader. 'Als het me niet lukt, leg ik hem neer.'

Kits pogingen om te doen alsof ze het begrijpt zijn erg grappig.

'Hiervoor ben ik echter niet toegerust,' zegt mijn vader, en zijn handen omvatten alle huidige dingen en alle ongeziene dingen. 'Ik begrijp niet eens wat dit is.'

Ik leg mijn hand op zijn dij. Zijn stem beefde.

'Ik ben verslagen,' vervolgt hij. Hij schraapt zijn keel zoals alleen mannen dat kunnen zonder te worden aangegaapt. 'Ik ben totaal verrast door het leven. Mijn overleden vrouw kon ik aan. Ik was voorbereid, het duurde een tijd voordat ze ging en daarna heb ik ook nog meer dan genoeg tijd gehad. Maar de dood van mijn kleinzoon is iets wat ik niet...'

Zijn stem weer. Mijn keel. Het is net alsof ik een glas wodka achterover heb geslagen. Er zijn niet veel dingen die erger zijn dan zien hoe je vader tegen zijn tranen vecht en instort. Billy ook; hij ziet eruit alsof hij een nies probeert te onderdrukken. 'Dus,' zegt mijn vader, 'laten we nog maar eens praten. En nu wat sneller. Ik ben voorbereid op zowel een heel eenvoudig verhaal als een heel ingewikkeld verhaal, maar laten we het maar gewoon van voren naar achteren doornemen.'

Kit blijft onbeweeglijk zitten zwijgen, met een lusteloze en gepijnigde uitdrukking op haar gezicht. De zon schijnt fel door de deuropening. Hij weerkaatst tegen de sneeuw, die de daken laat glanzen.

Ik sta op het punt mijn vader te excuseren, uit te leggen dat hij van toespraken houdt, dat hij daar altijd dol op is geweest en dat altijd zal zijn, maar haar zwijgen zit me dwars. Ze heeft ruim de tijd gehad om ermee voor de dag te komen, om hem te onderbreken en te redden.

'Is het van hem?' vraag ik haar. Natuurlijk is het van hem.

Ze knikt. Mijn oog trekt en ik schaam me, en dan snap ik niet dat ik op dit moment zoiets kleins als schaamte kan voelen, maar om de een of andere reden is het trekken en knipperen van mijn oog belangrijk.

'Ik dacht dat je zei dat jullie niets met elkaar hadden?' Ik lach en heb een hekel aan het geluid van mijn verbitterde lach. Ik kijk snel naar mijn vader. Hij legt zijn hand weer op mijn rug, lager deze keer, een geheim teken als de hand van een buikspreker. 'Ik dacht dat je zei dat je niet zijn vriendin was?'

Billy kijkt alsof ik iets heel naïefs heb gezegd en dan beginnen zijn ogen te stralen. 'Lux,' zegt hij. 'Cully vertelde me dat hij dol was op een meisje dat Lux heette.'

'Mijn achternaam,' zegt Kit. Nu ze dit heeft gehoord, ziet ze er opgebeurd maar verzwakt uit. 'Zo noemde hij me soms.'

Mijn vader haalt zijn hand weg en ik voel kou op mijn rug en diep verdriet. *Lux,* zeg ik in mezelf en ik blijf het herhalen, prent het in mijn hoofd.

'Was je nou wel of niet zijn vriendin?' vraag ik. Mijn vader legt zijn handen op de tafel. 'Alsjeblieft, pap, ik moet hier enige controle over hebben.'

'Ik zei toch niets.'

'Dat deed je wel, op je eigen stille manier.'

'Hoe moet ik dat dan onderdrukken? Hier – ik stuur je stilzwijgende gedachten om je te steunen. Daar komt er een! Maar aangezien je me het woord hebt gegeven, mag ik iets opperen?'

'Zie je wel!' zeg ik. 'Ik voelde wel dat je iets opperde! Dat je iets wilde opperen!' Kit kijkt naar mij en mijn vader, haar ogen gaan heen en weer, heen en weer. Ik heb het gevoel dat ik in zo'n film zit waarin de criminelen ruzie krijgen en op elkaar gaan schieten, zodat het slachtoffer langzaam achteruit kan lopen naar de uitgang.

'Ik vind dat jij gewoon je mond moet houden,' zegt hij. 'Meer niet.'

'Ik weet het, ik weet het,' mompel ik, en ik leg het uit aan Kit. 'Hij heeft altijd tegen me gezegd dat ik mijn mond moet houden. Laat na je eigen toespraak de ander maar bazelen. Dat geeft je een machtspositie; zo kun je meer informatie verzamelen, maar ik kan mezelf op dit moment niet beheersen. Mijn mond loopt over of zoiets.'

'Ter zake, schat,' zegt mijn vader.

'Dit doet ter zake! Ik ben nu heel erg in de war. Eerst ontdek ik dat hij een drugshandelaar is.'

'Niet echt,' zegt Kit.

'Wat maakt het uit als die jongen hier en daar met wiet strooide,' vindt mijn vader.

'Het maakt míj iets uit!' Ik zie dat onze serveerster naar de tafel komt en ik zeg snel: 'En nu heeft hij een serveerster zwanger gemaakt!' Ik kijk naar Kit en ze schudt brutaal haar hoofd alsof ik haar valselijk heb beschuldigd.

'Kan ik jullie helpen?' vraagt de serveerster. 'Weten jullie het al of...'

'Nee, nog niet,' zeg ik.

'Okidoki,' zegt ze.

'Nou, ik wil eigenlijk wel een bloody mary,' bedenk ik dan.

'Goed idee,' zegt Billy. 'Die wil ik ook.'

'Prima,' zegt onze serveerster, en dan draait ze zich als een soldaat om naar de tafel naast ons.

'Ik ben geen serveerster,' zegt Kit.

'Dat weet ik,' zeg ik verzoenend. 'Zo bedoelde ik het niet. Ook al was je het wel... Ik flapte het er gewoon uit, oké? Vergeet het maar. God, wat vind ik het toch vreselijk als mensen "okidoki" zeggen!'

'Zullen we ons weer op de onderhavige aangelegenheid richten?' stelt mijn vader voor.

'En wat is de onderhavige aangelegenheid?' vraag ik.

'Kit is zwanger van het kind van onze zoon,' zegt Billy.

'Onze zoon? Jij zou er niet eens bij moeten zijn. Dit heeft niets met jou te maken.'

Billy werpt me een tartende blik toe. 'Hij is mijn zoon. Alleen maar omdat jij wilde dat ik zo min mogelijk met hem te maken had omdat...'

'Kom op, zeg.' Ik kijk naar mijn vader voor steun. Hij slaat zijn armen over elkaar en staart naar een viezig raam aan de zijkant.

'Je doet net alsof ik niet naar hem heb omgekeken,' zegt Billy.

Ik schud mijn hoofd om aan te geven hoe nutteloos dit gesprek is, maar ik heb echt geen weerwoord. Ik weet dat hij gelijk heeft en ik weet niet hoe ik mezelf moet verdedigen.

'Kit?' vraagt mijn vader.

'Ja, meneer.'

173

'Je mag wel Lyle zeggen. Welnu, er is niets met je aan de hand. Even rustig aan allemaal. We houden het simpel. We nemen allemaal aan dat het van hem is. Vandaar dat je bij ons kwam... snuffelen.'

'Ja.'

Haar antwoord desoriënteert me. Er staat Franse muziek aan op de achtergrond, luid en een tikje avant-gardistisch, wat me nog meer in verwarring brengt.

'Hoe weten we dat?' Ik kijk over tafel naar haar buik, waar haar servet op ligt, alsof ik bewijs van leven zoek.

Kit kijkt me vol kracht en overtuiging aan. 'Ik kan wel meer details geven, maar zoiets zou ik echt niet verzinnen. Ik zou dit liever allemaal vermijden.'

'Maar hoe moet ik er zeker van zijn?' vraag ik. 'Niet dat je zwanger bent, maar dat het van hem is.'

'Omdat ik dat tegen je zeg. En het moet van hem zijn omdat' – ze dempt haar stem –'er nooit iemand anders is geweest.'

'Wat?' Ik flap er bijna uit: *Wat suf!*

Maar dan zegt ze: 'Sinds ik hier woon.'

Mijn vader en Billy kijken weg, naar het raam.

'Hoe kunnen we je vertrouwen?' vraag ik. Ik stomp hard met mijn vuist op mijn dij, een onhandig gebaar dat hopelijk niemand heeft gezien. Ik weet niet goed of ik aangeslagen ben of hoopvol en mijn borst doet pijn door het conflict, mijn adem gaat oppervlakkig.

'Je kunt me vertrouwen,' zegt ze. 'Maar ik begrijp het wel als je dat niet doet.'

'Dus hij wist het niet... natuurlijk.' Ik leg mijn hand tegen mijn hals. Natuurlijk wist hij het niet.

Onze serveerster komt terug en zet de bloody mary's neer.

'Weten jullie het al of zal ik zo terugkomen?'

Kom zo maar terug, kom zo maar terug. Vertel ons wat de dagschotels zijn. Vertel ons waar je oorspronkelijk vandaan komt. Vertel me hoe ik hierop moet reageren.

'De pannenkoeken zijn heerlijk,' suggereert ze. 'Of de krab-koekjes... Vis met patat.'

We kijken elkaar allemaal aan, we weten niet wat we moeten antwoorden, we weten alleen dat we een verkeerde beslissing hebben genomen. We kunnen niet hier zijn.

'We nemen de vis met patat,' beslist Billy. 'Voor ons samen.' Hij haalt zijn schouders op en kijkt me aan, vraagt me om ermee akkoord te gaan.

'Nee,' zeg ik. 'Sorry, maar we gaan niets eten. We moeten weg.'

'Wil niemand iets bestellen, of...' De serveerster probeert onze blikken te vangen.

'Nee.' Ik knijp in de huid tussen mijn wenkbrauwen, denk aan de eieren die ik had klaargemaakt, aan Kit die eroverheen en in mijn gootsteen heeft overgegeven.

'We blijven toch niet, denk ik,' zegt mijn vader tegen het meisje.

'Alleen de rekening voor de bloodies dan?' zegt ze met een grimas. Ze haalt het bestek weg, wat met een heftig gekletter gepaard gaat, en wendt zich tot de andere tafel, de blije, vraatzuchtige (minus de vriendin) tafel. 'Ik ben zo terug met die shakes,' zegt ze luid.

Het is stil aan onze tafel, we hebben op onze kop gekregen.

'Ik vind het vreselijk als mensen "bloodies" zeggen,' zeg ik. 'Walgelijk.'

'Jemig, Sarah, je bent echt pietluttig met taal, wist je dat?' zegt Billy.

Ik weet het. Dat waren Cully en ik allebei. We hadden een instinctieve reactie op woorden.

'Weten je ouders het?'

Kit schudt haar hoofd. Nee. Ze ziet er nu verrassend goed uit, uitgerust, met de zon op de linkerkant van haar gezicht, zodat haar gladde, goudkleurige teint onder de aandacht wordt gebracht. Wat is ze nog jong. Ik raak het rimpeltje op mijn gezicht aan dat vanaf de zijkant van mijn neus naar mijn kin loopt.

'Waar kom je ook alweer vandaan?' vraagt Billy.

'Uit New York. Westchester. Een stadje dat Bronxville heet.'

Hij knikt alsof dat nuttige informatie is.

'Wil je…' Ik kan de zin niet afmaken. 'Wil je het houden?'

Ze legt haar hand op de agenda en beweegt hem heel iets. 'Ik heb morgen een afspraak in Denver.'

'Is dat een afspraak bij een verloskundige of iets anders?' vraag ik.

'Iets anders.'

Billy en ik kijken elkaar over de tafel heen aan en nemen dan allebei een slok van ons drankje.

'Ik ben nog maar een kind,' zegt ze op een manier die inderdaad erg kinderlijk klinkt.

'Is er iemand die je kan helpen?' vraagt Billy.

'Me kan helpen?' vraagt ze.

'Ja, je kan helpen. Je kan wegbrengen, voor je zorgt na…'

'Nee,' zegt ze. 'Maar dat maakt niet uit.'

Het is net alsof de gedachte dat ze dit allemaal in haar eentje doet net bij haar is opgekomen. Wat afschuwelijk, denk ik. Ik kijk naar haar hand op de tafel en heel even heb ik de aandrang om mijn eigen hand erbovenop te leggen. Ze lijkt zo dicht bij me en toch zo ver weg; ze is iemand die ik in de buurt wil hebben en iemand die ik nooit meer wil zien. Waarom zou ze ons dit vertellen? Ik ben er verbaasd over dat het me lukt dit niet hardop te vragen.

'Wij brengen je wel,' zegt mijn vader.

Zodra hij dit zegt, weet ik dat we dat zullen doen. Ik moet ertegen protesteren, maar dat kan ik niet. Ik weet niet zo goed wat het alternatief zou kunnen zijn. Misschien om haar te laten gaan, haar bij ons weg laten gaan. Dan zouden we ons allemaal schuldig voelen, alsof we langs iemand heen zijn gelopen die om hulp smeekt. Dan zouden we ons voor altijd dingen blijven afvragen.

'Dat hoeven jullie niet te doen,' zegt ze. 'Met mij is alles in orde en… Het zou moeilijk zijn… voor jullie en mij.'

'Wij brengen je wel,' herhaalt mijn vader. 'We gaan een nachtje naar Colorado Springs. Ik zou het heel leuk vinden als je met ons meekwam. Je krijgt natuurlijk een eigen kamer. En dan brengen we je morgen naar je afspraak.'

'Naar haar afspraak voor een abortus,' zeg ik, nu ik de andere kant van de dingen zie en het prima vind me schuldig te voelen om langs iemand heen te lopen, zonder oogcontact te maken. 'Pap, weet je wel wat je hier aanbiedt.'

'Ik kan me niet voorstellen dat jij dit alleen zou doen,' zegt hij tegen me. 'Zelf rijden, verdorie. Dat is afschuwelijk. Dat is gewoon afschuwelijk.' Er klinkt iets door in zijn stem – iets fragiels, iets intens verdrietigs.

Ik denk aan haar, alleen in een wachtkamer. Verpleegkundigen met een uniform aan met MY LITTLE PONY erop. Dunne tijdschriften met illustraties van de verschillende stadia van de zwangerschap met het silhouet van een vrouw erop, met een foetus als een garnaal in haar baarmoeder, met woorden eronder die zoiets zeggen als: 'Binnenkort is de hals compleet aangelegd. Dan heeft hij vingerafdrukken en zal hij beginnen te plassen.' Pinda, kers, pruim, sinaasappel, grapefruit: de groei van de foetus gedurende negen maanden. Het is zo'n korte tijd in het geheel der dingen.

Ik weet nog dat ik op mijn rug lag en naar die posters van de ontwikkeling keek, de kikkervisjesfoetus in de strakke buik, dan de buik die steeds verder uitpuilt en een toevluchtsoord werd voor een jongen in het derde trimester, die in een zee van vruchtwater dobberde. Het staat me bij hoe eenzaam, kwetsbaar ik me voelde toen ik daar lag te wachten. Ik herinner me dat ik het absurd vond dat de verpleegkundigen en artsen aanklopten, dat ze binnenkomen, dan weer vertrekken zodat je je in afzondering kunt uitkleden terwijl niet snel daarna alles blootligt.

'Is dat goed?' vraagt mijn vader aan Kit.

'Je hoeft het niet te doen,' zegt ze. 'Maar ja. Het is goed.'

Kits blik naar hem straalt dankbaarheid uit. Soms is het goed om een standje te krijgen, om huisarrest te krijgen. Je geeft de verantwoordelijkheid op. Laat de volwassenen het overnemen.

Ze veegt haar mond af met haar servet, ook al heeft ze niets gegeten.

'Je moet iets eten,' zeg ik. Ik maak me blijkbaar zorgen om de baby. De baby moet eten, en ik vraag me af of ik niet ergens het gevoel heb dat ik aanspraak kan maken op haar lichaam, alsof het onderdak biedt aan iets van mij. Moet ze niet om mijn toestemming vragen?

'Ik weet niet of ik dit kan doen,' zeg ik.

'Ja, dat kun je wel,' zegt mijn vader.

'Weet je zeker dat je dit wilt?' vraag ik aan Kit. Zo. Ik heb het gezegd.

'Nee,' zegt ze. 'Maar ja.'

Ik neem een slok van mijn drankje. Ooit heb ik hetzelfde dilemma gehad – vóór Cully. Ik was zestien. *Nee, ik weet het niet, maar ja, ik weet het wel zeker.* Precies zo voelde ik me.

Ik maak kort oogcontact met mijn vader en zeg dan tegen Kit: 'Maar ik moet wel weten wat je ermee wilde bereiken.'

'Hoe bedoel je?'

'Ik weet dat we het hier al eerder over hebben gehad, maar vooral nu met die nieuwe onthullingen, waarom heb je niet gewoon aangeklopt en het ons verteld? Wat wilde je ermee bereiken?'

Ze neemt even de tijd.

'Zodra ik wist dat hij ergens familie had, vond ik dat het iets was wat je moest hebben.'

Mijn adem stokt, maar dan besef ik dat ze het over de agenda en de rugzak heeft, niet over de baby.

'Ik was geloof ik ook nieuwsgierig,' zegt ze, 'om te zien wie jullie waren. Om te zien bij wie hij hoorde.'

'Waarom heb je ons verteld dat je zwanger bent?' vraagt Billy. Die vraag doet mijn adem stokken.

'Dat weet ik niet. Ik bedoel, ik wilde het niet vertellen. Ik was het niet van plan, en toen… moest ik overgeven en toen heb ik het jullie verteld. Het kwam uit. Ik voelde me op mijn gemak bij jullie… Ik… Ik weet niet waarom.'

Haar schouders zakken, en ik geloof haar. Ik geloof in het gevoel dat je weet wat je gaat doen, maar niet precies weet waarom. De redenen schieten je uiteindelijk wel te binnen – die dingen die je al weet; die komen wel. Ik denk aan het alternatief: dat zij het ons niet vertelt, zijn agenda bij ons achterlaat en dan weer naar buiten gaat en uit ons leven vertrekt. Op onverklaarbare wijze ben ik dankbaar.

'We hebben de test doorstaan,' zegt Billy luchtig.

Eerst vat ik het ook luchtig op, maar een paar ogenblikken later stel ik me daar vragen over. Welke test?

Controleerde ze ons, wilde ze weten of we in haar leven zouden passen, hield ze een sollicitatiegesprek met ons voor een vaste baan? Soms duurt het heel lang voordat onze redenen ons bereiken. Misschien beseft ze niet dat ze op zoek is naar iemand die haar van gedachten kan laten veranderen.

13

In Main Street kuieren toeristen rond om de pittoreske omgeving te inventariseren. Ouders van jonge kinderen zijn minder
ontspannen; ze staan klaar om elk moment in te grijpen en hen
te corrigeren. Ik hoor een moeder zeggen: 'Je tong hoort in je
mond', en herinner me de wanhoop die ik voelde, soms de
woede, als Cully zich misdroeg.

We moeten er wel uitzien als een gezin dat samen over straat
loopt, langs de kraam met flensjes, waardoor het ruikt naar boter-
achtige ijshoorntjes.

'Hier is hij.' Kit wil me Cully's agenda geven.

'Ik hoef hem niet,' zeg ik. 'Niet hier.' Ik kijk om me heen alsof
we iets illegaals doen.

Billy doet iets wat me verrast: hij haakt zijn arm door die van
mij, zodat ik me voel als zijn partner tijdens het squaredancen. Ik
ben dankbaar, want nu voel ik me echt ziek; ik ben zwak, misselijk en huilerig. Huilen zou heel erg opluchten, maar ik ploeter
door en leun op hem.

Als we bij de auto komen, zeg ik: 'Stap in', tegen Kit, alsof ze
die aanwijzing nodig had. Mijn vader gebaart naar de voorstoel.
De mannen gaan achterin. Kit en ik stappen allebei in en doen
onze zonneklep naar beneden. De simultane beweging brengt
ons allebei in verlegenheid.

Ik kijk over de fleurige weg, de levendige straat, de winkels vol truien met afbeeldingen van sneeuwvlokken die op dansende dieren vallen. Ik rijd van mijn parkeerplek af op het moment dat een jongen met een snowboard onder zijn arm voor de auto langs rent.

'Kijk uit!' schreeuwt Kit.

Ik stamp op de rem en sla mijn arm uit voor haar lichaam langs. Ze kijkt naar mijn arm voor haar buik. We kijken elkaar even in de ogen. Ik doe mijn raam open, agressief, maar het gaat langzaam naar beneden. 'Je moet niet zo voor een auto rennen!' roep ik.

'Sodemieter op, oude tang,' snauwt de jongen. Zijn ogen staan ver uit elkaar, bijna aan de zijkanten van zijn hoofd zoals bij een herbivoor.

'Zo!' roept mijn vader uit. 'Wat een eikel!'

Automatisch breng ik mijn hand naar mijn gezicht, en dan terug naar het stuur. 'Je ziet er niet oud uit, schat,' zegt Billy. 'Hij had het waarschijnlijk tegen mij. Je bent nog steeds sexy.'

'Dat is zo,' beaamt Kit. 'En je ziet er jong uit.'

'Alsjeblieft,' zeg ik. 'Hou op.'

Deze keer kijk ik in alle spiegels, ik trek op en rijd verder, met trillende handen. Alles herinnert me eraan dat het leven in een tel kan veranderen.

'Wat gaan we nu doen? Wil iemand me dat vertellen?'

'Het leek me dat we Kit wel naar huis konden brengen,' zegt mijn vader. 'Dan kan ze wat spullen inpakken. Is dat wat?'

'Ja.' Ze houdt de riem over haar borst.

'Waar woon je?' vraag ik.

'In dat appartementencomplex op Ski Hill.'

Aan het eind van Main Street sla ik af, langs de Village, zonder naar de jongens van de parkeerdienst te kijken. Ik volg een rij auto's die langzaam gaan, ook al heeft de sterke zon van de sneeuw een veilige brij gemaakt. Ik rijd Ski Hill op met de rest.

Zou dit niet moeilijker moeten zijn? Ik heb het gevoel dat er meer wrijving met dit meisje zou moeten zijn. Ze kan niet gewoon bij ons in de auto springen en deel gaan uitmaken van onze stam. Ik vraag me af wat Cully zou hebben gedaan of gedacht, wat ik zou zeggen als hij naar me toekwam. Dan denk ik: misschien zou hij niet naar mij zijn gekomen. Als hij nog leefde, zou dit iets zijn waar ik waarschijnlijk buiten gehouden werd. De moeder van een dochter zou het misschien wel weten, de moeder van een zoon niet.

Seth, mijn vriendje op mijn zestiende – zijn moeder wist het niet. Maar ja, hijzelf ook niet.

Mijn vader ging met me mee naar het ziekenhuis, hoewel hij niet meeging de kamer in. De eerste afspraak was met een arts die waarschijnlijk even oud was als mijn vader nu. Ik voelde me eerst helemaal niet op mijn gemak, maar ik zal zijn voorzichtigheid, zijn vriendelijkheid nooit vergeten.

De volgende afspraak, de curettage, was een week later. De dokter was een vrij jonge vrouw, kordaat en mechanisch. Ze was beschrijvend: ze vertelde me alles wat ze deed en alles wat ik zou voelen op een emotieloze manier, die uiteindelijk troostend was. Ik keek omhoog naar het plafond en vroeg me af: wat zag het binnen in mij? Geen ogen. Wat hoorde het? Geen oren. Wat voelde het? Geen hersenen. Het voelde, zag of hoorde niets. Ik wist het niet. Er was geen taal die ik kon gebruiken om het te beschrijven. En ik kon niet missen wat er nooit was. Dat kon niemand. Niets was mogelijk. Er was niets veranderd.

Behalve alles. Na afloop had ik mijn buik aangeraakt. Ik kneep in mijn huid. Ik dacht dat het best mogelijk was dat dat ogenblik, die bepaalde keuze, me voor de rest van mijn leven pijn zou doen. Of misschien ook wel niet. Ik zou het nooit weten. Alles gaat gewoon deel van je uitmaken, wordt in het tapijt geweven. De volgende dag was een gewone dag.

Ik rijd door een hoop sneeuw die minstens dertig centimeter hoog is, maar hij vliegt weg als stof.

'Jullie hebben me niet eens nodig,' beweert Kit. 'Als ik echt iemand was die sneeuw schoof, bedoel ik.'

'Het blijft niet zo,' zeg ik. 'Het wordt harder. Het bouwt zich op en dan geeft het niet meer mee.'

Ik neem een teug frisse lucht en voel iets wat op tevredenheid lijkt vanwege de sneeuw, de warmte, de dreunende muziek uit langsrijdende auto's en het idee van Cully, een zweem van hem naast me.

'Welk complex?' vraag ik.

'Gold Camp Two.'

Ik glimlach in mezelf.

'Een vriend van ons woonde daar,' merkt Billy op.

'Seger,' zeg ik. 'Weet je nog? Hij maakte een of andere stoofschotel en hij had die vreemde vriendin, die altijd op maagtabletten sabbelde.'

'Ze droeg een strakke spijkerbroek,' vult Billy aan.

'Ik vraag me af of ze de tabletten nodig had vanwege die stoofschotels, of had het iets met die spijkerbroek te maken?' vraagt mijn vader.

Wat was ik toen verliefd op Billy, of verliefd op het idee van hem, op zijn coole roekeloosheid, die op mij afstraalde. Ik vraag me af waar Kit en Cully over praatten, wat ze met elkaar deden, wat ze voelden. Lux, noemde hij haar. En hoe noemde hij haar nog meer? Zoveel vragen die ik kan stellen, zoveel meer lagen om bloot te leggen. Het voelt bijna net zo als wanneer de helikopters terugkomen, er hoopvol lawaai terugkeert.

Er is iets niet zozeer omgedraaid, alswel een beetje van richting veranderd. Cully is hier.

Nee. Nee.

Nee, dat is niet waar.

Het is net alsof je met een doos rammelt. Het is bagage boven je hoofd. De inhoud kan verschuiven, maar zodra je landt, is alles wat erin zit nog hetzelfde.

Ik draai de parkeerplaats bij haar gebouw op. Er ligt een dik pak sneeuw op het dak, net glazuur, zodat het donkerbruine complex lijkt op een peperkoekhuisje uit een sprookje.

Ik parkeer achter een oude oranje pick-up met drie honden achterin. Eentje blaft naar ons, laat zich dan zakken en laat zijn kin op de rand van de laadklep rusten, waarop CHE ROLET staat.

Een bundel licht strijkt over het gebouw en verlicht de vieze ramen.

'Ik ben zo terug,' zegt Kit. Ze stapt uit en het enige waar ik aan kan denken is dat ze zich niet moet haasten. Laat haar de tijd maar nemen.

We gaan met z'n drieën op de bumper van mijn auto zitten. Billy en mijn vader bevinden zich zwijgend aan weerskanten van me. Hoe ben ik hier terechtgekomen met deze boekensteunen? Ik houd mijn handen als een kapje voor mijn mond en blaas.

'Hoe is het met de Pontiac?' vraagt mijn vader.

'De startmotor is gaar,' zegt Billy.

'Heb je er al een klap op gegeven met een hamer?'

'Ja, dat werkte wel een tijdje, maar het tandwiel grijpt niet aan. Ik heb onderdelen besteld.'

Ik kijk hen allebei vol ongeloof aan. 'En nu?'

'Nu hoef ik alleen maar te wachten,' zegt Billy.

'Ik had het niet over die stomme auto van je. Ik had het over nu. Wat doen we nu? Dit klopt niet.'

'Wat klopt er niet?' vraagt Billy.

'Ik weet het niet,' zeg ik. 'Alles wat er nu gebeurt. We rijden naar een vijfsterrenresort met een onbekende die zwanger is van Cully. Ons kleinkind.' Ik leg de nadruk op 'ons'. 'Het is net zo'n op ware feiten gebaseerde film. Ik hoop alleen dat ze hier goed genoeg over heeft nagedacht.'

'Dat denk ik wel,' zegt Billy. 'Ze is tweeëntwintig. Ze lijkt me wel een slimme meid. Nu een kind krijgen? Sorry, maar dat zou haar hele leven verpesten.'

'Of verbeteren.'

'Beeld je eens in dat het Cully was,' zegt mijn vader.

'Die vergelijking gaat niet op.' Ik sla mijn armen over elkaar en wip op de bumper op en neer. Ik kijk op naar het appartementencomplex waar Kit naar binnen is gegaan.

'Ik weet het,' zegt mijn vader. 'Maar zou je willen dat hij een kind kreeg als...'

Ik geef geen antwoord. Ik weet het niet. Of ik weet het wel, maar het staat me niet aan. Ik zou me schamen als Cully een kind kreeg. Ik weet nu hoe geweldig mijn eigen beslissing heeft uitgepakt, maar ik weet ook hoeveel ik ben misgelopen. Het was het verlies van de zeer korte tijd in mijn leven waarin ik verantwoordelijk was voor alleen mezelf. Kit zou een kind kunnen krijgen en dan zou ze de persoon kwijtraken die ze zou worden. Of ze zou een kind kunnen krijgen en het zou geweldig zijn. Alles wat je doet, kun je op de een of andere manier rechtvaardigen.

'Ik zie hen niet samen,' zeg ik. 'Ik geloof het niet. Ze lijkt zo gereserveerd, zo... slim. Sorry, maar Cully was blijkbaar niet erg ambitieus.'

'Cully was heel slim,' zegt mijn vader. Hij kijkt recht vooruit.

'Dat weet ik,' antwoord ik. 'Ik weet het.'

'En je verhuist niet hierheen om een carrièretijger aan de haak te slaan,' zegt Billy. 'Je komt hierheen om lol te trappen. Ze klinken net als wij, zoals wij waren.'

We nemen allemaal even de tijd om hierover na te denken. De overeenkomsten zijn afschuwelijk. Daar gaan we weer, we herhalen onszelf, precies op tijd zoals de Old Faithful-geiser.

'Het was maar kort,' zegt mijn vader. 'Een scharrel.'

'Precies,' zeg ik. 'Denk eens aan de verhouding hier. Vijf jongens op elk meisje. Ze moet heel veel aandacht hebben gekregen. Ze moet, eh, druk zijn geweest.'

'Ze zei dat hij de enige was met wie ze hier iets had gehad,' zegt Billy.

'Dat geloof ik niet. Welk jong meisje komt hier wonen en gaat dan maar met één persoon naar bed?'

'Ze kunnen niet allemaal zijn zoals jij,' merkt Billy op.

'Hou je kop, dat zou ik wel willen. Ik had inderdaad moeten rondkijken.'

Hij lacht en ik kijk naar onze schoenen in de sneeuw, naast elkaar.

'Ik wil alleen maar zeggen dat ze dit niet heeft verzonnen,' zegt Billy. 'Dat kan ik zien.'

'Je kunt niet eens zien hoe laat het is! Hoe zou je dat nou kunnen weten? Je weet helemaal niets. Pap, zeg het hem. Doe iets.'

Ik kijk naar mijn vader, uit alle macht wensend dat hij allemaal op de een of andere manier vanzelf wordt opgelost. Ik duw mezelf van de bumper af en kijk naar hen, op deze parkeerplaats. Een windvlaag blaast hun haar in dezelfde richting. Ik stop mijn handen in mijn jaszakken. Het is koud in de schaduw, maar ik houd van de frisheid.

'Ik denk,' zegt mijn vader, 'dat je je eroverheen moet zetten. We weten allemaal dat Kit de waarheid vertelt. Daar gaat het niet om. Dat is al duidelijk. Ik denk ook dat als Cully hier was, hij geen kind zou willen, en daarin zou je hem steunen. Ik weet eigenlijk niet eens waar we het nu over hebben. Kit doet wat ze doet. Als ze jouw dochter was, zou je niet willen dat ze in haar eentje een kind zou grootbrengen. Ik weet dat je altijd had gewild dat je verder was gaan studeren…'

'Maar in plaats daarvan kreeg ik Cully! Op mijn eenentwintigste. Op ongeveer dezelfde leeftijd. Volgens mij zou je niet kunnen zeggen…'

'Je wilde een aanvraag doen voor die beurs,' herinnert mijn vader zich. 'Hoe heette die ook alweer?'

'Maxwell. Nou en? Dan zou ik een serieuze journalist zijn geworden en dan had ik Cully niet gekregen? Wie weet of ik het überhaupt zou hebben gemaakt? Ik ben een idioot. Ik had toch nooit iets bereikt.'

Ik herinnerde me ineens iets onbelangrijks uit mijn studietijd: dat ik wegreed na een interview en niet wist hoe ik weer op de snelweg moest komen. Het is stom om te denken dat ik een kans ben misgelopen, stom om te denken dat ik iemand zou kunnen zijn als ik de snelweg niet eens wist te vinden. Het zou Diane Sawyer nog gelukt zijn als ze mescaline had gebruikt, en ik moest in een doodlopend straatje aan een meisje vragen bij wie er één dread uit haar hoofd stak als een cactus waar ik heen moest.

'Ik heb er geen spijt van dat ik hem heb gekregen en ook echt de tijd had om hem op te voeden. Ik weet dat jullie om mij en mijn baan lachen, maar toevallig hou ik van mijn leven – dat deed ik althans.'

'Dat bedoelt helemaal niemand,' zegt mijn vader. 'We bedoelen alleen maar…'

'We? Wat is dat allemaal voor "we"-onzin! Waarom steunen jullie haar allebei? Lopen jullie iedereen te vertellen dat ze een abortus moet ondergaan?'

Ze wisselen blikken uit alsof ik niet goed snik ben, maar niet willen dat ik dat weet.

'Ik bedoel alleen maar dat Kit op doorreis is,' zegt mijn vader. 'Ze wil verdergaan met andere dingen. Dit is háár ervaring, een van vele. Dit is een fout die zíj maakt.'

Dat weet ik allemaal wel. Ik weet het, maar voel nog steeds de behoefte om de discussie aan te gaan, om iets of iemand te verdedigen waarvoor ik geen naam heb. Hoe kan het dat mijn zoon mijn fout heeft herhaald? Maar het zou voor hem toch anders zijn geweest dan het voor mij was. Kit zou waarschijnlijk weer thuis gaan wonen, Cully zou doorgaan met waar hij mee bezig was. Ik vraag me af of Billy hetzelfde denkt. Voor hem veranderde er niet zo veel; hij hoefde niet zoveel op te offeren en er waren niet zoveel gevolgen. Hun steun, hun moeiteloze begrip verbaast me. Ik zou denken dat hun ego zich zou laten gelden, of hun verdriet om Cully. Ik zou denken dat ze… mannelijker zouden zijn, wat dat ook moge betekenen.

'Het is niet zo dat we dit graag willen doen of zo,' zegt Billy.

'Maar we doen het toch,' constateer ik. 'We brengen haar naar de plek waar ze dat met de baby van je zoon gaan doen. Ons kleinkind. Pap, je achterkleinkind.'

Een tijdje zeggen ze helemaal niets.

'Het is geen baby,' zegt mijn vader. 'Dat weet je.'

Ik kijk mijn vader aan alsof hij me net heeft geslagen. Hij weet dat hij dit gevecht kan winnen. Net als Billy – ze hebben van alles om uit te putten. Ze kennen mijn verleden. God, de eerste keer dat ik seks had werd ik zwanger. Het was net een educatief drama voor scholieren. Ze weten dat ik doneer aan *Planned Parenthood*, de organisatie die voor vrije keuze is, dat ik elk jaar naar hun roze bal ga en een 'Laat je kind op tv komen!'-pakket geef voor de veiling. Ze weten dat ik er fel tegen gekant zou zijn dat Cully op dit moment in zijn leven een kind kreeg. Misschien zijn ze alleen maar zijn stem of steunen ze Kit; nobele mannen, die zichzelf een schouderklopje geven omdat ze aan de kant van een vrouw staan. Nee, dat is het niet. Misschien is het omdat ze weten dat ik eigenlijk met mezelf overhooplig, niet wil toegeven dat ik Kit begrijp en dat een deel van mij, een groot deel, haar steunt. Ze zijn Cully's stem, en mijn aarzelende stem. Ik schud mijn hoofd, ik walg van mezelf, van ons allemaal, van haar.

Mijn vader leunt achterover, hij recht zijn rug tegen de achterbak en trommelt met zijn vingers op zijn knie. 'Ik hou van jou,' zegt hij nonchalant. 'Ik hou van mijn kleinzoon. Dat verandert allemaal niet. Dat wordt nooit minder.'

Dat doet het inderdaad niet. Die liefde voor een kind, die groeit alleen maar, wat alles zwaarder en beter maakt. Mijn blik vertroebelt. Tranen vallen, glijden of druppen – ze doen wat dan ook over mijn gezicht. Ik neem de tijd. Ik ervaar een paar gevoelens, blader erdoorheen als door bladzijden in een catalogus, ik omcirkel wat er goed uitziet, verander van gedachten en neem nergens genoegen mee.

Ik probeer onaangedaan te klinken: 'We brengen haar dus naar haar afspraak – en dan?' Ik zie voor me dat we haar afzetten en 'Veel succes!' zeggen. Ik heb het gevoel dat we het er al over gehad hebben, maar ik wil nog steeds praten en praten totdat alles goed aanvoelt, hoewel dat waarschijnlijk nooit zal gebeuren. 'Waarom wil je haar zo graag naar die dokter brengen? Waarom wil je iets met haar te maken hebben?' Ik weet dat dit valse vragen zijn, het kind in mij heeft behoefte om te laten zien dat ze kil kan zijn.

'Volgens mij kan ze wel wat gezelschap gebruiken,' zegt mijn vader. 'Ze is alleen. Bang. Ik wil er graag voor haar zijn. Ze is met een reden naar ons toegekomen en heeft het ons via een grote omweg verteld omdat het een moeilijke zaak is. Maar ze heeft het wel gedaan, en daarom heb ik respect voor haar.'

Naast me knikt Billy. Het dringt tot me door hoe stil hij is geweest.

'Ben je ertoe in staat?' vraagt mijn vader.

'Ik weet het niet,' zeg ik.

Mijn zoon is dood. En nu zal het kind van mijn zoon sterven en het achterkleinkind van mijn vader zal sterven, en toch zal alles hetzelfde zijn. Er is geen kind en mijn zoon is en zal altijd dood zijn.

Uit het niets begint mijn vader te lachen.

'Wat is er zo grappig?'

Hij gaat staan en zwaait zijn bovenlijf heen en weer. 'Ik dacht aan die keer met Cully. We zaten in de auto en een kerel achter ons drukt op de claxon. Cully schreeuwde: "Flikker mijn rug op!"' Hij grinnikte weer, met een glimlach op zijn gezicht, hij herinnert het zich weer. 'Ik weet niet waarom ik daar nu net aan dacht. Hij zou geen baby hebben gewild, lieverd. Niet nu. Dat weet je.'

Ik denk aan toen hij geboren was: Billy floepte eruit. Nou, misschien heeft het wel een paar weken of maanden geduurd voordat hij volledig op Billy leek. Ze hadden allebei een vrolijke, brede grijns, die het grootste deel van hun gezicht in beslag nam. Stel dat deze eruit zou komen en als twee druppels water op Cully zou lijken? Stel dat het een meisje is? Stel dat ze op mij leek?

'Op een bepaalde manier sterft hij opnieuw,' beweer ik.

'Zo mag je er niet over denken,' zegt Billy.

'Dat weet ik.' Eerlijk gezegd doe ik dat ook niet. *Maar ik heb niets meer over.* 'Niemand kan je vertellen wat je moet denken, weet je?'

'Je hebt gelijk,' zegt Billy. 'Zo denk ik er ook over.'

'Hoe?' vraag ik, maar zodra ik het zeg begrijp ik waar hij het over heeft. Hij denkt en voelt alles wat ik voel en denk, en mijn vader waarschijnlijk ook. Ze zijn allebei bang en ze gedragen zich als mannen, ze willen de controle hebben over deze angst. Ze weten wat Kit wil, maar niet per se wat zijzelf willen.

Billy staat op en de auto deint op en neer. Hij veegt met zijn hand over de achterruitenwisser om de sneeuw eraf te halen die zich daar heeft verzameld, en blaast dan twee ademstoten in zijn vuist. Mijn vader ziet er verloren uit, met een glazige blik, maar als we oogcontact maken, begint zijn gezicht te stralen. Ik hoor boven ons een deur dichtslaan en zie Kit, die een tasje draagt. Ze heeft een zwarte spijkerbroek aangetrokken, maar draagt nog steeds mijn trui onder haar jas. Als ze de trap afloopt, kijken we elkaar even aan, en in deze blik herken ik verwantschap.

Billy opent het bijrijdersportier voor haar.

'Help me herinneren dat ik WD-40 op dit scharnier spuit,' zegt hij tegen mij.

'Oké.'

'Dank je.'

Het is tijd om Suzanne op te halen. Ik rek me net als mijn vader met een draai uit voordat ik instap. Het is een prachtige dag. Ik woon op een prachtige plek. De dennen om ons heen, zo on-mogelijk lang, schitteren van de sneeuw. Ik hef mijn gezicht om-hoog en adem in, en dwing mijn omgeving op de een of andere manier binnen te dringen en me eraan te herinneren hoe klein ik ben.

14

Ik rijd onder de brug door die de ingang markeert naar de Shock Hill-verkaveling – hoewel 'verkaveling' niet het juiste woord lijkt voor zoiets groots.

'Wat is dit hier?' vraagt Billy.

'Duur,' zeg ik, terwijl ik langs een gigantisch huis rijd. 'Ze zijn begonnen met bouwen in 2000, volgens mij.'

'Ik kan me niet voorstellen hoe het eerste huis van deze mensen eruitziet,' zegt Billy.

'Ze hebben hun eigen stoeltjeslift,' vertelt mijn vader. 'Die gaat naar de stad en naar de berg.'

Ik schud mijn hoofd om hoe groot en aanzienlijk deze huizen zijn, terwijl dat van mij ook relatief groot is, in elk geval vergeleken met de historische huizen in het stadscentrum. Je raakt er min of meer aan gewend. Niet alleen dat, maar op een bepaalde manier vind je het zelfs mooier. Ik denk aan het huis uit mijn jeugd, het victoriaanse huis aan Ridge Street. Ik vond het groot, maar nu lijkt het zo klein, als een schilderachtig logement of een jeugdherberg. Oudere modellen auto's of kleine piepschuimen koffiekopjes waar we altijd tevreden mee waren. Nu kun je met geen mogelijkheid meer terug.

Ik draai de doodlopende straat in waar Suzanne woont en laat op haar oprit de motor stationair draaien. Misschien zijn huizen in de bergen zo groot om te concurreren met die bergen. Door het raam in Suzannes woonkamer kijk je uit op de skiheuvels, de stad en nog tien kilometer verder.

'Zullen we proberen dit voor onszelf te houden?' stel ik voor, maar door het huis lijkt iedereen het vergeten te zijn.

'Dit huis is echt aan de grote kant,' merkt Billy op.

'Het is niet onopvallend,' zeg ik. 'En Kit, de verwarmde oprit maakt jouw nepbaan overbodig.' We staren allemaal naar Suzannes huis en het schone vierkant bestrating. Soms zie ik de schoonheid ervan, soms zie ik het onderhoud. Door al die puntige daken lijkt het wel alsof er zes huizen zijn samengevoegd.

'Wat is er met die beer gebeurd?' vraagt Kit.

'Goeie hemel,' zeg ik.

Aan de kop van de ronding staat een houten welp die zijn poot opheft. Dickie wilde per se die alomtegenwoordige decoratie hebben om het huis iets humoristisch te geven. Blijkbaar heeft iemand zonder gevoel voor humor zijn hoofd eraf gehakt. Ik weet niet goed waarom alle eigenaren van een huis in de bergen het nodig vinden om een uit hout gesneden arend of beer voor het huis te hebben. Misschien is het wel hetzelfde als die vrouwen met een vissengezicht: een soort lidmaatschapskenmerk.

'Ik vraag me af of Suze het weet,' zegt mijn vader. 'Het zou een vandaal kunnen zijn. Mijn dakwerker.'

'Of een dronken meisje,' vult Kit aan.

'Ha,' zeg ik, en ik voel me opgelucht.

Twee van de vier garagedeuren gaan open en alle lichten in het huis gaan uit. Er is een lege plek naast haar suv die verantwoordelijk is voor allerlei oorlogen. Ik herinner me vol genegenheid onze ruzie, die oude problemen. Suzanne wenkt me naar binnen.

'Zo te zien gaan we van auto wisselen,' zeg ik.

'Waarom?' vraagt Billy.

'Ze vindt die van haar fijner. Hij is inderdaad comfortabeler met onze grote groep.'

'Wat is het? Een GL550?'

'Geen idee, Billy. Jemig.'

Ik parkeer in haar garage. Alles is zo georganiseerd. Het lijkt wel of je met rijkdom orde koopt. Ze blijft maar gebaren dat ik verder moet rijden, ook al weet ik dat er een rood lichtje zal aangaan op mijn voorruit, de garagesensor die me vertelt te stoppen. Ze ziet er klein uit. Wat moet het eenzaam zijn in dit huis.

Ik zet de motor uit.

'Ze ziet er anders uit,' zegt Billy.

'Hoezo?' vraagt mijn vader.

'Pap,' waarschuw ik.

'Wat? Billy kan er de vinger niet opleggen. Ik wilde zeggen dat hij het met zijn voet of iets groters moest proberen.'

'Dat slaat helemaal nergens op,' zeg ik.

'Nee, ik snap het wel,' zegt Billy. 'Omdat ze dikker is, toch?'

'Bingo,' zegt mijn vader.

'Hou op!' roep ik.

'Niet zoveel,' zegt Billy.

'Ik snap niet waarom je daar maar over blijft zaniken,' zeg ik.

'Gewoon, voor de lol,' zegt mijn vader. 'Ik probeer gewoon mijn creativiteit te uiten, dat is alles. Net als toen met die vent met wie je uitging, die schele.'

'Hij keek niet scheel.'

'Ik weet het, niet echt, maar dat was hetzelfde: ik uitte mijn creativiteit.'

'Niet echt,' zeg ik. 'Het enige wat je zei was: "Hij liegt dat hij scheel ziet", en: "Keek hij zo toen de klok twaalf sloeg?" Het was sneu.'

'Zou hij denken dat je een tweelingzus hebt?' voegt mijn vader eraan toe.

'Die was ook niet grappig,' zeg ik.

'Of,' zegt mijn vader, 'heeft hij zoveel belasting moeten betalen?' Kit en Billy lachen allebei.

'Zie je?' zegt mijn vader.

'Ik ga zo het portier van deze auto opendoen,' zeg ik. 'Ik tel tot drie en dan stappen we uit en gaan we in die andere auto zitten zonder verder nog creatief te doen.' Ik demp mijn stem. 'We gaan het er de rest van de reis niet over hebben dat Kit zwanger is, en we praten ook niet over dik zijn en lichaamsgewicht.'

'En over Fatboy?' vraagt mijn vader. 'Kunnen we het over Fatboys hebben? Die zitzakken? Of Fatty's Pizza?'

'Een, twee…'

'Of over de dikke darm?' zegt Billy.

'Of over vetbollen voor vogels?' zegt Kit.

Ik kijk naar haar. Ik heb geen idee hoe ik me nu zou moeten voelen, maar ik voel me toch op mijn gemak bij ons gegein.

'Sorry,' zegt Kit. 'Drie.'

We stappen over.

Ik rijd Shock Hill uit en ga dan kronkelend omlaag naar de stad en Blue River.

'Het schoonheidskamp is geboekt,' zegt Suzanne tegen degene met wie ze aan de telefoon zit. Devon, Ann, Fran, Skinner, een van haar vele vriendinnen met wie ik niet echt bevriend ben. Het lijkt wel of ze allemaal om de beurt naar een wellnessresort, of 'Schoonheidskamp,' zoals ze het noemen gaan, en ze praten als roddelgrage travestieten.

'Ja, Sarah is er nu met haar clubje, ik heb geen flauw idee wat er aan de hand is.'

Ik werp een minachtende blik op mijn vader op de achterbank, maar hij zit ook aan de telefoon. 'Ze doen het niet eens,' zegt hij tegen iemand. Kit zit naast hem en luistert actief, alsof ze deel uitmaakt van het gesprek. Dan zie ik dat hij zich tot haar wendt alsof hij feiten controleert. 'Maar als het vrouwtje haar eitjes legt, voegt hij zijn kwakkie daaraan toe.' Hij kijkt naar Kit en ze knikt en mimet iets. 'Amplexus,' voegt mijn vader eraan toe. 'Dat heet amplexus.'

Hun samenwerking amuseert me.

'Ja, fantastisch,' zegt mijn vader. 'Ik vond het gewoon interessant. Goed om uzelve en uw kikkers te kennen.' Hij haalt zijn schouders op en kijkt naar Kit. Ze haalt haar schouders ook op.

Billy zit op de derde rij op zijn laptop te werken. Hij is gemotiveerd en ambitieus, slim. Ik was gewoon niet geduldig genoeg om te wachten tot het allemaal aan de oppervlakte kwam. Ik was jaloers op Rachel in het begin van hun huwelijk, alsof zij iets had gekregen waar ik toe was verleid het niet te willen.

Suzanne beëindigt haar telefoontje en zucht. 'Wat is er met die beer gebeurd?' vraag ik.

'Je weet dat ik die beer nooit mooi heb gevonden.'

'Heb je zijn kop eraf gehakt?'

Ze knikt, met haar handen keurig in haar schoot. 'Ik heb het geprobeerd, maar het lukte me niet. Dus ik heb het Pablo laten doen. Hij had geen idee wat er aan de hand was. Hij was zo bezorgd dat hij mijn Engels niet begreep. "Afhakken? Zijn kop eraf? Geen kop meer?" Het was best grappig. Nu we het toch over afhakken hebben, ik moet dit even afhandelen.'

Ze pakt de telefoon weer. Ze is zo iemand die het geen probleem vindt om telefoongesprekken te voeren in het gezelschap van onbekenden in een kleine ruimte waar iedereen gedwongen is om te luisteren. Ik weet door haar gespeelde tegenzin dat ze Dickie gaat bellen en dat hij niet zal opnemen. Waar wil ze het nu weer met hem over hebben? Welk excuus heeft ze opgeduikeld, welke behoefte, welke eis?

'Dickie, hoi, met mij.' Ze haalt de telefoon weg bij haar oor en houdt hem vast als een walkietalkie. 'Ik heb je manchetknopen gevonden in de zak van mijn jas. Die moest ik volgens mij voor je bewaren bij de Maroneys toen je armpje drukte met hun neef. Wat lijkt dat lang geleden. Maar goed, ik heb ze nog. Ze zijn heel mooi. Volgens mij heb ik ze je ooit voor je verjaardag gegeven. Je vierenveertigste. Ik wilde voorkomen dat je ernaar ging zoeken… Niet belangrijk. Bel maar als je wilt. Ik ga op bezoek bij Morgan. Daar zal ik je wel zien… alleen. Je komt toch alleen, hè, want we gaan naar een feestje dat door je dochter is georganiseerd. Oké. Da-hag,' zingt ze.

Haar hand trilt een beetje als ze het telefoontje beëindigt en binnen in me komt een stroom genegenheid op gang. Ze houdt nog steeds van hem, van haar man en van het leven dat ze had. Ze is niet langer de helft van een stel, en dat is zo lang haar identiteit geweest, net als mijn identiteit eruit bestond dat ik moeder was. Hun scheiding is nog niet eens tot me doorgedrongen. Ik ging altijd met hen uit, als blij vijfde wiel of soms met een afspraakje. Ze ruzieden voor mijn neus en dwongen me partij te kiezen. Ze vroegen hoe het stond met mijn liefdesleven en we praatten over de nieuwe oogst aan gescheiden mensen. Ze koppelden me, maar de mannen met wie Dickie bevriend was vonden een peuter, en later een puber, niet erg aantrekkelijk. De meesten kwamen trouwens ook niet permanent in Breckenridge wonen. Ik vond die uitjes met alleen hen tweeën altijd erg leuk. Ik had het gevoel alsof ik met mijn ouders op stap was. Ze betaalden, ze wezen de weg, spraken uit dat ze bezorgd waren. Ze waren mijn volwassenen.

Mijn tasje ligt bij Suzannes voeten op de vloer. Ik steek mijn hand uit om een cd van Cully te pakken en stop hem erin. *'Bring the motherfucking ruckus,'* gromt de rapper.

'Oké!' zegt mijn vader. 'Voor de bakker.'

'En, wie ben jij?' Suzanne klapt haar spiegeltje naar beneden om naar achteren, naar Kit te kijken.

'Dit is Kit,' zeg ik. 'Dat weet je al.'

'Ja, maar wie ben je? Waarom ben je hier, et cetera.'

'Ze is een vriendin… Ze helpt met klusjes in en om het huis. We geven haar een lift. Ze komt met ons mee.'

'Kan ze zelf niet praten?'

'Als je op die manier tegen mij praatte, zou ik dat niet doen,' mengt mijn vader zich in de discussie.

'Hier zit een luchtje aan,' oordeelt Suzanne.

'Waar heb je het over?' vraag ik. 'Waarom moet je overal een aflevering van Matlock van maken? Er zit helemaal nergens een luchtje aan.'

'Behalve aan zweetvoeten,' zegt mijn vader.

'Ik ben Kit,' zegt Kit.

'Ja, dat weet ik. En ik ben Sarahs beste vriendin.' Ze wendt zich tot Kit, die er verloren uitziet, als iemand die op de vlucht is. 'We zijn geen, eh, levenspartners of zo. Ik wed dat ze dat dacht.' Ze geeft me een klap op mijn schouder.

'Dat dacht ik helemaal niet,' zegt Kit.

'Rustig maar, ik zit je te dissen,' zegt Suzanne. 'God, we zouden wel een prachtig stel vormen, toch? Dan zou jij het pronkvrouwtje zijn. En ik mevrouw Loonstrook. Of we zouden ons helemaal laten gaan en allebei manwijven worden. Met bij elkaar passende fleecetruien. Misschien op sneeuwschoenen van berghut naar berghut lopen. Dat doen ze toch, tochten maken op sneeuwschoenen? Of curlen. Ik zie lesbiennes wel curlen. Maar goed, hoe dan ook, wat niet weet, wat niet deert.' Ze beweegt haar handen alsof ze een symfonie dirigeert. 'Ik leun gewoon achterover en ontspan me. Ik hoef helemaal niets te begrijpen.'

'Ik heb het je al verteld,' zeg ik. 'We willen allemaal even weg. Kit heeft een lift nodig. Ze helpt in en om het huis en we geven haar morgen een lift naar de oogarts.'

Waarom zei ik dat nou? De oogarts?

'Ik maakte me zorgen dat er niet genoeg ruimte was voor ons allemaal,' legt mijn vader uit. 'Er ligt volgens mij een flinke bos hout...'

'Deze auto is perfect voor ons allemaal,' kap ik af.

'Er kunnen zeven personen in,' zegt Suzanne, die godzijdank het grapje van mijn vader niet snapt. Ik stop bij het verkeerslicht voordat ik de stad uitrijd. Een man steekt over voor Suzannes auto, hij beweegt zich alsof hij op stelten loopt. De onderkant van zijn strakke spijkerbroek zit in zijn skilaarzen geprupt. Hij heeft een bandana met een print van de Amerikaanse vlag om zijn hoofd, blauwe zweetbanden om zijn polsen en een trui met daarop: LET FREEDOM RULE.

'Jezus christus,' zegt mijn vader. 'Ik denk dat Tocqueville dit bedoelde met "omstandig nationalisme".'

Kit is de enige die lacht.

Als de man aan de overkant is, doet mijn vader zijn raampje open en schreeuwt: 'Pardon, meneer? Hebt u ooit van de Overly Patriotic Act gehoord? Een wet die is aangenomen door het Congres om overmatig gebruik van vlaggenmode te weren.' Ik druk het gaspedaal in, maar mijn vader en Billy gaan door met hun sketch terwijl we verder rijden.

'U mag maar twee patriottische kledingstukken dragen,' zegt mijn vader. 'Doe alstublieft uw zweetbandjes, bandana of T-shirt uit.'

'Wat mij betreft de zweetbandjes,' zegt Billy. 'Die dienen helemaal nergens voor. Uw polsen lijken niet te zweten.'

'Waarom rijd jij eigenlijk niet, Billy?' vraagt Suzanne. 'Jij houdt toch zo van auto's?'

'Ik rijd wanneer je wilt,' zegt hij. 'Ik maak hier nog even iets af. Gedoe met een klant – eikel…'

'Deze auto vind je vast fantastisch,' zegt Suzanne. 'Hij gaat in vijf seconden van nul tot olievehelp.'

'Lyle, wat vind je hiervan?' vraagt Billy. 'Deze vent wil een old-school bobber, maar met een enkelzijdige swingarm. Dat vind ik dus echt helemaal niets.'

'Alsof pap dat weet,' zeg ik.

'Dat weet ik,' zegt hij.

'Pap had een chopper,' leg ik uit aan Kit. 'Hij liet Billy er een kamikazekoppeling en een pikeurpookje opzetten. En waarom? Zodat als iemand vroeg of hij een rondje mocht rijden, hij kon zeggen: "Ja hoor, maar er zit een kamikazekoppeling op." En dan durfde diegene meteen niet meer.'

'Het is een test,' zegt mijn vader. 'Alleen ingewijden kunnen…'

'Maar jij kon er ook niet mee overweg! Hij stelde het altijd uit en als ik dan langskwam en hij stond er in de garage naar te staren, zei hij: "Niets aan de hand, hoor. Verdorie, Sarah, houd er eens over op."'

'Houd er eens over op,' zegt hij.

'Wat grappig,' zegt Kit.

'Waarom lach je dan niet?' vraagt mijn vader.

Ik glimlach in mezelf; ik kan het ritme van ons allemaal, van dit alles niet helemaal volgen, maar het is prettiger dan plechtstatigheid. Ik voel me een beetje vrij.

Ik rijd door Blue River langs het meer, tussen de breuklijn van de bomen door. De rapper houdt op met schreeuwen en er komt een langzaam nummer uit de boxen, wat bij iedereen zo kalmerend als een speen werkt. Ik ben dol op de gitaar, de zachte saxofoons, de hoge falsetstem van de zanger. Ik laat mijn schouders, die waren opgetrokken tot aan mijn oren, zakken. Suzanne begint te zingen, ze verzint haar eigen tekst.

'Nu ben ik een oude koe, mijn man heeft me ingeruild,' croont ze.

'Suzanne ligt in scheiding,' leg ik aan Kit uit. 'Ze heeft het heel erg moeilijk en ik heb haar niet geholpen. Ik ben egoïstisch geweest.'

'Dat kun je inderdaad wel zijn,' zegt Suzanne. 'Dat is het nou net. Jij hebt iedereen afgetroefd.'

'Die houding kan ik niet eeuwig volhouden,' zeg ik.

'Maar voorlopig wel.' Ik ben dankbaar dat de spanning tussen ons is afgenomen.

'Dickie Fowler,' zingt Suzanne, 'ik heb je manchetknopen.'

'Ik heb een stuk over hem in de krant gelezen,' zegt Kit. 'Hij zit niet in de skibusiness. Hij zit in de staal-, land- en houtbusiness.'

'Zei hij dat?' vraagt mijn vader.

'Nee, maar in het artikel zei een ex-werknemer dat hij zich daarmee bezighield,' vertelt Kit. 'Waarom ga je scheiden?'

Ik ben trots op haar directe aanpak.

'O, gewoon,' zegt Suzanne. 'Vermoeidheid, verveeldheid – van zijn kant, en misschien een ongedurige penis.'

'Tja, hij heet natuurlijk Dickie,' zegt Kit. 'Dat lijkt me toch wel een aanwijzing.'

Ik lach. Ze wordt grappiger, heb ik gemerkt, en het gaat haar gemakkelijk af. Ik krijg de indruk dat dat haar normale manier van doen is. Ze leest de krant, ze is grappig, ze raakt haar neus-brug aan als ze zenuwachtig is. Ze heeft veel meer in haar mars en ik zou beter moeten weten: ik zou mijn beeld niet moeten vormen aan de hand van het eenregelige verhaal. Ik ben ook niet alleen maar 'de vrouw wier zoon overleden is'.

'Mijn ouders liggen in scheiding,' vertelt Kit. 'Het is moeilijk om te zien dat mijn moeder dat meemaakt. Sorry.'

En zo staat Suzanne ineens aan haar kant. 'Waarom gaan ze scheiden?'

'Mijn vader heeft blijkbaar de liefde van zijn leven ontmoet. Volgens mij was ze ooit stripteaseuse. Nu is ze vertegenwoordiger voor Red Bull. Ik meen het.'

'Gisteravond zagen Sarah en ik Dickie met een andere vrouw,' verklaart Suzanne. 'Ze was zwart, niet dat dat ertoe doet of zo. Ik werd er alleen door verrast. Je ziet hier niet veel zwarten…'

'O mijn god, Suzanne,' zeg ik.

'Ik zou willen van wel,' zegt mijn vader. 'Mede daardoor lijdt de skibranche verlies. De huidige generatie – hoe heet die ook al-weer? Waar die ook uit bestaat, het is een diverse groep en skiën is de meest blanke vrijetijdsbesteding die ik ken, afgezien van, eh, antiekwinkels aflopen, dus tenzij we Lil Wayne in de halfpipe krijgen ziet het er niet goed uit.'

'Hoe weet jij in godsnaam wie Lil Wayne is?' vraagt Suzanne. Mijn vader antwoordt niet. Ik denk aan hem terwijl hij beneden tv-keek met Cully, het geklik van poolballen, het gemompel van hun stemmen, diep en blij. Het is een herinnering aan perfectie. We rijden omhoog door de Hoosier-pas; de bergen zijn dichtbij, haast aan te raken. 'Maar goed,' zegt Suzanne, 'ik ben heel goed bevriend met een Afro-Amerikaans stel, dus …'

'Ja,' zeg ik. 'Een senator uit Washington die zijn kinderen ver-noemt naar dure steden. Hampton en hoe heet die andere?'

'Ik weet het niet meer,' zegt Suzanne. 'Nantucket of zoiets.'

'Waarschijnlijk niet Greenwich,' zegt Kit.

'Moet je jou zien,' zegt Suzanne.

'Wat naar van je ouders,' zeg ik. 'Je moeder.'

'Ja, ze heeft veel op haar bordje,' zegt Kit. 'Ze kan er waarschijnlijk niet veel meer bij hebben.'

'Maar waarschijnlijk wordt ze niet aangegaapt door de hele stad,' zegt Suzanne.

'Mijn vader is hoofd van de afdeling Chirurgie in het nabijgelegen ziekenhuis,' vertelt Kit. 'Het is een klein stadje. Mijn moeder dwingt zichzelf naar buiten te gaan. Niet dat ik het probeer te vergelijken. Het zou niet uitmaken als ze niet in de kijker stond. Het is nog steeds pijnlijk. Ze is vernederd. Die nieuwe vriendin heeft borsten als kanonskogels.'

'Natuurlijk,' zegt Suzanne. 'Die hebben ze allemaal. Maar ik moet me verontschuldigen. Het was niet de bedoeling om een vergelijking te trekken.'

Suzanne heeft op haar kop gekregen en ik ook. Je kunt hartzeer niet vergelijken en rangschikken in orde van grootte. Pijn is pijn is pijn. Er is geen maatstelsel voor, je kunt het niet in deciliters uitdrukken.

'Dit is prachtig,' zegt Kit, en iedereen in de auto richt zich blijkbaar op zijn eigen gedachten terwijl we van de pas afdalen, de massa aan hoog optorenende bergen koninklijk en stil.

Ik ga langzamer rijden als we het doodse stadje Alma bereiken. Cully en ik deden hier altijd 'ik zie ik zie wat jij niet ziet' – degene die een teken van leven zag, won. Het nummer op de cd lijkt oneindig lang door te gaan, op een zinnelijke, sudderende manier. Uiteindelijk komt er een einde aan en klinkt er iets anders, een beetje een folkachtig nummer, vol aanstekelijke energie. Ik houd van Cully's mixen, de mengeling van oud en nieuw, mooie dingen en dingen die ik niet mooi vind. Het is leuk dat er nummers zijn die ik ken en nummers zoals dit waarmee hij me iets nieuws lijkt te laten zien.

'Wat is dit?' vraag ik. 'Waar luisteren we naar?'

'Ik weet het niet,' zegt Kit, als ze doorheeft dat ik het tegen haar heb.

'Het is een van Cully's cd's,' zeg ik. 'Ik dacht dat je hem misschien eerder had gehoord.'

'Heb jij Cully gekend?' vraagt Suzanne en het dringt tot me door dat ik een fout heb gemaakt, evengoed als ik een fout heb gemaakt door überhaupt zoveel geheim te houden. Dat lijkt de reden te zijn waarom alles misgaat, als je denkt dat mensen zich bekommeren om dezelfde dingen als jij. Je raakt verward in een zelfgemaakt net.

Ik kijk naar haar in de achteruitkijkspiegel en knik.

'Ja,' zegt Kit. 'Ik kende Cully.' Ze zwijgt lange tijd en dan zegt ze: 'Hij was dol op de geur van benzine.'

'Wat een vreemde herinnering.' Suzanne werpt me een blik toe.

'Ik ben wel van de... geuren.' Kit raakt haar neus aan. 'En ik herinnerde het me gewoon, meer niet. Iets wat hij een keer zei.'

'Wat? Wat zei hij?' vraag ik.

'We gingen de Boreas-pas op. Dat was in augustus, net nadat ik hierheen verhuisd was. We volgden een jongen op zijn dirtbike. Hij zei dat hij hield van de geur van...'

'... de uitlaatgassen van een tweetakt,' vult Billy aan.

'Inderdaad,' zegt Kit. 'Ik wist niet meer hoe het heette.'

Ik kijk naar Billy via de achteruitkijkspiegel. Hij zit op zijn gemak te peinzen. Hij kijkt me in mijn ogen.

'Je bent hier in augustus gekomen, dus dan vertrek je zeker in juni?' vraagt Suzanne. 'Dat is wat al die jongeren lijken te doen.'

'Ik weet niet wanneer ik vertrek,' antwoordt Kit.

Ik zie dat ze uit het raam staart en vraag me af wat ze zich herinnert. 'Wat deed je?' vraag ik. 'Toen je met Cully was.'

'We gingen stukjes rijden,' zegt Kit.

Zoals wij nu doen, denk ik bij mezelf. Ik draai snelweg 24 op. De weg is plat, open – hij ligt voor me uitgerold, een stroperig zwart wegdek en een trillende vettige lucht.

'En, waar kende je hem van?' vraagt Suzanne. 'Van het werk of...'

'Ja, van het werk. Ik was serveerster. Hij parkeerde de auto die ik soms leen en…'

'Is "je auto parkeren" een eufemisme voor iets anders?' Ze stompt in de lucht voor zich. 'Sorry,' zegt ze. 'Dat was…'

'Het maakt niet uit,' zeg ik.

Suzanne draait zich om zodat ze naar achteren kan kijken. 'Kende je hem goed?'

'Ik had hem graag beter gekend,' zegt Kit.

'Dan zal dit wel fijn voor je zijn vanavond. Mijn dochter heeft een feest georganiseerd voor Cully.'

'O,' zegt Kit. 'Dat wist ik niet.'

'Ze waren beste vrienden,' zegt Suzanne. 'Ze zijn samen opgegroeid, zijn naar dezelfde universiteit geweest…'

Toen Morgan zich aanmeldde bij CC was Cully geïrriteerd, wat niets voor hem was. Hij vertelde me dat hij haar toen ze daar aankwam had laten weten dat hij daar zijn eigen leven had.

'Je gaat studeren om van alles achter te laten,' vertelde hij me over de telefoon. 'Ook voor haar eigen bestwil. Ze moet haar eigen leven opbouwen.'

Nu zal ze altijd zijn beste vriend blijven, vereeuwigd. Ik zie voor me dat Cully zijn hoofd schudt, glimlachend. Ach, laat haar maar. Ik probeer Kits reactie te zien. Ze zit na te denken, misschien wat geïrriteerd, buitengesloten.

'Als iemand honger heeft, ik heb boterhammen in de koelbox gestopt,' zegt mijn vader.

'Kunnen we ergens stoppen?' vraagt Suzanne. 'Ik eet niet graag uit een koelbox. Dat vind ik armoedig. Ik ben dol op pompstationvoer.'

'Ik ook,' zegt Kit.

'Ik ook,' zeg ik.

'Ik hou van gedroogde worstjes,' zegt Billy en ik verbijt een glimlach, ik voel me vreemd. Volgens mij vermaak ik me en ik snap niet hoe dat kan. Het is de opwindende illegaliteit. Soms maak ik me er zorgen om dat er nooit een eind zal komen aan

mijn ongelukkige gevoel. Maar de gedachte dat dat wel zal gebeuren is nog angstaanjagender. Als geluk niet blijvend is, dan kan
het tegenovergestelde dat ook niet zijn.

'We kunnen stoppen bij het benzinestation naast de antiekwinkel,' oppert Suzanne.

'Oké,' zeg ik.

Suzannes telefoon maakt een geluid en ze buigt zich voorover
naar haar tas. 'Waar is hij?' Haar stem begint te trillen.

'In de bekerhouder,' zegt Kit.

De telefoon houdt op met rinkelen en ze luistert naar het be-
richt. Als ze daarmee klaar is, houdt ze de telefoon vast op haar
schoot.

'Dat was Dickie maar. Hij zei dat ik de manchetknopen wel
mocht houden. Ik kan er niet bij dat ik hem vanavond zie. God,
wat ben ik gedeprimeerd.'

'We zijn er bijna,' zeg ik. 'Je kunt rechtstreeks naar het wellnessresort. Neem een massage. Misschien zouden we dat allemaal
moeten doen.'

Ik voel me schuldig dat ik me heel even op mijn gemak voelde,
als je bedenkt waar we heengaan. Wat moet Kit zenuwachtig en
bang zijn. Of kijkt ze er misschien naar uit? Ik weet nog dat ik
het er alleen maar uit wilde hebben.

We rijden een tijdje in stilte verder en ik raak gebiologeerd
door de weg, de velden waar we langs rijden, en verlaten tractors.
Ik werp via de achteruitkijkspiegel een blik op Kit, die met mijn
vader praat.

'… en daarom is er een stroompje dat Goodbye Girl heet,' zegt
hij. 'Twentieth Century Fox was de eigenaar van het resort…'

'Ze hebben geïnvesteerd na het succes van *Star Wars*,' zegt Kit.

'Ja,' antwoordt hij. 'Hoe wist je dat?'

'Ik heb de rondleiding gehad,' zegt ze.

Mijn vader geeft haar een pets tegen haar dij. 'Kit, dat is toch
niet te geloven.'

15

Er zijn twee benzinestations, aan beide kanten van de snelweg. De ene is een Chevron, felverlicht als een supermarkt. Het verbaast me dat Suzanne tegen me zegt dat ik naar de minder luxueuze moet gaan, naast de antiekwinkel.

'Ze hebben een geweldige koelkast met frisdrank,' zegt ze.

'Wanneer ben je hier geweest?' vraag ik. 'En waarom?'

'Op dagjes uit. Tijdens zondagse ritjes.'

Ik stel me Dickie, Suzanne en Morgan voor, met zijn allen in de auto. Je kunt mensen nog zo goed kennen en dan nog steeds dingen ontdekken over hen als gezin, maar je weet nooit alles, de dagelijkse routine, hoe ze zich gedragen achter gesloten deuren. Families zijn zulke elitaire clubs. Ik stel me een andere vrouw voor in de auto met Dickie, of achter op zijn motor, om een zondags ritje te maken. Dat lijkt nog erger dan me haar in zijn bed voor te stellen.

Ik rijd het benzinestation binnen. Vergeleken met de robuuste, glanzende pompen aan de overkant zien deze er mager, kaal en onbruikbaar uit. De winkel zou dicht lijken als er geen neon-verlicht reclamebord in het raam hing met YUM DONUTS© erop. Ik zet de motor uit.

We stappen allemaal uit. Kit rekt zich uit met haar armen boven haar hoofd.

'Ik tank wel,' biedt Billy aan.

'Doe maar,' zegt Suzanne. Ze geeft hem een klopje op zijn rug en gaat de winkel binnen. Hun relatie is altijd gemakkelijk geweest. Als Billy naar de stad kwam, vooral voor verjaardagen of rond feestdagen, wilden Suzanne en Dickie hem ook altijd zien. Dickie werd uiteindelijk een klant. Billy was altijd zo moeilijk uit te leggen aan mensen. Ik merkte vaak dat ik hem verdedigde bij de andere moeders – *we zijn onze eigen weg gegaan, hij is een aardige vent* – en dan ving ik hun medelijdende blik op. Suzanne en Dickie begrepen altijd dat we ons allemaal prima voelden bij deze situatie, zonder dat ik zijn rol hoefde te verklaren of in de verdediging schoot.

'Nou, ik ben benieuwd wat ze hier allemaal hebben,' zegt mijn vader. 'Wil je een sandwich voor me meenemen zonder ei of tonijn?'

'Wat dan, kalkoen?' vraag ik.

'Laat maar zitten. Ik heb al boterhammen. Ik wil wel een muesli-reep, yoghurt en een gedroogd worstje.'

'Billy?' Ik kijk hem vragend aan. 'Je bestelling.'

'Een grote zak chips, cola en een muffin. O, en een gedroogd worstje.'

'Kit, heb je geld nodig?' vraagt mijn vader.

'Nee,' zegt ze. Hij geeft haar toch een briefje van twintig.

Hij loopt naar de wc, hij schudt zijn rechterbeen uit onder het lopen. Het is droog en het waait. Suzanne opent de deur voor me en er tinkelt een belletje. Kit en ik lopen door hetzelfde kleine middenpad. Ik haal de reep en de chips en zoek dan iets voor mezelf. Bij elke keuze sluit je een andere mogelijkheid uit. Ik denk goed na en ga dan voor de zak met pittige Cheetos. Kit kiest marshmallows met chocola en kokossnippers. 'Snakte je daarnaar?' vraag ik. 'Zijn er dingen waarnaar je snakt?'

'Ik heb eerder dingen die ik niet meer lust.'

'Ha. Dat had ik ook.'

Ze kijkt door het raam naar Billy buiten, die staat te tanken. 'Dus jullie zijn nooit getrouwd?' vraagt ze.

'Nee, we waren al uit elkaar voordat hij wist dat ik zwanger was. Hij was een scharrel, maar we zijn bevriend gebleven.' Een van de makkelijkste vriendschappen die ik ooit heb gehad.

'Jullie zouden een goed stel vormen,' vindt ze.

Ik lach, snel maar misschien te gemaakt.

'Gaat het een beetje?' vraag ik. 'Dit zal wel heel vreemd voor je zijn.'

'Voor jou ook.'

Ja, en toch moet ik me er echt op richten, breng ik mezelf in herinnering. Ik voel me bijna op mijn gemak in dit ongemak. Het is net alsof je in een vliegtuig zit en dan opstaat. Dat is een opluchting. Maar je bevindt je nog steeds in een vliegtuig.

'Ik denk dat het met mij wel gaat,' zeg ik.

Vreemde dingen lijken heel snel normaal te worden, is me opgevallen. Je past je gewoon aan. Het is net alsof we een soort intern mechanisme hebben dat turbulente ontwikkelingen en vreemde voorwerpen in iets bruikbaars omzet, zoals yens in dollarbiljetten. Of misschien is het in mijn geval gewoon mijn geest, die niet genegen is volledig te bevatten dat ze zwanger is van Cully's kind en dat ze dat binnenkort niet meer is. Wat zou ik moeten voelen? Hoe zou ik me moeten gedragen?

'Ik hoop dat het geen fout van me was om met jullie mee te gaan,' zegt ze. 'Ik wist niets van vanavond. Dat lijkt me een familie-aangelegenheid.'

'Nou, ik denk dat je het recht wel hebt verdiend om erbij te zijn. Het recht om hem te rouwen of zijn leven te vieren.' Ik demp mijn stem. 'We gaan er eigenlijk alleen maar heen omdat het moet. Morgan doet dat soort dingen nou eenmaal. Zelfs zijn verjaardag organiseerde ze altijd. Dan maakte ik een verjaardagsdiner voor hem, of een diner ter ere van zijn diploma, waar we allemaal bij waren, en dan moest zij dat ook doen. Zo ging het altijd.'

'Maar het wordt wel mooi.'

'Zijn vrienden studeren er niet eens meer,' breng ik in het midden.

'Maar ik zou waarschijnlijk niet moeten gaan,' zegt ze. 'Ik heb niets om aan te trekken.'

We lopen verder door het middenpad, kijken naar alle verpakte producten. Ik pak de worstjes voor pap en Billy.

'Ben je vaak moe?' vraag ik, want ik herinner me hoe moe ik was tijdens mijn allereerste zwangerschap en het gevoel had dat ik dat niet verdiende omdat er geen eindresultaat zou zijn.

'Alleen misselijk. Zoals je weet.'

'Dat kan ook van het drinken komen,' zeg ik. 'Heb je veel gedronken? Tijdens deze periode?'

'Nee. Ik had er ook geen behoefte aan, tot ik te weten kwam dat jullie er waren. Ik weet dat het slecht is, maar ik wist waarschijnlijk dat het niet zou uitmaken. Dat moet gruwelijk klinken.'

'Sommige mensen drinken de hele zwangerschap door. Ik weet zeker dat er niets aan de hand is. Of zou zijn. Niet dat het iets uitmaakt.'

We komen aan het eind van het pad en staan voor de koelkast met frisdrank. Dit is veel gemakkelijker. Het gespreksonderwerp was te moeilijk voor mij, maar deze koelkast valt totaal uit de toon en is netjes en Suzanne had gelijk: het is een goede. Er staan de hipste drankjes in en ook ouderwetse blikjes Sunkist. Ik trek aan de glazen deur, met een poster erop van een vrouw in een zilverkleurig badpak die op een energiedrankje dat Galaxy heet de ruimte in vliegt. Ik pak Billy's cola en een flesje limonade voor mezelf – de plastic fles omdat daar twintig procent meer inzit. Kit kiest vruchtensap. Daar ben ik buitensporig blij mee, alsof het een verstandige, gezonde keuze is. Dan dringt er iets voor de hand liggends tot me door.

'Hoe ver ben je eigenlijk?'

'Ik moet zwanger zijn geraakt de avond voordat hij… of een paar dagen ervoor. Of die week ervoor. Een van de drie.'

'O.' Ik besef waar ze aan terugdenkt. 'En het is natuurlijk bevestigd. Door een arts.'

'Ja.' Ze kijkt me bezorgd aan, alsof ze een klein kind uitlegt wat 'dood' is.

Ik tel de weken terug – januari, februari, de helft van maart.

'Het is dus nog steeds een ding, een vlekje,' zeg ik. 'Een taugéboon.'

'Die zou ik moeten opzoeken.'

Om de een of andere reden moet ik hier snuivend om lachen, maar dan zeg ik: 'Het is nog niet te laat?'

'Nee.' Ze kijkt me in de ogen.

'Sorry,' zeg ik. 'Dat is de moeder in mij', en dan schiet me te binnen dat ik dat niet meer ben. We lopen naar de zijkant van de winkel zodat ik de yoghurt voor papa kan pakken.

'Dit is zo lekker,' zegt Suzanne. Ze loopt door het pad met lippenbalsem, minipakjes met pillen, tuinhandschoenen en nootjes en eet een zak met schilfers varkensvlees met zure room leeg. 'Hier leefde ik op toen ik het Atkinsdieet volgde.' Ze kijkt naar wat Kit vasthoudt.

'Heel cool. Ik had mijn twijfels over jou. Ik dacht dat je zo'n kaasstengel-met-amandel-tiepje was. Dat neemt Sarah altijd, maar kijk eens aan: roze balletjes beplakt met kokos. Moet je eens bedenken wat voor lol we daarmee kunnen hebben. Genoeg ballengrappen tot aan Wyoming.' Ze zucht alsof we met z'n allen iets hebben bereikt, loopt dan naar de toonbank op die langzame, vrije manier die je uitnodigt achter haar aan te lopen. Dat doen we. 'Je mag dit soort dingen alleen bij een benzinestation kopen,' zegt ze nostalgisch. 'Ik heb hier mooie tijden beleefd.'

We komen bij de toonbank, waar een lekkere geur hangt van hotdogs en het interieur van een nieuwe auto. Ik pak een verpakte bananen-notenmuffin.

'Alles bij elkaar?' vraagt de medewerker. Hij is een slungelige jongen met haar dat zo stijf staat van de gel dat je zou denken dat het geluid zou maken als je erop klopte. We leggen onze spullen op de toonbank. Kit steekt haar hand in haar tas om geld te pakken.

'Laat maar zitten,' zeg ik.

'De armen profiteren van de rijken in onze vriendschap,' zegt Suzanne. 'Dit ook nog.' Ze schuift vier in krimpfolie verpakte brownies naar hem toe en geeft hem haar kaart. 'Hopelijk zit er nog iets van drank in.'

Hij haalt de kaart door de lezer, terwijl zijn tong opvallend tussen zijn ernstig gesprongen lippen heen steekt. *Lippenbalsem, pad twee.*

'Hebt u alles gevonden?' vraagt hij een beetje laat. Hij stopt onze spullen overdreven voorzichtig in een tas.

'Nee,' zegt Suzanne. Ze pakt haar open zak met chips uit de plastic tas.

'Willen jullie nog een donatie doen aan het Eagle County Charter Academy-voetbalteam?' vraagt hij.

'Nooit van gehoord,' zegt Suzanne.

Ze loopt naar buiten en wij gaan achter haar aan, de bel rinkelt zijn heldere getinkel. 'Lippenbalsem, pad twee,' zeg ik.

'Ha!' Suzanne kijkt naar Kit, ze probeert haar nog steeds te peilen. 'Wat zien je ballen er toch goed uit,' zegt ze tegen haar. 'Ik wil wedden dat je ze allebei opeet.'

'Wat ben je toch dope,' zegt Kit.

'Dope? Dat heb ik nog nooit gehoord.' Suzanne legt haar arm om Kit heen en drukt haar tegen zich aan als een medecorpslid. Ze steekt haar andere hand voor hen uit. 'Hoeveel vingers steek ik op?'

'Vier,' zegt Kit.

'Met je ogen is niets mis,' zegt ze, en ik herinner me weer dat we haar hebben verteld dat we Kit naar de oogarts brengen.

'Ik ga even snel naar hiernaast,' zeg ik, omdat ik een moment alleen wil zijn.

Ik loop over het droge grind naar de winkel ernaast en kijk naar de velden met scheefhangende hekken en platgedrukt goudkleurig gras. Ik denk eraan dat Cully zo van de geur van benzine hield. De uitlaatgassen van een tweetakt.

Een kraai krast en ik glimlach in mezelf. Op die decemberochtend waarop ik wegliep van zijn lichaam, liet een kraai een eenzame kreet horen; door het geluid van mijn schoenen op de sneeuw klonk het alsof ik op ijsblokjes liep en ik kon de hars op de bomen ruiken. Ik dacht: ik kan niet meer naar buiten vanwege die klotevogel en het geluid van mijn schoenen en de geur van sap. Elke keer dat ik hier kom, hoor en ruik ik zijn dood.

Maar moet je mij nu zien. Ik loop hier en de kraaien kunnen krassen tot ze een ons wegen.

16

De planken vloer in Pete's Antiques veert mee; in de winkel is het warm. Het ruikt naar voorouders in plaats van naar hotdogs. Ik leun naar voren om in een enorme zwarte ketel te kijken die op verschoten rode houten poten staat. Alles hier was ooit eigendom van dode mensen. Ze zijn bevallen in de bedden, hadden seks op de canapés, aten van de lepels, sloegen op de gongs.

'Een kookpot,' zegt iemand. Ik schrik ervan. Ik draai me om en zie een oudere man, misschien wel Pete. Hij strijkt met zijn vinger over de hobbelige rand van de ketel. 'Sommige dingen smeken erom aangeraakt te worden.' Hoe zouden andere mensen daarop reageren? Ik weet niet goed wat ik moet doen. 'Deze komt uit Manitou Springs.' Hij heeft een bezielde stem met een spottende klank, zodat zijn woorden worden omgeven met lucht-aanhalingstekens. 'Manitou is de heksenhoofdstad van Colorado.'

'Ja,' zeg ik, omdat *dat weet ik* zo onhebbelijk klinkt.

'Geef maar een gil als je hulp nodig hebt.' Hij loopt weg, met zijn handen in een ongemakkelijke bidpositie achter zich. Ik loop naar de achterkant van de winkel, waar de grotere meubels staan uitgestald. Hier achterin zijn geen klanten.

Ik loop naar de houten schommelstoel, maar sla een andere richting in als ik het bed zie: een mahoniehouten hemelbed. Er hangt een bordje met AANRAKEN ALSTUBLIEFT, dus ik ga erop liggen en laat mijn benen over de rand hangen. Ik strijk met mijn hand over een van de staanders en kijk naar het gladde hoofdbord, de tekening in het hout. Ik had zo'n bed toen ik klein was. Wat is daar eigenlijk mee gebeurd? Dan ging ik achterover liggen en keek naar de sterren van mijn eigen boomachtige melkweg in de baldakijn, ik schreef gedichten en luisterde naar de Rolling Stones, treurde om mijn leven zonder moeder, maar omdat ik me haar niet helemaal meer kon herinneren, denk ik dat ik het treuren zelf min of meer koesterde. Nu denk ik aan Seth, de laatstejaars toen ik in de tweede zat. Ik lag in mijn hemelbed en verlangde naar hem. Sommige dingen smeken erom aangeraakt te worden.

Op die leeftijd praatten sprekers op bijeenkomsten altijd over alle druk die we binnenkort zouden ondervinden of al ondervonden – druk om drugs te nemen, met iemand naar bed te gaan – maar toen ik zestien was en dolgraag marihuana wilde roken en met iemand het bed in wilde duiken, merkte ik dat ik beide onmogelijk kon vinden.

En toen was Seth er. En toen was er een feestje. Boven op wat nu Peak 7 is, hadden bouwvakkers een klein amfitheater aan ruimte vrijgemaakt, met daarachter geurige bomen die wijd uit elkaar stonden; gevallen takken dienden als bankjes. We reden allemaal de toegangsweg op, bouwden een vuur in de open lucht, dronken bier en mixdrankjes. Een stukje verderop was de Igloo, eigenlijk gewoon een oude houten hut, een lage ruimte gebouwd voor skiërs om zich op te warmen. Misschien is hij er nog.

Seth vroeg of ik met hem mee naar binnen wilde om te kletsen.

'Tuurlijk,' zei ik, terwijl ik precies wist wat er zou gebeuren, of in elk geval wat ik wilde dat er zou gebeuren: ik wilde hem kussen. Ik wilde samen met hem naar buiten kruipen, terwijl iedereen naar onze zelfvoldane gezichtsuitdrukking keek en zich van alles afvroeg. Hij had zitten flirten met mijn vriendin, Amber, maar iets zei me dat hij zich aangetrokken voelde tot mij; iets in zijn vluchtige, suggestieve blik zei me dat wij onze armen om elkaar heen zouden slaan – als het niet die avond was, dan de volgende, of misschien, hopelijk, die daarna.

Ik denk dat ik gecharmeerd was van hem omdat hij me aandacht schonk. Hij keek naar me, bijna dreigend, wat wel het meest flatterende ter wereld moest zijn. Ik deed alsof ik geïrriteerd was, maar mijn hart sloeg heel snel. Hij was prachtig en je wilde bij hem in de buurt zijn, omdat hij jou ook prachtig zou maken. Hij was in sommige opzichten net als Billy, zoals het gevoel dat hij me gaf, hoewel Billy altijd aardig was.

Die avond zou ik Seth kussen. Ik zou hem mijn borsten laten voelen.

En hij kuste me inderdaad. Lange tijd. En hij voelde mijn borsten inderdaad, ook lange tijd. Op een bepaald moment kneep hij in mijn tepel en daar schrok ik van. 'Au,' zei ik.

Toen hielden we op met kussen en hij nam een slok van zijn bier. Vanuit de Igloo zag ik tussen de houten latten door het licht van het vuur. Hij legde zijn hand op mijn been alsof hij me daar wilde houden. Ik had nog nooit iemand ontmoet die zo zeker was van zichzelf. Dit zelfvertrouwen, ondervond ik, kon een mens ver brengen, maar wat mij betreft zou onze reis snel ten einde zijn. We hadden voorlopig genoeg gedaan. We waren op een bouwplaats. Ik stelde me voor dat het ergens anders werd hervat.

'Nee, bedankt,' zei ik toen hij me een drankje aanbood, en toen kroop ik naar de opening van de hut. Hij gaf me een klap op mijn kont, greep me bij mijn heupbotten en trok me op schoot. Het voelde alsof ik zijn bezit was, prettig. Hij hield me vast rond mijn middel. 'Blijf.'

'Oké,' zei ik. Ik kon nog wel even blijven. Buiten, de open plek, klein en asymmetrisch als een schaatsvijver; de dikke sterren, de geurige bomen, het geflakker van de vlammen van het felle, illegale vuur. Ik zag poëzie. Ik wilde poëzie.

Hij bewoog zijn handen over mijn dijen. Ik voelde dat ik – mijn lichaam – wilde. Ik voelde hem hard worden onder me. Ik bewoog me, heel iets, boven op hem, en toen draaide ik mijn hoofd om en kuste hem, terwijl ik mijn onderlichaam nog steeds over het zijne bewoog. Tijdens weer een pauze wilde ik vertrekken, maar opnieuw trok hij me boven op zich, zoals hij naar ik wist zou doen.

'We moeten gaan,' zei ik, en ik leunde naar hem toe voor een afscheidskusje, maar hij kuste me innig en nat, en ik besloot het een kans te geven, om aan het totale verlangen toe te geven, maar dat werkte niet. Ik was me overal van bewust: van de mensen die buiten waren, misschien zou er iemand binnenkomen en ons zien. Ik wilde een publieke verklaring, ik wilde hem als vriendje. Ik wilde een etentje, een bed, muziek, tederheid, een bandje met muziek die er speciaal voor mij op was gezet. Liefde. Onder het kussen opende ik één oog en door mijn knipperende ooglid keek ik naar zijn gesloten ogen, zijn bewegende gezicht. Het leek net alsof hij aan de borst dronk en ik lachte in zijn mond en trok me toen terug. Hij bewoog zich onder me vandaan, duwde zijn borst tegen die van mij, duwde me, met zijn mond op mijn mond, naar beneden tot ik plat op mijn rug op de grond lag. Mijn mond was nog steeds vertrokken in een zenuwachtige glimlach en hij likte mijn tanden.

'Ik wil je zo graag neuken,' zei hij. Dat was duidelijke taal.

Hij bewoog zijn hand door mijn haar en stopte hem toen in mijn spijkerbroek en in mijn ondergoed.

'Wat ben je nat,' zei hij, en ik wist niet wat ik daarop moest antwoorden. Ik was drijfnat, maar dacht dat alles wat ik zei belachelijk zou klinken. *Inderdaad, ik ben heel nat? Ja, ik ben nat voor jou?* Dit was Seth – al zo lang mijn doel, mijn focus – ik kreeg eindelijk aandacht van hem, maar door zijn woorden vervloog deze heldere ster van een jongen snel. *Vervaag niet. Wees perfect. Wees iemand uit een boek.* En dus stopte ik ook mijn hand onder de gesp van zijn spijkerbroek en in zijn boxer. Ik vond het niet echt leuk meer, maar op de een of andere manier was het minder gênant om zijn penis aan te raken dan om met hem te praten en ik hoopte dat het hem de tijd gaf om te beseffen wat er tussen ons gebeurde: intimiteit. Hij hield op me aan te raken en trok zijn spijkerbroek uit. Toen richtte hij zich op en ging schrijlings op me zitten.

'Ik vind je echt heel aardig,' zei hij.

'Dat is je geraden ook,' zei ik, in een poging koket te doen. Het was moeilijk om te praten vanwege zijn gewicht, maar ik dacht dat ik hierdoor sexy klonk, met veel valse lucht. Ik nam een gok: 'Ik vind jou ook aardig. Al een tijdje.'

Ik kreeg een prettig gevoel alleen al door naar hem te kijken. Wij, die naar elkaar keken.

'Zullen we even?' Hij kwam omhoog op zijn knieën en haalde zijn penis tevoorschijn. Hij tikte ermee tegen mijn kin, streelde toen met het puntje langs mijn kaaklijn. 'Zeg eens A.' Hij lachte.

'Gatver,' zei ik. Misschien lachte ik zelfs wel, hoewel ik nu voor het eerst walging voelde en misschien angst. Ik zat vast onder hem en begon me bewust te worden van de kou. 'Kom, we gaan weer naar buiten, naar het vuur,' zei ik. *Vervaag niet.*

Hij bewoog zijn hand voorzichtig van mijn haar naar de onderkant van mijn hals.

'Toe nou,' fluisterde hij. Hij wreef over mijn keel. Ik duwde mijn kin naar beneden om zijn hand te vangen en hij bewoog naar een plekje hoger op mijn borst, leunde toen voorover en plaatste zijn handen op de grond boven mijn hoofd. Ik opende mijn lippen en nam hem in mijn mond, mijn gezicht voelde lelijk en verwrongen. Ik stopte.

'Dat kan ik niet.'

'Iets meer,' drong hij aan. Er lag een trilling in zijn stem.

Ik hervatte mijn taak, walgend van mezelf omdat ik me te veel schaamde om nee te zeggen, maar ik was een bepaald punt gepasseerd waarop het niet eerlijk zou zijn om te stoppen. Eindelijk zei ik: 'Zo', en ik probeerde rechtop te gaan zitten. Zei ik: *Ik heb het koud* of *Zullen we teruggaan?* Ik weet het niet meer.

Hij kroop naar beneden over mijn lichaam, trok mijn shirt en trui omhoog en kuste mijn buik, bewoog toen zijn gezicht naar de rits van mijn spijkerbroek en maakte de knoop los, deed de rits open, trok mijn ondergoed en broek tegelijk naar beneden en duwde zich in me.

Ik zei rustig: 'Stop. Stop.'

En dat deed hij, niet snel daarna. Hij huiverde, bewoog toen snel verder naar binnen, en toen langzaam naar buiten. Het 'naar buiten', moet ik zeggen, voelde beschamend fijn. Was het alsof er aan een jeukend plekje gekrabd werd? Ik weet het niet. In tegenstelling tot de lompe stoten was het een zachtaardige sensatie, er werd iets verzacht wat verzacht moest worden. Ik wilde huilen vanwege de ontlading, vanwege het gevoel dat hij buiten me was, bijna (hoewel ik dat toen niet zo dacht) alsof ik van iets beviel.

Ik ging rechtop zitten. Ik voelde zaad uit me glijden, tussen mijn billen door. Seth gespte zijn spijkerbroek dicht. Ik trok mijn onderbroek en broek op.

'Gaat het?' vroeg hij.

Het ging niet goed. Ik was zwanger. Daar zou ik een maand later achter komen. Ik zou doodsbang en alleen zijn, me schamen en het zou absoluut niet goed gaan. Ik voelde me niet langer jong. In een paar seconden was ik ouder geworden.

Zijn stem, zo licht en zacht: verwarrend. Volgens mij heb ik geen antwoord gegeven. Ik huilde, hoewel hij dat niet wist.

'Ik heb dorst,' zei hij. 'Alles oké, toch? Gaat het goed?'

Hij was beleefd. Hij zei: 'Na jou', en ik kroop naar buiten, stond op en liep toen naar het feest boven me. Ik haatte iedereen daar, echt waar. Ik liep de heuvel op, haatte iedereen. Ik liep de heuvel op en keek naar beneden naar mijn broek, omdat ik zeker wist dat de natte plek te zien was. Ik werd misselijk van het vocht. Voor hem was het makkelijk geweest vanwege dat, het achterblijvende verlangen. Ik dacht dat het bloed was omdat ik pijn had, maar dat was het niet.

Op weg naar het vuur voelde ik dat mijn schaamhaar bevroor op mijn huid, elke stap een klein rukje.

Hij mompelde iets en liep snel een andere richting uit, naar een groep jongens bij de landmeterslijn voor de nieuwe lift.

En zo verloor ik mijn maagdelijkheid. Het was een ogenblik, waar er niet veel van waren, dat ik naar mijn moeder verlangde. Ik riep haar die avond in bed, ik zei hardop: 'Mam, mama, mama.'

Kit komt de antiekwinkel binnen. Ze ziet me en loopt naar me toe. Voor het eerst vraag ik me af hoe mijn zoon haar heeft behandeld en of haar beslissing iets met hem te maken heeft. Ik kan me niet voorstellen dat je zoiets weet over je eigen kind. Ik zag Seths moeder soms in het sportcentrum, als ze aerobicsles volgde. Ze droeg altijd een riem om haar gympakje en zong mee met de muziek, terwijl het leek alsof de rest buiten adem was. Je kon een goede moeder zijn, en toch maakte dat niet uit.

'Mooi bed,' zegt Kit.

Er gebeurt hier iets, iets moois, en deels geef ik de voorkeur aan de manier waarop het eerder was – wantrouwend en boos.

'Mag ik?' vraagt ze.

Wat? en dan besef ik wat ze wil. 'Kom er maar bij,' zeg ik.

Ze moet een sprongetje nemen omdat ze net als ik klein is en de ombouw zich hoog boven de grond bevindt. Ik wend mijn blik af terwijl ze het zich gemakkelijk maakt omdat het voelt alsof ik iets privés zie, zoals kijken als ze zich aankleedt.

'Ga je Suzanne vertellen wat er aan de hand is?' vraagt Kit.

'Dat wil ik niet,' zeg ik. 'Ze is mijn vriendin, maar ik wil gewoon niet dat ze... Ik weet niet.'

'... je op een andere manier kent dan ze je nu kent.'

Ik geef onmiddellijk toe. 'Oké. Dat lijkt wel te kloppen.'

'Misschien heb ik het wel over mezelf.'

'Ze is ook belachelijk conservatief,' zeg ik. *Ik bescherm je,* zeg ik niet.

We zitten naast elkaar en ik kijk naar onze benen die naast elkaar liggen. 'Ik had ook zo'n bed,' zeg ik.

'Wat voor soort?' vraagt ze.

'Het zware soort.'

Ze onderzoekt het bed, legt haar hand om een staander. 'Barley twist-staanders.'

'Hoe weet je dat?'

'Voor mijn studie heb ik een kort verhaal geschreven over meisjes die de antieke spullen van hun moeder stelen om kaartjes te kunnen kopen voor een concert van Madonna. Ik heb onderzoek gedaan naar Frans antiek, met aanwijzingen en verduidelijkingen in regionale grafieken.'

'Grondig. Was het gebaseerd op een waargebeurd verhaal?'

'Het was gebaseerd op iemand anders' waargebeurde verhaal,' antwoordt ze. 'Ik zou nooit zoiets doen. Jij bent getuige van mijn wilde fase.'

'Cully was het resultaat van mijn wilde fase,' zeg ik. 'Mijn omweg.'

Ze knikt. 'Dat was een mooi resultaat.'

Ik wil opmerken dat het dat inderdaad was, maar tegelijkertijd wil ik haar niets op de mouw spelden. Het moederschap is heel zwaar. Niemand vertelt je hoe moeilijk het is, en ook al doet iemand dat wel, de taal brengt niet alle facetten van het moederschap over.

'Je was zeker goed op school,' zeg ik. Ik kijk naar een andere schommelstoel en vraag me af hoe lang hij hier al staat en hoe lang hij nog zal blijven. Ik zie mezelf erin schommelen, in mijn lege huis.

'Het ging wel,' zegt Kit. 'Ik vond school leuk, maar ik was geen vreselijke studiebol of zo. Ik weet gewoon maffe dingen. Mijn hoofd zit vol nutteloze kennis.'

'Wat dan?'

'Bijvoorbeeld...' Wat zitten we dicht bij elkaar. Ik probeer iets op te schuiven zonder onbeschoft over te komen. 'George Washington liet kunstgebitten maken van de slagtand van een nijlpaard.'

'Echt?' vraag ik.

'Ja,' zegt ze. 'Die vent had nijlpaardentanden.'

219

'Ik was dol op school,' zeg ik. 'Ik was dat irritante meisje dat altijd haar hand in de lucht stak.' Ik weet nog dat ik de cursusgids bestudeerde, strategisch vakken koos alsof ik ze inpakte voor een reis. Elk vak voegde een laagje aan me toe, zodat ik dacht dat ik mezelf opbouwde. Elk jaar was er een kans om opnieuw te beginnen of om aan te passen wat ik had gebouwd.

'Je zou terug moeten gaan,' zegt ze.

Ik lach, en dan blijven mijn gedachten haken aan de mogelijkheid daarvan, van alles. Stockcar-racen. Een master halen. 'Ja.' Iets weerhoudt me ervan te zeggen: *Dat zou jij ook moeten doen.*

'Je vader wil zeker dat je medicijnen gaat studeren?' vraag ik.

'Inderdaad.' Ze lacht alsof ze zich ineens iets herinnert. 'Toen ik klein was, ging ik vaak na school naar het ziekenhuis, dan zat ik in zijn kantoor mijn huiswerk te maken. Soms nam hij me mee de operatiekamer in. Dan haalde hij me op zodat ik de patiënt kon zien met wie hij bezig was. Hij wees me de lever aan, het hart, het vet. Ik vond het geweldig.'

Ik zie voor me hoe haar vader zijn voorhoofd fronste van verrassing omdat zijn dochter van zo dichtbij de binnenkant van een lichaam kon bekijken.

'Maar het was leuk omdat het van hem was,' vervolgt ze. 'Zijn werk. Ik denk niet dat ik het wil doen.'

'Het lukt me niet goed om me Cully en jou samen voor te stellen,' zeg ik. Ik zie hem op de skatebaan. Ik zie hem in de collegezaal, in zijn eentje wandeltochten met een rugzak op maken of met zijn snowboard naar ongerept terrein gaan. Ik zie hem op de Million Dollar Highway, cool en vaardig.

'Ik denk dat ik de uitzondering op zijn regel was.' Ze glimlacht alsof ze zich iets specifieks herinnert. 'Maar hij leek op mij. Hij wist ook vreemde dingen. Ik geloof dat hij zich bij mij op z'n gemak voelde. Bij mij kon hij niet-cool zijn. Ik durf echt te wedden dat Rocky opgelucht was als hij alleen met Adrian was en niet flex hoefde te zijn, weet je. We hebben die film samen gezien. Het is een heel goede film.'

'Hoe bedoel je, niet-cool?' vraag ik. 'Hoe zou hij dan niet-cool zijn?' Ik wil gaan liggen, ik geniet hier zo enorm van. Het is goed om even te stoppen. Ik heb het gevoel dat we zo snel bewegen.

Kit zwaait haar been van de rand van het bed af. 'Weet ik veel. We keken veel films, poolden vaak. Pool was belangrijk – dat namen we heel serieus. We maakten ritjes en zaten te geinen, zoals... Op een keer vroeg hij me welke woorden me aan het lachen maakten. Ik denk dat hij iets op Discovery Channel had gezien over geologie en elke keer dat hij "stalactieten" zei, moest hij lachen. Dat woord is altijd grappig.'

Ik weet nog dat mijn vader en Cully hierom lachten. Ik weet nog dat ze naar dat programma keken.

'Titicaca,' zegt Kit. 'Balzac. Dat waren mijn woorden. Toen kwamen we op de woorden die we leuk vonden, alleen gebaseerd op hoe ze klonken. We hebben het urenlang over woorden gehad.'

Ik sluit mijn ogen even. De gedachte aan dat wat hij met mij gemeenschappelijk had – die passie voor woorden – geeft me een warm gevoel, net als de gedachte dat hij deze activiteit met iemand anders deelde en dat die werd gewaardeerd en leuk gevonden. Ik denk dat hij van haar moet hebben gehouden en nu kan ik me hen wel samen voorstellen.

'Hij was lief,' zegt ze. 'En supergrappig. Ik had altijd het gevoel dat ik op avontuur was, ook al zaten we gewoon ergens.' Ik kijk naar haar terwijl ze aan hem denkt.

'Hij was toch een scharrel?' vraag ik.

'Misschien,' zegt ze. 'Ik hield een beetje afstand. We klooiden een beetje aan, we zouden wel zien wat er zou gebeuren. Wie weet wat er was gebeurd?'

Ze kijkt me aan en aan de uitdrukking op haar gezicht zie ik dat er iets is veranderd. Ze herinnert zich hem nog steeds, misschien, is benieuwd wat er gebeurd zou zijn. Het heeft zoveel tijd gekost voor ik begon te beseffen dat andere mensen van hem hielden, dat andere mensen ook verdrietig zijn – mijn vader, Billy, zelfs Suzanne. En toch moeten ze het gevoel hebben dat ze niet met mij kunnen concurreren. Ik geef haar even de tijd.

Een moeder loopt naar het achterste deel met een peuter aan een tuigje. Als het kind wil gaan zitten op een afschuwelijk voetenbankje met een geborduurde bovenkant geeft de moeder een ruk aan het tuigje.

'Je moeder had je er zo een moeten geven,' zeg ik.

'Een wat?' vraagt ze, en dan begrijpt ze het. Een tuigje.

'Heb je haar onlangs nog gesproken?'

'Bijna elke dag,' zegt Kit. 'Ze probeert me te bewerken via de telefoon. Ze praat over succesvolle mensen van mijn leeftijd. Kelly Caswell studeert rechten aan Harvard, Maeve Richy gaat naar de Parsons School of Design, Gigi Strode heeft een boetiek geopend.' Ze imiteert de stem van haar moeder en ik zie een bekakt lid van de beau monde voor me. 'In ons laatste gesprek vertelde ze me dat ze antieke oorbellen had gekocht bij de boetiek van Gigi – eind achttiende-eeuws. Het zijn houten vogeltjes en volgens mij is het bekje van goud. Ze zei dat als ze me vertelde hoeveel karaat ze waren, ik het zou besterven.' Ze imiteert haar moeder: '"Ze zijn schitterend. Ze zijn de bom, zoals jullie zeggen."' Kit kijkt me aan en zegt: 'Die uitdrukking heb ik echt nog helemaal nooit gebruikt.'

'Ze klinkt als… een moeder,' zeg ik, en ik bedenk dat ik hetzelfde deed met Cully – het voortdurend hebben over de plannen en bezigheden van de andere kinderen. Waarom kunnen we nooit zien wie onze kinderen eigenlijk zijn? Waarom kunnen we hen niet dingen laten verknallen?

De peuter aan het tuigje buigt voorover, ze houdt haar hoofd tussen haar benen. 'Ik ben zo moe,' zegt ze.

'Doe niet zo dramatisch,' zegt haar moeder. 'Ik kan niet wachten tot ze zo oud is als zij,' zegt ze tegen mij. 'Hoewel ik denk dat die leeftijd ook zijn problemen met zich meebrengt!'

'Het gaat heel snel voorbij,' zeg ik, geamuseerd omdat ze denkt dat ik Kits moeder ben. Elke leeftijd had inderdaad zijn problemen en toch weet ik nog dat ik bij elke leeftijd dacht: dit is mijn favoriete jaar; wat is dit een leuke leeftijd.

Ze trekt aan het tuigje en het meisje loopt achter haar moeder aan naar de voorkant van de winkel, ze beweegt zich voort alsof ze tegen een storm in ploegt.

'Deze leeftijd heeft zo zijn problemen,' zegt Kit tegen mij.

'Deze ook,' zeg ik.

De winkelbediende loopt naar ons toe. We komen allebei van het bed. 'Is het niet prachtig.' Hij heft in een verlaat gebaar zijn armen om ontzag uit te beelden. 'In de staanders is een acanthus-motief uitgesneden. Hij is van mahonie…'

'Wauw, massief?' vraagt Kit. Het is een vraag waarvan ik onder de indruk ben, omdat hij heel veel zegt over de wereld waaruit ze afkomstig is.

De man blijft onbeweeglijk staan, met zijn mond open. 'Je gaat me toch niet beledigen,' zegt hij met een plagende klank in zijn stem om te verhullen dat het serieus bedoeld is.

Ik kijk haar aan en sper mijn ogen open – een gezichtsuitdruk-king die ze automatisch nadoet.

'Moet je die bol-en-klauwstaanders zien.' Hij wacht tot we naar de klauwpoten van het bed kijken. 'Ze zijn zo groot als grape-fruits.' Hij wacht even en voegt er dan aan toe: 'Gele.'

'Grote voeten,' merk ik op, en ik hoor dat Kit haar lachen in-houdt.

De man geeft een klopje op het bed en strijkt met een vinger langs de vogels. 'Het hout heeft geleden onder houtworm,' vertelt hij, 'maar het bed is behandeld en de wormen zijn allang dood. De gordijnen worden apart verkocht, hoewel jullie naar ik aan-neem je eigen gordijnen zouden willen kiezen die bij de inrich-ting passen.' Hij heft zijn armen weer. 'Met dit bed kun je de vrouw des huizes zijn.' Hij maakt een buiging, draait om op zijn hielen en loopt weg.

'Wauw,' zeg ik. 'Ik zou het moeten kopen. Het zou… ceremo-nieel kunnen zijn. Of misschien iets minder zwaars.'

De bediende komt terug, met een klembord vol vellen papier in zijn hand.

'We kijken alleen maar,' zeg ik.

Hij heft zijn hand. Verkopers moeten er een hekel aan hebben als mensen zeggen dat ze 'alleen maar kijken'. Dat is net alsof je wordt bespoten met verdelgingsmiddel. 'Ik wilde u dit laten zien.' Hij geeft me een velletje papier. 'Hoewel het een kopie van het origineel is, meidje, is het een gedicht dat bij het bed is aangetroffen.'

Slaap, mijn zoete. Morgen gaan we elkaar ontmoeten.
En meteen ons bed weer in.
Waar we ons uitleven in liefde & lust
Langer dan we ooit hebben gekust

Ik geloof dat het is bedoeld om me te ontroeren. Dit is misschien wel het allerslechtste gedicht dat ik ooit heb gelezen. Ik geef het papier aan Kit. Ze leest het en geeft het dan terug aan de man. Hij pakt het aan, draait zich om op zijn hielen en loopt weg.

We kijken elkaar aan en houden ons lachen in.

'Dat was bizar,' zeg ik. 'Dit is allemaal heel bizar.'

'Omwegen,' zegt Kit. 'Wat een vreemde kerel.'

Ik hoor de moeder van de peuter zeggen: 'Ik heb je gevraagd daarmee op te houden. Een, twee, drie, oké, nou is het genoeg. Dit kost je punten. Ik trek punten af.'

'Nee!' gilt het meisje.

Het is altijd amusant als het het kind van iemand anders is. Kit kijkt naar het meisje en ik vraag me af of dit dingen voor haar bevestigt, of ze opgelucht is dat ze hier nog niet voor komt te staan.

'Sarah?' zegt ze, en haar stem breekt. Ze kijkt me aan met een intense tederheid die me zowel verwarmt als me bang maakt.

'Gaat het wel?' vraag ik. 'We moeten gaan. Ik kan mijn vader niet vertrouwen in de nabijheid van een winkel.' Ik wil naar de voorkant van de winkel lopen.

'Wacht even,' zegt ze.

'Wat is er? Je wordt toch niet misselijk?' Ik kijk rond en mijn blik blijft rusten op de ketel.

'Nee. Ik wilde je iets voorstellen. Iets aanbieden.'

'Wat?' Ik blijf staan bij de schommelstoel, in de verleiding om te gaan zitten.

'Ik wilde zeggen... Ik zeg het maar gewoon.' Ze haalt diep adem en ik glimlach, ik denk dat ze eruitziet alsof ze me ten huwelijk gaat vragen.

'Ik wil geen kind,' zegt ze. 'Dat weet ik zeker, maar ik zou, ik ben bereid... het te baren, of zoiets. Om het voor jou te krijgen. Voor jou en Billy. Of alleen voor jou. Als je dat wilt. Dat zou ik doen...'

Mijn glimlach sterft weg. Mijn greep op de stoel wordt strakker. Ze blijft praten alsof ze zichzelf iets uitlegt, en haar gedachtegang wordt gladgestreken, waardoor haar suggestie, of aanbod, iets wordt wat ze als een voor de hand liggende route en oplossing ziet. De onvermijdelijkheid ervan staat op haar gezicht te lezen. De logica. Ik leun tegen de rugleuning van de schommelstoel. Ik zou hem met mijn greep kapot kunnen maken.

Het nieuws lijkt niet door te dringen tot mijn lichaam. Mijn hart bonkt vreugde en wroeging en irritatie uit. Ik denk aan haar, dat zij dit kind voor mij draagt, alsof ik het heb besteld. Ik stel me hem of haar voor, drijvend in haar baarmoeder, van taugéboon tot meloen, en daarna dat het uit haar lichaam komt, in mijn handen. Ik strek mijn vingers en bal mijn handen dan tot vuisten.

'Hoe bedoel je?' vraag ik. Een duidelijker uitleg zal niet doordringen, ben ik bang. Mijn geest vat dit niet. 'Wat bedoel je?'

'Ik zou de baby voor jou krijgen.'

'O, hemel,' zeg ik. Een belachelijke reactie. Een nieuw leven flitst voor mijn ogen voorbij als een montage in een romcom. Ik zie voor me dat ik voor haar zorg, mijn bolle Kit-surrogaat. Ik zou met haar gaan wandelen. Door de stad, langs het meer, de bergen achter ons vol inhammen en bulten, als meubilair bedekt

225

met een wit laken. We zouden pizza kunnen bestellen en films kijken, en de korstjes in plastic bakjes met honing dippen. Ik zou haar voeden als een gans.

Plop. De montage is voorbij. Weg. Ik kijk haar doordringend aan.

'Als je dat wilt,' zegt ze. 'Het is jouw keus. Jij kunt beslissen.'

Maar ik heb mijn keuzes in het leven al gemaakt. Ik heb er zoveel gemaakt. Daarom sta ik hier bij deze schommelstoel. Mijn keuzes hebben me op de een of andere manier hierheen gevoerd. Het is niet aan mij om deze keus te maken. Wat is er net gebeurd? Dat wat ik dacht dat er zou gebeuren toen ze begon te praten, denk ik: een aanzoek tot bijna een huwelijk.

'Dat had je niet moeten zeggen,' zeg ik. 'En Billy? Hij wilde de eerste al niet, waarom zou je denken dat hij de laatste zou willen?' Ik kwets mezelf met mijn eigen woorden. 'Waarom heb je dit gedaan?' Ik kijk rond om te zien of iemand hier getuige van is. Zoals altijd, niemand. Alleen de kopjes en schotels. Alleen het massieve mahoniehouten bed.

'Waarom heb ik wat gedaan?' Ze ziet er bang uit, alsof ik zal gaan schieten. Ik zie dat haar hand op haar buik ligt en ik draai me om en loop weg.

'Je zou me in elk geval antwoord kunnen geven,' zegt ze.

Ik blijf staan, draai me om, geloof bijna niet dat ze dat zojuist zei.

'Wil je een antwoord, hier en nu in Pete's Antiques? Of ik jouw baby wil? Het lijkt me duidelijk dat ik tijd nodig heb om daarover na te denken. Of komen we dan te laat voor je afspraak?'

Ik loop naar de voorkant van de winkel, voel me als die peuter: ik word naar plekken getrokken waar ik niet heen wil, in bedwang gehouden door iets waaraan ik nooit kan ontsnappen. Ik wil een driftbui krijgen. Ik overweeg om Morgan te bellen om haar te zeggen dat we niet meer komen, dat het leven veel te ingewikkeld is geworden, dat dit een moeilijke leeftijd is, een onmogelijke leeftijd. We moeten het afzeggen, stopzetten. Wat maakt dat ik in de auto stap? Ik weet het niet, maar ik doe het. Ik zie dat ze op me staan te wachten en ik voel dat Kit achter me staat. Ik kan geen beter alternatief bedenken.

17

Wat gebeurt er als je een afspraak afzegt? Vraagt de verpleegster naar de reden? Geeft ze advies, betwijfelt ze je keuzes, je toekomst-plannen, je handelwijze? Of laat ze je gewoon gaan?

De weg begint langzaam te stijgen. Ik rijd langs een bord met daarop: UITZICHT. Heb je niet altijd iets in het vooruitzicht? Er zitten bochten in de weg en daardoor blijf ik geconcentreerd. Ik rijd snel, in een poging om iedereen zenuwachtig te maken. Mijn stille, passieve manier om hun iets te laten weten is veranderd, hoewel niemand het merkt. Kit, die nu voorin zit, is de enige die weet dat alles veranderd is.

Het is hier warmer, de rotsen zijn glanzend rood; de geuren van de dicht op elkaar staande dennenbomen zijn sterk en een beetje zuur.

Ik hoor het geklik van een aansteker.

'O mijn god, dat ruik ik dus.' Ik draai me om en zie Suzanne die een trek van haar pijpje neemt. 'Hou op!'

Rook kringelt als sjaaltjes uit haar mond.

'Billy!' zeg ik.

'Wat? Ik heb maar een klein trekje genomen.'

'Kit is hier en mijn vader zit in de auto!'

'Het maakt mij niet uit,' zegt mijn vader.

'Niets aan de hand,' zegt Kit, en ik wend me met een verblufte uitdrukking op mijn gezicht naar haar toe.

'Ik sta op het punt mijn snacks op te eten,' zegt Suzanne, alsof dat alles verklaart. 'Dat wil ik met een trekje voorkomen.'

'Cully verkocht marihuana,' zeg ik. 'Maakt dat niemand iets uit? Blijkbaar niet! Klojo's. Beesten.'

Iedereen lacht, zelfs Kit. Ik maak een soort geluid, een gebrul, maar het komt naar buiten als een brulletje, dus uiteindelijk klink ik als een afgewezen stripboef. Ik grijp het stuur beet en zwenk expres heen en weer, wat Suzanne aan het lachen maakt.

'Sarah,' zegt ze. 'Oké. Hier. Ik stop al. Klaar. Tenzij, Kit, wil jij de trek in je ballen wegpaffen?'

'Nee, bedankt,' zegt ze, en dan vangt ze mijn blik en houdt op met glimlachen. Ik hoor het gekraak van een zak chips.

Ik kijk naar Billy via de achteruitkijkspiegel. Hij houdt een topje onder zijn neus en inhaleert diep. 'Waar heb je deze vandaan?' vraagt hij.

'Van de tuinman,' zegt Suzanne.

'Wat grappig. Omdat hij met allerlei plantjes werkt.'

'Briljant gevonden,' zeg ik. 'Tjonge.'

'Zoet,' Billy. 'Ik ruik iets zoets. Kersen, maar met een vreemde ondertoon.'

'Kersen?' vraagt Suzanne. 'Waar heb je het over? Eerder druif. Maar er is inderdaad een muffe grondtoon.'

'High!' zeg ik. 'Het ruikt alsof jullie er high van worden, klootzakken!' Iedereen lacht weer. 'Dat was helemaal niet als grapje bedoeld.' Ik probeer langzaam, rustgevend, via mijn neus te ademen, maar met Kit naast me ben ik me ervan bewust dat ik als een woedende stier klink.

'Wordt je lijf of je geest er high van?' vraagt Billy.

'Het is net een cannabisconferentie hier achterin,' zegt mijn vader.

Ik laat Kits raam zakken. Zo af en toe werp ik een blik op Suzanne en Billy achterin. Ik probeer mijn woede over te brengen, maar ze hebben het druk, ze zijn zo geconcentreerd alsof ze in Napa wijn aan het proeven zijn. Ze mompelen zachtjes: 'Het komt los.'

'Eikachtig. Kruidig.'

'Een basisras.'

'Maar goede grond.'

'Ik proef mest. Het is niet biologisch.'

'Ik denk dat je je daarin vergist. Hoog THC-gehalte. Tintelend. Dan word je actief high, niet sloom.'

'Uit een citrusgeslacht?'

'Ik proef Oosterse tapijten.' Gelach.

'Komt van die vent Phil T,' zegt Suzanne. 'Hij is heel cool. Een pionier. Hij heeft zijn schattige gezinsbedrijf op een hoger niveau getild. Het was een onbeduidende halfgare onderneming die aan de lopende band middelmatig spul afleverde, maar toen verdiepte hij zich in plantkunde, tuinbouw; speelde wat met licht, grond, temperatuur. Niemand deed het toen zo, in elk geval niet in Colorado. Nu let iedereen op de nuances van…'

Ik zie een berm voor me die breed genoeg is en rijd erheen. We slippen een beetje op de modder en ik rem hard, en draai me dan om.

'Ik erger me kapot aan jullie,' zeg ik. 'Ik ben woest. Geen wonder dat onze zoon dit deed, Billy. Het klinkt alsof je er een opleiding in hebt gehad.'

'Cully dealde in groene marihuana,' zegt Suzanne. 'Rustig maar.'

'Vergeet je niet iets, Billy? Pap?'

'Toe nou, Sarah,' zegt Billy. 'We maken gewoon lol. We doen niemand kwaad…'

'Het is niet de bedoeling dat hier iemand lol heeft en het zal… je weet wel, kwaad doen.' Ik gebaar naar Kit, maar besef dat ze niet weten wat ik weet. Ze weten niet wat mij is aangeboden, waar ik over moet nadenken. Maar als zij dat aanbod niet had gedaan, zou het dan niet erg zijn om van deze auto een zweethut te maken? Mag ze drinken, zoals ze gisteravond deed? Stel dat ze het leven van de baby al heeft verpest? Waarom maak ik me daar nu meer zorgen om dan eerst?

'Sorry, schat,' zegt Suzanne van achteren. 'Sorry, Kit. Ik dacht dat het goed was voor je ogen.'

'Sorry,' zegt Billy.

Het spijt mij. Mijn woede is vreemd voor me. Wat of wie ben ik aan het verdedigen? Een grote truck met oplegger komt voorbij, waardoor de auto trilt.

Het afgelopen uur heeft niemand een woord gezegd. We zijn bijna bij het hotel en ik heb het gevoel dat ik tegen hen moet zeggen dat alles weer goed is. Ik ben weer bijgetrokken. De time-out is voorbij. Ik wil graag naar mijn kamer om na te denken, hoewel ik er al de pest in heb dat ik überhaupt moet nadenken. Een halfuur geleden, op de weg met de bochten en bomen, dacht ik: een baby. Ja, een baby. Het zou niet hoeven eindigen. Cully zou niet hoeven eindigen. Ik kan nog steeds moeder zijn.

Nu zijn we in Colorado Springs, op Nevada Avenue, en we rijden langs angstaanjagende motels, pandjeshuizen, plekken waar je snel geld krijgt, en lijkt een baby uitgesloten. Mijn rondcirkelende gedachten storten neer, neer, neer. Vieze auto's schieten langs ons heen. De trottoirs liggen vol met wikkels en luchtige oude sneeuw vol roet. Ik stel me zo voor dat veel oudere mensen aan hun eind zijn gekomen op deze zebrapaden. Het lijkt me dat veel jonge mensen aan hun eind zijn gekomen in de Stagecoach of het Chief Motel. We rijden langs een autodealer met rode en blauwe wapperende vlaggen en auto's die geschonken lijken. Boven ons hangt een billboard met de aankondiging van de komende wapenshow.

'Moet je zien, een hoer,' zegt Suzanne.

Ik kijk naar de vrouw die een pruikenwinkel inloopt. Lavendelkleurig donsjack. Stilettohakken.

'Ik vraag me af of de zaken slechter gaan als het koud is en prostituees zich goed inpakken,' zegt Billy.

'Zou ze een pruik gaan kopen of een ochtendlijke pijpbeurt gaan geven?' vraagt Suzanne.

'Misschien wel allebei,' zegt Kit.

'Een pruik zou wel een hele verbetering zijn, dat staat vast,' zegt mijn vader.

In de verte lijkt Pikes Peak zich te schamen, een blos geworpen over zijn zijkant.

'Je wordt beslist afgezet als je hier woont, denk je niet?' vraagt Suzanne.

'Morgan woont hier,' antwoord ik. 'Cully woonde hier.'

'Ze studeerden hier. Dat is niet hetzelfde als hier wonen,' zegt Suzanne. 'Dat is net een warm bad.'

'Die hoer is een warm… Laat maar,' zegt Billy.

Ik wil zo graag alleen met mijn vader praten, en toch weet ik niet wat ik moet zeggen. Soms verzet ik me tegen zijn advies, maar betwijfel mijn eigen keuze dan uiteindelijk ook. Nee, ik moet niet met hem, maar met Billy praten. Ik stop bij een ver- keerslicht achter een MPV met een BABY AAN BOORD-sticker. Leuk hoor, goden.

'"Baby aan boord",' zegt Suzanne. Het lijkt alsof iedereen zijn best doet niet te reageren, maar misschien ligt het aan mij, ver- beeld ik het me.

'Ik neem aanstoot aan die boodschap,' zegt mijn vader. 'Als er dus geen baby in de auto zit, kun je er gewoon dwars doorheen beuken?'

'"Pap heeft een ruft gelaten en ik kan er niet uit",' zegt Suzanne.

'Dat meen je niet,' zegt Kit.

'Daar.' Suzanne wijst. Ik zie de sticker op de beige MPV voor ons op de rechterbaan. Als we langsrijden, draaien we ons allemaal om om naar de bestuurder te kijken, maar de auto heeft getinte ramen.

'Volgens mij heb ik nog nooit zoveel bumperstickers gezien,' zegt Kit.

'Dit is een bumperstickerstad,' zegt mijn vader. 'Maar de teksten zijn goed. Normaal gesproken is het hier allemaal "God zegen onze troepen, en dan vooral de sluipschutters".'

De omgeving begint te veranderen, alsof de stad een laagje afschudt. We rijden Lake op, een vredige weg die naar het hotel gaat. Ik ben hier niet eerder geweest. Als ik bij Cully op bezoek kwam, ging ik naar de Antlers. Ik ben blij dat het feest hier is en niet op de campus. Daar wil ik niet zijn, ik wil de gebouwen niet zien waar hij probeerde zichzelf te vormen en te veranderen, ik wil Slocum Dorm, waar hij woonde, niet zien. Ik wil het leven niet zien dat hij had pal voordat hij het niet meer had.

De bomen zijn onverzorgd, kaal, wat me met trots vervult voor onze kale espen, de smaakvolle schaduwen die ze werpen. In de zijstraten zie ik huizen met schaduwbomen en Amerikaanse vlaggen. Huizen met christelijke waarden – zonen die voetballen en dochters met lichte eetstoornissen.

De weg lijkt een toegangsweg naar iets veelbelovends, en ja hoor, ik zie het hotel voor ons, flets beigeroze, het lijkt belangrijk door alle vlaggen ervoor.

'Het is net een homo-ambassade,' zegt Suzanne.

In het gras ervoor zijn patronen gemaaid. Tuiniers zitten gehurkt bij de heggen, allemaal Latijns-Amerikaanse mannen, die waarschijnlijk niet weten waarom rijke mensen in vredesnaam hun bosjes in een vorm geknipt moeten hebben. Pikes Peak ziet er nu trots uit. Er is een eenheid in kleur tussen de berg, met de banen licht over het aanzicht, en het poederige mosterdroze pigment van het hotel.

Ik rijd de enorme ronde oprit op. Het voelt alsof we bij de Middellandse Zee zijn, niet in Colorado Springs, waar een paar kilometer terug een stripclub was die 'Le Femmes' heette.

'Ik ga naar de wellnessafdeling,' zegt Suzanne.'Even mijn hoofd leegmaken. Wie gaat er mee?'

'Ik kan in de lobby zitten,' zegt mijn vader. 'Dan sluit ik mijn ogen en maak mijn hoofd leeg onder het kadaver van een eland. Voor niets.'

'Zijn dat geweien!' zegt Billy.

'Zijn ze echt!' zegt mijn vader.

'Billy, ik moet met je praten,' zeg ik. 'Kun je proberen je te beheersen?'

'Gaan jullie even van bil?' vraagt Suzanne.

'Nou?' vraagt Billy.

'Koppen dicht.'

'Kom op, zeg,' zegt Suzanne. 'Iedereen probeert zich te vermaken. We houden van je. Doe met ons mee.'

'Kit is zwanger van Cully,' zeg ik tegen Suzanne. Ik stop de auto.

'O mijn god,' zegt Suzanne, met een stem die ik haar zelden hoor gebruiken. 'Gaat het wel?'

Ik weet niet goed tegen wie ze het heeft. Dat weet niemand, of in elk geval heeft niemand een antwoord. Ik kijk naar Kits handen, die in haar schoot liggen. Lange vingers, gescheurde nagels. Ze moet meer calcium innemen. Ik vraag me af of ze boos op me is omdat ik haar situatie op deze manier bekend heb gemaakt.

'Wat ga je doen?' vraagt Suzanne, en wederom weet ik niet tegen wie ze het heeft.

'Kit gaat haar leven leiden,' zegt Billy. Ik kijk naar hem, benieuwd wat hij zal zeggen als ik hem over haar aanbod vertel.

'O,' zegt Suzanne.

'Niet doen,' zeg ik. 'Ik had niets moeten zeggen.'

'Wat moet ik niet doen?' Suzanne.

'Zeg of denk niets. Nu weet je het.' Ik kijk achterom.

Ze laat haar zonnebril zakken en wendt zich van me af.

'Hoe ver ben je?' vraagt ze aan Kit.

'Dat maakt niet uit,' zeg ik. 'Waar zijn verdorie die parkeerjongens? Dit is toch een vijfsterrenhotel?'

'Nou,' zegt Suzanne. 'Je weet hoe ik daarover denk.'

'Ik heb tegen Sarah gezegd dat ik de baby voor haar zou wilen krijgen,' zegt Kit.

234

Ik heb het idee dat ik iedereen naar adem hoor snakken. Ik kijk Kit aan en ze is tevreden, alsof ze een manier heeft gevonden om te zorgen dat ik me ermee bezig ga houden.

'Wat?' zegt mijn vader.

'Ik heb tegen Sarah gezegd dat ik de baby voor haar zou willen krijgen,' zegt ze nogmaals.

'Wat geweldig,' zegt Suzanne. 'Het is... het is echt heel mooi, dat is het. Het is net een nieuw leven voor hem.'

'Hou op,' zeg ik met zwakke stem. 'Alsjeblieft.' Ik draai me smekend om. Billy klemt zijn kaken op elkaar. Ik weet niet wat hij denkt.

'Sarah,' zegt Suzanne. 'Dit is een geschenk. Morgan zal...'

'Morgan mag het niet weten,' zeg ik. 'Ze zal het inpikken en ermee op de loop gaan, net als jij. Stap alsjeblieft uit en ga weg. Doe wat je doet – geef een bom duiten uit en eet zoveel dat je er een leegte zo groot als... als weetikveel mee kunt vullen. Waag het niet om morele oordelen te vellen.'

'Een gletsjerspleet,' zegt mijn vader. 'Een hoedendoos. Ik bedoel niet dat je... Ik denk alleen aan grote dingen...'

'Sarah,' zegt Suzanne zachtjes. 'Zo mag je niet tegen me praten.'

Een parkeerjongen met glad achterovergekamd haar opent vol flair mijn portier. Hij heeft geen idee wat hij zojuist heeft onderbroken, maar ziet aan mijn blik dat het iets is. 'Welkom in het Broadmoor?' zegt hij.

We stappen uit en ontlopen elkaar.

'Chip brengt jullie bagage naar de incheckbalie,' zegt de jongen.

Chip heeft zwart haar, groene ogen en is verbluffend knap. Door hem raken we even uit balans, waarna we weer op het juiste pad raken.

'Hoi, Chip,' zegt mijn vader. 'We hebben niet echt veel bagage.'

'Weet u het zeker, meneer?'

'Ja, hoor, Chip, dank je wel,' zegt hij. 'We reizen licht.' Hij en Kit wisselen een korte glimlach. Het valt Billy ook op.

Ik loop naar de lobby en heb het gevoel dat ik paardgereden

heb. Mijn benen doen pijn, ook al heb ik ze niet gebruikt, en ik ben uitgeput en voel me door de zon verbrand zonder iets gedaan te hebben. Ik loop voor iedereen uit, omdat ik afstand wil of omdat die me is gegeven. Ik hoor hun stemmen als een kliekje achter me, ze beoordelen me.

'Ik zorg dat je een eigen kamer krijgt,' hoor ik Suzanne zeggen.

'Dank je wel,' zegt Kit.

'Dit wordt fijn, weet je dat? Het komt allemaal goed.'

'Het is aan Sarah,' zegt Kit.

Het is aan mij.

18

Ik laat Billy een chocoladereep van zeven dollar kopen in de cadeauwinkel en hem naar mijn kamer brengen. Ik heb een fles zinfandel besteld, waarom niet. Ik open de gordijnen en loop het balkon op. Ik kijk uit over het nepmeer en die klotezwanen. Dan hoor ik iemand van de roomservice aankloppen en ik loop de kamer weer in.

Alles is hier zo gebloemd, alles zo schoon en gekoeld. Ik wil alles door elkaar gooien en dan iemand bellen om mijn kamer op te ruimen. Ik ben dol op hotelkamers – de lege laden, onze levens gecomprimeerd en bevrijd. Soms denk ik dat kamermeisjes de beste kijk hebben op de menselijke aard, alle smeerboel die we achterlaten. Daar wil ik met Billy over praten: over het leven van een kamermeisje, de inrichting in hotelkamers. Ik wil niet praten over de dingen waar mijn hart pijn van doet. Ik open de deur voor Billy en een man van de roomservice die mijn fles wijn naar binnen rolt.

Even ben ik van mijn stuk gebracht als ik deze twee mannen samen zie, de ene sjofel, de andere als door een machine gepolijst. *Kon je je niet netter aankleden?* wil ik de ene vragen. *Heb je echt een wagentje nodig?* wil ik de ander vragen.

'Kom binnen,' zeg ik.

Billy maakt een 'na u'-gebaar tegen de ober. Die rolt de wijn eerbiedig naar binnen. 'Waar wilt u deze hebben?' vraagt hij.

In mijn mond.

'Op het balkon,' antwoord ik. 'Zodat ik het nepmeer kan zien.'

Billy trekt zijn wenkbrauwen op en geeft me een kus op mijn hoofd, wat natuurlijk en tegelijkertijd verontrustend aanvoelt. 'Kom even tot jezelf,' zegt hij.

We lopen achter onze ober aan het balkon op. Hij pakt de fles en laat hem aan me zien. Ik knik. Hij maakt hem open. Hij schenkt een slokje voor me in en blijft dan staan wachten, met een arm achter zijn rug.

Billy neemt de honneurs waar. Hij laat de wijn walsen, stopt zijn neus in het glas en neemt een flinke slok. 'Ondeugend. Fruitig. Koppig. Wil je ook een slokje?' vraagt hij de ober.

De ober lacht, onevenredig opgelucht. 'Nee, dank u wel, meneer. Bedankt.' Zijn stem is nu anders, alsof het prima is om zichzelf te zijn, niet een man die altijd een gesteven wit overhemd draagt met een zwarte gilet en met een arm achter zijn rug staat. Ik wil die man vragen: *Wat zou u doen?* Of nog beter: *Wat heeft u voor problemen? Vertel.*

Ik loop weer naar binnen zodat Billy zich kan bezighouden met de ober, de wijn, het inschenken en het bedanken. Tot al die dingen ben ik nu niet in staat. Ik ga de badkamer binnen, die net een toevluchtsoord is, en doe de deur dicht. Nog meer bloemen. Een bad op klauwenpootjes. Het is hier heel lieflijk, wat niet past bij het onderwerp. Ik hoor hen allebei lachen en ik wil wedden dat Billy hem heeft overgehaald een slokje te nemen.

Als ik het karretje voorbij hoor rollen en de deur hoor dichtgaan, kom ik naar buiten. Billy staat bij de balkondeur en heeft een vol glas donkere rode wijn in zijn hand.

'Hij wist niet dat je hem moet laten ademen,' zegt Billy, 'maar dat heb ik hem verteld.'

'Heb je hem zover gekregen dat hij een slokje nam?'

'Dit glas was voller.'

'Dank je wel,' zeg ik. 'Proost.'

We proosten samen en ik neem een flinke slok. Billy kijkt de kamer rond en dat doe ik ook, ik heb de behoefte ergens commentaar op te leveren.

Ik pak de appel op die naast de twee plastic flessen water ligt. 'Ik vind het hier heerlijk.' Billy trekt een gezicht, maar ik bedoelde het niet sarcastisch. 'Alles wat ik zeg klinkt onoprecht,' zeg ik. 'Moet je die berg zien.' Ik neem nog een slok. 'Het is zo onbeduidend. Wat gebeurt er hier?'

'Ik weet het niet.'

'Ik blijf maar aan hem denken, maar ik denk aan hem als baby en... Het was zo heerlijk, maar het was allemaal zo zwaar en ik wil... ik wil de juiste beslissing nemen, maar ik heb al gefaald en stel dat ik het niet kan? Stel dat ik niet geschikt ben om...'

Hij pakt mijn glas, zet het terug op het bureau en geeft me een knuffel. Ik geef eraan toe. 'Elke beslissing is juist,' zegt hij. 'En je hebt niet gefaald.'

Als we elkaar loslaten kust hij me boven op mijn hoofd en ik kijk omhoog. We kijken elkaar aan, verdwaasd, en dan kussen we elkaar op de mond zoals ik wist – en hij, naar ik aanneem, wist – dat we zouden doen. Zijn tong is warm en lief. Hij heeft een stuk van mijn chocolade gegeten. Zijn hand op mijn rug dwaalt naar beneden. Het is een langzame, duizeligmakende kus. Ik voel die draaierigheid die ik altijd ervoer als ik hem kuste. Het is een gevoel uit de tijd toen je een meisje was en je kuste en kuste en dat alles was, tot het dat niet meer was.

Maar we zijn niet jong en kussen duurt niet lang. Ik pak de gesp van zijn riem en trek hem mee naar het bed, maar hij neemt de leiding en verwisselt met me van plek zodat hij als eerste zit en trekt me naar zich toe, tussen zijn benen.

'Wacht,' zeg ik, als hij achteroverleunt en probeert me op zijn schoot te trekken.

Ik ga absoluut niet bovenop; ik kan het me niet voorstellen, schrijlings naakt over hem heen, op en neer wippend, zijn handen die me voortstuwen, het is te lachwekkend, te kwetsbaar. Mijn gezicht wordt rood. Ik ben verlegen. Hij heeft me in tweeëntwintig jaar niet meer zo gezien. Mijn lijf is mooi met kleren aan, maar mijn huid hangt een beetje waar die dat eerder niet deed. Mijn borsten moeten worden bijgevuld. Mijn buik, mijn dijen en mijn kont zijn slapper geworden. Maar hij zou zich mij niet herinneren zoals ik vroeger was. Ik herinner me hem niet. Ik herinner me nog een sterk lichaam als een kooi, een natuurlijke muskusgeur, een ruig toefje haar op zijn borst. Hoe zou hij er nu uitzien? Dit geeft me moed – in plaats van je je publiek naakt voor te stellen om je zelfvertrouwen op te krikken zou je je hun verouderde lichaam moeten voorstellen. Ik maak zijn riem los.

'Je bent mooi,' zegt hij.

We kijken elkaar van dichtbij aan, mijn blik daalt naar zijn mond.

'Je wilt met me naar bed. Natuurlijk ben ik mooi.' Ik lach, maar hij kijkt me aan alsof hij weet dat ik het ene zeg om iets anders te verhullen, of hij heeft gewoon medelijden met me, alsof ik niet kan zeggen en doen wat ik bedoel.

Hij drukt zijn mond op die van mij, omdat dit het eenvoudigste, oprechtste is wat we nu kunnen doen, denk ik. Ik trek me terug, mijn verstand en behoedzaamheid sijpelen naar binnen, en schaamte – dit is geen juiste reactie op het dilemma – maar hij drukt zich harder tegen me aan totdat mijn mond zich verzacht, zich opent en die van hem grijpt alsof hij uitgehongerd is. Het is zo'n woeste en wanhopige kus die je in films ziet, waarbij de personages in de regen staan met hun handen in elkaars haar, kussend alsof er een oorlog op uitbreken staat. Af en toe kreun ik in zijn mond en denk: Wie ben ik?

Het geluid van mijn stem haalt me iets uit mijn betovering. 'Wat is het hier koud.' Ik wil onder de dekens schuilen tegen het licht. De kamer is zo keurig en preuts. We zouden geslachtsgemeenschap moeten hebben terwijl we met een Brits accent praten.

Toen we een stel waren, gingen we tekeer in zijn zilverkleurige Bronco of op zijn matras in zijn houten huis in de vorm van een A in Blue River. Hij had drie kamergenoten en als we genoeg hadden gedronken dempte ik het geluid van mijn climax niet – die liet ik dan door het huis schallen. Het was net alsof we een bel luidden om aan te kondigen dat we verenigd waren. Tijdens mijn studie had ik nooit zulke seks gehad, en mogelijk sinds die tijd ook niet meer. Soms seksten we op de parkeerplaats van Steak and Rib voordat hij moest werken. Dan stuurde ik hem weg met een zelfgenoegzaam lachje en voelde me vies en net een echtgenote, waarna ik thuis op hem ging zitten wachten tot hij klaar was met werken. Dan gingen we om halfelf naar de bars – Pounders of de Gold Pan – en sliepen tot ongeveer halftwee. Het was net een korte onderbreking in mijn leven, alsof de bus waar ik inzat defect was en ik wel moest uitstappen en me uiteindelijk prima vermaakte. Daarna stapte ik weer in die bus en dacht in het begin dat ik wat ik had geleerd en waar ik van had genoten met me meenam.

Daar gaan we weer. Beleefd maak ik me los. Ik ga staan zodat we een korte, droevige striptease kunnen doen. Het hoogtepunt van het ogenblik lijkt al afgenomen te zijn, voor mij althans, maar ik weet dat we dit moeten doen. We zijn aan iets begonnen, en nu moeten we het ook afmaken. Nu heb ik de behoefte om mezelf te bewijzen, mezelf te laten zien zoals ik ooit was. Hij doet zijn schoenen uit, dan zijn broek, maar laat zijn witte sokken aan. De ene sok heeft een rood randje over de tenen, de andere niet. Hij doet zijn boxer uit en gaat zitten, met zijn sterke dijen uiteen. Zijn verlangen is heel duidelijk. Daar is niets preuts aan. Hij is gevulder dan vroeger, nog steeds in goede conditie, maar geen gratenbaal meer. Hij heeft spieren en ik zie met genoegen dat zich een buikrolletje heeft gevormd. Hij is ook hariger geworden.

Ik doe mijn spijkerbroek uit, dankbaar dat ik ondergoed draag dat niet groot genoeg is voor twee Sarahs. Ik laat het aan, net als mijn sokken en trui, en probeer met enige waardigheid in bed te kruipen. Uiteindelijk maak ik een soort paaldansmanoeuvre, wat maf en lief begint, maar lomp eindigt omdat ik het niet serieus genomen heb. Het is net alsof je midden in een zin van hoi omschakelt naar hallo en er dan 'hoilo' uitkomt.

Ik ga onder de dekens liggen, schoppend met mijn benen om de lakens losser te krijgen die me dwingen mijn tenen te punten. Ik lach, ook al is er niets grappigs aan. Ik zou kunnen huilen.

Billy gaat boven op me liggen, kust me, doet mijn trui uit, mijn tanktop, mijn beha. Ik sla een been om hem heen en hij beweegt zijn hand over mijn lichaam, hij stopt bij mijn borsten. Ik denk aan hem terwijl hij zo'n knijpstressballetje bevoelt; en zodra ik dat denk, weet ik dat ik hem niet tussen zijn benen kan betasten zonder me een beetje ziek te voelen. Wat is er met mijn seksualiteit gebeurd? Het is zo vreemd om onder deze man te liggen die me vroeger liet bokken en trillen. Ik dwing mezelf mijn rug te welven, zijn tong naar binnen te zuigen, in een poging om iets terug te toveren – de Bronco, het huis, de trotse orgasmes als een jubelkreet in het bos.

Hij laat zijn hand verdergaan: naar beneden, naar beneden, ertussen. Hij port wat rond met zijn vinger, houdt op, likt aan zijn hand en gaat dan vakkundig verder. Met hoeveel vrouwen is hij geweest, hoeveel afspraakjes heeft hij gehad, hoe was Rachel? Ik besef dat ik mijn dijen samenknijp en ik laat ze openvallen, dan pak ik hem beet en stop hem erin zoals je een stekker in een stopcontact doet. Hij gaat er niet helemaal in, dus ik trek aan mijn huid om hem heen en uiteindelijk produceren we genoeg vocht om het te laten werken.

Zo. Het werkt. We zijn aan de slag en de seks vervult zijn taak: ik vergeet alles. Het is een en al gevoel, geconcentreerd gevoel, zo zo zo goed – echt goed, ik ben goed! En dan weet ik het weer, de stukjes en beetjes van mijn vreemde nieuwe wereld – Kit, Cully, zelfs Morgan, hoe ze als baby waren – dat er rode puntjes op Cully's voorhoofd verschenen als hij huilde, hoe hij zijn hoofd schudde als hij mijn borsten naderde om gevoed te worden.

Ik bereik toch een hoogtepunt, net als ik me al die dingen her- inner die ik zou moeten vergeten, en het voelt naar en vreemd om een orgasme te krijgen als je aan zwangerschap, baby's en je dode zoon denkt, en tegelijkertijd ook niet merkwaardig en echt. Het leven bestaat gewoon uit niet meer. Alleen nog wat eten en slaap.

Billy gaat uit me en van me af en gaat dan achterover liggen met zijn handen onder zijn hoofd. Hij draait zijn hoofd naar me toe, met een grote kinderlijke grijns op zijn gezicht, en dan sterft zijn glimlach weg alsof hij zich zojuist heeft herinnerd hoe dit om te beginnen is ontstaan: uit wanhoop, een onvermogen om na te denken of te praten, een dringende behoefte om te ontsnappen.

We blijven onbeweeglijk liggen, kijken naar het plafond.

'Ik las iets interessants in mijn kamer,' zegt Billy.

'O ja?'

'Volgens mij was het in de entresol,' gaat hij verder, 'op de plafondschildering. Daar is een danser met twee rechtervoeten afgebeeld.'

Ik draai mijn hoofd om, maar hij glimlacht alleen maar en blijft omhoogkijken.

'Zeg alsjeblieft dat dit voor jou ook raar is,' zeg ik, terwijl ik de uitdrukking op zijn gezicht bekijk. Hij knippert tweemaal, trekt aan zijn oorlelletje.

'Dit is ook raar voor mij.'

'Zeg me dat je dit niet met Rachel doet.'

'Wat?'

'Naar haar teruggaan nadat…'

Hij knippert niet. 'Nee. God, nee. Hoezo? Jaloers?'

'Nee. Ik wil alleen geen deel uitmaken van een trend.'

'Je maakt geen deel uit van een trend.' Hij draait zijn hoofd om me aan te kijken. Hij is alleen een hoofd met een lichaam van laken.

Ik kijk weer naar het plafond. Ik weet niet waarom ik naar Rachel heb gevraagd, waarom ik me bekommer om trends. Misschien zie ik dit nogmaals gebeuren. Het is gemakkelijk. Maar dan denk ik er nog eens over na: er zijn veel makkelijker dingen die we hadden kunnen doen.

'Godsamme,' zegt Billy en ik glimlach, omdat ik denk dat hij me complimenteert met mijn vaardigheden, maar dan kijk ik naar hem en hij huilt. 'Cully,' zegt hij, en zijn stem stokt bij zijn naam. Ik krul me op tegen Billy aan, met mijn gezicht tegen zijn borst, die nu heftig op en neer gaat. Zijn hand op mijn onderrug grijpt me beet alsof hij zich aan een richel vasthoudt. 'Sorry,' zegt hij, maar ik zeg niets. Ik laat hem gewoon huilen. Ik huil met hem mee, net als ik denk dat ik niets meer heb. Er zal altijd verdriet zijn, eindeloze voorraden om uit te putten, wat vreemd genoeg geruststellend is. Het duurt niet heel lang, deze jammerklacht. Het is net een voorbijtrekkende stortbui. Na afloop zeggen we een tijdje niets en de stilte is vredig.

'Ik denk dat we moeten opstaan,' zegt hij. 'We hebben veel om over te praten.'

'Oké.' Daar ben ik echter totaal niet aan toe. Ik weet niet wat ik moet doen, wat ik verondersteld word te doen, wat ik wil. Ik stel me de danser voor met zijn twee rechtervoeten, die in cirkels walst, de danser aan wie je blijft denken, de fout van de schilder.

Billy en ik gaan op het balkon van mijn kamer zitten. We dragen de hotelbadjassen van badstof.

'Moet je ons eens zien,' zeg ik. 'In jassen gemaakt van handdoek.'

'Net een pasgetrouwd stel.'

Ik hef mijn gezicht naar de latemiddagzon, wat Billy al deed. We zien er inderdaad uit als een pasgetrouwd stel, of als mensen in een hotelbrochure die acteren dat ze dat zijn.

Toen ik hem vertelde dat ik zwanger was, reed hij naar Denver, zocht me op in mijn studentenhuis en zei: 'We kunnen dit. We kunnen trouwen.' Zo zei hij het: 'We kunnen trouwen', wat ik nog steeds amusant vind. Hij was vijf jaar ouder dan ik en toch leek het alsof hij mijn zoon had kunnen zijn. Hij was een jong kind, dat probeerde het juiste te doen. Ik wist dat hij op dat moment met een ander meisje samenwoonde.

'Ik ga nu niet trouwen,' zei ik toen, en wat keek hij opgelucht.

Zijn ouders waren uit Durango gekomen toen ik in de zevende maand terug verhuisde naar mijn vader. Zijn vader was lang, maar ik besefte dat hij en Billy even lang waren, zijn vader was gewoon gevulder. Hij zag eruit als een houtvester. Zijn moeder was klein, in goede conditie maar gezet, met kort bruin haar en grote oorbellen. Ik vond hen onmiddellijk aardig. Ze liepen ons huis binnen, keken niet rond, deden niet voorzichtig; ze keken me gewoon aan alsof ik heel wat voorstelde. Ze namen bloemen voor me mee, en later borden, bestek en wijnglazen die ik nog steeds heb. Ze kochten een wieg en een kinderwagen voor me, babykleren en dekens. Zijn moeders stem en woordgebruik deed denken aan actrices uit vijftigerjarenfilms, een ring van rijkdom en verfijning. Ze noemde de bruine wieglakens 'rossig'. Ik denk dat mijn vader zich rot voelde. Hij had er niet aan gedacht om die dingen te doen.

'Hebben je ouders geld?' vroeg ik Billy nadat ze waren komen binnenstormen en daarna weer uit mijn leven waren vertrokken. Na dat eerste jaar had ik hen niet vaak meer gezien, waardoor ik me onverklaarbaar (of verklaarbaar) afgeschreven voelde.

'Genoeg, ja hoor,' antwoordde Billy. We waren bij mij thuis, bij mijn vader thuis. Hij bleef maar op zijn horloge kijken en ik stelde me de ruzies voor die hij en zijn vriendin (heette ze Wanda?) over mij moesten hebben. Hij keek het huis rond. 'Hetzelfde. Maar mijn moeder laat dingen er nieuwer uitzien.' Ik keek naar de donkere houten muren, de antieke meubels, de aanrechten, bruin en korrelig als volkorenmuffins, en wist precies waar hij het over had. De huizen met echtgenotes erin, met moeders – dat waren de huizen met de mooie aanrechtbladen, de geverfde muren en een op elkaar afgestemd interieur. Zo'n huis wilde ik ook op een dag.

Ik keek naar de bestekset, naar de diepe uitsparingen in het heft.

'Ze zijn doorgaans niet zo gul,' merkte Billy op. Hij pakte een vork. 'Mooi. Geen monogrammen. Ik zweer je dat mijn moeder alles van een monogram voorziet.'

Natuurlijk is het niet voorzien van een monogram, besefte ik later. Ik was verdoofd door de nieuwe cadeaus, hebzuchtig en opgewonden over dingen die ik eerder niet belangrijk vond – rompers! dekens! – en op dat moment bedacht ik niet hoe vreemd het was dat ze me tafelzilver en wijnglazen gaven, net trouwcadeaus. Het was net alsof ze me voorzagen van alles wat ik nodig zou kunnen hebben, zodat hun zoon zijn weg kon vervolgen. Ik dacht dat hij de wilde partner was, maar in hun ogen was ik dat. Billy was in de wildernis uit de bus gestapt, maar nu was hij weer terug, klaar om te beginnen.

De zon is aan het ondergaan en geeft Pikes Peak een koude blauwe tint. Ik bekijk de informatiebrochure met afbeeldingen van het hotel en doe alsof ik belangstelling heb voor de historie en anekdotes, tijdlijnen, feiten en geestverhalen. Mijn geveinsde belangstelling wordt echt. Ik kom erachter dat Julie en Spencer Penrose het hotel in 1916 kochten. Daarvoor was het een casino en een meisjesschool. Ik kijk naar Spencer Penrose in het boek. *Ha die Spence.* Hij hield van een plek. Hij bouwde erop – kleine odes en ankers. Ik denk aan mijn voorouders, die stoere pioniers. Mijn naamgenoot, Sarah Rose Mather, die haar anker uitwierp om een dansgelegenheid te runnen. In haar dagboeken staat: 'Gokken, prostitutie en drinken vieren hoogtij in deze stad. Ik zou denken dat deze mensen wel een plek kunnen gebruiken om te dansen.'

Cully verankerde me aan een plaats. Nu doet mijn vader dat, denk ik. Ik stel me Kits ouders voor, die met het vliegtuig van de oostkust komen, me overladen met glaswerk en babyspullen, en dan afscheid nemen. Hoe zou dat uitpakken? Stel dat zij de baby willen? Zouden zij niet de eerste keuze moeten krijgen?

'Ik weet niet hoe ik dit moet doen,' zeg ik. 'Ik bedoel, als ik het doe.' Ik kijk naar Billy en hij graaft met gesloten ogen diep in zijn neus. 'Het zou zo anders zijn om nu de moeder van een baby te zijn. Ik zou zelfs even oud zijn als veel moeders.'

'Ja, ze krijgen ze tegenwoordig laat,' zegt hij.

'Ik kan me niet voorstellen dat ik opnieuw zou beginnen.'

Billy strijkt over zijn borst. Hij doet dat onbewust, geeft klopjes op zijn borst. Ik stel me hem weer voor als vader, een vader met een baby in zo'n ding – zo'n draagzak die iedereen nu heeft, met een baby op het lijf gebonden, die naar de wereld kijkt alsof hij aan een langzaam voortbewegende tokkelbaan hangt. Ik had een rugzak met een uitwendig frame, het stoeltje was van dun canvas. Ik kijk terug en ben trots op waar ik overal kwam met Cully – we gingen wandeltochten maken in Blue River, we langlauften, gingen naar de schaatsbaan, de bibliotheek op maandag, kochten ijs bij de Crown. Kleine gewoontes. Ik weet zeker dat alle spullen die ik had teruggeroepen zijn of niet meer gemaakt worden. Ik denk aan kinderwagens, luiers, plastic bakjes zonder BPA. Flesjes, commodes, kinderartsen, kinderstoelen. Alle spullen van een nieuw leven. De meeste moeders zouden in de twintig of dertig zijn – ik zou deze keer precies het tegenovergestelde probleem hebben.

'Zou je het kunnen?' vraag ik. 'Het nog een keer doen?'

'Nee, Sarah. Dat zou ik niet kunnen. Ik zou het niet doen.' Hij kijkt me aan zodat het duidelijk is.

Ik weet dat het me niet zou moeten teleurstellen, maar dat doet het toch. Ik voel me bedonderd, gebruikt. Het maakt me ook woest, het gebrek aan consequentie, het gemak. Baby's en kinderen veranderen niet per definitie de loop van een mannenleven, en op de een of andere manier maakt het geen slechte indruk dat hij de baby niet wil, maar bij mij zou dat wel zo zijn. Maar ik kan geen keuze maken gebaseerd op hoe het zou overkomen, hoe het zou lijken. Met dat soort keuzes wil ik klaar zijn.

'Het is net een nieuwe kans,' zeg ik. 'Onze zoon heeft nooit de kans gekregen om iemand anders te zijn. Nu wel.' Ik denk aan het avonturenpark in Frisco, de sportschool, de speelgoedwinkel,

Spring Fling-concerten. Er zijn nu meer dingen voor kinderen. Mensen vinden hen nu leuk. Ze mogen ook aanwezig zijn.

Ik denk aan alle tekeningen die Cully maakte, het zelfportret van zijn achterhoofd, de schoolavond waarop hij een folksong speelde op de gitaar, 'Four Strong Winds', en iedereen stomverbaasd toekeek.

'Ik wist helemaal niet dat hij dat kon,' had Suzanne naast me gefluisterd.

'Ik ook niet,' zei ik, terwijl ik foto na foto nam.

Ook denk ik eraan dat ik naar de klok keek, uitzag naar het moment van zijn middagslaapje, naar zijn bedtijd, naar rust. Ik weet nog dat ik hem bijstuurde, hem een uitbrander gaf, een time-out, dat ik gilde, dat ik hem op de grond duwde. 'Nee! Kun je niet gewoon braaf zijn?' *Is het al vijf uur? Mag ik al een drankje? Kan ik hem al naar bed brengen? Pap, kun je even op Cully letten als ik...?*

Homevideo's, foto's – op sommige momenten waren dat de enige dingen waardoor ik even stopte en dol was op alles. Ik glimlach nu, om hoe hij me het bloed onder de nagels vandaan kon halen.

'Weet je?' zegt Billy. 'Ik denk dat Kit misschien even te hard van stapel liep.'

'Hoe bedoel je?' vraag ik, nog verzonken in mijn droomwereld.

'Ik bedoel, dat hele aanbod. Het is wel duidelijk dat het een spontaan idee was. We kunnen het goed met elkaar vinden, ze liep te hard van stapel; het is net als wanneer je opgewonden raakt als je een reisje voorbereidt.'

'Ze was niet opgewonden en ze was geen reisje aan het voorbereiden,' zeg ik.

'Ik denk dat dit haar manier is om geen keuze te hoeven maken. Of om een goed gevoel over zichzelf te krijgen, alsof ze ons iets geeft.'

'Mij iets geeft,' verbeter ik hem. 'Wat ook zo is. Zo zou zijn.'

'Waarom werd je dan zo kwaad?' wil hij weten.

Ik hef een been uit de badjas en ga wat rechterop zitten. Ik was woedend. 'Ik was niet kwaad.'

'Je was razend,' zegt hij.

'Ik was overdonderd.' Ik krab aan mijn borst. 'Oké, en ook wel een beetje boos.'

'Omdat?' vraagt Billy.

'Omdat de verantwoordelijkheid nu bij mij ligt,' zeg ik. 'Nu moet ik zeggen wat er gedaan moet worden. En haar cadeau, of hoe je het ook wilt noemen – het is moeilijk om zoiets niet te aanvaarden.'

'Hoe bedoel je?' vraagt Billy.

'Ik bedoel, hoe zou ik het niet kunnen aannemen?' Ik ga nu helemaal rechtop zitten, met mijn voeten op de grond, en houd mijn ochtendjas dicht. 'Het is van Cully. Het is van mij. Hoe zou ik het niet kunnen doen? Misschien is dat de reden waarom ik door het lint ga, omdat ik geen enkele keus heb. Jij hebt Sophie – jij hebt… ondersteuning! Dat is niet hetzelfde.'

Hier draait het natuurlijk om. Ik heb geen keus, en hoewel het heerlijk is om herinneringen aan de babytijd op te halen, komt er ook wat gal omhoog als ik eraan denk dat ik luiers verwissel, de hele nacht op ben, met de kinderwagen loop en met andere moeders praat. Het zou anders zijn, natuurlijk. Het ging nu om mijn kleinkind! Maar er zou niemand zijn naar wie ik de baby kon terugbrengen. Dus toch niet hetzelfde. Het zou geen kleinkind zijn. Ik hoor mijn stem sussend praten, zingen, koeren, maar ook nee zeggen. *Dat is geen goede keus, kun je geen andere optie bedenken, kun je delen? Kun je niet gewoon braaf zijn? Pap, kun je even helpen als ik…?*

Ik heb het gedaan. In sommige opzichten heb ik genoeg gedaan, en ik snap dat ik op een dag tevreden met mezelf zal zijn, dat ik mijn eigen anker ben, maar wijs ik hem niet af als ik zijn kind afwijs? Zeg ik niet: *Ik wil niet helemaal opnieuw dat wat ik met jou had?* Want dat is niet de waarheid.

'Sophie is geen ondersteuning,' vertelt Billy. 'Ze helpt helemaal niet.'

'Ik weet het. Sorry. Het kwam er gewoon zo uit.'

'Het is moeilijk,' zegt hij. 'Haar zien. Niet... tevreden te zijn.'

'Sorry. Dat vind ik echt heel naar.'

'Dus je gaat het houden?' vraagt hij.

'Ik weet het niet.'

Ook al denk ik dat ik het wel weet. Hoe zou ik dit niet kunnen laten gebeuren?

'Een baby.' Ik zucht. 'Dit zou ook voor mijn vader zijn. Het zou hem een doel geven.'

Nu zullen we kaarten met 'Gefeliciteerd!' krijgen in plaats van deelnemingskaarten, die serieuze wensen met een drieledige structuur: 1. Het leven kan pijnlijk zijn. 2. Liefs, liefs, liefs, en wat naar voor jou. 3. Er is een doel, dat nog onthuld moet worden.

'Je vader heeft al een doel,' zegt Billy. 'En jij ook.'

Ik wuif zijn woorden weg, leun zijdelings tegen de stoel zodat ik hem nog steeds aankijk. 'Weet je die boekenkast nog die je had gekocht?'

'Wat?' Billy begint iemand te bellen op zijn mobieltje.

'De boekenkast. Die hele zware, van eikenhout. Je kocht hem toen we begonnen met daten, of neuken, of – nou ja. Er konden alleen kleine boeken in, maar jij vond hem mooi. Je had hem niet nodig. Volgens mij bezat je niet één boek. Je wilde gewoon iets moois in dat Blue River-huis zetten, en ik wed dat het je verraste – dat je dat wilde. Het is niet iets wat je dacht ooit te willen, maar je was volwassen geworden.'

'Met extra olijven,' zegt hij.

'Wat?'

'Wacht even,' zegt hij.

'Bestel je nou een pizza? Ik probeer hier een openhartig gesprek te voeren en...'

'Welke kamer hebben we?'

'Godver!'

Hij staat op en loopt naar binnen, waarschijnlijk om te kijken naar het kamernummer. Hij komt terug, legt zijn handen op mijn schouders.

'Sorry. Ik verrek van de honger. Ik heb op de menukaart van de roomservice gekeken. Een hamburger kost vierentwintig dollar en een cola zes vijftig, en ik bedacht dat we iets konden eten en het hier dan verder over konden hebben. Ik weet dat je van zwarte olijven houdt. Ik heb ze erbij besteld. We krijgen bergen olijven. Wilde je die boekenkast of zo?'

Nee, ik wil de boekenkast niet. Ik dacht er alleen maar aan. Ik dacht ook aan de stofzuiger die ik kocht toen ik vertrok uit het huis van mijn vader en naar mijn eigen woning ging in de Silver King Condos aan Boreas Pass. Een rode. Een goedkope. Prullerig en uiteindelijk nutteloos. Als je jong bent, kies je altijd het goedkoopste merk, omdat je niet beseft dat het vervangen moet worden door iets beters en je dus uiteindelijk meer geld uitgeeft.

Ik denk aan de grote momenten, de stadia in het leven van een kind:

Kleuterschool.

Zestien.

Rijbewijs.

Achttien.

Eindexamen.

Studeren.

Meerderjarig.

Het huwelijk.

De grote dingen. De overgangsrites: één daarvan hebben Cully en ik nooit bereikt. Maar hoe zit het dan met een jonge meid – of jongen – die een stofzuiger of een boekenkast gaat kopen? Misschien is dat het punt waarop kinderen echt volwassen worden – niet wanneer ze gaan studeren, maar wanneer ze huisraad kopen. Schoonmaakartikelen. Huishoudelijke spullen. Cully heeft dat stadium niet bereikt.

Ik sluit mijn ogen en stel me zijn mogelijkheden voor, de verschillende schakeringen van zijn zelf, hoe zijn gezicht er over tien jaar uit zou zien, de man die hij zou zijn. Hij heeft nooit de kans gehad om zichzelf te worden. Hij heeft nooit de kans gehad om iemand anders te worden.

'Nee, ik wil die boekenkast niet terug,' zeg ik tegen Billy. Ik sta op. 'Ik wilde een verhaal vertellen, ik had een metafoor over... over van alles. Maar laat maar zitten. Nou hoeft het niet meer. Jij mist hem ook. Wat is er verkeerd aan dat ik deze baby wil hebben? Wat is er met jou aan de hand?'

Billy loopt langs me heen, gaat naar de deur.

Ik loop achter hem aan en hij blijft in het gangetje staan. 'Ik mis hem,' zegt hij. Hij houdt mijn schouders stevig vast, hoewel zijn stem rustig is. 'Ik hield van hem. Dit is geen reïncarnatie. Dit is geen credo, of eerbetoon of een kans – ik weet het niet. Zo voel ik me.'

Ik vermijd zijn ogen, iets wat Cully deed als ik op mijn hurken ging zitten en tegen hem zei dat hij iets niet mocht. Dan wierp hij een blik naar rechts.

Billy schudt zijn hoofd, haalt zijn handen van me af en gaat naar de deur.

Ik wil iets zeggen, maar kan het niet, overweldigd door een lichamelijk en pijnlijk soort verdriet. Het brandt in me, ik ben er bang voor. *Ik heb je nodig!* wil ik schreeuwen. *Ik heb jullie allemaal nodig.*

Billy blijft staan met zijn hand op de deurknop, maar hij kijkt niet achterom, en dan gaat hij en ik schreeuw tegen de dichte deur, en ik besef dat het niet alleen verdriet is dat in me brandt, maar woede op mezelf dat ik hem zo behandel.

Hij had gelijk dat hij wegging, en nu ben ik blij dat hij dat heeft gedaan, omdat ik de woorden die uit mijn mond zouden zijn gekomen niet vertrouw. Ik haal een paar keer diep adem, laat zijn woorden tot me doordringen, laat hem een stem hebben en, ja, een keuze. Zonder schuldgevoel. Iets wat ik zelf wil hebben.

Als ik helemaal gekalmeerd ben, wil ik de kamer van hem en

mijn vader bellen om me ervoor te verontschuldigen dat ik iets heb verpest dat kwetsbaar en eerlijk was. Ik sta net op het punt om zijn mobiel te bellen, omdat ik hun kamernummer niet weet, als mijn kamertelefoon overgaat.

Ik neem op en Billy vraagt: 'Is die pizza nog gekomen?'

Ik glimlach, zo'n grote glimlach die je op je gezicht kunt krijgen als je alleen bent en met iemand aan de telefoon zit. Ik voel die oude opwinding die opkwam altijd als hij belde, gelukkig en licht, die van alles hield. Van hem hield.

19

Ik douche lange tijd, met mijn handen tegen de tegels. Het water loopt van me af en verdwijnt in de afvoer. Ik stel me de andere mensen voor in kamers aan beide kanten, hokjes met ons erin die douchen, op bed liggen, groene appels eten.

Ik kleed me aan voor de gebeurtenis vanavond. Met opzet heb ik kleur verkozen boven zwart om er niet al te somber uit te zien. Wee Morgan haar gebeente als ze zwart draagt. Ik ga de groep bij elkaar halen, maar ik kan de gedachte niet van me afzetten dat Kit iets zou moeten eten en dat ze, ook al zei ze dat ze niet wilde komen, dat toch zou moeten doen. Ik wil niet dat ze alleen is en heb het gevoel dat ik haar verwaarloos, omdat ik weet dat ze op mijn reactie wacht. Ze is zo'n meisje dat rechtstreeks voor iets moet worden uitgenodigd, dus ik loop vastberaden naar de deur, blijf dan staan en ga terug om de boodschappentas te pakken.

Ik loop de gang door naar haar kamer en klop aan bij nummer 314, zenuwachtig, alsof ik zo een afspraakje heb.

Ze opent de deur en er komt een gevoel over me dat heel moederlijk is. Ik wil haar haar achter haar oor doen. Ik wil aan mijn vinger likken en dat vlekje van iets onder het uitstekende bot van haar wenkbrauw wegvegen. Ze draagt een zwarte joggingbroek en een beige tanktop. Haar armen zijn lang en dun, de schouders vierkant en sterk.

'Wauw,' zegt ze. 'Wat zie je er mooi uit.'

Ik kijk naar mijn feloranje jurk, ik was het vergeten. 'Ik weet het,' zeg ik. 'Hij is leuk. Dat klonk verkeerd. Ik bedoel dat het me een goed gevoel geeft om me op te tutten. Dat heeft op de een of andere manier invloed op je binnenste.'

'Sorry van de antiekwinkel,' zegt ze. 'Om de een of andere reden dacht ik dat je blij zou zijn. Gewoon onmiddellijk blij. Het is een heleboel om te verwerken en het spijt me. Ik had er niet goed over nagedacht.'

'Het is veel,' geef ik toe. 'En ik ben blij. Of, ik ben iets. Dat was gewoon mijn reactie toen. Ik moet nadenken. Ik heb al nagedacht. Ik ben aan het nadenken. Maar op dit moment... ga ik dat niet doen.'

Ik peil haar reactie: haar schouders, lager. Haar gezicht, plechtig.

'Ik ga naar beneden,' zeg ik. 'Ik moet alles laten rusten.'

'Goed idee. Ik hoop dat het goed gaat vanavond.'

'Kom met me mee,' zeg ik. 'Hier.' Ik geef haar de boodschappentas.

Ze kijkt erin, trekt het vloeipapier weg. 'Wat is dat?'

'Een jurk.'

'Heb je een jurk voor me gekocht?'

'Het was een cadeautje voor Morgan. Je zou hem moeten aandoen, alles samen met mij moeten laten rusten. Er zijn hapjes en we kunnen bij elkaar zitten, oké?'

Ze pakt de jurk uit de tas. Hij is kort, smaragdgroen, eenvoudig, comfortabel en onopvallend sexy.

'Dit kan ik niet aantrekken,' zegt ze.

'Je kunt niet aanhouden wat je nu aanhebt.'

Ze kijkt naar het kaartje. 'Hij is duur. Ik zou de kaartjes eraan kunnen laten zitten en zorgen dat ik niet mors, maar ja, ze zal me er toch wel in zien, denk ik.'

'Ze heeft al genoeg jurken,' zeg ik. 'Trek hem nou maar gewoon aan. En doe wat make-up op. Beïnvloed je binnenste.'

Ze houdt de jurk tegen haar lichaam en ik zie dat ze blij is. Ze mag vanavond een meisje zijn.

Ik wacht terwijl zij naar de badkamer gaat om zich klaar te maken. Ik loop langzaam en doelloos door haar kleine kamer, denk aan wat ik moet doen terwijl ik tegelijkertijd helemaal niet kan denken, mijn gedachten niet kan binnenhalen. Mijn gedachten voelen aan als een ruwe zee, terwijl ik een rimpelloos, met maanlicht overgoten meer nodig heb. Ik heb seks, wijn en chocolade gehad. Zouden die dingen me niet moeten helpen kalmeren? Ik loop terug naar de andere kant van de kamer. Haar bloemetjesbehang en haar sprei zijn anders dan die van mij. Ze heeft geen balkon, maar wel een mooi uitzicht. De bergen zijn hier toegankelijker dan in Breckenridge. Ze zijn laag en staan dicht op elkaar, en je kunt de details zien, de dennenbomen, littekens en rotsrichels.

'Weet je zeker dat ik naar beneden moet gaan?' vraagt ze vanuit de badkamer. 'Het lijkt niet juist.'

'Dat is het wel,' zeg ik. 'Ik heb het gevoel dat het er stervensdruk zal zijn met mensen die Cully niet eens kende.'

'En zijn er ook toespraken of…'

'Nee,' zeg ik. 'Morgan zegt dat het een feestje is, gewoon een viering.'

'Dus Morgan en Cully waren elkaars beste vrienden?'

'Ja, op hun zesde,' schreeuw ik en het voelt grappig om trouw aan mezelf te zijn. 'Ben je aangekleed? Kan ik…'

'Ja, ja, kom maar binnen.'

Ik blijf staan in de deuropening van de badkamer. Ze heeft een handdoek omgeslagen en brengt mascara aan op haar wimpers. Ze kijkt me even aan in de spiegel.

'Zij en Cully deden veel samen toen ze jong waren,' vertel ik. 'En je weet wel – familievrienden. Wij deden alles samen, dus dat moesten zij ook.' Ik denk na over familievrienden. Je kunt hen lange tijd niet zien, maar dan heb je nog steeds die verbinding, bijna geheime kennis. Je weet hoe de ander begonnen is. 'Ze verschillen heel erg van elkaar, maar hebben een gezamenlijk verleden.'

'Aha.' Ze tekent met een potlood haar wenkbrauwen bij, wat me verbaast. De make-up verbaast me eigenlijk, en het feit dat ze er zo goed mee overweg kan. Ze is net een meisje-meisje, een Morgan-meisje.

Ik lach.

'Wat is er?' vraagt ze, met haar kin omhoog.

'Niets,' zeg ik, maar dan denk ik aan een verhaal over Morgan. 'Toen ze ongeveer dertien waren, nam Morgan een soort mijn-bouwlessen. Moderne goudzoekers. Ze was ervan overtuigd dat er bij Cully in de achtertuin goud lag, de heuvelkant, en ze drong erop aan dat hij haar zou helpen het te vinden omdat hij mis-schien wel een of ander gen had geërfd – mijn betovergrootvader was zo'n beetje de grondlegger van het goudpannen…'

'Revett St. John!' roept ze, en ze draait zich om. 'Die link had ik nog niet gelegd.'

'Dat verwachtte ik ook niet van je, of van wie dan ook. Het is niet zo dat hij…'

'Hij heeft baggerboten geïntroduceerd in Breckenridge.' Ze kijkt weer in de spiegel om met me te praten. 'Hij heeft zijn huis ge-kocht via een Sears-catalogus. Vierhonderdzeventig dollar plus vijf-tig dollar verzendkosten.'

'O ja,' zeg ik. 'De rondleiding.' *Kit, je bent ongelooflijk.* 'Je bent echt een spons.'

'Dat zei ik toch.'

Ik verlaat mijn post en loop naar de wasbak. Ik pak een vier-kante poederdoos en als ik hem openmaak zie ik twee blokjes oogschaduw; ik kom in de verleiding om een poging te wagen. Ik zie haar voor me bij die rondleiding, ze maakt aantekeningen terwijl iemand van de erfgoedvereniging haar rondleidt door de stad.

'Wat zei je?' vraagt ze. 'Over Morgan.'

257

Ik kijk naar haar in de spiegel, terwijl ze haar haar borstelt, en ik zie haar door Cully's ogen. 'Ons huis is gebouwd op een oude mijngang.' Ik trek mijn haar naar één kant, over mijn schouder. 'Na haar mijnbouwbijeenkomsten, die alleen door mensen van boven de zeventig werden bezocht, kwam ze naar ons toe en groef in onze achtertuin naar haar eigen ertshoudende grond.'

'Ertshoudende grond,' zegt Kit, alsof ze dat opslaat in haar geheugen.

'Dus dan zat ik soms op het terras samen met Suzanne toe te kijken. Cully bleef haar maar storen, maar ze was vastbesloten. Ze is altijd al vastbesloten geweest op die irritante manier die je niet echt onder woorden kunt brengen en waarom je haar niet kunt bekritiseren.' Kit lacht, waardoor ik haar nog meer aan het lachen wil maken. Ik krijg een gevoel alsof ik met een vriendin praat. Het is fijn om in haar gezelschap te zijn, en misschien komt het door haar verbinding met Cully dat ik me niet schuldig voel om mijn vreugde. 'Maar goed,' zeg ik, 'ze groef. Ze vond niets, alleen haar eigen kiezelzand. Toen waren Cully en ik op een avond bij Suzanne aan het eten. Cully doorzocht Suzannes laden met sieraden en pakte een ring met een robijn. Hij gaf hem aan Morgan en zei dat ze maar in haar eigen achtertuin moest graven.'

Kit schudt haar hoofd alsof ik iets ongelooflijks heb gezegd. 'Geweldig. Echt top. Dat is nou net iets voor hem.'

We kijken naar elkaars spiegelbeeld. Dat is nou net iets voor hem. 'Ik laat je even alleen, zodat je je kunt aankleden,' zeg ik.

Ik loop naar de kamer en ga op haar bed zitten. Ik strijk mijn jurk glad, doe mijn beha goed. Haar belangstelling voor mijn verhaal over Cully deed me beseffen hoe weinig ze van hem weet. We zijn haar poort naar onbekende ruimtes.

Hoe zal onze relatie hierna verder verlopen? Als ik de baby houd, zal ze dan bellen? Zal ze op bezoek komen? Zal ze hem terug willen? Of zal ze zich langzaam terugtrekken, zoals Billy's ouders deden, zodat hun aanwezigheid gênant en, uiteindelijk, ongewenst werd.

Ze komt de badkamer uit, aangekleed nu. De jurk past perfect om haar borst en haar romp. Haar huid is glad, met een kastanje-tint. Er zitten sproetjes op haar schouders.

'Ik heb alleen mijn laarzen bij me,' zegt ze.

'Je ziet er fantastisch uit,' zeg ik.

Ze raakt haar neus aan. 'O, nou, dank je wel.'

Ze loopt naar het voeteneind van het bed doet haar zwarte laarzen aan. Ze showt zichzelf, houdt haar armen omhoog alsof ze niets anders kan doen. De laarzen passen niet bij de jurk, maar ze kan het hebben.

Ze schuift haar kamerkaart van het bureau af en pakt hem. 'Ik kan er niet bij dat je hier al zo lang bent,' zegt ze.

'In de kamer?'

'Nee, ik bedoel in Breckenridge. Revett St. John.'

'O ja, nee.' Ik sta op, pak mijn tas, controleer of haar ramen dicht zijn. 'Een tijdje is het heel doods geweest in de stad, dus ik weet niet wat er met ons is gebeurd – met mijn mensen. Ik weet dat een van mijn voorouders een dansgelegenheid had, maar die familie is naar een naburig stadje gegaan waar wel werk was.'

'Is Lyle in Breck geboren?'

'Nee,' zeg ik, 'in Denver, maar toen zijn hij en zijn ouders naar Vail verhuisd, toen dat net opkwam als skistad. Mijn vader werkte als ski-instructeur, maar ook voor een houtbedrijf.'

Ze luistert geconcentreerd, alsof ik betere gespreksstof heb of dat wat ik zeg echt interessant is, dus ik vertel verder. 'Het hout-bedrijf kwam naar Breckenridge voor een klus en zag de potentie. Het werd geïnspireerd door het gebied, door het succes van Vail.' Ik lach. 'Mijn vader zal je vertellen dat hij de bedrijfsleiders het idee aan de hand heeft gedaan van liften op Peak Eight, het begin van alles.' Ik spreid mijn armen, om te demonstreren wat dat alles dan is. 'Mijn vader…'

'Trygve Berge en Sigurd Rockne.' Kit spreekt de namen goed uit. Ik voel een opwelling van trots op Cully, om zijn smaak.

'Precies,' zeg ik, 'de Noren die de eer kregen, zoals hun ook toekomt. Hoewel mijn vader die eerste paden en pistes heeft helpen uitzetten – en uiteindelijk de eerste skischool heeft gerund, of meehielp hem te runnen. Maar de zonen van Noorwegen hadden de leiding.'

Ze haalt haar schouders op alsof dat niet van belang is. Ze zal Lyles mythe wel geloven.

Ik loop naar de deur. 'Je hebt echt goed opgelet tijdens die rondleiding.' *Je moet eigenlijk iemand worden*, zeg ik bijna. Ik voel het. *Moet je jou nou zien in die laarzen, moet je die glanzende huid zien, ga nog wat meer rondlopen. Neem nog wat meer rondleidingen. Zoek die parkeerjongen, Chip.* Al deze gedachten voelen als verraad, maar slechts een klein beetje. Ik stel me voor dat Cully haar aanmoedigt.

Ik wil tegen haar zeggen hoeveel ze me aan mezelf doet denken voordat ik zwanger werd, maar dat doe ik niet, want ik wil niet zelfgenoegzaam overkomen. Ik wil ook niet dat ze dat een belediging vindt. Maar ze doet me echt aan mezelf denken in die tijd – dat gretige verlangen naar kennis en niet in kaart gebrachte ervaringen, het verantwoordelijkheidsgevoel van een braaf meisje, maar met een hang naar omwegen, alleen maar om dingen te verzamelen. Ik weet nog hoe het voelde om in Billy's GTO te zitten, hoe trots ik toen was, hoe zijn coolheid op me afstraalde, iets waarvan ik voelde dat het latent in mij aanwezig was. Ik weet ook nog dat ik in die auto zat, zijn gezichtsuitdrukkingen vastlegde om voor later te bewaren, om ze me eigen te maken als ik bij de bron vandaan was. Ik was zowel aan het leven als dingen aan het vastleggen. Ik zie het haar ook doen, leven en vastleggen, dingen verzamelen voordat ze weer op het juiste spoor raakt.

'We zouden het waarschijnlijk over andere dingen moeten hebben,' zeg ik.

'Maar dit is allemaal van belang,' meent Kit. 'Het is allemaal zo interessant.' Ze werpt nog een blik op zichzelf in de spiegel boven het bureau. 'Hoe dingen tot stand komen. Hoe dingen zich zetten.'

'Ja,' geef ik toe, en ik geloof het. 'Ja.' *Hoe ben jij tot stand gekomen?*

'Plus, je wilde alles laten rusten,' zegt ze. Net als zij, wil ik wedden, omdat ze waarschijnlijk doodsbang is om mijn antwoord te horen.

Ik kijk naar haar buik, en dan naar haar gezicht. Haar wimpers zijn lang, haar ogen groot, ze staan iets schuin en zijn donkergroen net als moeraslelies. Ik denk aan die oefening op school waarbij je genen moest combineren, iets wat ik heel graag in gedachten deed, waarbij ik de jongens gebruikte die ik leuk vond en dan de eigenschappen berekende die onze kinderen zouden hebben. Ik kan me niet alles meer herinneren. Het vierkant van Punnett en Mendel, die monnik met de erwten.

Ze loopt naar me toe, ik sta bij de deur.

'Ik had nog niet eerder gezien dat je kuiltjes in je wangen had,' zeg ik.

'Eentje maar.' Ze raakt het kuiltje aan. 'Aan de rechterkant.' Ik kijk naar haar laarzen.

'Is het lelijk?' vraagt ze.

'Nee, ik vroeg me net af… Heb je platvoeten of een hoge wreef?'

'Een hoge wreef.'

'Hoe lang ben je?'

'Een drieënzestig.'

'Je ogen zijn groen. Die van Cully waren blauw.'

'Het blauwe O-gen,' zegt ze. 'O, en ik kan met tong mijn een rolletje maken.'

'Wist je waar ik mee bezig was?' Ik rol automatisch met mijn tong. 'Natuurlijk wist je dat.'

Wat gebeurt er met het recessieve gen? Waar gaat het naartoe? Wordt het gemaskeerd door het dominante gen, maar verplaatst het zich onveranderd? Ik denk graag dat alles uiteindelijk aan de oppervlakte komt, dat alles de plek krijgt die het verdient.

Om de een of andere reden denk ik aan Seth. Ik vraag me af waar hij nu is. Ik denk graag dat hij een goede man is; dat ogenblik zou hem niet moeten karakteriseren.

'Was hij goed voor je?' vraag ik.

Ze kijkt naar me terug met een discreet soort glimlach. 'Ja.'

'Maar je hield niet van hem. Zo ver is het niet gekomen.'

'Ik weet het niet,' zegt ze. 'Ik dacht van wel, maar ach, je weet wel – endorfinen, oxytocine.'

'Tuurlijk.' Ik weet niet precies waar ze het over heeft, maar ik snap het wel. Ze bedoelt dat ze werd meegesleept door het moment, dat web van chemicaliën, waardoor je gedrogeerd wordt en denkt dat wat je hebt kosmisch is. Met Billy vloog ik, ik vloog echt.

'Maar nu zul je altijd van hem houden,' stel ik vast.

Ze ziet er beduusd uit, en dan begrijpt ze het. Hij is nu bevroren in de tijd. Hij kan niets meer verkeerd doen. Het zal altijd eenvoudig zijn om van hem te houden.

'Inderdaad,' zegt ze, en ik vraag me af of ze dat voor mij zegt. Nadat mijn moeder was overleden, keek mijn vader altijd hoe het met me ging, hij nam altijd aan dat ik zo stil was omdat ik aan haar dacht. Het grootste deel van de tijd deed ik dat niet, voor hem deed ik alsof mijn gedachten bij haar waren. Ik wilde dat hij niet meer bij me kwam kijken, dat hij zou ophouden aan te nemen dat ik ongelukkig was. Het gaf me een schuldgevoel dat ik dat niet was.

Tot mijn verbazing wellen er tranen op, die mijn zicht vertroebelen. Mijn moeder, Cully – dat verlies van leven, dit prachtige hotel, dit mooie meisje. Niets daarvan is logisch. Een deel van mij wil van het balkon springen. Een deel van mij wil op het balkon een lied aanheffen. Ik houd van dit leven en ik haat het.

'Je wilt dit niet doen.' Ik leg mijn hand midden op mijn borst. 'Me dit aanbieden. Ik was zo'n slechte moeder. Ik heb hem niet beschermd. Dat was alles wat ik moest doen. Ik heb alles verkeerd gedaan.' Ik wuif mijn gezicht koelte toe, schud het van me af.

'Dat is niet waar.' Haar stem klinkt luid in het smalle gangetje naar de deur. Wat staan we toch dicht bij elkaar.

'Dat weet je niet. Je weet niet hoe ik zou zijn. En daarbij komt, ik ben oud en...'

'Je bent niet oud, maar als je het niet wilt…'

'Dat zeg ik niet, ik denk hardop, ik…'

Er klopt iemand aan. 'Wie is dat?' vraag ik, idioot achterdochtig.

'Ik weet het niet,' zegt ze. Ze kijkt door het kijkgaatje. 'Billy en Lyle.'

Ik friemel aan mijn strapless beha, draai me dan snel om naar Kit en grijns. 'Zit er iets tussen mijn tanden?'

'Nee. Bij mij?' Ze ontbloot haar tanden.

'Nee,' zeg ik.

Ik open de deur en Billy is verbaasd me te zien.

'O, hoi,' zegt hij. Hij kijkt naar mijn vader. 'We wisten niet dat je hier zou zijn.'

Ik ben in de war, maar bedenk dat ze er waarschijnlijk van uitgingen dat Kit vanavond mee zou komen.

'Dames, jullie zien er prachtig uit,' zegt Billy.

'Dank je wel,' mompelen we allebei.

Ik vraag me af of Cully hetzelfde effect op Kit had dat Billy ooit op mij had, of misschien nog steeds heeft.

'Nou?' vraagt hij. 'En ik? Ben ik niet mooi opgeknapt?'

'Heel mooi,' zegt Kit. 'Jij ook, Lyle.'

Mijn vader, in een zwarte spijkerbroek en een geblokt overhemd met kraag, ziet er zo keurig uit dat ik trots ben. Ik grijns bij het idee dat hij en Billy een kamer met al die tierelantijntjes delen, en op dat moment verlang ik naar Cully, om alles compleet te maken: mijn jongens in hun vrouwelijke kamer. Ik zie de gezichten die hij nooit zal krijgen. Cully en mijn vader hebben allebei zo'n overdreven, bijna buigzaam gezicht. Ze konden allebei zoveel met hun gelaatsuitdrukking – ze konden de mafste gezichten trekken.

Ze lopen door de gang, terwijl ze allebei op hun zakken kloppen. We gaan achter hen aan, en dan blijft mijn vader staan voor de deur die van Suzannes kamer moet zijn.

Ik klop aan en ze komt naar buiten alsof ze de hele tijd achter de deur heeft staan wachten. Een van haar beste eigenschappen is punctualiteit.

'Hoi,' zegt ze. Ze lijkt zich bijna ergens voor te schamen.

'Wat is er aan de hand?' vraag ik.

'Niets, ik ben alleen een beetje zenuwachtig voor vanavond.'

Doordat zij zich niet op haar gemak voelt, heb ik het idee dat ik ook ongerust moet zijn, maar ik ben me alleen maar erg van mezelf bewust, alsof ik zo moet optreden.

Billy en mijn vader lopen vooruit. Billy loopt met naar binnen gekeerde tenen en een onregelmatige tred, alsof hij een gepensioneerde footballspeler is. Hij kijkt achterom naar me en ik knipper met mijn ogen in een poging om antwoord te geven. Ik ken hem te goed om te flirten.

Bij de liften wachten we. We kijken allemaal naar onszelf in de weerspiegeling van de deuren, en als er eentje opengaat en we instappen, doen we het weer – we kijken naar het groepje, eerst in de goudomlijste spiegel aan de muur en dan, na het omdraaien, in de weerspiegeling in de deuren. De muren zijn bekleed met een satijnachtig materiaal dat me het gevoel geeft dat we in een chique herstellingsoord zijn.

Ik kijk omhoog in de spiegel aan het plafond, naar ons clubje, en overdenk de loop van de gebeurtenissen die ons hierheen heeft gebracht – dat ik weer ben gaan werken, dat Kit mijn programma heeft gezien en mij aan Cully koppelde. Ken ik haar pas twee dagen?

Mijn vader schommelt heen en weer op zijn hielen. Ik zie dat hij Kit een por met zijn elleboog geeft.

'Hoe gaat het, meid? Vertel eens een feitje.'

'Als eekhoorns paren, zitten de mannetjes elkaar achterna door de bomen,' zegt ze. 'Ze springen van tak naar tak, ze proberen indruk te maken op slechts één vrouwtje. Zij kiest degene van wie ze denkt dat hij de sterkste is.' Mijn vader en Kit hebben ook een ritme, een hechtheid die ons dankzij Cully, dankzij zijn dood, is overkomen. Ik bedenk zenuwachtig wat de volgende stap zal zijn. Voordat ik naar beneden kijk, zie ik dat mijn vader over Kits hoofd heen naar Billy kijkt en ik zou zweren dat ik hem zie knikken, alsof hij Billy toestemming geeft.

'Ik luisterde laatst naar NPR,' zegt Billy.

'Echt waar?' zeg ik.

'Het was een verhaal over een acteur die vindt dat hij negen maanden nodig heeft om in een rol te geraken. "Mijn personage moet uitgebroed worden," zei die acteur. "Ik moet een tijdje met hem leven voordat het tot leven gebracht kan worden. Voordat het geboren kan worden." Zo zei hij dat.'

Ik wacht om te zien waar hij naartoe wil. De liftdeuren gaan open, maar we zijn nog niet op onze verdieping aangekomen en er stapt niemand in.

'Negen maanden dus,' zegt hij. 'Dat is een lange tijd.' Billy kijkt ons allemaal aan.

'Geweldig bruggetje, Bill,' zeg ik. Kit kijkt gegeneerd, en dat is haar geraden ook. 'God, kwamen jullie daarom naar haar kamer? Wilden jullie op haar inpraten zonder mij erbij?'

'Zou je hier de hele tijd blijven?' vraagt Billy aan Kit, terwijl hij me straal negeert. 'Of zou je dicht bij huis willen zijn?'

'Daar heb ik niet echt over nagedacht,' zegt ze.

'Maar je gaat het wel aan je ouders vertellen,' zegt Billy. 'Dit kun je niet verbergen.'

Ze kijkt naar mijn vader, misschien omdat hij zo stil is. Hij laat haar praten, natuurlijk. Ik heb het gevoel dat ik in de val ben gelopen. En we staan in een lift.

'We staan in een lift,' zeg ik, net op het moment dat de deuren opengaan.

'En nu zijn we eruit,' antwoordt Suzanne. Zij is ook te stil geweest, voor haar doen. 'Dat zijn goede vragen.'

'Sarah heeft me nog niet verteld wat ze wil doen,' zegt Kit, die vooroploopt.

Ik zie een flakkering van geamuseerdheid op Billy's gezicht. Het is irritant hoe knap hij is. Toen we bij elkaar waren, voelde ik me altijd vereerd dat ik bij hem was, maar ook onzeker, alsof me een gigantische streek was geleverd.

'Meissie,' zegt mijn vader. Meer niet. Hij kent me. Billy ook. Ze weten dat ik hem niet nogmaals kan laten gaan.

We lopen naar buiten, de grote zaal in met de hoge plafonds en eindeloze details. Elke centimeter van de ruimte lijkt bewerkt.

'Ik ben niet echt geschikt om advies of, nou ja, begeleiding of zo te geven.' Billy wuift met zijn hand om zijn tekortkomingen aan te geven. 'Jullie doen iets heel nobels. Maar voordat je besloot dit te doen, voordat je Sarah ontmoette, was je niet van plan het kind te krijgen, toch?'

Ze knikt. We blijven doelgericht samen doorlopen en ik zie een beeld voor me van ons die als een bende opstoomt, in de stijl van *Reservoir Dogs*, maar dan op de *Titanic*.

'En je vindt het niet erg om je baby te krijgen, je baby weg te geven, en je kind op deze wereld te laten bestaan,' zegt mijn vader. 'Jouw kind.'

'Wat is je vraag?' vraagt Kit, nogal heftig. 'Wat wil je weten?'

Mijn vader slaat met zijn handpalm op zijn dij, alsof Kit eindelijk iets heeft gezegd wat hout snijdt. We blijven staan voor de glazen deuren naar buiten. 'We dachten alleen dat je hier nog iets meer over zou kunnen praten,' zegt hij. 'Het gaat allemaal wel heel snel.'

'We?' vraag ik. 'Wat bedoel je daar toch mee?'

'En hoe kan het mij helpen om hier met vreemden over te praten? Met vreemde mannen? Het is míjn lichaam!' voegt Kit eraan toe. Na haar uitbarsting zijn we allemaal even stil.

'We hebben echt niets zitten bekokstoven,' verzekert Billy haar. 'We hebben gewoon dezelfde mening.'

'Billy en ik hebben altijd dezelfde mening,' legt mijn vader uit. 'Hij is de zoon die ik nooit heb gehad.' Hij steekt zijn hand achter me langs en geeft Billy een klopje op zijn hoofd.

'Au,' zegt Billy.

'Je bent een kanjer, Billy,' zegt mijn vader.

'Jij ook,' zegt Billy.

'Jullie zijn totaal geschift,' mompel ik. 'Je kunt niet zomaar al die traumatische dingen ter sprake brengen en dan gaan lopen geinen als...'

'Een stelletje mafkezen!' roept Kit en ik moet bijna lachen, omdat ik haar nog niet eerder zoveel heb horen schreeuwen – en wat is 'mafkezen' trouwens voor een belediging? – maar ze meent het serieus.

'Sorry,' zegt Billy. 'Ik weet dat dit een absurde situatie is, dat het heel persoonlijk is en we zijn hier op deze prachtige... plek.' We kijken allemaal om ons heen naar de goed geklede mensen in de zaal. Uit een van de omringende ruimtes komt vaag het gebonk van muziek. Alles doet denken aan een tijd waarin mensen dezelfde problemen hadden, maar een ander taalgebruik bezigden. Ik stel me Kit voor in een gewaad, in het niet verzonken in zo'n stoel met een hoge rug, terwijl het mansvolk haar raad geeft.

'We bedachten dat je behoefte zou kunnen hebben aan vreemden,' zegt mijn vader, 'ook al denk ik dat we dat station nu al gepasseerd zijn, hè? We zijn vrienden, we zijn bijna familie.' Ik krimp ineen bij het woord, ook al is het precies het woord waaraan ik dacht.

'We willen helpen.'

'Jullie zijn vreemden.' Ze kijkt rond en vestigt haar blik telkens even op elk van ons.

'Ik wil je niet van streek maken,' zegt Billy. 'Dat willen we niet. We wilden gewoon dat je vrijuit kon spreken, dat je hier goed over zou nadenken.'

Ze kijkt recht vooruit. Suzanne schuifelt naar haar toe. 'Misschien heeft ze hier goed over nagedacht.'

'Ik zeg niet tegen je dat je het ene of het andere moet doen,' zegt Billy. 'Dat doet niemand. Ik wilde alleen dat je ook een goed gevoel had bij het andere scenario. Er zijn vrouwen die het doen. Meisjes die er niet aan toe zijn. Meisjes laten abortussen plegen.'

'Jezus, Billy.' Ik kijk om me heen naar wat ik aanneem studenten zijn, van wie er vele onprettig knap zijn en naar de ruimte met de muziek lopen. Zijn jongeren tegenwoordig mooier en langer?

'Ik zal je eens iets vertellen,' zegt Suzanne. 'Weet je wie er bijna niet geweest was?'

Het duurt even voordat ik snap wat ze bedoelt. 'Goeie hemel,' zeg ik.

'Cher,' zegt ze. Ze spert haar ogen open en trekt haar broek op. 'Het scheelde niet veel of haar moeder had haar laten weghalen.' Ze houdt haar duim en vinger samen alsof ze een joint vasthoudt. 'Volgens mij was het Cher, maar die jongen – dat weet ik zeker. Die footballspeler die de Heismantrofee heeft gewonnen? Zijn moeder zei in het openbaar dat ze aan abortus had zitten denken en kijk nu eens. Kijk wat hij heeft bereikt, wat die mensen hebben bereikt. Frances Bean. Dat is er nog een.'

'Wie?' vragen we allemaal.

'Frances Bean Cobain. De dochter van Courtney Love.'

Ik kijk vol ongeloof rond.

'Ik neem aan dat we dan nu weten wat je zou doen,' zegt Billy. 'Je zou willen dat Morgan nu een kind krijgt.'

'Direct na haar laatste jaar,' zeg ik.

'Dat zou niet mijn voorkeur hebben,' zegt Suzanne, 'maar natuurlijk zou ik dat willen. Billy? Jouw dochter?'

'Echt niet,' zegt hij. 'Ze is veertien! Als ze zo oud als Kit was, dan zou ik het nog steeds niet willen.'

'Tja, Morgan is de laatste Birckhead,' zegt Suzanne. 'De laatste van mijn bloedlijn. Mijn broer heeft een kind, maar dat is geadopteerd. Ik bedoel, ik hou van hem en hij is familie, maar geen bloedverwant. Wij zijn de laatste Birckheads. Dat is dat! Het eind van de lijn.' Ze kijkt me met grote ogen aan alsof ik mijn armen in protest moet opheffen, tegen het uitsterven van de Birckheads!

'Ik weet vrij zeker dat het geadopteerde kind wel telt,' zegt Billy, maar Suzanne walst over deze opmerking heen.

'Dit kind zou de laatste van je familielijn kunnen zijn,' zegt ze, en ze kijkt rond en omvat ons allemaal. Ik heb het gevoel dat dit het slotpleidooi is en dat het meer invloed op me zou moeten hebben dan het heeft. Bekommer ik me niet voldoende om mijn familielijn? Zou ik dat wel doen als de wolken opklaren en ik weer kan zien en voelen? Ik denk aan mijn voorouders, teruggaand tot die hologige mannen met lange, witte sikken, de eigenaren van de dansgelegenheid, de leraren, Revett en zijn baggerboot. Wat er ook met ons gebeurt, ze blijven allemaal dood en op dit moment voel ik geen loyaliteit.

Mijn vader lijkt vast te zitten in een gedachtelus. 'Wie is verdomme Frances Bean?'

Billy mompelt tegen me: 'En wat maakt het uit als Cher nooit geboren was? Of die footballspeler. De laatste Birckhead? Geweldig.'

Kit vangt zijn laatste opmerking op, maar ze reageert niet. Ze ziet er geconcentreerd uit, also ze op het punt staat over een mat te rennen en een driedubbele flikflak achterover te doen voor een zaal vol juryleden.

'Moet je horen,' zegt Billy. 'Ja, het is zwaar en klote en misschien krijg je spijt en het is een moeilijke beslissing en sommige mensen krijgen het kind wel en dan verloopt alles prima en geweldig, we hebben Cher, blablabla, enzovoorts.'

'Geweldig,' zegt Kit, zonder gevoel. Ik heb het idee dat we allemaal volledig aan het instorten zijn en toch is die ineenstorting van zelfbeheersing bijna ontspannen.

'Dit is een belachelijke plek om het hierover te hebben,' zegt Suzanne.

'Dat is elke plek,' zeg ik.

'Meisjes laten abortussen plegen,' zegt Billy.

'O, mijn god, hou op.' Ik kijk om me heen naar mensen die voorbijlopen. De verklaring, zo kaal, is lachwekkend absurd en toch moet geen van ons erom lachen. Onze blikken gaan voorzichtig van de een naar de ander.

'Ze maken een fout, maar ze gaan verder met hun leven,' vervolgt Billy. 'Ze gaan weer naar school of de universiteit of wat dan ook. Hun levenspad gaat verder in een rechte lijn. Ze studeren af, gaan naar bierfeesten, halen hun master, trouwen, krijgen kinderen... later.'

'Is dat wat ik zou doen?' vraagt Kit, met harde stem, spottend. Dat is goed. We zijn net stand-ins van haar ouders, we dagen haar uit.

269

'Ik weet het niet.' Het vuur in Billy is aan het doven. 'Ik weet niet waar ik het over heb.'

'Cully was geen fout,' stelt Suzanne vast. 'Je hebt geen spijt van hem.'

'Natuurlijk niet,' zegt Billy.

Mijn vader leunt naar voren en we komen allemaal dichterbij, alsof we een tactiekbespreking houden. 'Maar dit is niet hun verhaal, Suze.' Billy knikt heftig, alsof hij weer wordt herinnerd aan wat hij wilde zeggen.

'Kit,' zegt mijn vader, 'jij moet weten wat je wilt. Daar draait dit allemaal om. Laat het niet aan mijn dochter over. Het is grootmoedig wat je doet enzo, maar wat je haar nu aandoet is niet eerlijk.'

Ik kijk naar mijn vader en voel me jong, beschermd. Ik kijk heel even naar Billy en begrijp nu waar ze mee bezig zijn: Billy en mijn vader proberen me te redden.

'Dat is denk ik wat we duidelijk willen maken,' merkt Billy op.

'Je hoeft niet het woord voor mij te doen,' zeg ik tegen mijn vader. *Je hoeft me niet te redden.*

Hij kijkt me verbaasd en bezorgd aan, dan verhardt de uitdrukking op zijn gezicht zich. 'Uitstekend,' zegt hij. 'Nu, zou er een contract of plan komen? Er zijn juridische kwesties. Het kind zou geadopteerd moeten worden.'

Als hij dit zegt, word ik overvallen door een golf van vermoeidheid. Er moet zoveel gedaan worden.

'Jongens?' Suzanne kijkt naar de dichtstbijzijnde balzaal. 'We moeten nu naar binnen. Naar het... dinges.' Ze ziet er vreemd uit, bijna in tranen en oprecht verontschuldigend.

'Nou, kom op dan,' zeg ik.

'Ik... Het spijt me zo,' zegt Suzanne nogmaals.

'Het maakt niet uit,' zeg ik. 'We praten later wel. Of niet.'

'Nee, het is alleen dat vanavond – volgens mij wordt het niet wat de bedoeling was.'

We lopen met Suzanne naar de balzaal. 'Ik heb Morgan eerder

geholpen met de voorbereidingen. Het thema van dit feest was me niet helemaal duidelijk. Om geld bij elkaar te krijgen, moet haar naaiclubje de standaardmodeshow opvoeren die hier rond deze tijd altijd wordt gehouden. Elk jaar. En Morgan presenteert het dit jaar, dus ze vond dat ze… Ik weet niet wat ze dacht. Ik zei iets, en Morgan brandde me helemaal af. Het spijt me zo. Al die Saab-rijdende hippies…'

'Weet je dat ze wanneer ze paren,' zegt mijn vader, 'van tak naar tak springen.'

We blijven allemaal staan in de deuropening van de balzaal.

'Jemig,' zegt Kit.

'Het was dus geen grapje,' stelt mijn vader vast.

Ik neem de schemerige ruimte in me op. Er staan twee rijen stoelen tegenover elkaar met een open ruimte in het midden. Er wordt clubmuziek gedraaid.

'Is dit de herdenking voor Cully?' vraag ik.

'Ik denk dat we zo een modeshow gaan zien,' zegt mijn vader.

Ik zie dat een man aan de andere kant van de zaal een garnaal in zijn mond stopt.

'Ze zegt dat hij aan hem wordt opgedragen,' vertelt Suzanne.

'Precies zoals hij het had gewild,' vult Billy aan.

'Het spijt me zo,' zegt Suzanne. 'Ik weet niet waarom ze dit de hele tijd moest verbergen. Waarom zei ze tegen me dat er een viering voor Cully zou zijn? Waarom heeft ze jullie helemaal laten komen?'

Mijn vader legt zijn arm om haar heen. 'Het is niet erg. Wat het ook is.'

'Er zijn hapjes,' zegt ze. 'Er is wijn.'

Ergens voel ik me getroost dat haar kind haar teleurstelt. Moeders krijgen een band zowel door trots als door ongenoegen over hun kinderen.

'Cully was van plan te komen,' zeg ik. 'Het is perfect dat we er zijn.'

'Hoe bedoel je?' vraagt Suzanne.

'Het stond in zijn agenda,' zeg ik. 'Dat hij vandaag naar de Springs zou gaan. Waarschijnlijk zou hij hierheen komen om Morgans show te zien.'

'Wat mooi,' zegt Suzanne. 'Dat is heel mooi.'

'Dus we zijn hier om te zien waarnaar hij zou zijn gaan kijken,' zegt Billy.

We staan aan de rand van de zaal, alsof we op het punt staan in een ijskoud zwembad te springen.

'Moeten we iets te drinken en te eten halen?' vraagt mijn vader.

'Ja,' antwoord ik, maar niemand komt in beweging. Kinderen staan in groepjes met elkaar te praten en op de muziek te bewegen, terwijl ze hun lippen tuiten. Waarom trekt iedereen hetzelfde gezicht tijdens het dansen? Meer mensen stoppen garnalen in hun mond. Een meisje in onze buurt uit een geluid van frustratie. 'Verdomme,' zegt ze, terwijl ze naar haar roze jurk kijkt. Er zit een vlek van gemorste vloeistof net boven haar heup.

Een van de jongens in haar groepje trekt zijn overhemd omhoog en laat een gespierde buik zien. 'Wil je mijn wasbordje lenen?' vraagt hij. 'Ik heb het in no time schoon.'

Het meisje lacht niet, maar Kit wel, eventjes. Ik wed dat die jongen de hele avond heeft staan wachten tot hij dit zinnetje kon gebruiken, misschien wel zijn hele leven. Hij ziet toevallig dat wij er allemaal getuige van zijn en richt zich op Kit. Als ik me niet vergis, werpt hij haar een samenzweerderige blik toe, alsof hij toegeeft dat het een goedkope opmerking van hem was of om aan te geven dat Kit anders is dan het meisje in het roze.

Zonder naar ons te kijken, loopt Kit naar binnen.

Door de setting kunnen we niet meer praten over het voorgaande onderwerp. Het was al belachelijk om het gesprek daarbuiten te voeren, maar hier is het nog idioter. Mijn vader, Kit, ikzelf en Billy groepen samen, muurbloempjes op het bal.

'Een infinityzwembad met zo'n schuine wand om het water in te lopen,' zegt mijn vader, die door glazen deuren naar het zwembad beneden kijkt. 'Zo krijgen mensen het gevoel dat ze aan het strand zijn. Je ziet nooit strandzwembaden die mensen het gevoel geven dat ze in de bergen zijn. Plaatsen moeten zich aankleden als zichzelf.'

'Pap,' zeg ik, met een liefhebbende klank in mijn stem. Ik voel me niet in staat iets anders te zeggen. Ik leg mijn hand op zijn rug, richt zijn aandacht op de zaal. Ik wijs interessante personen aan – de jongen naast de spreker die zijn dreadlocks goudkleurig en zwart heeft geverfd, de schoolkleuren; Morgan zelf, met haar headset en klembord, die het zo druk lijkt te hebben dat ze niet gestoord kan worden. Ze staat bij de microfoon, die naast het looppad staat. Ze draagt een zwarte jurk.

Ik stel me Cully hier vanavond voor, dat we elkaar, als ik zou zijn gekomen, nu zouden aankijken, via ons gezicht geheime tekens zouden geven. Morgan loopt op hem in. Binnenkort is ze ouder dan hij. Als ze kinderen krijgt, zullen die waarschijnlijk nooit weten dat ze een vriend had die is overleden, of ze weten het wel omdat het een van haar verhalen is, maar het zal niets voor hen betekenen.

'Daar is Suzanne,' zegt Kit. Ze staat aan de andere kant van de kamer bij de tafel met drankjes, met Dickie. Ze zien eruit als een passend stel. Zelfs hun outfits passen bij elkaar. Dickies hand ligt op haar schouder, waardoor ze eruitziet als een vertrouwde rustplaats. Ik kijk naar dit vredige tafereel.

Dickie ziet ons, knikt in onze richting en wuift, maar blijft staan als Suzanne naar ons toekomt met twee glazen wijn. Ik zie Dickie met een ober praten en weet dat hij meer glazen onze kant opstuurt. Suzanne en hij worden altijd ongerust als mensen om hen heen geen drankje hebben. Na een etentje bij de Fowlers, waar de glazen nooit leeg zijn, zeggen de gasten de volgende dag bij het ontwaken: 'We zijn weer gefowlerd.'

Suzanne geeft me mijn wijn. 'Gaat het een beetje met iedereen?' Ik draai me om en kijk naar de groeiende menigte in de donker wordende zaal.

'Met ons gaat het prima,' zeg ik.

'Het is tijd om te gaan zitten,' zegt ze. Ze schaamt zich, denk ik, over deze hele avond, en toch voel ik me volslagen op mijn gemak. Ik denk dat iedereen zich zo voelt, misschien een beetje schuldig, alsof we ergens aan ontsnapt zijn. Nu hoeven we immers niet te voelen. Ik volg haar, ga naar de plek die me wordt bevolen, neem plaats tussen mijn vader en Kit in. De menigte – ongeveer vijftig studenten en een paar volwassenen – gaat zitten als Morgan voor het gordijn gaat staan. Mijn vader kijkt me aan, trekt zijn wenkbrauwen op. Billy kijkt rond, geamuseerd, misschien verlangend naar een goede show. Dickie ziet er hetzelfde uit als altijd, alsof iemand grapjes in zijn oor fluistert.

'Hallo, allemaal,' zegt Morgan in een microfoon. 'Dank jullie wel dat jullie vanavond gekomen zijn.' De stemmen verstommen. Mijn gedachten ook, alsof er iets is weggehaald waardoor alles op zijn plek valt. 'Dit is een heel speciale avond voor mij.' Morgan kijkt de menigte in. 'Het is mijn laatste jaar hier op CC, mijn derde keer als voorzitter van onze jaarlijkse modeshow en de eerste keer dat ik hem presenteer.'

Sommige studenten klappen en juichen agressief en wij doen mee. 'Ik wil het Broadmoor-hotel ervoor bedanken dat het a-capellakoor Back Row hier vanavond mag zijn. Sorry, maar dit is veel cooler dan Armstrong!' Iedereen lacht; ik ook, opgelucht en verrast door Morgan, die aan het roer staat en de zaal met zoveel gratie leidt.

'Ook wil ik de afdeling Colorado Springs van *Dress for Success* bedanken, de CC-naai- en nijverheidsclub en de studentenvakbond.' Ze zwijgt en kijkt naar onze rij. 'Ik wil mijn ouders bedanken voor hun steun en vriendschap. Het was heel moeilijk dit op touw te zetten. Het is een moeilijke tijd geweest...' Morgan wappert met haar hand voor haar gezicht en ik kijk naar Suzanne, die hetzelfde doet. Mijn tranen wellen ook op en ik lach. Ik kijk naar Kit en haar ogen zijn vochtig.

'Wat lief,' zegt Kit, die naar Suzanne kijkt.

'In december heb ik een vriend verloren die als een broer voor me was,' zegt Morgan, die haar stem weer onder controle heeft. 'Ik wil zijn moeder, Sarah, bedanken dat ze hier vanavond is.'

Mensen klappen zwakjes. Ze draaien zich om om te zien wie Morgan aanspreekt en glimlachen meevoelend als ze me zien.

'Cully's vader, Billy, is er en zijn opa, Lyle St. John. Dank jullie wel dat jullie vanavond zijn gekomen.' Er klinkt meer applaus en dan schraapt Morgan haar keel. Ze haalt diep adem, zuigt haar lippen naar binnen en ademt uit. Ik ben gespannen, alsof ze zo gaat zingen.

'Dit is helemaal niet wat ik had gepland,' zegt ze. 'Ik wilde Cully's leven vieren, maar toen besefte ik iets.' Ze zwijgt.

Wat besefte je?

'Ik besefte dat hij had gewild dat de show zou doorgaan.'

Ik voel dat mijn gezelschap iets overbrengt en iets achterhoudt. Het is grappig dat gevoelens altijd dringender zijn als je stil moet zijn.

'Dus is deze avond opgedragen aan mijn vriend, Cully St. John!' Morgan zwijgt nog een keer dramatisch. Ze kijkt op naar het plafond. 'Cully,' zegt ze, 'deze is voor jou.'

Mijn zoon. Ik zie dat hij zijn hoofd schudt, zijn ogen ten hemel slaat, maar het is goed met hem. Hij is gelukkig. De lege blikken om me heen – niemand van deze mensen heeft hem gekend – zij zijn hier voor de show die zal doorgaan. Billy kijkt naar me en ik lach zachtjes om onze voorbereiding hiervoor. Het is perfect. 'Oké, we gaan beginnen!' zegt Morgan. Er klinkt muziek, die mijn borst vult. 'U kunt een visueel en muzikaal onthaal verwachten. Welkom bij *Andiamo ex Machina, To Fall in Love with a Machine!*'

Het volume gaat omhoog, muziek wordt de zaal in gepompt. Kit en ik maken oogcontact tijdens het luide applaus, we staan het onszelf toe te lachen. *'To fall in love with a machine?'* vraagt ze.

'Ik heb geen idee.'

Billy beweegt zijn hoofd op en neer op het ritme. Onze hele

rij ziet er gelukkig uit, opgelucht dat dit niet om Cully gaat. Onze emoties worden niet tentoongesteld.

Het eerste studentenmodel verschijnt in een op een harnas lijkende bodystocking en een rok van veren. Ze walst over het looppad en ik beweeg een beetje heen en weer, gevuld met iets wat mede door de muziek in me is geslopen, een beetje blijdschap, een beetje hoop.

Ik kijk naar de show, zo af en toe verlies ik me erin, ik ben trots op Morgan. Ik ken haar al haar hele leven. Suzanne is geboeid en ik herinner me al die vergaderingen waar we samen heengingen, de toneelstukken en races, de optredens en wedstrijden. Je eigen kinderen zijn zo fascinerend.

Ik laat de tranen stromen. Ik wil mijn hand niet opheffen om ze weg te vegen, deels omdat het aandacht zou trekken en deels omdat het fijn voelt om onverwacht om hem te rouwen. Tijdens onze dienst was ik te druk bezig met eten bestellen. Ik had het gevoel dat ik werd bekeken en getaxeerd – dat elke beweging werd geïnterpreteerd. En de asverstrooiing ontroerde me ook niet.

Op de dag na de dienst strooiden mijn vader en ik een deel van zijn as uit over de pas. Misschien ligt er nog wat as op die plek, neergedrukt door de sneeuw. Nadat ik de as in de lucht had gegooid, viel het meeste ervan in een klomp neer. Mijn vader en ik keken ernaar.

'Moeten we het gewoon zo laten liggen?' vroeg ik.

'We zouden het kunnen bedekken,' stelde hij voor.

'Misschien hadden we het over de reling moeten gooien,' bedacht ik. 'Of iets verder moeten lopen.' Ik schopte er wat sneeuw overheen, maar hield toen op, want dat voelde verkeerd.

'Ik ga de rest bewaren,' besliste ik. 'Ik vind het hier niet prettig.'

'Ik weet het,' zei mijn vader. 'Het is koud.'

We bleven een tijdje staan, kijkend naar de as in de witte sneeuw.

'Wil je nog iets zeggen?' vroeg mijn vader.

Ik probeerde iets te bedenken om te zeggen. Ik probeerde me een oud gebed te herinneren. We waren een stukje van de weg af gegaan, maar ik zag een auto stoppen, een gezin dat naar buiten kwam om foto's te nemen. Een meisje had een rode slee bij zich.

'We gaan,' zei ik.

'We kunnen hem niet zomaar achterlaten,' vond hij. Het was een belachelijke opmerking, maar ik was het met hem eens.

'Ga hem maar pakken,' zei ik. 'Dan stoppen we hem terug.'

Mijn vader schepte de sneeuw met de gevallen as op. 'Zal ik dit bij de droge as doen?'

'Weet ik veel. Ik denk het.' Hij stopte de natte as bij de droge. Hij deed het terwijl ik op de uitkijk bleef staan, alsof we iets aan het stelen waren of iets anders deden wat niet mocht. We pakten hem terug. Voor het eerst denk ik dat ik eraan toe ben het nog een keer te proberen en dat Billy daarbij zou moeten zijn. Misschien weet Billy een betere plek voor hem. We gaan het doen. Ik kan nu alles. Er breekt iets in me, maar ik heb juist het gevoel dat er iets beters wordt gebouwd. Ik blijf maar naar de andere kant willen, maar stel dat ik er al ben? Stel dat dit is hoe het eruitziet?

Twee meisjes lopen samen over de catwalk, gemaakt serieus in stijve rokken die eruitzien alsof ze van tentstokken zijn gemaakt en dus hoogstwaarschijnlijk tentstokken zijn. Het lijkt wel alsof ik vlieg. Dit heeft niets en alles met Cully te maken. Suzannes huwelijk is mislukt, Morgans voornemen voor een viering: mislukt. Cully's drugs, zijn dood, het zwangere meisje naast me. Mijn moeders dood, het mislukte overwinnen van een ziekte. Mijn vaders onvermogen om zijn werk los te laten, Billy en ik. Allemaal mislukkingen. Mislukkingen die ik wil vereren, die ik een andere naam wil geven. Als dat allemaal mislukkingen zijn, dan teken ik ervoor.

Ik maak oogcontact met Kit, ik breng iets over. Ze ziet er weemoedig uit, peinzend.

Morgan kondigt de volgende groep studenten aan en Kit zegt iets tegen me wat ik niet versta.

'Wat?' vraag ik.

'Ik dacht niet dat ik een kind wilde,' zegt ze. Ik buig me naar haar toe. Haar stem, rustig en zacht. 'Ik wil niet zwanger zijn. Het is egoïstisch van me, maar ik wilde niet dat er een baby op de wereld komt. Ik wilde geen meisje met een baby zijn. Ik wil gewoon een schone lei. Ik wilde dat dit deel van mijn leven voorbij was.'

De mensen om ons heen applaudisseren en het volume van de muziek wordt hoger.

'Kit,' zeg ik, als ik besef wat ze zei, 'je haalt de tijden door elkaar. Wilde niet, wil niet.'

'Ik weet niet wat ik wil. Ik zie jullie en ik... ik vind het prettig wat jullie hebben. Ik vind het prettig wat jij en Cully hadden, of gehad moeten hebben. Ik ben in de war. Misschien kan ik het wél doen. Misschien is dit iets wat me moet overkomen.'

Alles binnen in me lijkt tot stilstand te komen. De muziek is plotseling oorverdovend. Ik zwijg even. Ik wil iets zeggen, maar mijn mond is bevroren in een kleine o.

Ze ziet er bang uit, alsof ze in dat ijskoude zwembad is gesprongen en er niet uit kan komen. Haar angst verschaft mij plotseling helderheid. Ik pak haar hand even vast, knijp erin in een snel tempo, als morsecode. Wat er ook gebeurt, het staat te beginnen.

'Kom met me mee naar buiten,' zeg ik.

Tegen mijn vader zeg ik dat we zo terug zijn. We lopen naar de uitgang van de danszaal. Binnenkort zijn we nog maar met z'n tweeën. Geen andere stemmen in ons hoofd. Geen andere meningen. Twee mensen. En nu weet ik dat ik dat moet reduceren tot één.

20

We wandelen naar het pad dat om het meer loopt. Jupiter en Venus staan helder te stralen aan de hemel en de lantaarnpalen om ons heen zijn aan. De koele lucht is verzadigd van de dennengeur. Ik ruik vermoedelijk ook een spoortje ganzenpoep. Pikes Peak is door de maan verlicht, onverschillig. Hij bekommert zich niet om ons, wat we ook kiezen.

'Ik weet niet wat ik bedoel,' zegt ze.

'Laten we gewoon de ene voet voor de andere zetten,' stel ik voor.

Ik orden mijn gedachten terwijl we langs de wilgen lopen, langs het kuurgedeelte, langs een bord waarop staat: NA DIT PUNT ALLEEN TOEGANG VOOR GOLFERS. We lopen in de maat en ik probeer met opzet mijn snelheid te veranderen.

'Toen ik ongeveer zes jaar jonger was dan jij nu heb ik hetzelfde meegemaakt.' Ze kijkt me onzeker aan.

'Ik raakte zwanger,' zeg ik. 'En ik heb mijn vader om hulp gevraagd. Mijn moeder was dood.'

'Was je toen zeventien?' vraagt ze.

'Zestien. Als ik er nu over nadenk, verbaas ik me erover hoe geweldig mijn vader was. Voor zover hem dat lukte, liet hij me een volwassene zijn. Hij hielp me zonder me te vertellen wat ik moest doen, zonder me een rotgevoel te geven.'

Ze knikt.

'En toen ik tweeëentwintig was, heb ik het nog een keer doorgemaakt. Ik raakte weer zwanger en ik heb mijn vader om hulp gevraagd. Kijk uit.'

Ze springt over een sliertje ganzenpoep. 'Dank je.'

In het gras slaapt een gans, met een oranje enkelring weggestopt onder zijn vleugels. We lopen verder naar de brug.

'Soms heb ik het gevoel dat ik je al lange tijd ken,' zeg ik.

'Ik weet het. De tweede keer was je dus zwanger van Cully.'

'Ja.'

'Heb je spijt van de eerste keer?' vraagt ze.

Ik haal adem. 'Nee.'

Hoe dichter we bij het punt komen waar we zijn begonnen, hoe langzamer we gaan lopen.

'Ik geloof dat ik wil zeggen dat je naar huis moet gaan.'

'Volgens mij was dat niet wat je wilde zeggen.'

'Ik weet het. Ik ben hier niet zo goed in als mijn vader.'

We kijken allebei recht vooruit. Haar reactie is niet te zien.

'Ik herzie dat wat ik wil zeggen,' zeg ik.

'Oké.'

'Ik had hulp. Dat wilde ik zeggen. Ik ging naar mijn vader. Je moet zonder mij zijn, zonder mijn vader, Billy, Suzanne, deze plek.'

Ze kijkt om zich heen naar deze plek.

'Breckenridge,' zeg ik. 'Je moet op je eigen plek zijn, met je moeder praten, je vader – ja, sorry, nog meer praten, maar je hebt je familie nodig en je eigen omgeving. Je moet doen wat je ook gaat doen als je weer thuis bent. Begrijp je me? Slaat het ergens op?'

Terwijl ik dit zeg, heb ik een déjà vu. Het is niet de situatie die ik eerder heb meegemaakt, maar het hele proces van dingen voorschrijven, de familiebijeenkomsten in de woonkamer waarbij ik Cully taken gaf, hem vertelde hoe hij zich moest gedragen. Dat was niet alleen om hem te helpen, maar ook om mezelf te helpen, om orde te scheppen in ons leven toen ik het gevoel had dat die er totaal niet was.

We lopen de helling van de brug op en blijven bovenaan staan, boven het donkere water waarin ik de dikke lijven van de vissen kan zien.

Door de manier waarop ze me aankijkt, geeft ze me het gevoel dat ze door me heenkijkt, dat mijn voorschrift, *ga terug naar huis*, iets is om míj weer gezond te maken, om mij te helpen in beweging te komen, misschien niet op de manier zoals je hem in boeken vindt, maar wel in dezelfde orde van grootte.

'Schop je me Breckenridge uit?' vraagt ze.

'Nee. Of eigenlijk, ja.' Ik sla mijn armen over elkaar als was het een versterking. 'Ja, dat doe ik.'

Ik zwijg, laat haar hierover nadenken. Ik heb nooit overwogen dat ze het niet met me eens zou zijn.

'Kun je dat doen?' vraagt ze.

'Ik weet dat je het een goed idee vindt.'

Ze zegt niets. Ze is er veel beter in om een stilte te laten vallen dan ik.

'Ik kan me niet voorstellen dat een dochter dit zonder mij zou doormaken,' ga ik verder. 'Als ouder is dat het ergste om aan te denken: dat je kinderen je niet laten helpen.'

Ik vraag me af of Cully soms naar Billy ging, niet omdat hij een man was, maar omdat hij dacht dat ik het te druk had, of te gestrest door zijn hele opvoeding. Ik legde altijd zo de nadruk op routine – en die was ook belangrijk, ik weet dat het allemaal belangrijk was – maar wist hij wel dat hij altijd, altijd naar me toe kon komen? Had hij het gevoel, zoals Kit heeft bij haar moeder, dat ik te veel op mijn bordje had? Niet naar me toekomen. Me niet gebruiken. Omdat ik een belangrijk interview met iemand van een nagelsalon had of ik toeristen moest opvrolijken als ze niet zo enthousiast waren over de kou. Als ik dit bedenk, word ik overvallen door een wee gevoel, een duistere wanhoop. Waar was ik voor nodig als hij me niet gebruikte? Wat was het doel van mij als ouder? Wat heeft alles wat ouders doen voor zin als de kinderen ons niet inschakelen?

'Je moet naar hen toegaan,' zeg ik.

'Ik dacht dat je me kon helpen,' zegt Kit. 'Ik ben naar jou gegaan.'

Ik probeer me niet te verliezen in haar hulpeloze blik, probeer haar niet te omhelzen of haar te zien als mijn kind. Niets aan haar is van mij.

'Ik ga je helpen met een vliegticket naar huis,' zeg ik. 'Ik geef je een nummer en dan zal een meisje dat Nicole heet alles regelen. Je hoeft alleen maar te zeggen hoe laat je maandag wilt vertrekken.'

Ze fronst haar voorhoofd op een manier die schattig nukkig is. 'Dat is overmorgen.'

'Klopt,' zeg ik. 'Je hebt niet veel tijd.'

'Ik ben net Wittand,' zegt ze. 'Je laat me los in het wild. Het wild van Westchester.'

Haar grapje is geruststellend. Het vertelt me dat ze het begrijpt. Misschien is ze opgelucht dat ze huisarrest heeft gekregen.

'Kom, we gaan terug,' zeg ik. Naar de show die moet doorgaan. We lopen over de brug naar de danszaal, naar het licht en de muziek. Ik voel me onverstoorbaar en deskundig, dichter bij de plek waar ik zou moeten zijn. 'We moeten je afspraak afzeggen.'

Ze doet een paar passen voordat ze zegt: 'Dat heb ik al gedaan.'

Ik blijf staan en zij ook. Ik kijk automatisch naar haar buik, schud het idee van vingerafdrukken van me af. 'Wanneer?'

'Toen jullie me afzetten bij mijn flat om mijn kleren te halen.'

Ik wil iets zeggen, maar het lukt me niet. Ze heeft zoveel gezegd. En ze is toch meegekomen, ze wist de hele tijd niet wat er ging gebeuren, maar wel wat er niet ging gebeuren.

Ik sta op het punt te vragen waarom ze dit heeft gedaan, maar ik hoef het niet te weten. Ik heb het gevoel dat dit hele uitstapje een soort testrit voor haar is geweest, om te zien hoe dit vreemde voertuig rijdt: wat het kan, wat het mist. Hoe voelt het aan in de stoel? Is het praktisch? Of schuift het onderbuikgevoel van liefde het gezonde verstand terzijde? Alles komt samen. Alles is van belang.

'Ik wilde gewoon bij jullie zijn,' zegt ze.

Ik kijk naar haar – naar haar gezicht en armen, haar afgetrapte laarzen, dit meisje op de rand van iets. Ik zie een kaartje onder haar arm. 'Je hebt de kaartjes eraan laten zitten,' zeg ik. 'Draai je eens om.'

'O, ja.' Ze kijkt onder haar arm. 'Ik heb ze erin gestopt. Ik zal hem aan je teruggeven.'

'Doe niet zo gek. Ik ga hem niet terugbrengen.'

'Alsjeblieft,' zegt ze. 'Ik voel me rot. De kamer ook. Je hebt al genoeg gedaan. Ik zou niet haar jurk moeten inpikken. Het is haar cadeau. Of jij zou hem nog kunnen dragen. We hebben dezelfde maat, wil ik wedden. Ik word misschien toch dikker.'

Er flitst angst over haar gezicht, alsof ze een versie van haar leven voor zich ziet verschijnen en dan verdwijnen.

'Hier,' zeg ik. Ik probeer haar om te draaien, maar ze biedt weerstand en valt een stap naar me toe. 'Ik wil dat jij hem houdt. Tenzij je hem niet mooi vindt.'

'Nee, ik vind hem wel mooi,' antwoordt ze. 'Ik vind hem prachtig, maar…'

'Laat mij hem dan aan je geven. Ik wil je iets geven. Ik wil dat je iets van mij hebt. Ik haal de kaartjes er even uit.' Ik trek haar naar me toe, houdt haar nog steeds vast in een krachtige omhelzing en trek de kaartjes los, waarbij ik mijn hand bezeer en haar lichaam bijna uit balans breng.

'Sorry,' zeg ik. Ik blijf staan met mijn hand op haar koele rug, en maak dan de omhelzing af. Haar armen hangen langs haar zij en dan heft ze ze op en legt haar handen op mijn rug. Ik houd mijn adem in. En ik adem weer uit.

'Ik weet niet hoe ik dit moet doen,' zegt ze.

Haar wang voelt warm aan tegen mijn hals. Ik geniet van dit gevoel van een kind dat me vasthoudt, me nodig heeft.

'Het is goed om niet alles te weten,' zeg ik.

We kijken elkaar aan, wenden onze blik niet af, wat moeilijk is en maar zelden voorkomt met iemand. We prenten elkaar in onze gedachten en dan, in zwijgende overeenstemming, lopen we verder naar de gloed van het hotel. 'Ik heb er niet zo netjes uitgezien... sinds ik met je zoon naar bed ben geweest,' vertelt ze, en ze lacht, maar haar lach stokt een beetje. Ze huilt. Er zou echt een woord moeten zijn voor tegelijkertijd lachen en huilen. Dat is er ook. Toen Cully ongeveer acht was, deden we een woordspelletje, waarbij we de meest maffe combinaties maakten van zelfstandige naamwoorden, werkwoorden en bijvoeglijke naamwoorden. Dan lazen we voor wat we hadden gebrouwen en lachten zo hard dat we moesten huilen. Dat noemden we: hachen. Ik lachte om hem die zo lachte, ik wilde meer. Het was verslavend. 'Ga je terug?' vraag ik.

'Ja,' zegt ze, en ik probeer voor me te zien waar ze naar teruggaat, haar wortels en bronnen, het klimaat en landschap, alles wat haar de weg naar morgen zal wijzen. Ik zie bochtige wegen voor me en grijze luchten, rode blaadjes en barbecues, scrabble en tweedjasjes.

Ze zal haar vader zien. Misschien zal ze hem begrijpen, zijn behoefte om te gaan, zijn recht om fouten te maken, en zal ze ontdekken hoe moeilijk het is om je vader, en misschien op een dag je zoon, als een man te zien, met zijn behoeften en basale verlangens.

Ik probeer haar moeders gezicht voor me te zien, maar Billy's moeder komt me voor de geest. Ik moet er bijna om lachen als ik me indenk dat Billy zijn moeder vertelt dat hij een meisje zwanger heeft gemaakt. Ik zie haar mond niet openvallen, maar precies het tegenovergestelde. Ze zou een scherp gekef uiten, het geluid dat een hond zou maken als je op zijn staart trapte. Wat zal Kits moeder doen? Hoe zal ze reageren? Niet alleen haar familie, maar de omgeving van een familie. Ze zullen zich moeten aanpassen, haar opnieuw leren kennen, de reservoirs, ingewikkeldheden en achterafsteegjes ontdekken die hen naar iemand zullen leiden die ze altijd al kenden.

We komen bij het terras. 'Waarom droeg je een jurk?' vraag ik. 'Met Cully.'

'Ik weet het niet. Daar had ik gewoon zin in. Ik had me opgemaakt. Ik droeg een jurk.' Ze kijkt naar beneden. 'En deze laarzen.'

'Waar gingen jullie naartoe?'

'Naar de Steak and Rib,' zegt ze.

Perfect. Helemaal perfect. Ik glimlach ook al doet mijn hart pijn. Op dit ogenblik hou ik van dit leven.

Ik vraag haar bijna om meer, maar dit is iets wat een moeder niet hoeft te weten. Dit is iets wat ze kan behouden en waar ze naar kan terugkeren. Het is haar herinnering en dus laat ik die aan haar over.

Ze loopt voor me uit om de met goud omrande deuren open te maken. Ik hoor de muziek en word overvallen door het verlangen om te dansen en te bewegen. Ik zie haar lopen, met deinende tred. Ik geef dit meisje terug, het komt hoe dan ook in orde met haar, en ik weet dat mijn moeder trots op me zou zijn. Dat doet me heel veel.

21

Mijn vader, Billy, Suzanne, en ik zitten op de entresol te wachten op Kit terwijl we mensen kijken en een zak chips eten.

'Wat was Morgan gisteravond geweldig,' zeg ik tegen Suzanne. 'Zo evenwichtig.' Ze kijkt in een tijdschrift naar wat sterren droegen tijdens prijsuitreikingen.

'Ja hè?' zegt Suzanne. 'We hebben vanochtend ontbeten. Ze vroeg of ik je de groeten wilde doen. Er was geen gelegenheid om je na afloop te spreken, dus...'

Ik ben een beetje geïrriteerd, maar probeer er snel overheen te stappen. 'Iedereen wilde natuurlijk met haar praten,' zeg ik. 'Als ze weer in de stad is, zal ik haar wel een keer mee uit nemen om erover te praten. Het was echt perfect, Suzanne. Precies zoals het was.' Ze kijkt op en krult haar lippen naar binnen, iets wat ze doet als ze beschroomd trots is.

'Wat gaan ze nu met die kleren doen?' wil mijn vader weten.

'Hoe bedoel je?' vraagt ze.

Er zitten chipskruimels op zijn onderlip. 'Ik bedoel, je kunt die kleren nou niet echt aan naar de supermarkt...'

'Ik zou die kleren wel dragen als ik naar de supermarkt moest,' zegt ze snel.

'Jij zou alles dragen naar de supermarkt,' zegt mijn vader.

'Je hebt poep op je gezicht,' zegt Suzanne en mijn vader veegt over zijn voorhoofd.

Ik kijk omhoog naar het plafond in een poging de danser te zien, maar er is een schilderij van een waternimf op een door een paard voortgetrokken mosselschelp. Tegenover me is een portret van een blonde man in een rood smokingjasje; hij heeft zijn benen over elkaar geslagen en houdt een sigarettenkoker vast. Hij lijkt een beetje op Billy's vader.

Aan de overkant staat een jonge vrouw. De echtgenoot van de vrouw houdt een van de kinderen vast terwijl de andere met een plastic vrachtwagen tegen zijn scheenbeen beukt.

'Kit heeft de afspraak afgezegd,' vertel ik.

'O mijn god,' zegt Suzanne. 'Ben je…'

'Nee,' zeg ik. 'Wij gaan gewoon rechtstreeks naar huis.'

Billy en mijn vader verwerken het nieuws, maar zeggen niets. Iedereen lijkt zijn eigen scenario te bedenken.

'Kijk eens wie we daar hebben,' zegt Billy.

We kijken allemaal naar Dickie en Kit, die naar ons toelopen en ergens om lachen. Misschien stonden ze toevallig in dezelfde lift. Ik wil wedden dat hij haar zo een baan gaat aanbieden of het gebruik van zijn auto's of huis, alleen omdat ze hem aan het lachen heeft gemaakt. Hun plezier doet ons glimlachen, omdat we weten hoe het voelt om met hem te praten: opgewonden, bevoorrecht, met een beetje plankenkoorts. Ik zie dat ze nieuwe energie heeft gekregen, grenzend aan bezetenheid.

We gaan allemaal staan als ze dichterbij komen en Dickie heeft ieder van ons iets te zeggen.

'Lyle, ik mis je nu al,' zegt hij tegen mijn vader. 'Billy, wanneer gaan we een stukje rijden? Sarah, vriendin van me.' Hij trekt me naar zich toe en geeft me een kus boven op mijn hoofd, en dan tegen Suzanne: 'Sue-bee, wie is die Kit? Waar heb je haar verstopt gehouden?'

Suzanne, Sue-bee, legt haar arm om Kit heen. 'Ze was Cully's vriendin,' zegt ze op een manier die me ontroert.

Dickie kijkt naar Kit, van top tot teen, en legt zijn handpalm tegen zijn borst. 'Natuurlijk.' Hij krijgt tranen in zijn ogen. 'Wat een ochtend. Wat een voormiddag!'

Ik zie dat Suzanne met een onbeschaamde blik vol liefde naar hem kijkt. Ik loop naar haar toe. 'Hoe gaat het?' vraag ik.

'Goed.'

'Kom op, Sue-bee,' zegt Dickie. 'Ik geef je een lift naar huis.'

'Is dat goed?' vraagt ze.

'Nou?' vraag ik.

'Het is prima,' zegt ze. 'Ik kan niet boos blijven op die klojo.'

'Ja, dat kun je wel,' zeg ik. 'Maar ik ben blij dat jullie met elkaar praten.'

'Dat meisje met wie hij was,' zegt ze, 'is de vriendin van de nieuwe algemeen directeur, die er ook was.'

Ze zegt dit nonchalant, hoewel ik weet dat ze genoegen schept in haar fout. Ik ook, omdat ik opgelucht ben dat ik hem nog steeds aardig mag vinden. 'Ik breng je auto morgen terug.'

'Oké,' zegt ze.

'We gaan op pad als een troep schildpadden,' zegt mijn vader. 'Heb je alle shampootjes meegenomen?' vraagt hij Kit als ze naar de lift lopen.

Suzanne en ik laten iedereen voorgaan. Ik heb alles in mijn grote tas en Suzanne rolt een koffertje achter zich aan. We stappen in de lift achter onze groep, om naar beneden te gaan.

'Dank je wel,' zeg ik. 'Dank je wel dat je streng voor me bent geweest. Dat vind ik heel fijn.'

'Graag gedaan,' zegt ze. 'Laat het me weten als je iets nodig hebt. Ik kan goed luisteren als ik drink.'

Ik wil tegen haar zeggen dat ik van haar houd, maar zo werken we niet. We begrijpen dit.

'Komt het goed? Met Dickie? Met alles.'

'Ja hoor. En met jou?'

Ik geef eerst geen antwoord, maar dan zeg ik: 'Ja', omdat ik erin begin te geloven.

Ik neem een andere weg terug naar Breckenridge. Een beetje variatie, een andere omgeving. En ik wil langs zijn college rijden. Ik ga over Cascade naar de school, kijk de zijstraten waar we langsrijden in, de huisjes met terrassen, afgebladderde verf, en onkruid en later, huisjes met mooie verf en keurige voortuinen.

Als we bij de campus komen, gaan de auto's langzamer rijden voor de lopende studenten en langzaam kruipen we naar de zebrapaden. Links is Rastall, waar hij ging eten, en rechts, Slocum, waar hij sliep. Daar is de grijze dreigende kapel waar de afscheidstoespraak werd gehouden. Ik wijs die dingen bijna aan als een campusgids. Skateboarders springen van het trappetje bij Rastall, en ik stel me voor dat Cully hetzelfde deed toen hij hier was. Het is spannend, elke poging die ze doen om de trap af te komen. Ik zie dat we er allemaal naar kijken terwijl we met een slakkengang naar het zebrapad rijden. Het doet me denken aan die keer dat ik naar de parkeerjongens keek, hen observeerde, die heel levende jongens die dingen deden die Cully had gedaan en nog steeds had moeten doen; maar het voelt nu anders aan dan op dat moment, niet zo lang geleden. Ik denk dat het verschil maakt dat ik niet boos op hen ben en me er niet voor schaam dat ik kijk. Ik ben blij als ze landen; het geluid van de wieltjes die op de stoep knallen is bevredigend.

Ik rijd verder en nu ben ik de eerste auto. 'Wat beleefd,' zegt Billy.

'Dat viel me ook op,' zeg ik. Iedere jongere die voor ons langsloopt wuift of knikt als bedankje dat we zijn gestopt. Ze kijken elkaar ook allemaal aan als ze oversteken, ze begroeten elkaar in stilte. Bij een opening rijd ik verder naar de volgende zebra. Ik zie Cully voor me, die de straat steeds maar weer oversteekt, knikkend naar de auto's, naar de andere kinderen die voorbijkomen. Op de binnenplaats schopt een groepje een gehaakt balletje rond. Een andere groep speelt rugby; en verderop, voor zijn oude studentenhuis, zijn kinderen op een stuk zand aan het beachvolleyballen.

Ik weet nog dat we hem verhuisden naar zijn studentenhuis, ik herinner me mijn sneue pogingen om redenen te zoeken om in de kamer te blijven. Heb je een magnetron nodig? Een fellere lamp? Ik kon niet geloven dat zijn kamergenoot niet wakker werd, niet toen ik er was en niet toen ik wegging. Ik mimede: *Gaat het wel goed met hem?* terwijl ik naar een grote jongen uit Maine wees, met zijn mond open als die van een nijlpaard, met zijn lange benen bungelend uit bed, zijn handpalm op zijn borst alsof hij trouw zwoer.

Ik kon mezelf er niet toe zetten om te vertrekken, omdat ik zeker wilde weten dat hij alles had. Cully drukte me op het hart dat het prima met hem ging, hij had niets anders nodig, maar hij zag er zo eenzaam en klein uit, net als mijn vader soms achter in een auto. Hoe zou het hier gaan met Cully? dacht ik. De jongens in zijn vleugel droegen hun kleding ironisch en de meisjes leken deelneemsters aan schoonheidswedstrijden uit Texas of afschuwelijke protesten tegen die deelneemsters. Een lange rok over een spijkerbroek, okselhaar, het hoofd ingepakt in gevaartes die op kegels lijken. Het leek wel alsof ik in Afrika of India was. Ik glimlach om de herinnering. Het ging prima met hem. Hij vond het hier geweldig.

Een stukje verderop, na de kruising, zie ik het begin van de grote huizen, victoriaanse huizen met fikse brievenbussen met leesbare nummers erop. Dat zijn de academische huizen; waarin het tijdschrift *The New Yorker* niet op een standaard ligt, maar gebruikt en gelezen wordt. Kruidentuintjes en broodmachines, tieners met een blog.

'*Cache La Poudre*,' zegt Kit.

'Wat is daarmee?' informeert mijn vader.

'Ik zag daar een straatnaambordje,' legt ze uit.

'Verstop het poeder,' zegt Billy. '*Cache la poudre* betekent:"Verstop het poeder". Ik heb het opgezocht nadat ik hem een overlevingspakketje had gestuurd. Maar ik wil wedden dat jij dat niet zou hoeven opzoeken, hè, Kit? Toch?' Billy schuift iets op vanaf de achterbank naar Kit, die voorin zit.

'Jawel hoor,' zegt ze. 'Ik heb alleen Chinees gehad.'

Mijn favoriete deel van de rit van Denver naar Breckenridge is het gedeelte met enorme, afgelegen huizen op hachelijke kliffen, daarna Lookout Mountain, het graf van Buffalo Bill. Ik ben dol op zijn graf, vooral vanwege de kudde buffels in de buurt. Ik probeer altijd oogcontact met de dieren te maken, ik weet zeker dat ze mij ook zien, terwijl ik mijn medeleven betuig. Ze lijken over Buffalo Bill te heersen, voor hem in te vallen, voor altijd om hem te rouwen. Weidse, open ruimtes, stoïcijnse beesten, hoeven die hun bevestigende geluiden uitbazuinen, alsof ze verklaren: *Buffalo Bill was hier! Hij heeft bestaan!* en dan minder nadrukkelijk: *Hij was belangrijk voor ons en we hielden van hem.*

Korrelige as. We leven. We verdwijnen. Soms heb ik zo'n medelijden met ons allemaal.

Ik rijd langs de kudde bizons. Dag, Buffalo Bill.

Kit heeft het gemist. Ze slaapt. Iedereen slaapt. Ik voel me comfortabel alleen, ze vertrouwen me, ik leid mijn voertuig met dierbaren. Ik denk diep na over deze volle dagen, ik weet dat ik de kronkels moet blijven oplossen. Volgens mij kan ik niet meer terug naar mijn werk, en als ik bedenk dat dat niet kan, vervult het me met hoop en energie, alsof de hemel zich heeft geopend. Het is niet zo dat ik er te goed voor ben, ik ben gewoon veranderd. Het past me niet langer. Zoals mijn vader zei: *Dit leven heeft zoveel levens, en ik ben aan het volgende toe.*

Ik kijk naast me naar Kit, en dan in de spiegel naar de andere slapers. Het komt in me op dat ik bang ben voor iets wat mijn vader en Billy ook moeten doen: dit allemaal loslaten, haar haar weg laten zoeken zonder te weten wat er zal gebeuren.

Het platte, luie land rolt voorbij, of wij rollen erlangs. Ik zoek bumperstickers. Ik kijk naar levens in auto's, stationwagens en suv's, kinderen op de achterbank die video's kijken op de rugleuning van de voorstoel.

Ik houd van Loveland.

Denver Bronco's.

Er is geen excuus voor dierenmishandeling.

Vier op de drie mensen kunnen geen breuken maken.

Als we bijna bij de afrit Silverthorne zijn, beweegt Kit zich. Ze opent haar ogen, waarna ze outletwinkels en fastfoodketens ziet. Ik ben zo bang voor haar, zo opgewonden voor haar, voor wat het ook zal worden.

'Hoi,' zeg ik.

'Hoi.'

'Ze slapen,' zeg ik, en ze kijkt achterom.

Ik zet de radio harder en zoek een andere zender. Er klinkt zwoele, woordeloze jazz.

'Mijn vader kwam vaak thuis en zei dat hij de hele dag op jazz had gezeten,' zeg ik. 'Hij had een massagestoel die hem van alle richtingen beporde en in hem prikte.'

'Hij zat op die jazzdrummer. Max Roach,' legt Kit uit. Ze strekt haar armen, raakt het plafond aan en zegt tijdens een gaap: 'Toen ik studeerde, probeerde ik jazz leuk te vinden.'

'Zijn we al in Frisco?' vraagt Billy vanaf de achterbank.

'Wie heeft wie wat aangedaan?' zegt mijn vader.

Het is net alsof ze de stal ruiken of verandering van weer voelen. Het is droog en fris. We rijden om het bevroren meer. De bergen zijn hier veel groter – een suffe waarneming – maar nu ik in de Springs ben geweest, valt het me meer op. Daar maken ze deel uit van de achtergrond, terwijl de bergen hier de voorgrond zijn. Ze domineren, dringen binnen en ze geven me de onelegante gedachte: *Godver, ja. Dit is mijn huis.*

'Dat was snel,' zegt mijn vader.

'Aldus de passagier,' zeg ik.

'Ik ga dit missen,' zegt Kit.

'Ga je ergens heen?' vraagt hij, wat me naar adem doet snakken. Ik durf niet in zijn ogen te kijken. Ik heb het Suzanne ook niet verteld. Ik wil dat Kit gewoon kan wegglippen zoals ze naar binnen is geglipt.

'Kom je mee terug naar het huis?' vraagt mijn vader. 'Wat eten?'

292

Ze kijkt me aan, alsof ze toestemming vraagt. *Moet ik al gaan?* lijkt ze te vragen. *Nee*, wil ik antwoorden. *Ga niet weg.*

'Doe dat maar,' zeg ik.

'Ik lust wel een hapje,' zegt Kit.

'Ik heb honger,' zegt Billy.

'Als een paard,' zegt mijn vader.

'Ik ben met Cully om dit meer heen gelopen,' zegt Kit.

'O, ja?' Mijn vader klinkt als een jongetje dat naar een verhaal luistert. 'Waarom?'

'Om aan de andere kant te komen,' verklaart ze. 'Het is best een grappig verhaal.'

Ik werp af en toe een blik op Kit als ze het verhaal vertelt. Ze neemt de tijd. Ze is veranderd sinds we gisteren in de auto zaten en de stad uit reden. Ze was toen stiller, verlegen, strooide haar humor niet in het rond. Ze vertelt ons over het meer, dat het met sneeuw bedekt was en er langs de rand grijze hutjes stonden. Eerst liepen ze langs de rand en toen rende Cully naar het midden, waar veel sneeuw lag. Hij banjerde door de sneeuw en zij deed hem na, opgewekt. Hij bleef staan wachten, maar toen had hij er ineens verschrikt uitgezien.

'Ik keek achter me,' zegt ze, 'en toen zag ik dat ding, die bever.'

Billy lacht.

'Hij waggelde naar ons toe, spartelend met zijn staart.'

Ze beschrijft zijn smerig uitziende staart, zijn oudemannenbek en gele hoektanden, zijn witte ogen ziedend van woede. 'Cully zei dat ik moest wegrennen, dus ik rende weg, je weet wel, lachend maar ook wel bang, ja? Ik bedoel, ik wist dat ze gemeen konden zijn en...'

'Ze hebben geurklieren bij hun achterste,' zegt mijn vader.

'Jezus, pap.'

'Dat is wreed,' zegt Billy.

'O mijn god,' zegt Kit. 'Lyle, je bent me er een. Maar goed, toen we aan de andere kant kwamen, verwachtte ik bijna die bever te zien die met zijn poot in de lucht met zijn klauw naar ons schudde. Hij was zo menselijk. Hij was echt... pislink.'

'Je werd achternagezeten door een bever,' zegt mijn vader.

'Ja,' zegt ze. 'Het was nooit saai met hem. Ik had altijd het gevoel dat ik midden in een heel spannend avontuur zat.'

Ik maak oogcontact met Billy. Ik zie voor me hoe onze zoon en Kit de overkant van het meer bereiken, en over deze weg lopend weer op adem komen. Misschien mindert een auto vaart, met een gezin dat naar buiten kijkt alsof het uitkijkt naar herten. Ik denk aan iemand die nu in onze auto kijkt. We zien er onopvallend uit. We zíjn onopvallend. Ik zie Cully voor me die door die hoge, diepe sneeuw banjert. Deze hele situatie geeft me lichamelijk hetzelfde gevoel. Rouwverwerking alsof je een grote berg beklimt. Het is uitputtend maar stimulerend. Je krijg er spierpijn van. Je voelt dat je je volledig in je lichaam bevindt.

Iedereen lijkt aan iets leuks te denken. Het is ook moeilijk om dat niet te doen op dit deel van de rit, omringd door bergen. Er hangt een sfeer van prettige verwachting, alsof er iets geweldigs staat te gebeuren. Ik houd er ook van zoals hij eruitziet als je de andere kant opgaat, als je weggaat, de vijftien kilometer in de achteruitkijkspiegel. Er valt sneeuw op de voorruit, die dan smelt en dan vage sporen achterlaat die op piepkleine pootafdrukjes lijken. Ik stel me ons voor als een tafereel in zo'n sneeuwbol: het sneeuwt vredig, onze miniatuurwereld levendig en omsloten.

Op de bergrug duiken huizen op in de sneeuw, die als een sjaal om de berg zit. Je hebt de espen; hun witte bast gloeit als lantaarnpalen in de verte. En daar is het aanzicht van de berg voor ons, badend in zacht licht, dat een perfect silhouet vormt aan de diepzeeblauwe lucht.

Ook al zijn we niet heel lang weggeweest, ik voel toch troost nu ik hier weer ben. Hier zijn de bomen die ik ken, de bochten in de weg. Ik glip gemakkelijk terug, ik heb er recht op hier te zijn. Het was belangrijk dat we weggingen.

'Mijn leven is gebaseerd op een waar verhaal,' zeg ik. 'Bumper-sticker.' Ik wijs naar de auto voor ons, met een kentekenplaat uit Kansas. *Wat is er in Kansas? Dorothy en haar rode schoentjes.*

'Dat is een goeie,' zegt Kit.

Ik zet de ruitenwissers sneller.

'De lente is nog niet klaar,' meldt mijn vader.

Ik zie de lichtjes van de stad, dan komen we op Main Street. Mensen, auto's, tekenen van leven, alles nu innemend, stimulerend, blijvend. Voor het eerst in lange tijd kan ik blij zijn en dankbaar dat dit mijn thuis is. Ik voel genegenheid voor de inwoners. We hebben ervoor gezorgd dat het werkt. We hebben het uitgezeten. We zullen toekijken als de anderen weggaan.

De koplampen accentueren een klein stukje weg voor ons, de wisserbladen klinken als een snelle hartslag.

22

Ik zet alles op tafel. Alles en iedereen is uitgerust. Tijd om te eten.

'Ik hussel de salade wel,' zeg ik, en heb er onmiddellijk spijt van.

'Kan Billy je daarmee helpen?' vraagt mijn vader, en hij geeft Kit een por. We gaan allemaal zitten. Niemand weet dat dit ons laatste avondmaal is.

De kip is kruidig, de wijn ook. Er zit een sliertje spinazie tussen mijn vaders voortanden.

'Je hebt dit echt snel in elkaar gedraaid,' zegt hij. 'Ik weet niet hoe je de tijd hebt gevonden om alles zo lekker te maken.'

'Dank je wel.'

'Het niet lekker maken zou evenveel tijd kosten,' merkt Billy op.

'In Cully's agenda,' zegt Kit als ze klaar is met kauwen, 'wat bedoelde hij met "graven"?'

'Ik weet het niet,' zeg ik.

'Schatgraven,' zegt Billy. 'Als de sneeuw smelt, gaan ze allemaal onder de liften naar spullen zoeken die mensen hebben laten vallen. Dat is een traditie, heb ik me laten vertellen.'

'Dat moet dan een nieuwe zijn,' zeg ik.

'Jullie leken een hechte band te hebben,' zegt Kit.

Billy knikt, slikt zijn hap door. 'Dat hadden we ook. Dat heeft wel even geduurd. Toen hij ongeveer zestien was – en mocht autorijden – kwam hij op bezoek. Ik bedoel, we hadden elkaar daarvoor ook altijd al gezien, bezoekjes georganiseerd, maar nu kwam hij uit zichzelf. Dat was leuk.'

Hij kijkt me behoedzaam aan, over het pièce de milieu dat mijn vader daar moet hebben neergezet – een houten aap met een stalen bril, ik neem aan van Kanaal Twee. Ik blijf onaangedaan, innemend kijken, de kleine aanwijzingen vormen een beeld. Ik vraag me af waarom ze het geheimgehouden hebben. Door geheimen te hebben, vorm je een band, denk ik. Misschien was het een manier om verwarring en gekwetste gevoelens te vermijden, of misschien maken geheimen gewoon ruimte voor een beetje mysterie, wat ongerijmdheid en magie in het leven. Cully's geheimen: sommige weet ik nu, sommige zal ik nooit kennen.

We eten verder. Het gesprek verloopt makkelijk en vloeiend. Ik luister naar alles wat iedereen zegt, ik moet opletten, niet die momenten missen waarvan je niet weet dat het momenten zijn totdat ze voorbij zijn. Ik zoom in, probeer alles op zijn plaats te houden, ook al denk ik dat als je het leven op deze manier documenteert, de momenten nooit bestendig zullen worden. We hoeven ons geen dingen te herinneren. Alles gaat gewoon deel van je uitmaken. En dan is het voorbij.

Mijn vader excuseert zich, en door zijn afwezigheid verandert de sfeer. Billy en ik kijken elkaar aan, en ik wil wedden dat hem hetzelfde door het hoofd gaat; dat dit een andere versie van ons is, die aan de eetkamertafel zitten met een kind. Dat had goed kunnen gaan. Als dat zo was geweest, wie was Cully dan geweest, wie zouden wij dan geweest zijn?

Mijn vader komt de trap weer op met iets in zijn handen. Als hij dichterbij komt, zie ik dat het de Thuiskapper is, een apparaat dat eruitziet als een handstofzuiger.

'Moet je dit zien.' Hij houdt hem Billy voor. 'Je stelt de tondeuse in op de gewenste lengte en dan kun je jezelf knippen.'

Kit en ik vertellen elkaar in stilte dat mijn vader wel een vreemde kerel is, maar hij brengt leven in de brouwerij en zorgt voor een hoop vrolijkheid.

'Kom op,' zegt hij tegen Billy. 'Ik zal het je laten zien. Ik zal je haar knippen.'

Billy neemt een slok bier en haalt een hand door zijn haar. 'Waarom?'

'Weet ik veel,' zegt mijn vader. 'Waarom niet? Je begint eruit te zien alsof je hier hoort.'

Billy haalt zijn hand nogmaals door zijn haar. 'Oké, goed dan.'

Kit en ik kijken elkaar aan alsof we willen zeggen: *Dus zo zal het eindigen.*

Billy staat op en loopt naar de keuken, gaat op de kruk zitten. Hij vouwt zijn handen. Kit en ik lopen erheen om te kijken.

'Heb je een soort cape of handdoek?' vraagt Billy aan mij.

'Stel nou dat ik een cape had?' zeg ik.

'Die heb je niet nodig,' beslist mijn vader. 'Hij heeft afzuiging. Hij maakt geen rommel. Je haalt alleen na het knippen de haren eruit.' Hij houdt de tondeuse boven Billy's hoofd. 'Bij wat wij gaan doen, heb je geen handdoek nodig. Oké!' Hij zet de schakelaar aan. De tondeuse vibreert. Hij zet hem op Billy's hoofd en beweegt het apparaatje op en neer over zijn schedel.

'Dat voelt best prettig,' zegt Billy.

'Wordt het nu niet overal even lang?' vraag ik.

'Zou het werken bij honden?' vraagt Kit.

'Bij kleintjes wel, wil ik wedden,' antwoordt mijn vader. Er lijkt een gevoel van macht over hem te komen, een rust. Hij deelt zijn belachelijke zelf, zijn belachelijke speeltje, en hij wordt ontvangen. Ik zie hem Billy's haar trimmen en ik denk aan het rode schaartje dat ik bij Cully gebruikte, het knip-knip van de zilverkleurige bladen, zijn gladde bruine haar dat op de vloer valt. Hij was zo rustig tijdens het knippen, net als Billy nu. Ik herinner me de haarlokjes nog op de keukentegels. Er liggen vanavond geen lokken op de vloer.

Mijn vader werpt me over Billy's hoofd heen een blik toe en we blijven elkaar even aankijken. Misschien herinnert hij zich hetzelfde – de knipbeurten uit mijn jeugd, een rood schaartje – maar dan weet ik weer dat hij die herinneringen niet kan hebben. Hij knipte mijn haar nooit. Ik knipte het zelf.

Ik zie dat Kits jas over haar arm hangt. Ze is waarschijnlijk klaar om te gaan, maar weet niet hoe. Een afscheid kan alles verpesten. De herhaling van emotioneel gedoe, de geënsceneerde zinnen. En wat valt er te zeggen? Wat zou ik tegen hem zeggen?

De tranen springen me in de ogen – piepkleine poeltjes van gevoel – en dan zet mijn vader de tondeuse uit. Mijn emoties volgen: ze verdwijnen alsof ze zijn uitgezet.

'Klaar,' zegt mijn vader.

Billy veegt niet-bestaande haren weg van zijn spijkerbroek. Hij ziet er jonger uit, opgeknapt. Het heeft best wat geholpen.

'Ziet er goed uit,' zegt mijn vader. 'Toch?'

Mijn vader gaat voor Billy staan en bewondert zijn werk, hij voelt zich een beetje triomfantelijk alsof hij iets heeft bereikt, wat ook zo is, neem ik aan.

'Ja,' zeg ik. 'Het is mooi.' Ik kijk naar Billy en maak een hoofdbeweging naar Kit.

'Ga je weg?' vraagt hij.

'Ja, ik moet gaan,' zegt ze.

'Weet je zeker dat je naar huis kunt rijden?' vraagt mijn vader, die het apparaat vasthoudt en ermee aan zijn voorhoofd krabt.

'Natuurlijk,' zegt ze.

Ze zet een stap naar hem toe. 'Dank je wel voor alles.' Ze slaat haar armen om hem heen. De tranen springen me in de ogen, Billy ziet het en hij wekt de indruk dat hij niet alles begrijpt, maar wel iets.

'Je belt ons morgen, oké?' zegt mijn vader, zachtjes zodat het alleen aan haar is gericht. Hij geeft haar een kus boven op haar hoofd. Ik doe heel hard mijn best om rustig te blijven en ik denk dat Kit dat ook doet.

Billy gaat staan en spreidt zijn armen, hij verwelkomt haar. Ze omhelzen elkaar. Ik heb het vreemde gevoel dat ik naar een diploma-uitreiking kijk.

'Lyle, zullen we gaan poolen?' vraagt Billy.

'Ik kom zo naar beneden,' zeg ik.

Billy neemt mijn vader mee naar beneden. Kit wendt haar blik af en pakt haar schaarse boeltje bij elkaar.

'Klaar.' Haar krachtige stem probeert een zwakte te verhullen.

'Dit lijkt zo snel, zo overhaast,' zeg ik.

'Ik kan maar beter gewoon doorzetten,' zegt ze.

'Ik wil niet dat je weggaat terwijl je boos op me bent. Ik wil dat je het begrijpt.'

Ze slaat haar armen over elkaar en kijkt naar buiten. 'Ik begrijp het. Echt waar. Ik ben gewoon bang. Ik ben bang, Sarah.'

'Kom nog even zitten.' Ik leid haar naar de bank. Haar schouders beven. Ik besef dat ik haar nog niet eerder heb zien instorten. Ze blijft zo sterk. Ze gaat naast me zitten in haar elegante jas. Haar tranen rollen langzaam omlaag.

Ik denk aan de schaamte toen ik het mijn vader vertelde, de opluchting dat hij zijn armen om me heen sloeg, en toen weer terug naar de schaamte (die nooit echt weggaat) dat je vader weet dat je met iemand naar bed bent geweest.

'Mijn arme moeder,' zegt ze. 'Eerst die stripper, nu een zwangere dochter.' Kit lacht, houdt op, en gaat dan bijna hysterisch verder, en ik weet niet of ik met haar moet meedoen of haar moet kalmeren. 'Ik schaam me zo. Ik zie de toekomst. Mijn moeder... God.'

Ik herken de klank in haar stem – een klank van intimiteit, dat je iemand zo goed kent en dat je bevoorrecht bent dat je door hen geïrriteerd mag worden.

'Je hoeft je niet te schamen,' zeg ik. 'Denk maar aan Billy, die op de vloer lag, als je je schaamt. Of denk aan jezelf, dat je moest overgeven in het bijzijn van vreemden.'

Ze moet glimlachen. 'Ik kan haar reactie gewoon niet voorspellen,' zegt ze, en die gedachte lijkt haar te kalmeren. 'Ik weet niet wat ik moet doen.'

'Dat komt wel,' zeg ik.

'Dit is het dan, denk ik,' zegt ze.

Ik leg nog iets bij haar stapel spullen: Cully's geld. Het heeft een doel gevonden. 'Van Cully,' zeg ik.

'Dank je wel,' zegt ze, en ik ben blij dat ze het niet weigert.

'Heb je het warm genoeg?' vraag ik. 'Weet je zeker dat je in al die sneeuw kunt rijden? Het komt nu flink naar beneden.'

Ze kijkt naar buiten, naar de straat. 'Als ik in New York was, zouden ze de nationale garde bellen.'

'Als je wilt wachten tot het voorbij is…' Ik dwing mezelf niet nog een woord te zeggen, haar geen eten, water, onderdak, nog meer geld of warmte aan te bieden.

'Sarah,' zegt Kit, 'wil je nog afscheid nemen? Of, je weet wel, het een veilige reis wensen?'

'O,' zeg ik, als ik begrijp waar ze het over heeft. Ik kijk naar haar buik. 'Oké.'

Ze recht haar rug ter voorbereiding. Ze kijkt omhoog naar het plafond. Ik draai me om op de bank zodat ik naar haar kijk.

'Is dit niet gek?' vraag ik.

'Ja, het is wel een beetje gek,' zegt ze.

Ik leg mijn hand op haar buik. Het voelt als elke willekeurige buik. Iets hards, iets zachts, wat verteringsgeluiden. Ze legt haar hand op die van mij en iets wat lastig voelt wordt oké, het wordt privé en tegelijkertijd gedeeld.

Ik sluit mijn ogen, wens iets, cellen, DNA, potentie en de mogelijkheid van een veilige reis. Dan wordt het een afscheid, een vaarwel aan iets anders: aan mijn zoon, mijn woede en mijn verlangen hem op de grond vast te klemmen. Ik neem afscheid van iets wat niet mijn zoon is. Dat weet ik. Cully heeft zijn leven geleid. Nu ik dat erken, verzwakt het me, er ontsnapt me een gejammer. Ik wilde niet voor haar ogen instorten. Ze zegt niets, hoewel ze me moet voelen trillen. Het kan niet anders of ze hoort me. Ik huil snel uit en trek mijn hand terug, maar ze drukt haar hand harder op die van mij, houdt me daar, dwingt me verder te gaan, om tot het eind vol te houden, om afscheid te nemen en mezelf zowel prettig als akelig te voelen, verzwakt, maar ook gedrenkt en geopenbaard.

Dag, Cully. Ik hou zoveel van je.

Maar als ik de kans had gehad, had ik niet op die manier afscheid genomen. Ik zou waarschijnlijk niets zeggen. Ik zou hem alleen aankijken, wetend dat de diepste, waarste gevoelens het beste in stilte worden uitgedrukt.

In stilte neem ik afscheid van deze periode in mijn leven. En ik neem afscheid van dit meisje, deze versie van haar. Ze zal vertrekken, en wat ze ook doet, wat ze ook kiest, wat er ook gebeurt, er zal een nieuw iemand op de wereld komen, die ik misschien nooit zal ontmoeten, maar die ik zonder enige twijfel zal kennen. Ik zou niet hebben gekozen voor deze gebeurtenissen, maar nu ze hebben plaatsgevonden, moet ik wel blijven kijken, gefascineerd door mijn leven, zijn leven – gewoon: het leven. Ik kan niet wachten om te zien wat er nog meer gebeurt.

Ik open mijn ogen.

Ik haal mijn hand van haar buik.

Ik laat haar gaan.

Dankwoord

Ik heb mijn vrijheid als fictieschrijver gebruikt om een bestaande plaats aan te passen. Het echte Beckenridge, Colorado, is perfect zoals het is. Daar heb ik in 1998 mijn man, Andy Lautenbach, ontmoet. Hij is altijd gul geweest met lof en eerlijk met kritiek over mijn schrijven (en andere dingen), hoe gevaarlijk dat ook kan zijn.

Bedankt Yaddo en *The Brown Foundation Fellows Program* in het Dora Maar-huis.

En als laatste, dank jullie wel, mijn superagenten Kim Witherspoon en David Forrer, voor jullie liefde en steun voor dit boek en voor het feit dat jullie me naar Marysue Rucci en Emily Graff bij Simon & Schuster hebben gebracht. Marysue, dank je wel dat je me hebt geholpen met frisse ogen te kijken en dat je alles zo leuk hebt gemaakt.